Theoretical Construction of Translation from a Cultural Perspective

翻译的理论建构与文化透视

谢天振 主编

上海外语教育出版社
Shanghai Foreign Language Education Press

图书在版编目(CIP)数据

翻译的理论建构与文化透视/谢天振主编.—上海：上海外语教育出版社,2000
ISBN 7-81046-886-3

Ⅰ.翻… Ⅱ.谢… Ⅲ.①文学-翻译理论-理论研究-文集②翻译-教学研究 Ⅳ.I046-53

中国版本图书馆CIP数据核字(2000)第38981号

出版发行：上海外语教育出版社
（上海外国语大学内） 邮编：200083
电　　话：021-65425300（总机）
电子邮箱：bookinfo@sflep.com.cn
网　　址：http://www.sflep.com.cn　http://www.sflep.com
责任编辑：陆英英

印　　刷：中共上海市委党校印刷厂
经　　销：新华书店上海发行所
开　　本：850×1168　1/32　印张 14.75　字数 368 千字
版　　次：2000年12月第1版　2006年1月第3次印刷
印　　数：2 100 册

书　　号：ISBN 7-81046-886-3
定　　价：21.50 元

前言

1998年12月2日至5日,由上海外国语大学社会科学院主办、香港中文大学翻译研究中心协办的'98上外翻译理论与翻译教学国际学术研讨会在上海外国语大学举行。来自欧洲、北美、南美、亚洲、非洲、大洋洲以及我国的香港、台湾等地的20几个国家和地区的40多位国外和海外学者,与来自全国各地的30多名学者汇聚申城,共同探讨翻译理论与翻译教学的有关问题。这是20世纪末我国译学界的一次高层次的学术盛会,来自不同国家和地区的专家学者带来了东西方译学界对当前国际翻译研究界理论热点问题的思考,提出了他们对翻译研究理论建构的设想,同时也对以往的翻译研究进行了深刻的文化反思。

一

本届翻译研讨会的与会者来自世界各地20几个国家和地区,比较充分地体现了会议的国际性。因此,会上代表们的发言也在相当程度上反映了当今国际翻译研究的趋势和动向。

这次会议着重探讨的是翻译理论与翻译教学,这是一个比较宽泛的议题,但大家的发言比较集中在国际翻译理论的最新热点问题上。虽然与会者的文化背景、经验来源各不相同,但发言涉及的问题却不乏相通之处。这样,虽是来自世界各地的学者从不同角度的思考,但他们的思考无论是契合还是分歧,都对同一问题构成了互文关系。因此,我们把与会学者们的发言和论文,根据探讨的范围、内容和性质，组成几个内容相关的单元，便于读者相互参照，生发出新的思考。所以，就某种意义上而言，这部论文集也因此具有了一部译学专著的性质。

从这次大会中外学者的发言看，文学翻译和翻译教学是大多数学者关注的问题，因此本论文集在选择入选论文时也较多侧重于文学翻译方面的内容。与此同时，我们也酌收了几篇从语言学角度对翻译进行探讨的论文，以便让读者窥见这次会议的全貌。另有些文章，由于作者是根据其所在国家翻译教学的经验写成的，地区特性太强，缺乏普遍意义，因此没有选用；还有一些不错的论文和发言，因未能与作者联系上，没有原文，也只好付诸阙如，但读者可以从本书附录的论文摘编中窥见其主要观点。

二

这次会议大多数学者探讨的问题，主要集中在翻译理论的性质、翻译的文化语言特性、文化语境与文学翻译、翻译与文化身份的关系，以及口笔译翻译教学等几个方面。

著名翻译理论家、英国伦敦大学西奥·赫尔曼教授在其《翻译的再现》中对等值和透明的翻译思想提出了质疑，并从文化角度作出反思。他指出，翻译涉及的“先前文本”绝不是单纯的源文本。译者总是在一定的翻译概念和翻译期待的语境中进行翻译的，所以翻译总是特殊的翻译。译者从来就不会“仅仅翻译”(just translate)，译作不可能做到透明。翻译作为一种文化现象之所以引起人们的兴趣，正是因为翻译缺乏中立性和单纯性，同时还因为其不是透明的，添加了额外的东西。翻译史上各阶段都留下许多二元文本、无数的复译本和超时代的现存译本的修订本，这给我们提供了一系列独特的、可理解的“他者”文化结构。因此，翻译史给我们提供了文化自我界定作品的独特的第一手证据。翻译告诉我们更多的是译者的情况,而不是译本的情况。

我们常常听到翻译家对翻译理论的微词,认为翻译理论对翻译实践起不到多大的作用。实际上,这种对翻译理论的看法具有较大的普遍性。在翻译研究越来越深入、翻译理论层出不穷的今天,作为翻译研究者,我们也有必要反思并回答这个问题:翻译理论究竟有用吗?翻译研究分为纯理论研究和应用翻译研究,纯理论翻译研究又分为描述性翻译研究和理论性翻译研究。香港城市大学朱纯深先生认为,对"翻译理论是否有用"这个问题的回答应该首先考虑两个更深层的问题:①我们所说的到底是什么翻译理论?②我们又是如何在翻译实践和教学中应用自己所质疑的翻译理论的?朱纯深先生结合西方主要翻译理论家对翻译理论的阐述并通过具体事例的分析,说明"健全的方法论和科学的话语规范对于翻译研究的必要性"。一个有效的翻译理论应该是客观的、分析性的、理性的,而不应是经验的、感性的、情感的。应用性纯翻译理论充当了翻译研究的开拓者,应该具有适当的地位("翻译:理论、实践与教学")。翻译理论不仅要指导实践和教学,而且还要解答:翻译的本质是什么?译者是怎样进行翻译的?其思维过程是怎样的?简而言之,要解答"翻译是什么"这个翻译研究的"元问题"。这些问题的探讨同样是翻译研究的一个重要组成部分,并且关系到我们对翻译过程的理解。对翻译的本质、思维特征等等这些方面的问题,西方的一些翻译理论家从信息论、控制论、心理语言学、神经语言学等不同的理论角度进行了有益的探讨和理论阐述。香港城市大学沈景炬先生认为,一些对翻译性质描述的模式和比喻貌似给我们展示了一个清晰的图像,实际上这个图像带有很大的欺骗性,导致了翻译研究和翻译培训从以翻译结果为中心转向以翻译过程为中心("翻译中的幻像与迷误")。香港岭南大学孙艺风副教授也对近年来在翻译研究中有一定的代表性的罗杰·贝尔(Roger Bell)关于翻译过程的理论分析和描述的观点进行了质疑。

孙艺风认为,在文学翻译过程中,构码和再构码的任务远不是仅仅传递信息那么简单。在文学作品中,信息是怎样转达的,或者是怎样歪曲的,或者是怎样转达不够的,或者是怎样不转达的,都与构码、与再构码有紧密的关系。这其中牵涉到阐释学,更包含效果传递的问题。孙文对以上这些问题提出了自己的思考("文学翻译的过程")。中国翻译理论的建构是近年来中国翻译界的热门话题。有学者认为,西方译论不适合中国,因此呼吁在中国传统译学的基础上建立"具有中国特色的翻译学"。香港岭南大学张南峰副教授对这种说法提出相反意见。他认为,我国翻译研究界对西方许多译论,特别是新的翻译理论不熟悉,更谈不上在实践中运用和验证。中国翻译界所说的翻译理论,大多处在微观、具体操作层面上,是应用性理论而并非纯理论。"特色派"无视纯理论的普遍适用性及其对翻译研究的指导作用。"中国翻译学"的提法,过分突出国别翻译学的地位,是民族偏见的产物。我国没有纯翻译理论,因此,必须向外国借鉴,作为研究我国翻译现象的框架,然后加以改良,从而参与世界翻译学的构建("特性与共性——论中国翻译学与翻译学的关系")。

以前人们对翻译的认识和探讨基本囿于具体的语言艺术层面,局限于翻译标准的辩难和译本字比句次式的比较。近十年来,随着比较文学的译介学理论对译学的浸润,以及其他学科理论,如心理学、符号学、阐释学、结构主义、女性主义批评等当代文化理论的推进,翻译研究者获得了新的多元化的理论视角来切入译学研究,突破了原来狭窄的研究空间,译学研究呈现出一个新的、令人振奋的、可自由驰骋的广阔的空间。这次研讨会上就有一些学者从文化哲学角度对翻译进行新的探讨,以期拓展翻译研究的层面。

翻译,无论是文学翻译还是非文学翻译,都离不开对原文的理解和解释。翻译的这种性质决定了解释学理论与翻译研究的极其密切的关系。上海外国语大学的谢天振教授通过分析现代阐释学两个代表性人物伽达默尔和赫施关于作者“本意”和文本“含义”的不同观点,以现代阐释学的观点透视翻译研究。伽达默尔认为理解是以历史性的方式存在的,理解主体和理解客体都处于历史发展演变过程中。就翻译而言,正是由于这种历史性使得理解的客体(原作)和理解的主体(译者)都具有各自的处于历史演变中的“视域”,而总是以自身的文化“先结构”为依托去理解,达到“视界融合”,因此,译作不是消极的原作的复制品,而是不可避免地带上翻译家自身的文化意绪,是创造性的劳动成果。赫施不同意伽达默尔关于作者“本意”不存在的观点,认为文本的“含义”是确定不变的,变化的是文本的“意义”,即作者与文本的关系。赫施的观点充分解释了不同时代的译者对同一文本在翻译上的不同处理的原因(“作者本意和本文本意——解释学理论和翻译研究”)。上海外国语大学卫茂平教授则从比较能表现海德格尔翻译观的“阿那克西曼德之箴言”一文入手,分析这位本体论大师对翻译问题的看法,管窥其译学思想(“海德格尔翻译思想试论”)。上海铁道大学葛中俊副教授从语言的异质出发,说明语言对文学翻译的制约,从而对可译性问题作出了新的解释。他还对文学翻译属性的结构层次作出划分,旨在对文学翻译的实质进行诠释(“语言哲学观照下文学翻译和翻译文学”)。

北京大学孟华教授在“翻译中的:‘相异性’与‘相似性’之辨”一文中,从翻译在文化相异性和认同性的转化中所起的作用来探讨翻译与文化交流的关系。她指出,在中国翻译史上,译者都自觉不自觉地处在两个向度的张力之中:既要力求保持原有的文化传统,又要在此一文化传统所归约的社会、文化体系内引入相异性。译者采取种种变通翻译策略,将文化的相异性转化为本土文化能相容纳的因素。因此,译作可以使我们看到相异性和认同性之间交互作用的具体运作过程。既然任何一种文化在植入相异性时都要对原作作相应的本土化改造,那么,被传递的因素就不可能是真正的“相异性”。实际上是一种近似“相异性”的因素,也就是相似性。

中国人民大学杨恒达教授以哈贝马斯的交往理论为基础,涉及翻译中译者如何对待原作作者的主体性问题。他认为,翻译必须以作者主体的可认知性为前提,翻译就是译者否定自己,进入文本作者主体的过程。确立作者主体的可认知性,就是以理解作者主体为根本目的,不仅要理解文本,还要全面掌握作者本人。在翻译中,必须深刻理解交往理论中的主体间性问题。译者在翻译中承担着将两个不同文化背景下的主体性融会贯通的任务。翻译的实践需要对主体间性问题的深刻把握,所以,翻译的实践将会在生活世界的实践中促进人们对主体间性问题有更深刻的把握(“作为交往行为的翻译”)。

文化研究是近几年来文化学术界比较热门的话题。从文化层面来研究翻译,将翻译研究的视野扩大到社会文化界面,这样我们可以从一个宏观的视角来透视翻译过程中社会文化等外在因素的制约和影响作用。

香港中文大学王宏志教授分析“五四”时期有关翻译的讨论,特别探讨了引入“欧化”成分时所引起的争议。从晚清开始的文学翻译,译作语言经历了文言、白话、“欧化”语言几个转变过程。这种变化并不纯粹是语言问题,而是与当时的文化语境有密切关系。译者对译作的语言形式的择取不单纯是译者个体的审美倾向的反映,更折射出当时主流文化的特征(“‘欧化’:‘五四’时期有关翻译语言的讨论”)。上海外国语大学青年学者查明建通过对中国新时期译介西方现代派文学语境的分析,生动地揭示了特定时代的文化语境对文学翻译择取和译介方式的制约和影响(“现代派文学在新时期译介的文化语境与译介策略”)。巴西圣保罗大学约翰·弥尔顿先生则以巴西大众小说的翻译为例,分析了以大众为价值取向的翻译的特点。大众小说不仅是指原作的大众性,还指翻译通过一定的包装和改变使经典作品“大众化”这一现象。他详细地探讨了巴西小说翻译大众化方面的具体特征和操作形式，如小说翻译的“工厂化”现象；小说翻译的语言在风格、叙述和篇幅上以是否符合时尚为标准；译者的个性化特征不再存在；删节、改编现象严重；复译现象比较普遍，等等。总之，小说翻译的择取和译作存在形式都以市场为导向（“大众小说的翻译”）。这几篇文章都是以生动的典型事例着手，从文化语境角度来分析文化语境对翻译的干预和制约作用。不同的文化语境不仅制约了翻译的择取，而且还在很大程度上决定了译作存在的形态。上海外国语大学青年学者南治国分析美国诗人霍斯曼的作品在中国的译介，揭示不同译者、不同历史时期对一个外国作家接受的变化，以及霍斯曼的诗歌给新格律诗派诗人提供了有益的借鉴，在一定的程度上影响了中国新诗的发展（“A.E.霍斯曼的诗及其在中国的译介”）。

作为中国翻译研究者，中国翻译研究界的学者对中国翻译的现状、翻译理论的建构、翻译批评等方面展开了一系列的探讨。中国翻译工作者协会常务副会长林戊荪先生在题为“面对21世纪的中国译界”发言中，回顾了新时期以来我国翻译的现状，总结了翻译研究和实践上所取得的成就和不足。面对新世纪的要求，他提出了中国翻译界的努力方向。浙江大学郭建中教授在论文中回顾了从1987年到1997年，此十年里中国翻译界对一些重要问题的争论（“回顾与展望：中国翻译界十年大辩论（1987—1997）”）。海南大学青年学者穆雷回顾、总结了从本世纪初以来中国翻译教学的发展，对中国翻译教学的发展趋势作出预测（“中国翻译教学百年回顾与展望”）。翻译批评是翻译研究的一个重要组成部分，近年来已成为翻译界关注的一个领域。改革开放以来，我国的翻译批评虽然取得了一些成绩，但也存在不少问题。对此，洛阳解放军外国语学院孙致礼教授分析了问题的症结所在，并提出了自己的意见（“谈新时期的翻译批评”）。

译者的文化身份是越来越多的研究者关注的问题。译者既是一种社会性职业,更是两种文化的沟通者。译者的文化个性渗透在译作之中,从动态的文化交流中获得自己文化身份定位。香港浸会大学张佩瑶博士从社会学角度,以基督教传教士在香港的翻译活动(1842—1900)为个案,探讨了译者如何通过翻译这项活动在特定的历史脉络中获得权利,从而揭示在特定时期和特定文化区域内,翻译与权力、翻译与意识形态的关系("从基督教传教士在香港的翻译活动(1842—1900)论翻译与权力的关系")。加拿大著名翻译理论家罗德·罗伯茨提出了一个为人们忽视而又必须解答的问题,即公共口译者的职业身份问题。公共口译就是为生活在社区中的人提供口译。公共口译要比会议口译和法庭口译出现得早,但在三种口译之中,公共口译最不被重视,在过去十年才开始争取成为一种专门职业。她提出了公共口译在现阶段所面临的几个问题,如公共口译的名与实;对公共性口译的标准的探讨;公共性口译从业者的培训;公共性口译是否能成为一种独立的职业等问题。作为口译的一种类型,公共口译在我们中国虽然还不是非常普遍,但是随着全球化趋势的日益加剧和文化经济交流的日益频繁,我们也会面临公共口译的职业认定和职业要求问题。因此,罗伯茨教授的文章对我们中国学者有相当的参考价值("公共口译:一种正在争取承认的职业")。译者的主体性常常都是隐没在具体的译文比较之中。上海外国语大学冯庆华教授和清华大学罗选民教授都以《红楼梦》的翻译为例,前者揭示译者的文化取向对译作风格的影响("论译者的风格"),后者从文化层面探讨书名的翻译潜含着的文化互文的张力("从互文性看《红楼梦》书名的两种英译")。上海外国语大学姚君伟博士探讨的是中国著名作家、翻译家徐迟对美国文学的译介,这是对译者作为翻译主体认识的一个个案研究,揭示了译者对翻译择取与文化个性的关系("徐迟与美国文学翻译")。

口译是这次会议的又一个重要议题。美国蒙特利国际研究学院鲍川运教授将在蒙特利国际研究学院举行的一次中美贸易谈判作为分析个案,说明不准确、不恰当的翻译将给双语谈判带来困难和问题,从而对译员培训,特别是对研究生层次的连续翻译译员的培训,提出了自己的见解和建议("口译在谈判中的作用")。台湾辅仁大学杨承淑教授探讨了电视口译的形态及其对口译者的要求,以此提出口译教学的应承要求("口译教学如何应承电视口译的需求")。

翻译教学是历来翻译研讨会必不可少的内容之一,本次会议上不少中外学者在发言中也都不同程度地涉及翻译教学问题。很多代表都是结合自己的翻译教学实践来展开对某一翻译问题的探讨的。加拿大圣文森特山大学朱迪思·伍兹沃丝教授介绍了文学翻译在加拿大的职业景况,她本人的文学翻译的经历以及她在文学翻译教学中如何将翻译理论与翻译实践结合的一些经验和体会("文学翻译教学:理论与实践的结合")。文学翻译在民族文学发展史上所起的作用是明显的事实,但是在文学研究上,却常常忽视翻译文学的存在及其影响作用。丹麦哥本哈根大学维果·佩德森教授在"翻译研究与文学史结合的诸种问题"一文中介绍了他在教授哥本哈根大学儿童文学课——一门试图将翻译研究与文学史研究结合起来的课程的教学经历,以具体的事例说明将文学研究与文学翻译研究结合起来的益处和困难。上海外国语大学的年轻学者吴刚、龚芬对我国大学现在采用的一些传统教材和授课方式的利弊进行了分析。他们认为,应该反思大学本科翻译课的教学思想,这样在教材编写和具体的教学中才能避免顾此失彼的现象。大学本科的翻译教学应跳出"小而精"的模式,走向"大而杂"的路子,让翻译摆脱单纯的语言技能的角色,将各学科的新的研究成果糅合进去。瑞典斯德哥尔摩大学布里吉塔·迪米托罗娃提出了翻译教师培训的问题。她认为,译者和翻译研究者的培训与翻译教师的培训侧重点应有不同。她介绍了瑞典培训翻译教师的一些做法和经验(“译员培训教师的培训与教学”)。

翻译是民族文化交往的产物,翻译也是文化交流的见证。从这个意义上说,每一部译作都蕴含着各民族历史的积淀和各时代的烙印。

当我们编辑完这部翻译论著,时间正一分一秒地向21世纪接近。随着全球化趋势的日益明显,翻译正在人类社会生活的各个领域扮演着越来越重要的角色。21世纪将是文化交往更为频繁的世纪,频繁的文化交流也越来越重视翻译的作用,不仅在量上对翻译提出要求,更在质上提出新的期待。作为翻译研究工作者,我们更感到一种时代的使命感。有学者预言,翻译研究将毫无疑问成为新世纪学术研究领域的显学。但愿我们这本汇集了几十名中外学者的研究和思考的翻译论文集,能对新世纪的学术显学作出一点微薄的贡献!

谢天振

于上海外国语大学

1999年3月

目　录

Contents

第一章　翻译的性质与翻译理论

第一节　翻译的再现

[英国]西奥·赫尔曼

一

我先说一说最为明显的事实。昨天,或是今天早上,你在报上、广播里,或在电视上看到或者听到一段新闻。假如有一则国外新闻引起了你的注意,那么你肯定会在某种程度上用到翻译。整个世界,或至少是大多数国家,使用的语言都各不相同。大家使用不同的语言,彼此难以沟通。为什么需要翻译以及为什么翻译如此重要,原因就在于此。由于语言障碍,过去无法获得的信息,现在得到了补救。通过翻译,我们可以得到信息,并且可以理解了。

确实,我们不仅每天需要和使用翻译,我们还对翻译寄予某些希望,甚至对翻译提出某些要求。作为消费者,我们觉得有权提出这样一种设想:我们得到的产品是"合适的"译作,其传达原作信息的方式是可靠、信得过的。我们希望原作信息在传递过程中基本上保持原样,尽管经过媒介的转换,仍能准确传达。这就要求这种媒介也应该是值得我们信赖的。

我们通常思考和谈论翻译时所采用的方法和传统的隐喻,都反映了我提及的有关翻译的两个中心问题:一是翻译作为传达跨语言、跨文化信息之手段的必要性和实用性;二是我们希望,甚至主张,翻译要可靠,要全面、准确地再现原作。下面我们抽几分钟时间谈谈翻译的标准概念以及与之相关的隐喻问题。

第一点,转达和补救。这是强调译者必须具备这种能力:消除或克服障碍,引导我们跨越理解的鸿沟,提供捷径,使交际得以实现。第二点,明白易懂。这是指如何能够和提供这一捷径:提供一直未被人们认识的镜像,以恰当的方式提供某种与原作相似的信息。

下面我谈谈通常我们对翻译有哪些比喻。一方面我们把翻译比喻成搭桥、开门、摆渡或者跨越、转换和传递。在一些印欧语系语言中,翻译一词与"trans-latio"、"meta-phor"有关,这些词在拉丁语和古希腊语中都有确切的"跨越"含义。我们把译者形象地比喻为转播站,同时又比喻为通道和转换器。另一方面我们要求翻译应是相似(likeness)、逼真(look alike)、摹本(replica)、副本(duplicate)、复制品(copy)、画像(portrait)、翻版(reproduction)、模仿(imitation)、模拟(mimesis)、影像(reflection)、镜像(mirror image)或透明玻璃(transparent pane of glass)。

这两类比喻之间是有联系的。就语言障碍而言,翻译的特质是相似、逼真或者是一幅真实的画像,我们因此信赖译者,把他看成是中间人和向导。我们往往说,译作只不过是派生物、复制品、替代物,也许是从属的、间接的,因此是居于第二位的。由于我们对译者的诚实品格、敬业精神和良好的信誉信赖,我们根据其翻译宗旨赖以认为,复制品与真品"一样好",因此,就其实际使用价值而言,复制品应与真品"等值"。等值是基于翻译所产生的完全相似,追求等值是作为诚实的中间人的译者所应有的品质。相信译者是诚实的中间人这一点尤为重要,尤其是在请人核实译者的译文质量也许很麻烦或者实际不可行的情况下。平常情况下,我们都对译本的准确性和透明性深信不疑。我们最不愿意看到的就是那种信任被出卖。

我认为,到目前为止我所讲的每一句话听起来都是千真万确、无懈可击的。如果你也这样认为,那么你就中了我的圈套。因为在这个问题上,我要改变立场,开诚布公地表明自己的不同观点。实际上,我只要用大约15分钟的时间就能证明等值和透明的翻译思想是完全站不住脚的,尽管这种思想在我们思考和谈论翻译的过程中已经根深蒂固。我刚才描绘的那幅相当光滑、平整的图画就是再现"翻译"的一种方法。这种方法是传统观念的一部分,往往又是翻译的自我形象。但是,在我看来,这是草率地掩饰错误。

下面我要做的就是将这些错误放大,使其更为明显。这样,我们就可以看到复杂的、飘忽不定的翻译本质。我之所以这样做,是因为我认识到,尽管我们假定了翻译的从属属性,但正是翻译的必要性决定了翻译的动力。翻译是我们开启和逃脱各自语言牢笼的惟一办法。为此,翻译值得我们深察细究。

下面我想着重谈三个有关翻译的再现问题:①译本"再现"其他文本的方法中存在的一些自相矛盾和疑难问题,重点谈翻译语言的混杂问题;②翻译能向我们翻译研究者再现什么的问题;③我们再现翻译时出现的错综复杂的问题群,尤其是其他一些翻译观念和实践问题。

二

我还是采用通常漫谈的方式来谈谈翻译吧。比方我们说:"叶利钦总统通过口译宣布说……"。"通过口译……说"这句话究竟是什么意思? 直接通过? 或者我们换个例子:我们许多人都说自己读过陀思妥耶夫斯基的小说,即使我们(像我一样)不懂俄语,但是我们都说读过。即使我们确实读过陀思妥耶夫斯基小说的中译本或英译本，但大多数人（包括我自己在内）已记不起译者的名字了。这无疑是个典型的现象。我们说起来就好像是直接通过译者阅读作品，如同某个名叫叶利钦的人“通过”他的口译说话一样。

诚然，在一定程度上，我们举出的优秀译作能够使人产生或者突出等值、透明性和可信赖性观念。这也使得我们把这些译作看成是原作的完整再现，因而是原作可信赖的替代品。“我读过陀思妥耶夫斯基的小说”等等，这样的话可以看成是“我确实读过陀思妥耶夫斯基小说的译本”的合理的简略表述，因此这句话也隐含着“读译作实际上与读原作一个样”的含义。但是要注意：只有当我们相信译本是原作完整、准确的再现，译作是原作的透明物，因而可以被看做是值得信赖的替代品时，这种隐含的意义才有效。“我读过陀思妥耶夫斯基的小说”这种说法，只有在译本给人造成了等值和透明的印象之后才合理。我们一般认为这种印象源于译本的相似性。我们说，译本的最大成功莫过于，它使我们忘记自己读的是译本。根据这种观点，当译本接近于纯透明性和绝对相似性、全然隐去自己的身影时，才与原作最为吻合——这样我们就可以直接通过阅读译本来理解原作，毫无障碍地理解整部原作。

这就要求忘却译者的劳动或使之理想化，将文本中译者介入的痕迹全部抹去。具有讽刺意味的是，那些痕迹——译者留下的那些文字——正是我们穿越语言障碍的通道。叶利钦很可能“直接”通过不露面的口译说话，但是我们能够理解的其实是那位口译的话。然而对于口译的那些话，我们却说自己没有听到，反倒说是叶利钦宣布了什么什么，我们读的是陀思妥耶夫斯基的小说，等等。确切地说，即使那种想象的权威性的原作声音并不存在，我们也会不假思索地说我们听到的正是那个声音。

我们之所以会这样不假思索是因为，我们把翻译看做是一种委托发言，一种代理人的讲话。译者确实不是以自己的名义说话，而是说别人的话。这不仅意味着两者的声音要和谐，而且还表明了两者之间的等级关系，以及明确的道德——甚至常常是法律上的——责任：要求译者谨慎从事和不干涉（原作）。已经有人（Harris，1990）对这种责任系统的阐述为“诚实的代言人”或“真正的阐释者”的准则。准则要求译者朴实、准确地重述原作，不增益、不减损，也不歪曲。译者的话好比是出现在单引号里。双引号则表示我们听到的不是译者本人的话。虽然话是译者说的，但说的却不是译者本人的话。我们设想有一个完全透明或半透明的媒介，最低限度地使用媒介甚至最好不使用媒介将原作者的话传达给我们。

我们冷静地思考一下这个问题，就会意识到我们是耽于幻想。译本绝不可能是原作内容的翻版，因为译本所用文字不同，语言和文化体系既不对称也不同形。就和谐来说，无论你怎么斟酌，总不免有偏差和错位。不仅语言随翻译改变，语境、时机、意图、功能、整个交际环境也都随翻译改变。另外，既然译者的介入不可能轻易地被抵消，或被抹去不留痕迹，我们就只好采取妥协的办法，在译本中附加、掺和各种声音，对其进行“再阐释”（Folkart，1991）。这种掺和表明，翻译中存在有差异和混杂性，以及因此而导致的晦涩和不整齐，而不是翻译方法中所写的任何简单的或者表面意义上的和谐、透明或等值。赞成以等值一词来谈翻译是耽于幻想的行为——尽管从社交和实用角度来说，这种做法也许是必要的，但这仍然是一种幻想。

论证这一点可有多种方法。比如，“翻译准则”这一概念就表明是一种价值判断，必然有主观性，而绝非是中性、客观或透明的。翻译研究中所谓的“文化转向”（cultural turn），如同各种后殖民和性倾向的方法一样，都强调翻译在权力、意识形态和阐释语境中的作用。这些论点在过去 20 年左右的时间里就有人多次提及。

今天我想要换一个角度谈谈假设译者不干涉的问题，这种不干涉要求译者虽作为言说主体但隐而不见。

我认为，译本同其他文本一样，只不过更强调跨文化因素，所以总是多元的、不稳定的、消解中心的、混杂的、复调的。译者声音清晰，处在"主导地位"，虽然若隐若现，却始终存在文本之中。但是由于我们历来采用的方法是把翻译看做为透明、和谐的，所以我们希望，甚至要求这种声音仍然要特别审慎。

实际上，许多译本无疑都在想方设法掩盖处于独立言说地位的译者的声音，使之不为人觉察。这就是为什么我会说自己读过陀思妥耶夫斯基的小说，而连译者的名字都不记得。不过，译本有时也会遇到我们所说的"言行不一致"(performative self-contradiction)的情形，从中我们可以看出译本与其表现相矛盾。文本中出现的不协调现象暴露了这种悖论：我们通常认为译本要针对不同语言、文化环境中的不同读者作重新调整，但是我们又期望这个代言人，也就是作重新调整的声音保持绝对审慎，以至完全消失。我想说的是，如果我们能够证明在那些情况下译者是若隐若现地存在着，那么一种考虑周到的理论就能够而且应该推断所有的译本中都存在有译者的声音，无论这种声音多么模糊或者被淹没。

这种言行不一最明显的例子就是电影配音。当翻译的配音对白与屏幕上演员的口形对不上时，我们就能看出这种错位，并意识到，哦，对了，这是译制片，所以我听到的声音并不是屏幕上的人物实际所说的话。用双语或用不同文字把原文本与译本隔行对照排版的书籍，也同样显示出这类问题。

另外，我再举两个文本方面的例子。这些例子与罗曼·雅各布森(Roman Jakobson)的元语言功能有关(比如："你真的懂英语，是吗?")。雅克·德里达(Jacques Derrida)在这个例子中提到语言自身的"重新标识(remarking)"问题，比如在某个文本中特别强调语言的特殊使用(例如：德里达于 1984 年作的"尤利西斯留声机"(Ulysses Gramophone)报告的开场白中有这么一句话："Oui oui, vous m'entendez bien, ce sont des mots francais。)。这样翻译时就非常棘手。确实,我如果用英语声明自己说的是德语,不可能不导致自相矛盾(德里达的这句话翻译成英语"Oui, oui, you are receiving me, these are French words"(Derrida,1992,252,256)显得非常别扭。

德里达在讨论笛卡尔的《方法论》(Discourse de la methode)(1637)一书的最后一章时,对这个问题进行了阐述。笛卡尔在书中用法语写道,他这本书不是用拉丁语,而是用法语写的。他还告诉我们他用法语写书的原因:他想要吸引所有有常识、能阅读的人,而不仅仅是那些受过拉丁文教育的知识贵族。后来到了17世纪末,拉丁语版的《方法论》问世。为了避免用拉丁语声明这不是用拉丁语,而是用法语写的这一明显的自相矛盾,译本就把这一尴尬的句子省略了(Derrida 1992,257)。

然而,对拉丁语译本的读者来说,这种省略不会立即被觉察出来,除非他们把拉丁语文本与法语文本进行对照。除拉丁语译本外,这个句子在其他语种的文本中都一字不漏地译了出来,尽管这种自相矛盾也许不那么刺眼,但还是显而易见的。比方说,企鹅版的英译本中有这么一句话"我用法语……而不用拉丁语写……那是因为……"(Descartes ed. 1968,91)。英文本用英语声称此书其实是用法语写的,这种阅读上的反常现象是对读者是否愿意将不信任感悬搁一边的挑战。这种现象开掘了信用鸿沟,读者要跨越这一鸿沟就只有时时提醒自己,这只是个译本而已。这种做法使得读者也意识到作这个声明不可能是笛卡尔,或者不可能是笛卡尔一个人。显然,还有一个声音在起作用,一个我们不打算听到的声音在重复和模仿第一个声音,但又绝不会与之完全吻合。而那另一个声音就存在于文本之中,不仅存在于每一个(翻译过来的)词语之中,而且是以主体身份在同我们说话,若隐若现。这"另一个声音"的存在无须参照原作即可在译本中得到印证,这一点很重要。声音的混杂是译本的特征。

另一个例子可能是罗兰·巴特(Roland Barthes)1975年版的自传“Roland Barthes par Roland Barthes”,1977年由里查德·霍华德(Richard Howard)译为英文“Roland Barthes by Roalnd Barthes”,除开头和结尾几页采用两种语言外,整个译本用的自然全是英语。开头和结尾的几页上复制了罗兰·巴特的手迹,这显然是他本人用法语写的。比如,书的开头有这么一句话:“Tout ceci doit etre considere comme dit par un personnage de roman”,里查德·霍华德将其译为:“It must all be considered as if spoken by a character in a novel.”两种语言在英译本中出现在同一页上。法语手写体与英语印刷体同时出现,打破了只有一种声音的幻想,也就是只有罗兰·巴特一个人声音的幻想,因为这句话使用了两种语言。英语能够翻译法语词汇的语义,但是无法翻译手写体文字附着的意蕴。笔迹如同一个人的签名,明显表示写这种字体的人独一无二、不可分割的个性,比如,独特的、法国的那个罗兰·巴特。假如译者用自己的字迹替换了巴特的字迹,准会使读者感到费解,他们准会感到奇怪,这字明明是巴特用英语写的,怎么还要译成这种语言。此外,当巴特的笔迹复印在书中别的地方时,译者的笔迹就会与巴特的笔迹在外观上发生冲突。然而,要保留原始笔迹的独特性,又要完成将其译成外语的任务,只好采取这种明显的干涉形式。为了忠实地再现原作,只得复制法语手迹,然后再进行翻译。译本不这样做就无法再现原作手迹。英语印刷字体尤其使读者想到译者是文字的提供者,是代言人,是共存者。

众所周知,双关语往往能凸现某一种语言的特性。人们说双关语是某种语言的“鲜明特征”,因为从元语言学上来讲,双关语指涉其嫁接的语言体系。翻译双关语时,译者可能要彻底改变所有章节的语义学,以便创造必要的语境,使双关语完全用接受者的语言来表达。翻译是否允许如此大刀阔斧地改写,这要根据翻译的主流观念和诸如文体等方面的需要(比如适用于剧院、儿童书籍的准则不同于规范的文学或哲学方面的准则)。

译者可作的选择是承认明显的介入,用脚注或括号的方式吸收原语,同时把我们没料想听到的声音推到前面来,撕开文本浑然一体的网络。比如像海德格尔(Heidegger)或雅克·德里达这些现代哲学家的书就很难读懂,因为你无法避开不断增多的括号中"不可译的"德语和法语词的干扰。

但是译者也可以有选择地介入文本,而不是出于无奈。译者威廉·休姆·布莱克(William Hume Blake)在路易斯·海蒙(Louis Hemon)的法语—加拿大语小说"Maria Chapdelaine"的英译本(1921)中,让一个人劝另一个人"Regard well",而在另一章中又说什么东西"sacredly amusing"。谢里·西蒙(Sherry Simon)称拘泥于字面意义为译者的"鲜明特征"(1997:195—7)。我们可以把拘泥于字面意义看做为间接的说明,而不是自我意识的说明。在间接说明中,译者使自己远离翻译的主流规范,远离再现外国文本的现有传统。在所有这些情况下,我们可以问:我们究竟在读谁的作品?究竟谁在说话?假如我们真的是和多种声音打交道,那么我们如何确定它们之间的相互关系呢?

三

然而,我不是要追究这个问题的细枝末节,而是想要给翻译的"声音"问题加上一个大一点的、更符合意识形态和历史的维度。据我看,这些实例中的危险因素似乎超过多元的、不固定的、消解中心的声音。声音问题与透明、复制不仅要与原作和谐而且要与原作一致这些翻译的标准概念密切相关。我们认为,这是要求译者也要透明些,为了保证原作的完整和地位,自己要迅速、神秘地消失。据说只有在翻译时完全避免抛头露面,绝对谨慎、顺从的译者,才有可能忠实于原作。译本与原作、译者与作者之间的等级权力关系是显而易见的,一方忠实的自我克制才能保证另一方不争的卓越地位。译者必须说话,但是他们千万不能发出声音。

从历史上来看,许多老一套的对立观点,已经说明了原作与译本的等级定位。人人都知道这些对立的观点包括创造与派生、主要与次要、独特与复制、艺术与技术、权威与顺从、随意与拘谨、代表自己说话与代替别人说话。在每一种情况下,受到约束和监督、处于服从和克制地位的自然是翻译。

如果我们设想这些反映翻译不朽核心的等级制度是自然的、必不可少的话,那么就有必要记住我们的文化往往是根据极为相似的对立来看待性差别的:创造与复制、原作与派生、主动与被动、主导与从属,等等。这些性差别过去一直归属于自然和永恒的范畴。我不仅认为,历史上有关让翻译扮演女仆、忠实温顺的妻子或不忠实的美女(belle infidele)这些角色的论述是性歧视,我还认为,历史上大部分有关翻译的论述都具有性歧视的特征,这一点是毋庸置疑的,这在过去的20年都是有案可稽的。我要说的是性结构和翻译结构之间存在明显的类似,两者都是文化结构,两者都涉及权力差异。这就是说,翻译历来受到等级制度的束缚,它使人马上联想到用来维护性权力关系的等级制度。这些等级制度维护谁的利益以及翻译为什么要明显地受到如此严格的束缚和规定,这个问题也许值得一问。

人们对这些问题提出了好几个答案——女性主义、后现代和后殖民主义。洛里·张伯伦(Lori Chamberlain)站在女性主义的立场上说,"翻译受到如此过度解码、过度被规定,究其原因是翻译有抹煞创造与复制之间差别的危险,而这种差别是建立权力所不可或缺的。"(1992:66—67)——不用说,权力历来是男性的领地。

一些后现代主义理论家(卡琳·利陶,罗泽迈·阿罗霍)(Karin Littau, Rosemay Arrojo)描述了他们所谓的"译者的功能"。这被看做是意识形态的修辞,用以抵消由文本产生的深层的、无限制增加的意义。由于我们否定译者有权代表自己说话,否定译者有权在合唱中加进自己的声音从而使合唱中含有更多的声音,所以我们要控制在翻译中取代和淡化原意的做法,而主张文本背后单一的、权威的声音。

后殖民主义者根据翻译是不同文化之间权力差异语境中的"知识控制仪"的一个部分来解释这个问题的(Robinson 1997:36)。我们从以下情况中对此会看得非常清楚:由于译者精通多种语言,能获得别人所无法获取的信息,所以要对他们严加控制。早期来到南北美洲的欧洲开发者,吃了多次苦头才发现当地的一些口译仍然对自己的同胞忠心耿耿,他们有自己的行为准则(agenda)。哥伦布仅在加勒比海待了六个星期就在日记中写道,他要自己带去的人学当地的语言,因为他无法相信当地人。日本闭关锁国长达200年之久(1640—1850),在此期间荷兰人只准在德希马(Deshima)这个人造岛屿上有一小块落脚点。所有的口译都是日本政府官员,这些官员的一举一动都受到严密控制,这种制度有效地阻止了荷兰人学习日语。

看来,是不能让翻译自行其是的,历史上也一直没有让译者这么做。相反,我们看到全世界的翻译都处于让人放心的地带,被牢牢地禁锢在等级秩序之中。我们传统上用来界定翻译的隐喻和对立,我们对译本所抱的期望和态度以及翻译所遵循的法规,都与这一功能相符。正如许多文化不允许女性在公开场合说话,把她们禁锢在性结构中,让她们足不出户好使人放心。按透明和等值模式塑型的翻译也同样历遭种种禁锢。正因为如此我们才会随口说我们读过陀思妥耶夫斯基或者笛卡尔的书,或者听到叶利钦宣布什么什么。就像我们一般都认为最可靠的译作是"经原作者认可的"译作('authorized' translation),是经过作者正式同意、法律认可的译作。这话本身就说明了意图的单一性、声音的和谐性、等值的幻想性以及权力和权威之间明确无误的关系。虽说译本是该由译者来创造,但我们还是想要作者来审定。

四

我一直认为,尽管翻译不可能被彻底征服,但总是受到种种方式的制约和控制,翻译实践常常导致译本内部产生各种张力。对我们翻译研究者来说,这正是译本的文化和历史意义之所在。各种文化所采取的实践和理论的翻译方法,使我们能够以独特的方式洞察那些文化。对这个问题我来解释一下。

一个文化群体解释翻译的特定方式也决定作为文化实践的翻译涉及源文本的方式,这个源文本就是翻译突出或展示的原作意象。换句话说,翻译涉及的"先前文本"绝不是单纯的源文本,它充其量不过是由源文本提供的一种意象或许是镜像。我们把镜像看做是千变万化的、变形的镜子里所反映的意象。因为这个意象不仅是在意识形态方面是有倾向性、歪曲的、重塑的、过于武断的,而且总是混杂的和多元的,所以我们可以说翻译突出或创造,或进一步说,"发明"了源文本(Niranjana,1992:81)。翻译作为一种文化现象之所以引起人们的兴趣,正是因为翻译缺乏中立性和单纯性,同时还因为其不是透明的,添加了额外的东西。假如翻译是直截了当的、中性的、机械的、没有价值倾向性的,那么翻译就跟翻印照片一样有趣了。

假如事实果真如此,那么我们就可以从几个方面了解到从事翻译的这个群体的一些情况,诸如翻译文本的选择,用以再现、突出、发明源文本的特定方式,在特定的历史时期翻译被普遍限定和规范的方式,以及各不相同的译本被接受的方式。我们从中确实能了解到些什么呢?在我看来,翻译提供一个文化自我指涉或者说自我界定的独特的标识。

在自我反思方面，一种文化或文化的某个侧面会以"自我"和"他者"这些词来标明自己的身份。也就是说，一种文化把处于自己文化体系之外的文化视为异己文化。在这种语境下，翻译明显地提供了获得外来信息的手段，以便进行文化自我界定。从这一点来说，翻译的各个方面都与文化自我界定有关。可译性或不可译性概念都涉及语言本质、语言与文化之间的关系、不同语言与文化的相通性这些特有的设想。反过来，翻译实践不仅包括对外来文化内容的选择和输入，而且还同时(可以说是完全同时)包括把这种外来的文化内容转换过来的术语——文化接收方至少在某种程度上把这些术语认为是自己的。由于随着翻译史的发展，各阶段都留下许多二元文本、无数的复译本和超时代的现存译本的修订本，这给我们提供了一系列独特的、可理解的"他者"文化结构。因此，翻译史给我们提供了文化自我界定的独特的、第一手证据。

在这种语境下出现的翻译总是特殊的翻译，记住这一点很重要。译者从来就不会"公正翻译"(just translate)。翻译才能不是与生俱有的，它必须要进行认知和规范方面的学习和磋商才能掌握。所以，译者是在一定的翻译概念和翻译期待的语境中进行翻译的。

简而言之，一种文化觉得有必要或者看到能从其他语言引进文本的机会，并借助翻译达到目的，在这种情况下，我们只要仔细观察以下这些方面就能够从中了解到有关这种文化的很多东西：从可能得到的文本中选择哪些文本进行翻译，是谁作的决定；谁创造的译本，在什么情况下，对象是谁，产生什么效果或影响；译本采取何种形式，比如对现有的期待和实践作了哪些选择；谁对翻译发表了意见，怎么说的以及有什么根据、理由。说得略微夸张些，翻译告诉我们更多的是译者的情况而不是译本的情况。

五

假如我们因为翻译现象本身的复杂性及其自身的文化意义而赞成翻译是值得严肃而不间断的关注的话,那么对用于指导翻译实践的概念的确切价值和引进也值得作出评价,其形式和范围也同样值得探讨。这包括对不同时期,不同语境下对翻译进行概念化和确定范围的各种不同术语和概念、意象和隐喻表示什么,这类问题的研究。从更宽泛的意义来说,它不仅研究翻译实践,而且还研究翻译的论述,比如,研究其他人的表述,所有谈论翻译的人的表述。

说到这里,我们又碰到了复杂的情况和悖论。为了对这些问题的本质和严肃性作出正确的评价,我们可以看看偏重于理性的史学家昆廷·斯金纳(Quentin Skinner)的论文《言语行为的规范和理解》(Conventions and the Understanding of Speech Acts)(1970)。斯金纳在文中谈的不是翻译问题,而是谈如何借用言语行为理论来评价他的"言外之力"(illucutionary force)问题,他把别人(比如在不同语境下)对他人而不是对我们讲的话称为"言外之力"。斯金纳指出,这一问题涉及到史学家和人类学家,他们可谓是"偷听到"(overhear)这些话语的。陀思妥耶夫斯基的书是为他同时代人写的,而不是为20世纪的我们写的。为了弄懂陀思妥耶夫斯基对19世纪的读者讲的话,我们如今该怎么办?

我们可以把这一问题说成是某人A(比如你或我)在某一时间或地点T2(比如今天)想要弄懂讲话者S(比如陀思妥耶夫斯基)在T1(比如在1866年《罪与罚》一书中)的话语。正如斯金纳所指出的,这个问题"不仅本身具有哲学价值,而且在诸如历史、人类学这些学科的实践中也都难以解决"(1970:136)。显然,A必须对S在T1的概念和规范了如指掌,才能充分理解S话中的语义以及S

对那番话的阐释采用的是何种言外之力,这些肯定是有案可查的。不过,斯金纳接着说,“A 应该能够在 T2 用 A 本身熟悉的话语来说明 S 在 T1 采用的概念和规范的某种翻译行为,而不提及其他人,A 在 T2 可能想要把自己的理解传达给其他人,这一点似乎也必不可少。”(出处同上)

我们可以这样问某个翻译研究者,如果对译本中的话语有争议怎么办?那我们就只好把那段译文翻译一下。换句话说,斯金纳用普通话语着重谈的那个问题对我们翻译研究者来说却极其深刻,我们无论何时都想把翻译说成是跨历史、跨文化现象。比如,我们想要理解,然后描述和传达在时间或者空间上距离我们遥远的另一文化成员在从事我们看起来像翻译的工作时,他们在做些什么,或者不管他们用什么术语来表示一项活动或者像我们的“翻译”一样在翻译一件作品时,他们表达的是什么意思。

如果斯金纳对这一问题总的特性的认识是正确的,那么就翻译研究而言,这一特性就有两个极为重要的结果。

第一个结果是,我们对刚刚出现于另一文化的翻译进行研究时,除了把那种文化的实际(culture’s practice)和翻译概念译为我们的术语外,别无选择。描述翻译的过程就是我们理解翻译的过程,也就是说,我们自己也在从事我们试图描述的那些活动。对翻译研究进行描述特别费神,因为它要尽量标明目的层面(object-level)(比如译本)与形而上层面(mata-level)(我们的描述)之间的差距,强调其论述的学术本质。这种差异现在证明远不如我们原先想要它表示的那么清楚。目的层面与形而上层面之间非但没有一条明确的界限,反而是乱七八糟地相互牵连,混淆不清(Bakker 1995)。形而上层面采取的是折衷办法,因为它是在目的层面上同步进行描述。这两者始终是同谋关系(complicity),其言外之意使人伤透脑筋。

第二个结果是,对这种思想的进一步思考。如果我们对翻译的描述又是对翻译的翻译,那么根据我前面的论点进行推理,就必然得出这样的结论:必须根据我们的翻译概念来翻译,并把它翻译成我们的翻译概念。这无疑是说,我们的翻译,我们对另一文化"翻译"概念的翻译,不会形成一个透明的、不偏不倚的、无社会准则的意象。正如我们过去认为的,翻译绝不会是透明的或纯粹的,绝不会是没有自己的声音和推论的共鸣。相反,翻译把所有的一切都进行转换、打乱原有顺序、混合形成。于是,从那种意义上讲,我们对另一文化概念和翻译实践的理解等于对那种概念和实践的阐释,这种阐释易受制于翻译带来的各种摆布和歪曲,多元化和多语言化。另外,又像我们过去所认为的,歪曲的本质和特殊倾向性本身受社会的制约,因此,这对我们了解从事翻译活动的个体和群体的情况,比如有关我们翻译研究者自身的情况,很有意义。翻译研究连续不断地反映我们自己的范围和主观设想,我们的概念化和阐述翻译的模式。

六

没有什么办法可以轻而易举地走出这些困境,但是我们可以从中受益。据我看,我们还可以从类似的例子中受益,从各类学科中受益。这些学科像翻译研究一样与翻译有着不解之缘,但是这些学科也许更清楚那一事实的理论和方法学方面的内涵。比方说,我们可以关注人种史和社会人类学这样一些领域(参见 Asad 1986, Sturge 1997)。早在 1973 年人类学家埃德蒙·利奇(Edmund Leach)就认识到,他所从事的学科的"根本问题是翻译问题",并得出"社会人类学家从事的是创立文化语言翻译的方法学"的结论(Asad 1986,247)。然而,人类学家已经发现这种"文化语言翻译的方法学"比表面情形要复杂得多、艰难得多。我来举几个例子说明这一问题。

十六七世纪耶稣会想让中国人皈依基督教,他们需要用汉语表达"上帝"与"天堂"、"灵魂"与"罪恶"之类的基督教的西方的概念。1604年利玛窦(Matteo Ricci)用汉语写了长篇论文《上帝的真正含义》(The True Meaning of the Master of Heaven),文中用的全是儒家和佛教常用词汇。结果,他原本想要传播的基督教却不可避免地囿于一位理论家(利弗威尔 Lefevere)所称的"语域"(universe of discourse),与基督教的启示大相径庭(Gernet 1985:48—9,146—7)。不用说,耶稣会对自己的失败和总受到误会大惑不解。

20世纪四五十年代,牛津人种史学家爱德华·埃文斯-普里查德(Edward Evans-Pritchard)研究苏丹南部努埃尔人的信仰时,遇到的问题与此相似,只是方法不同而已。埃文斯-普里查德强调努埃尔人所用的词汇和概念与西方的、基督教的术语截然不同,不相融合。他在《努埃尔人的宗教》(***Nuer Religion***, 1956)一书中着重谈到,西方人理解异邦事物遇到难题时,他们充其量是通过苦思冥想的"语境阐释"(contextual interpretation)才能理解,并且用英语这样一种语言才能翻译,因此他们用的术语都带有基督教化的西方的概念、历史和社会准则的特征。在1951年的一次报告中,把人种史研究的中心任务描述为"文化翻译"的就是埃文斯-普里查德(1978:8)。

埃文斯-普里查德对努埃尔人的信仰的描述反过来又成了罗德尼·尼达姆(Rodney Needham)一书的主题。尼达姆在《信仰、语言和经验》(Belief, Language, and Experience)(1972)一书中对这种"文化翻译"上错综复杂的问题进行了广泛的思考。比如,他指出,假如我们想要比较西方人对努埃尔概念的不同阐释,我们就要对各种语言为了适合努埃尔术语所作的调整进行评价,但是我们缺乏进行这种比较的元语言。我们只有在文化概念的可比性基础上才能进行比较,而这些概念也只有在一种适当的元语言的基础上才能进行比较。那使得我们处于恶性循环之中

(Needham 1972:222)。我们无法逃避主观视角,受价值观念支配的阐释以及始终易于屈从的翻译。

从以上这些我们可以了解到些什么?依我看,如何理解、阐释和翻译历史久远的文化和语言的概念问题,即使在职业人种史学家中,至今也仍无定论。但是人种史学家至少已经意识到所涉及的那类问题,他们已经开始提出这类问题。所以,人种史已经明显地在进行更多的自我反省、自我批评,更清楚地认识到自身的历史真实性和机械性地位(institutional position),自身的先决条件和盲点,用语言和翻译手段再现时易犯的错误。

我认为,我们在翻译研究中忽视这些问题以及忽视对这些问题的讨论,是很冒险的。在我们想要理解、阐释和翻译其他文化所说的"翻译"或者他们采用的似乎在某些方面与现代英语中"翻译"一词相对应的什么术语时,我们实际上和人种史学家所面临的问题是一样的。埃文斯-普里查德标示努埃尔宗教词汇时的谨慎和慎重,和尼达姆对宗教信仰这一概念的严肃性及细微差别所作的跨文化研究,在翻译研究领域至今尚无人可望其项背。所以说,人类学的例证可有助于我们提防忽略自身的种族优越感或者天真、傲慢、简化地把所有的翻译都变成"自己的"翻译,而不是在坚忍地、谨慎地、循序渐进地越过另一种文化领域的同时,通过翻译把我们自己的再现模式重新概念化。翻译研究,作为一门跨文化学科,应该常常地提醒自己,本身的操作模式就是跨文化翻译的模式之一。

〔参考书目〕

Arrojo, Rosemary, "The 'Death' of the Author and the Limits of the Translator's Visibility". in *Translation as Intercultural Communication*, ed.

Mary Snell-Hornby et al. Amsterdam & Philadelphia, 1997, 21 – 32.

Asad, Talal. "The Concept of Cultural Translation in British Social Anthropology". in *Writing Culture: The Poetics and Politics of Ethnography*, ed. James Clifford & George Marcus. Berkeley, 1986. 141 – 64.

Bakker, Matthijs. "Metasprong en wetenschap: een kwestic van discipline". *Vertalen historisch bezien*, ed. Dirk Delabastita & Theo Hermans. Den Haag, 1995. 141 – 62.

Barthes, Roland. "The Death of the Author". in *Image, Music, Text*, trans Stephen Heath. London, 1977, 142 – 8

Chamberlain, Lori. "Gender and the Metaphorics of Translation", in *Rethinking Translation*. Ed. Lawrence Venuti. London: Routledge, 1992, 57 – 74.

Davis, Kathleen. "Signature in Translation". *Traductio*. in *Essays on Punning and Translation*, ed. Dirk Delabastita. Manchester & Namur, 1997, 23 – 43.

Derrida. Jacques. "Des tours de Babel". Transl Joseph Graham. *Difference in Translation*, ed. Joseph Graham. Ithaca(NY), 1985a, 165 – 248.

Derrida, Jacques. "Round table on Translation", trans. Peggy Kamuf. *The Ear of the Other. Autobiography, Transference, Translation. Texts and Discussions with Jacques Derrida*, ed. Christie McDonald. New York, 1985b, 93 – 161.

Derrida, Jacques. "Living On: Borderlincs" [1979]. in *Between the Blinds: A Derrida Reader*, ed. Peggy Kamuf. New York, London etc, 1991, 256 – 68.

Derrida, Jacques. "Ulysse gramophone" [1984]. Trans. Tina Kendall. in *Acts of Literature*, ed. Derek Attridge. New York & London, 1992, 253 – 309.

Descartes, René. (ed.). *Discourse on Method and the Meduations*. Trans. John Sutcliffe. Harmondsworth, 1968

Evans-Pritchard, Edward. *Nuer Religion*. New York & Oxford, 1956.

Folkart. Barbara. *Le conflit des énonciations. Traduction et discours rapporté*. Candiac (Québec), 1991.

Foucault, Michel. "What is an Author?". *Textual Strategies: Perspectives in Post-Structualist Criticism*, ed. Josué Harari. Ithaca(NY), 1979, 141 – 60.

Gernet, Jacques. *China and the Christian Impact: A Conflict of Cultures*. Trans. Janet Lloyd. Cambridge, 1985.

Harris, Brian. "Norms in Interpretation". in *Target* 2,1, 1990, 115-9.

Hermans, Theo. "The Translator's Voice in Translated Narrative". in *Target* 1996, 8,1,23-48.

Hermans. Theo. "Norms and the Determination of Translation". in *Translation, Power, Subversion*, ed. Román Alvarez & C. A. Vidal. Clevedon, 1997, 25-51.

Jakobson, Roman. "On Linguistic Aspects of Translation". in *On Translation*, ed. Reuben Brower. Cambridge(Mass.), 1959, 232-9.

Littau, Karin. "Translation in the Age of Postmodern Production: from Text to Intertext to Hypertext". in *Forum for Modern Language Studies*, 1996.

Needham, Rodney. *Belief, Language and Experience*. Oxford, 1972.

Niranjana, Tejaswini. *Siting Translation: History, Post-structuralism and the Colonial Context*. Berkeley, 1992.

Robinson, Douglas. *Translation as Empire*. Manchester, 1997.

Simon, Sherry. "Translation and Cultural Politics in Canada", in *Translation and Multilingualism: Postcolonial contexts*, ed. Shanta Ramakrishna, Delhi, 1997, 192-204.

Skinner, Quentin. "Conventions and the Understanding of Speech Acts". in *The Philosophical Quarterly*, 1970,118-38.

Sturge, Kate. "Translation Strategies in Ethnography," in *The Translator* 1997, 3,1,21-38.

(田德蓓译)

第二节 翻译中的幻像与迷误

香港城市大学 沈景炬

我们被一种图像控制,而且无法摆脱它;因为它内在于语言,而语言又好像在不容变更地向我们重现着它。

——维特根斯坦

一

译者不仅从事翻译实践,而且探讨他们是怎样翻译的。这看起来似乎非常自然,非常简单。然而,许多人对此却存有疑虑。弗斯(Firth, 1957:197)曾毫不讳言地问道:“我们真的知道我们怎样翻译或翻译了什么吗?”这当然是个反诘句,因为其下文接着说,“译者知道他们穿过了一座桥,但又不知穿过了什么样的桥。当他们返回查看时,通常走的已不是先前的桥了。而且有时候甚至会从桥栏上跌下深渊去。”无独有偶,哈斯(Hass)也表示出同样的疑虑:

翻译是一回事,谈论我们怎么翻译就是另一回事了。不同的翻译实践有着足够的相似性,而翻译理论也大同小异。然而,如果仔细研究的话,我们就会发现理论往往不是阐明问题而是使之变得模糊了。恰恰就是这种具有相似性的翻译实践——一项它没有西方文明就难以想象的古老实践——却似乎难以描述,它的可能性成了一个谜。

约翰逊博士告诉我们,翻译就是"从一种语言转换到另一种语言,并保留意义",他的话不难接受。不过我们怎样想象这种变化呢?怎样实现语言的转换呢?是不是就像换马或换马车那样呢?况且,我们到底保留了什么呢?意象是进行解释的有力工具。但在这种情况下,某种东西的意象从一个载体转到另一个载体,它能担当我们给予它的重任吗?(1968:208)

在此我们质疑的不是翻译实践本身而是翻译被理解和描绘的方式。约翰逊博士是词典编纂家,不是翻译家,他的论断可以反驳,也不应该看得太认真。然而当我们求助于翻译家或翻译学者寻求较为确定的理解和描述时却仍然得不到大的收获。在此援引罗斯(Rose, 1991:5—6)的一段话作为例证:

……翻译是对提供某种信息的语言组合进行加工的过程。我认为,翻译的加工过程,基本上包括三个步骤:第一,理解以语言1形式存在的原语材料;第二,将理解的结果传递到语言2;第三,用大体对等的译语材料将理解的结果表达出来。在译员培训中,我们主要做的事就是培养他们在从步骤1到步骤3的运作中具备良好的习惯:也就是说,在第一步中,说明如何对原文进行系统而彻底的分析和研究,以此获得最大程度的理解;在第三步中,给学员提供一些建议,使他们将原文那些思想尽可能忠信、正确而又得体地用目的语表达出来。但对于实际传递的第二个步骤来讲,我们至今仍无计可施。一些人一定是完全靠本能来完成这一步骤的。翻译培训可以做到的是通过一些自我调节的技能激励和促进这种本能的发挥。

但是我们如果能在第二个步骤中假设一个"突触"又作何推论呢?姑且让我们用一个过于大胆的拟人化手法,想象一个沟痕纵横的神经元,手提公文包,来与另一个沟痕纵横的神经元碰头联络。联络时后者神秘而迅速地将公文包拿走了。或者这两位特工人员经常碰面,或者他们有时不会联络,哪一种情况更会让人惊讶我们不晓得。可是,公文包里有什么样的换型能量或药粉使得它内部的东西进去时为"lapin"而出来的时候就成了"rabbit"呢?

由以上这段话我们可以看出,罗斯对于弗斯那个问题的回答是否定的,即我们不知道我们是怎样翻译的。那个实际的信息传递过程——神经元的联络,或许"最终永远也无法得到完全的解释",并且翻译的可能性,如哈斯所担心的,会永远是一个谜。

二

当然,也有翻译家认为神经系统科学有一天会解开这个谜。罗宾逊(Robinson, 1991:xi)把他对翻译的躯体学研究作为通向"翻译神经病学"的一次短暂尝试。他相信,神经病学"能够开启一扇扇封锁以往翻译研究的坚固牢门"。奈达(Nida, 1997:17)也预言,"神经生理学能够使我们对双语活动(即翻译)的性质有更深刻的认识。"他又说,在那一刻来临之前,"我们做翻译的时候,……就会像不同物质的相对原子量尚未知道以前化学家在做实验一样,或者像 DNA 双螺旋线发现以前的基因生物学家。"目前所有翻译研究的努力在他们看来都只不过是过渡性的研究。

在这些尝试性研究中,许多翻译理论家,有科学头脑的或是无科学头脑的,都喜欢用同一个模式来阐释翻译的性质,那就是申农和威弗的交际模式(Shannon and Weaver, 1949)。在《通天塔》(Steiner, 1975:47)中,斯坦纳曾提到该交际模式的若干变体(Nida and Taber 1969; Bassnett—McGuire 1980; Delisle 1988)。而贝尔

(Bell：1991:17—20)对此模式作过详尽的说明。为了便于讨论，我们先来看一下贝尔的模式变体。他将该模式首先应用于单语交际。

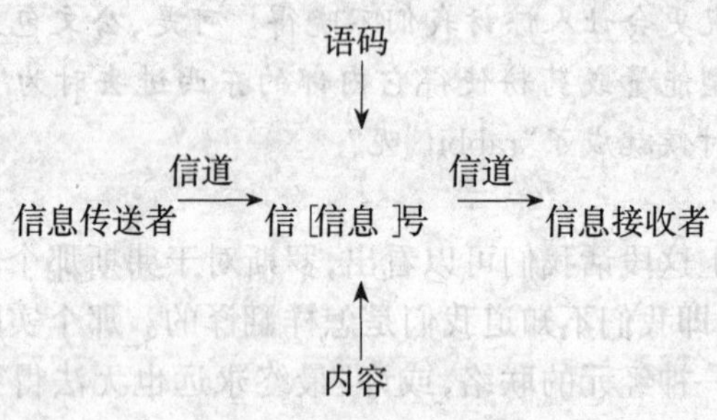

图① 单语交际

根据贝尔的观点，单语交际的过程可以分为九个步骤：

(1) 信息传送者选择信息和语码
(2) 对信息进行编码
(3) 选择信道
(4) 传送包含信息的信号
(5) 信息接收者收到包含信息的信号
(6) 辨认语码
(7) 进行信号解读
(8) 提取信息并且
(9) 理解信息

该模式可以解释多种交际情景。比如正在下沉船只上的无线电报务员接到船长命令要发出求救信号，紧接着就会发生下列行为：

(1) 无线电报务员选择信息“SOS”和莫尔斯电码
(2) 他将其编码为“…－－－…/…－－－…”
(3) 将信息在无线电上敲出

(4) 通过无线电发出莫尔斯信号

(5) 另一只船上的报务员收到莫尔斯信号

(6) 他识别出这是一个莫尔斯信号

(7) 解读信号"…———…/…———…"

(8) 提取信息"SOS"

(9) 他知道这是那艘船发出的求救信号

在这个例子中,九个步骤的每一步都很清楚明确,整个过程的每个要素都是确定的。信息清晰明确,语码也确定。解码、编码和信息的提取都具可操作性。

而将该模式用于翻译时,生成了下面的图式:

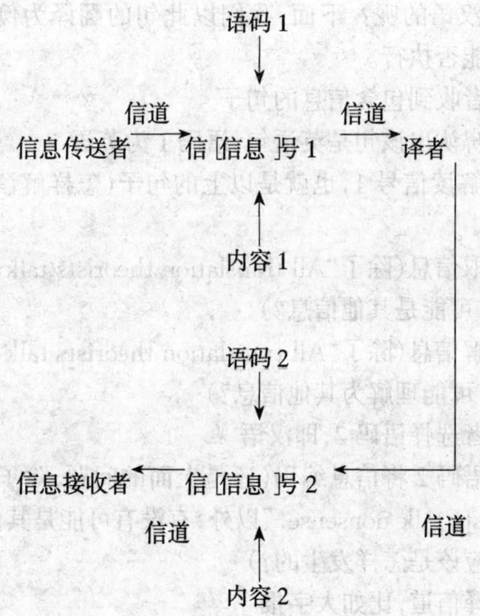

图② 翻译

翻译过程的九个步骤为：

(1) 译者收到包含信息的信号

(2) 他辨认出语码 1

(3) 解读信号 1

(4) 提取信息

(5) 理解信息

(6) 译者选择语码 2

(7) 用语码 2 将信息编码

(8) 选择信道

(9) 传递包含信息的信号 2

一个译者是怎样将英语句"All translation theorists talk nonsense."译为汉语的呢？下面，我们以此句的翻译为例，看一看以上九个步骤能否执行。

(1) 译者收到包含信息的句子

(2) 他辨认出该句是英语句，语码 1 为英语

(3) 他解读信号 1，也就是以上的句子(怎样解读，解读成为什么？)

(4) 提取信息(除了"All translation theorists talk nonsense."以外，有没有可能是其他信息？)

(5) 理解信息(除了"All translation theorists talk nonsense."以外，有没有可能理解为其他信息？)

(6) 译者选择语码 2，即汉语

(7) 用语码 2 将信息编码(还是上面的问题，除了"All translation theorists talk nonsense."以外，有没有可能是其他信息？在该例中编码应该是怎样发生的？)

(8) 选择信道，比如大字报

(9) 传递信号 2，即汉语句子"所有翻译理论家都胡说八道"包含的信息内容 2(此处除了"所有翻译理论家都胡说八道"以外，

有没有可能是其他信息？）

显然，该模式用于翻译时，立即失去了明确性和解释力。其关键组成要素——信息、解码、编码和信息提取都变得模糊和可疑了。这种适用于申农和威弗头脑中的各类交际形式的信息传递模式在遇到翻译时就失效了。这就不仅给贝尔而且事实上是给所有的"语码模式"理论家出了难题。于是，贝尔草率地指出，翻译过程中的编码和解码需要心理语言学或神经语言学的解释，而这种观点也一定深受奈达、罗宾逊和罗斯的欢迎。实际上这种观点与其他的解释没什么两样：神经元获得突触的信息，并导致大脑的活动，翻译活动只是该种活动的一小部分内容。将这种观点的实质换句话说就是：当翻译时，我们的大脑发生了某种变化而该变化会触发我们称为翻译的神经活动。这就是我们如何翻译的，一切都清楚了。

三

事实上，这里面一定出了什么岔子。一般情况下，我们在谈论翻译时从不把翻译当做发生于我们大脑这个黑匣子里的神秘活动。只有当我们竭力想搞清谈论翻译时所用语言的具体所指时才容易上这个神秘图像的当。一个典型的例子是，奥古斯汀曾经为时间的神秘性迷惑过。在《忏悔录》中，他说，"什么是时间？如果没人问我的话，我好像很清楚：但是，如果我想向问我时间是什么的人作解释，我就茫然无知了。"（转引自 Bourke 1964：229，措辞稍有变动）。时间作为"消逝"的概念即作为某个稍纵即逝的东西困扰着他。而这种概念是由一个隐喻引发的，它潜在于谈论时间所用的语言之中。下面，我们先来看看困惑他的其中一个问题：(229)。

……如果没有事物消失,就没有过去时间;如果没有事物来到,就没有将来时间;而如果没有事物存在,就没有了现在时间。

那么,当过去不再存在而将来还没有来到时,这两段时间——过去和将来又是怎样存在的呢?并且如果现在总是现在,它就不会消逝而成为过去。事实上,它就不再是时间而是永恒了。因此,如果现在要成为时间,它就必须消逝而成为过去,那么我们怎么能说它是现在?所以它存在的惟一原因是因为它将不再存在的事实。基于此,我们能不能这样认为,即时间之所以是时间只是因为它倾向于不再存在?

谈论时间是普通或者说是极其平常的事。我们的日常用语,诸如:“Time flies.”/“Time goes by.”/“Time ticks away.”/“As time wears on.”/“With the passage of time.”等等,其中潜藏着一个拉科夫和约翰逊(Lakoff & Johnson, 1980:42—43;或者Lakoff & Turner 1989:44—46)称为“时间是移动的物体”的隐喻,在日常生活中,我们从不觉得时间有什么神秘之处,只有当我们试图通过上面那些日常用语深究其性质时才开始惊讶于它的神秘性,因为此时的我们已经如维特根斯坦所说,困囿于潜藏在语言之中的隐喻了。也是出于同样的原因才有了奥古斯汀的困惑。

四

翻译本质上是通过语言交流意义(或思想)的活动。莱迪(Reddy, 1979; 1993)说,深深隐藏在有关意义、语言和交际的语言(英语)表述之后的是“通道隐喻”,它向我们暗示一个观念,即交际是通过语言传送或传递思想与感情的活动。这个通道隐喻主要

有四种形式(1993:189—194):

(1) 有些语言表述暗示人类语言的功能就像一个通道,使得思想可以从一个人传递到另一个人,也就是说,语言传递意义。

"It's hard to get that idea across in a hostile atmosphere."

"Marsha got those concepts from Rudolf."

"What comes through most obviously is anger."

"Next time you write, send better ideas."

(2) 有些语言表述暗示在说话或书写时,我们将思想放进外在的符号中,如果放不进符号时,便不能进行成功的交际。

"It's very difficult to put this concept into words."

"Never load a sentence with more thoughts than it can carry."

"Don't force your meanings into the wrong words."

"It can't seem to get these ideas into words."

"This notion does not seem to fit into any words."

(3) 有些语言表述暗示符号传达或包含思想,而如果不能使其做到这一点,交际就会失败。

"The passage conveys a feeling of excitement."

"Your writing must transfer these ideas to those who need them."

"The speech has too much angry content."

"His words, pregnant with meaning, fell on receptive ears."

"The sentence is without meaning."

(4) 有些语言表述暗示在听别人讲话和阅读时,我们发现符号中的意义,然后将其装进脑子里:否则,双方的交流就会失败。

"I have to struggle to get any meaning at all out of the sentences."

"Everybody must get the concepts in this article into his

heads by tomorrow, or else!"

"The feeling arises from the second paragraph."

"You've bared the hidden meanings in the sentence."

"To unseal the meaning in Wittgenstein's curious phrases is no easy task."

莱迪的发现的确是惊人的:他估计,关于意义、语言和交际的英语表述中至少有70%是"直接、明显和鲜明地以通道隐喻为基础的"。(1993:177)并且他还发现,不用通道隐喻而要说好地道的英语是极其困难的。

拉科夫和约翰逊(1980:10—13)进一步将通道隐喻分解为三个成分隐喻:

概念或意义是独立于交际双方和语境的实体。

词、短语、句子和语篇是容器。

交际是传送;它传递概念、思想和感情。

然而,还有一个与通道隐喻密切相关的隐喻"逃过了"(该动词的隐喻用法!),莱迪及其同伴的注意,即大脑是个盒子或容器。《柯林斯英语辞典》(Collins Cobuild English Dictionary)是这样解释"大脑"这个词的:

> 你的大脑是思想所在的处所。人们在用这个词时,经常把它当成思想进进出出的盒子。当某个东西"在你脑子里的时候",你就正在考虑它了。当某个东西在"你脑子的前方或最上面时",你想它想得很多。例如:All this confusion in the minds of young people was bound to lead to violence. (年轻人脑子中这些乱七八糟的想法注定会导致暴力。) / She let

her mind wander.（她听任思绪信马游缰。）/ There were two thoughts uppermost in my mind — who would do such a thing and why?（我最先想到的是两个问题：这样的事情是谁干的？为什么？）/ Agate couldn't get the woman's reply out of his mind.（阿凯特想不出那个女人是怎样回答的。）My mind's gone blank.（我脑子一片空白。）

大脑是思想进进出出的盒子，词语是意义的容器，意义是词语可以放进又可以从中提取的物体。在交际中我们通过语言通道将意义传达给其他人，他们又将意义收进大脑里。意义（意图、概念、思想或信息）作为物体的构想给我们一个暗示，即它们能独立于语言而存在。像"naked ideas"（空洞的思想）；"nonverbal thought"（非言语的思想），"hard to be put into words"（难以用言语表述）；"grope for words"（搜寻字眼），"lightning-like thought"（闪念），"the thought comes to me in a flash"（这个想法突然闪现到脑海）；"sudden understanding"（恍然大悟）等等，这些短语都向我们暗示了这一点。

通道隐喻与翻译间的联系绝不是偶然的。怀特（White, 1990:231－235）提醒我们：

> 每当我们提到"翻译"时，我们都在使用一个隐喻，即把"一个东西（从一个地方）运送（到另一个地方）"，因为这个词自身来源于拉丁文"trans"（穿过）和"latus"（即 fero, ferre, fuli 的过去分词，latus：运送）。因此，它与"transfer"来源于同一个拉丁文动词，意思大体相同，暗示一个人可以将某个东西从一种语言带到另一种语言，就像一个人将某样东西从河的一边搬运到另一边，或者像把本年赋税亏损转到下一年（赋税亏损延期）。这种把翻译比做运输的观念使我们默认了一种

意义观，即意义就像物体一样可以从发现它的地方拾起，然后放到另一个地方去；或者换句话说，一个句子的意义可以从各句子成分中脱离出来——从语言，从文化背景中脱离出来——而后在另一种语言中再现。

“metaphor”（隐喻）这个词在其希腊词根上恰好与“translate”相平行。meta 意思是“穿过”，而 phor 意思是“运送”。事实上，phor 和（transfer 中的）fer 是同一个词的不同译法。两个词都是造词，都不是机械照搬的：翻译就是隐喻。

由此可见，申农和威弗的模式被许多人当做翻译的典型模式实在是最自然不过的了，其原因在于这个模式与通道隐喻配合得极其完美。根据这个模式，我们可以有一种非语言信息，选择一种语码将其编码后，通过语言信道将编码的信息传送给其他人；他们的大脑收到这种编码的信息后将其解读为最初的非语言信息，最后完成他们的理解。因此翻译的过程就是将原来的非语言信息用译语重新编码。当然，没人知道非语言信息是什么样子，也不知道它是怎样与大脑中的另一种语码连接的。然而，既然它就是引起重新编码的东西，它就一定存在于大脑之中。正如罗宾逊在他的翻译躯体学中所说，我们能在身体内“感觉”到它。而它到底是什么样子，在大脑中究竟发生了什么，也许永远也无法完全解释清楚。罗斯就是这样认为的。不过，也许像奈达和罗宾逊所认为的那样，神经病学家终有一天会向我们揭开这个谜团。不论怎样，他们都认为，翻译就应是这样运作的。

我们讨论翻译时所用的语言也支持了通道隐喻的说法。我们说，原语语篇的意义传递并保留到译语语篇中，对原语语篇的理解传递到译语中。原语语篇的信息首先从中提取出来，继而在译语中重组，因而原语和译语语篇传达或共享相同的意义，等等。我们说意译与形译是对立的,说翻译是文化传播而不是语言传播,并且还谈论译者大脑中的翻译过程。这些描述都给我们展示了一个貌似清晰实际带有欺骗性的翻译图像:一些实体(词、意义或文化)通过译者的大脑从一种语言传送到另一种语言。不过,一旦有人追问起这些描述的究竟来,我们却想象不出。

五

尽管它有着种种价值,这个通道隐喻的幻像及其导致的错误观念却成了翻译研究和翻译培训从以翻译结果为中心转向以翻译过程为中心的根本原因。如今这一新的研究视角有着众多的信徒,而原因又恰恰在于它的科学召唤力。再次援引贝尔的话(Bell, 1991:13)以资证明:

> 显然,翻译理论须是综合的和实用的,它应尽力描述和解释翻译的过程和结果。而目前的情况是,大部分翻译理论集中于翻译结果的探讨,将翻译过程排斥在外,只是通过描述和评价翻译结果进行逆向推理得出对翻译过程的规范性评判……
>
> 如果承认我们有责任描述和解释翻译过程,而且赞同翻译过程在本质上是精神的而非躯体的,那么我们就应担负起心理学领域的研究,具体说是知觉、信息加工和记忆的心理学研究以及认知科学研究。
>
> 同样,既然翻译过程主要是语言活动,我们就应吸取语言学研究成果,准确地说,是汲取研究有关语言使用的心理和社会方面的语言学分支,即心理语言学和社会语言学的研究成果。心理语言学考察译者大脑中的翻译过程,社会语言学将原

语语篇……和译语语篇……放进彼此的文化背景中进行考察。

正如我们已经讨论过的，在这一串学科名称后面，一定会有许多人要加上神经语言学、神经生理学和神经病学。研究翻译过程并且采用科学的方法固然有其价值，而了解翻译时大脑的运作也一定很有趣，心理语言学方面的研究成果也对提高口译译员的机动能力（不是他们的语言能力）有一定的帮助，然而，作为译者，我们关心的不是在翻译时神经元怎样联络的问题，而是应该怎样翻译原文和为什么应该这样翻译的问题，即我们关心的是方法和依据。神经元自动交流的功能（用外行话说，就是靠本能翻译），永远也不能回答有关方法和依据的问题。然而，正是这能够明确和系统阐释的方法与依据，才实现了神经元的联络。它们都基于有意识的、理性的语言活动。"我的神经元产生了联络突触。"这样的话绝对回答不了"你为什么这样翻译原文呢?"这样的问题。然而许多翻译家和翻译理论家又恰恰期望从神经系统科学获得这种答案。

同样，以翻译过程为导向的翻译培训也完全是误导。库斯摩(Kussmaul, 1995:7)的一段话最能说明这种新式教学法的逻辑错误：

> 最近兴起了一种以翻译过程为中心的新的研究方法，其目的是要更直接的探究那个众所周知的黑匣子——译者的大脑。采用心理学的内省方法，进行翻译时的实验，用磁带录下他们的独白。而这些独白又被称为独白诊断报告(TAP)。对这些报告加以分析，划分翻译策略的类别，达到发现学生翻译困难的教学（诊断）目的。不过，尽管使用诊断报告(TAP)有利于"较近地"探究译者的大脑，我们在一定程度上仍然需要对实际情况进行推断，分析报告时我们会清楚地认识到这一点。目前还没有，并且大概永远也不会有直接观察大脑活

> 动的方法。不过,我仍然希望,采用诊断报告分析取代错误分析的方法能够取得逐步的进展。(重点为笔者所加)

诚然,以翻译结果为导向的传统翻译教学,尽管被莱德米拉(Ladmiral, 1977)称为"运作大师",却仍有很多不尽如人意的地方。在我看来,它最大的缺点是混淆了翻译教学和语言教学,不能将翻译问题和语言问题区分开来。在这一点上,翻译过程为导向的方法是一个大的进步,因为它强调学生翻译时遇到的问题,他们解决的方法,以及如何设计诊断措施等。然而,要发现学生的问题大可不必直接去探究学生大脑这个黑匣子,也就是说,观察他们非语言的精神过程。就此而言,库斯摩通过分析学生的独白诊断报告所揭示的问题,诸如假朋友的干扰,对假朋友的过激反应,错误的一一对应,双语辞典的误用,百科知识和个人经验的误用以及变通解释不完整等等(15—31),都能够通过其他方法确定,比如可以让学生就翻译文章的过程作口头或书面报告,或者甚至可以在学生总结汇报之后再对他们的翻译进行诊断分析。事实上,独白诊断报告所揭示的问题对一位有经验的译者兼教师来说,几乎都不是什么新东西。

而独白诊断报告(TAP)的一个更严肃的问题在于它破坏了自然、原始的翻译过程。波兰伊(Polanyi, 1958:55—57)指出,人在做一项工作时总是伴随两种注意方式。例如,一位钢琴师的"焦点注意"在弹奏曲子上,而其"次级注意"在手指的动作上。

> 次级注意和焦点注意是相互排斥的。如果钢琴师将注意力从弹奏的曲子转向自己手指的动作,那么他一定会手忙脚乱以至于不得不停止演奏。当我们将焦点注意转向以前处于次级注意中的细枝末节时,这种情况通常会出现。

> 焦点注意转向一个行为的次级要素而引起的左支右绌的情状就是我们通常所说的不自然。更为严重的,有时甚至是茫然失措的情况,就是"怯场"。怯场的原因似乎在于一个人焦虑地将注意力转向下一个他必须记起的词——音符或者姿势。这样便破坏了他对整体情境的知觉,而事实上这种知觉本身就会顺利地唤起正确的词、音符或姿势的序列。如果能够将一切担忧抛在脑后,让大脑对我们最为关注的整体活动有一个清醒的意识,那么怯场就会消除,而恢复到自然流畅的状态。

同样的道理,翻译过程中我们的焦点注意指向的是翻译的整体活动,不是指向思维过程的细节。对于细节我们只给予次级注意。将焦点注意转向思维过程显然会破坏整项工作,结果也会歪曲思维活动的事实。

六

那么,当我们摆脱了通道隐喻的强力控制之后,怎样谈论翻译呢?——回答是,你随便怎么说好了,只要你的说法清楚明白就可以了。你甚至可以用以前一直用的那些描述,只要不按字面意思去理解,对自己使用的语言有一个清醒的认识就可以。如果你脑子里想的是一个能够抓住翻译"实质"的定义,那么正如维特根斯坦(Wittgenstein, 1953)所指出的,这个定义是不存在的。因为"翻译"这个词的所指是一种没有同一要素的具有多样性的活动。

如果我们不是在将意义(或对它有用的东西)从一种语言传递到另一种语言,那么翻译时我们究竟做了些什么呢?——哦,难道你真的不知道翻译时做了些什么吗?你难道不是在做我们称之为

"翻译"的事吗?——将一个词的意义深思熟虑,查一下词典,想出一个在译语中合适的词,等等。你所做的事本来就没什么神秘之处!

我们能够或应该使用什么模式代替编码——解码模式呢?——你需要另一个模式做什么呢?我们称为"翻译"的活动样式繁多,一个模式怎么能解释所有的活动样式呢?此外,你需要哪一类解释呢?你问翻译怎么会可能进行?交通警察在交通灯出故障时用手势指挥交通,这是不是一种翻译呢?你会问这怎么可能呢?

〔参考书目〕

Bassnett-McGuire, S. *Translation Studies*. London: Methuen, 1980.

Bell, R. T. *Translation and Translating*. London: Longman, 1991.

Bourke, V. J. Ed. *The Essential Augustine*. New York: The New American Library, 1964.

Delisle, J. *Translation: An Interpretive Approach*. Trans. P. Logan and M. Creery. Ottawa: University of Ottawa Press, 1988.

Firth, J. R. "A Synopsis of Linguistic Theory, 1930–55." in *Studies in Linguistic Analysis* (Special volume of the Philological Society). Oxford: Philological Society. 1957, 1–32. Rpt. in F. R. Palmer (ed.), *Selected Papers of J. R. Firth* 1952–59. London: Longman, 1968.

Haas, W. "The Theory of Translation." *Philosophy* Vol. 37. 208–228.

Kussmaul, P. 1995, *Training the Translator*. Amsterdam: John Benjamins, 1962.

Lakoff, G. and Johnson, M. *Metaphors We Live by*. Chicago: The University of Chicago Press, 1980.

Lakoff, G. and Turner, M. *More than Cool Reason: A Field Guide to Poetic Metaphor*. Chicago: The University of Chicago Press, 1989.

Ladmiral, J. R. "La traduction dans le cadre de l' instituion pedagogique"

[Translation within the Educational Setting]. *Die Neuren Sprachen* 1977, 76. 489－516.

Nida, E. "Translation in the Information Age." in M. B. Labrum (Ed.), *The Changing Scene in World Languages. Issues and Challenges*. American Translators Association Scholarly Monograph Series, 1997, Vol IX. 9－17.

Nida, E. and Taber, R. *The Theory and Practice of Translation*. Leiden: E. J. Brill, 1969.

（谭业升译）

第三节　翻译：理论、实践与教学

香港城市大学　朱纯深

［哈姆雷特］同行动周旋，就像艺术家同理论周旋。

奥斯卡·王尔德：《自深深处》

一、引　言

研究翻译理论对于翻译实践或翻译教学有没有必要？或者更直截了当地问一声：翻译理论有用吗？

有多少次，我们这些研究翻译的、从事翻译的或者教翻译的，都有过这样的经历：一谈起翻译研究，如上问题便在现场气氛中、某些人的舌头尖上、甚或在我们自己的心底里，呼之欲出。

1987年，我的一位同事那时正要出国攻读自然科学的博士学位，得知我要去同一个国家做翻译研究后，便问道："翻译真的需要研究吗？"数年后，有一次回老家探亲，我父亲曾关心地问起，一个大学里的翻译教师，会有什么"学术性的"东西可以写来发表？在中国那段年轻人无书可读的令人啼笑皆非的岁月里，父亲是我英文自学的辅导老师。一听到我说"翻译理论"，他善意地悄悄问了一句："翻译除了要通晓不止一门语言外，难道还有理论吗？"

1996年初，接着国际译联在墨尔本的代表大会之后在迪金(Deakin)大学召开的口笔译研讨会上，有人提出了本文开篇的那个问题。对这个问题，我觉得不能简单地用是或否来回答，也不能

随口一句评论就可以打发掉,因为它包含了两个更深层的问题,关系到整个翻译研究的基础:

(1) 我们所说的到底是什么翻译理论?

(2) 在质疑理论是否有用之前,如果我们当真已经将心中所指的那个理论试着在翻译实践或教学中应用了一下,那还得先问问,我们是如何应用的?

二、翻译理论以及 Holmes 对翻译研究的分类

要回答第一个问题,首先得说明,这里所说的是一种广义的"理论",任何旨在使人们对这种称做"翻译"的心智活动的认识更有系统的研究,只要论据充实、论证充分、论点鲜明,都包括在内。如此一来,翻译研究大体上所提供的见解就不是无的放矢了。尤其是 Holmes 对翻译研究的分类,更具有启发性;Toury(1995:11ff)对此表示赞同并加以扩展,在中文翻译领域也引起了张南峰(手稿:5)的注意。

根据 Holmes(1988:71ff)所论:

> (1) 翻译研究根本上可以分为两类:①纯理论研究,即"research pursued for its own sake";②应用翻译研究,即关注翻译教学与翻译批评等领域的研究。
>
> (2) 纯理论研究可进一步分为:①描写性翻译研究,其研究取向可以是翻译的产品、功能或过程;②理论性翻译研究,由通用翻译理论和局部(或可称特定)翻译理论构成(后者又可以包括与特定媒介、领域、级阶、文本类型、时代、或者问题相关的理论)。

因此,在对翻译理论的实用性进行有意义的调查研究之前,我

们必须清楚自己所论及的是哪一类的翻译理论。而这些理论的用处或者影响,如 Toury 所称,是累积渐进并最终具有深远效果的,尽管就这类描写性研究结果而言,在何种程度上可以有累积作用而最终具有类似法则般的预测力或约束力,还是个未知数:

> The cumulative findings of descriptive studies should make it possible to formulate a series of coherent *laws* which would state the inherent relations between all the variables found to be relevant to translation. ... the formulation of these laws may be taken to constitute the ultimate goal of the discipline in its theoretical facet. [These laws are] designed [...] to state the *likelihood* that a kind of behaviour, or surface realization, would occur under one set of specifialbe conditions or another. [...] the formulation of laws of this type requires the establishment of *regularities of behaviour*, along with a maximal control of the parameters of function, process and product. (Toury 1995:16,斜体为作者所加)

三、翻译研究的超理论方面

就对翻译研究的研究本身而言,霍尔姆斯(Holmes 1988:79)指出,上述三个分支的研究(即描写性、理论性和应用性翻译研究)之中,每一个又具有两个方面。其一为翻译研究的历史;其二为“方法论或超理论方面(the methodological or meta-theoretical dimension)”,这个方面同本文的讨论关系更为密切,因为它所关注的问题中包括了探讨何种方法或模式在该学科的哪个分支中最可用。比如说,如何形成最有效的翻译理论,或者何种分析方法最可以用来获得最为客观、最有意义的描写性成果。

随着翻译研究史在起码大学或以上的译员培训课程中日益受到重视,方法论方面的研究迄今仍未引起许多研究人员及教师的注意,包括一些从事与汉语相关的翻译研究的人员。因此,在怀疑翻译理论的实用性的时候,很少有人注意到这样深层的考虑,即如何建构一个有效的理论以及如何应用该理论去理解、阐释或解决实践中的或教学上的问题。忽视了这种对方法论或超理论方面的研究,便阻碍了翻译研究的总体发展,正如翻译研究"鱼龙混杂"("a motley genealogy")导致了我们目前的认识混乱("our current conceptual disarray")一样(Neubert 和 Shreve,1992:33)。有关汉语的翻译研究尤其如此,"随想"和空想式的评论在各种出版物里仍然比比皆是,而且频频被当做是论证充分的理论。这等状况已受到一些论者的关注:

> 大多数的论述都局限于对技术性问题分析,结论更多的是基于个人经验的一种评论,而非通过具有理论意义的研究得出的深刻见解。(参见王宁,1998:1)

> 目前中国的描写性翻译研究缺乏严密的理论体系和令人信服的理论深度与广度,因为经验之谈难以自成体系,尤其是,还有一些学者仍然将理论看做是对语言表层结构转换技巧的研究。(参见王东风,1999:9—10)

除了上述情况,有些研究者也许还面临着一种理论与实践结合的困境:一方面是很有意识地在理论研究中力求客观性和分析性,另一方面却在把本身的研究结果应用到实际的译作分析中去时碰到了某种困难。因此,他们不得不求助于一些传统的、大多没有经过充分定义的概念来提供某种解释。于是乎,他们的研究可能就流露出一种影响其完整性的张力,一种追求理论现代化的努力同因为历史悠久而受尊崇的思想传统的阻力相抵牾而形成的张力。

张泽乾(1994)中第二部分的研究就是一个恰当的例子。作者从哲学、科学及艺术各角度对翻译研究作了颇为细致的调查,令人印象深刻。然而其三分法的模式并未能为有关汉语的翻译研究提出一个整合的理论框架,因为最后在对翻译的艺术性进行讨论的时候,他没有坚持前几章中分析型的态度取向,而是沿用了一套传统的如"神似"、"化境"① 等缺乏严格定义又具主观性的概念。

背离客观的、分析性的研究方向,往往又得到一种诉诸情感的行文风格的推波助澜,给人一种凭主观判断的、颇动感情的印象,甚至十分感性或达到几乎是传教般的热度。例如,像下面这样的说法在当代讨论翻译的中文文献里屡见不鲜,稍加修改简直可以用来表达宣称某一特定语言至高无上的任何一种狭隘观念:

> 变幻莫测的汉语不仅具有独特的朦胧性和模糊性,更具有丰富的哲理性和灵活性。它是诗的语言、画的语言,汉语本身的词形与音形如诗如画,这是西方语言望尘莫及的。汉语较之任何其他语言更具艺术的特性,更富迷人的色彩。充分

---

① 在西方的翻译理论中,我可以找得到的与"化境"最相近的概念就是 Matthew Arnold 比照 Coleridge 的"人的灵魂与神性的结合"之后对于优秀译作的描述:... that union of the translator with his original, which alone can produce a good translation, [...]takes place when the mist which stands between them-the mist of alien modes of thinking, speaking, and feeling on the translator's part- 'defecates to a pure transparency', and disappears. (Matthew Arnold in Robbinson (ed.)1997:253)
确实,我曾在"翻译理论选读"课上问过毕业班的学生,他们一致认为"化境"就是这种"净化"现象的中文表述。但不管怎样,翻译研究的复杂与微妙早已超越了 Matthew Arnold 那个时代所达到的水平。

发挥汉语的这种优势，使译文尽可能达于完善，这是我们广大翻译工作者光荣而艰巨的使命。(张泽乾 1994:175)

严格说来，这是可以在任何地方但不是在理性地分析探讨翻译问题(而非宣扬某种翻译理念)的学术著作中应该出现的话语。

以上我们的讨论应当足以说明健全的方法论和科学的话语规范对于翻译研究的必要性，因为健全的方法论与话语规范可以形成一个局部翻译理论得以互动并发展的共同基础和表述框架。正如纽伯特(Neubert)和施雷夫(Shreve 1992:33,35)所指出的那样：

By fully developing [each of these] partial perspective a holistic view might be constructed, but only if a common methodo-critical system is maintained. [...] Our approach to translation insists that all of these approaches are valid if they have a basis in the textuality of translation and are empirical in method.

因此，就翻译的实践与教学而言，重要的是要知道适用的理论类型，这种类型的理论将提供稳定的解释力，也就是有助于建立现代意义上的一套行之有效的批评方法的理论体系。在这样一个体系中当不容有如下所说的那种"自封的理论"：

(1)"闭门造车式的理论"。这种"理论"既没有适当的、有证据的实证经验为基础，也不见通过成文的参考文献与整体翻译研究的知识大系建立的必要与充分联系。应当告知学生们，在他们的翻译批评中要警惕这种自说自话的理论。也许这正是为什么在他们学习的初级阶段便需要强调熟悉参考文献及其建立规范的重要性。

(2) "权威"的断言。就是说,言论的有效性是基于言论个人或机构的重要性而不是基于经验或研究。并且常与所译文本在某一特定历史文化背景下被理解的性质有关,比如所谓的敏感文本或宗教文本。容易把这种听起来好懂,用起来却不灵的命令式的言论奉为理论的人,并非一定都是涉世未深的学术新手。严格说来,教师应确保这些内容一旦出现在教材中,就应该作出适当的评论"以正视听"。

(3) "幼稚经验主义(naive empiricism)"。这种经验主义常见于从事翻译教学或实践的人,他们有时就"简单地从完全主观的描述出发",认为"他们用过能行的就行"('proceed simply from entirely subjective description of "what has worked for them"', Neubert and Shreve 1992:33)。

四、个案重提:简·奥斯汀所著《傲慢与偏见》开篇句的翻译

为了说明理论对于翻译实践与教学的用处,我们来看一个有争议的英译汉例子,即简·奥斯汀所著《傲慢与偏见》开篇句的汉译。这个句子可说是英国文学中被人研究最多的一个句子。

(1) 供讨论的文本

It is a truth universally acknowledged, that a single man in possession of a good fortune, must be in want of a wife.

(2) 对该句汉译的评论

本句的各种汉译中有一个很明显的倾向,即反转原文的句法顺序,将 that 从句提到句子前部。我目前所收集到的三个译本均采用这种逆反语序。孙致礼(1997:11)曾经大力为这种倾向辩护,大意如下(回译部分为笔者所加,以供与原文比较):

① 原作是"先庄后谐(即'语气颇为粗俗')",照汉语句法顺序只能译为"先谐后庄":

有钱的单身汉总要娶位太太,这是一条举世公认的真理。

[回译]A moneyed bachelor always wants to take a wife, this is a universally-acknowledged truth.

② 如果像"有人"那样"试图严格遵守原文的顺序",会译成"根本'不像样'"的汉语:

有这样一条举世公认的真理,这就是,有钱的单身汉总要娶位太太。

[回译]There is such a universally-acknowledged truth, that is, a moneyed bachelor always wants to take a wife.

这种"'等值'论硬把翻译推进了'机械对等'的死胡同。不考虑我们的实际,盲目地照搬外国的理论,不仅无益,而且是有害的"。

(3) 供重新考虑的几点意见

确切地说,在没有充分的概念定义及分析性论证的情况下,上述评论只不过是一些意见而已。比如作者提出的"我们的实际",到底指的是谁的(作者本人的?持相同观点的人的?还是全体使用汉语的人的?)、什么样的(语法规定的?个人行文习惯的?还是整个语言文化的?)实际;另外他对"等值论"(姑且不论它在国际译学界受到的批评并且常常沦为标签)的理解也是即兴的,即"顾名思义,想必是"指完全的对等(出处同前)。每个人都有表达自己意见的自由,但光是互提不同的意见并不能形成学术意义上的辩论、论证或讨论,因此我们只能提出下列各点以供重新考虑:

① 此句译入汉语时只可用反向的语序,这是否那么绝对?也就是说,是否可以证明,汉语中交际语气的庄与谐同句法形式直接相关,以至于可以预估或规定只要句子中有"谐"与"庄"二成分,二

者必以先谐后庄的序列出现？(尽管本个案的句子中是否包含无可质疑的“庄重”成分,还有待澄清。)

② 我们是否能如此确定,汉语中就不存在任何句法手段,可以将信息的各组成部分以类似原文的呈现顺序排列起来,以达到某种类似的言语行为或交际目的？

③ 我们是否有权下这样的定论,说任何坚持保留原文语序的译者只不过是为了机械照搬原文的表层结构而硬套其句型？或者只不过是盲目地崇尚外国理论(什么理论?),而不顾我们的现实(什么现实?)。

(4) 一个基于功能语法与言语行为理论的实验

对本句汉译可采用什么句法形式,孙致礼(见上述)同张南峰(1996)两人所持的立场不同。在对他们的观点事先不知情的情况下,我独立对此句的翻译进行了实验(这是目前仍在进行中的一个研究项目的一部分),Zhu(1996a)论证句子作为关键翻译单位的三例个案研究之一。该实验是以结合功能语法理论与言语行为理论建立的“意义结构”模式(Zhu 1996b)为框架进行的。不论是功能语言学中的主述位理论,还是言语行为理论,单独来看,早已不是翻译研究中的什么新思路(或者主流思路)。但是,将两个理论结合起来应用在这个实验中却发现了一些有趣的现象。也就是说,它让人认识到,原文文本体现了一种句法上呈右分支型而信息呈现上呈开放型的结构,包含了一个言语的言外行为(illocutionary act)的序列:断言 + 说明,以此实现故事开篇及引导读者的功能。其结构可切分如下:

It is (预备性衔接手段) a truth (词组主位) /universally acknowledged (词组述位) {句子主位:断言} ///that (连接性衔接手段,回应前一个衔接手段) a single man (词组主位) /in possession of a good fortune (词组述位) [小句主位]//

must (情态意义) be in want of a wife[小句述位]{句子述位:说明}.

读者或许已注意到,右分支型的结构在句子层面上形成的信息结构所具有的开放性,进一步由词组层面上同样开放的主述位结构给予加强,因为事实证明这两个词组完全可以采用呈封闭状的左分支型"修饰语+中心词"的结构,如 a universally acknowledged truth 或 a wealthy single man。

在认知范畴的信息处理过程中,这种右分支型结构呈前指趋势,因为它把故事发展所倚赖的信息成分("单身男人需要太太")作为新信息置于句末,所以可以比逆向回指型结构更有效地将读者引入故事情节。我的调查表明,在汉语译文中保留这样一种主述位结构是可能而且可行的;采取一种类似的开放式的序列,将此因为倒序而形成的"观察+结论"式的言外行为序列更有效地启动故事叙述向前发展:

有这么一条真理举世公认:单身男人拥有一大笔财产,就必定需要一个太太。

[回译] There is such a truth acknowledged by the whole world: a single man possessing a good fortune must need a wife.

该译文的信息结构是受到主述位理论与言语行为理论的启发而确定的,其意义不在于同原文在形式上接近与否,而在于使得一种类似原文文本的右分支型句式和前指过程成为可能,而这个结构在中文中也同样是启动叙述的有效手段(见下文讨论):

有(导入性衔接手段)这么(预备性衔接手段)一条真理

(词组主位)/举世公认(词组述位){句子述位:断言}///:(标点作衔接手段,回应前面的衔接手段)单身男人(词组主位)/拥有一大笔财产(词组述位)[小句主位]//就必定(情态意义)需要一位太太[小句述位]{句子述位:说明}。

(5) 汉语句法和实际语料对实验结果的支持

我们这里提出的句型只是在词组层面上明显的不同于孙致礼(见上述)所鄙弃的那种结构,然而在汉语中绝非不地道的句型。调查一下汉语的句法库就会知道,它属于一种“兼语式”的句子类型(参见李子云 1991:276—81),其呈现出的右分支型结构类似于英语中的 there + be 存在句结构。两者都允许在话语发展上较具意义的信息成分以新信息的身份出现在句末为焦点。实际上,这种句型广泛用于故事叙述的开始,例如:“从前,有……”或英文中的“Once upon a time, there was...”。

所以,从理论同实践及教学的关系这个视点看,本个案研究的意义,归根结底是显示了有关理论如何能启发人们首先意识到了信息呈现的线性序列所导致的言语行为排列,及其所包含的交际潜能,从而触发对整个译入语的句法体系进行开发探查,最终发现相应于交际期望的手段,使得我们能有理有据地将这个句子以另一种方式译入汉语,而不是毫无理由地以坚持保留句法的一致性为目的而进行翻译。这另一种译法不仅与中国文学的叙述传统相一致,而且更重要的是,它力图为信息序列的认知处理过程激活一种前指动力,至少在这一点上,英语与汉语的文本生成现实是相同的。从本个案研究看,翻译理论对翻译实践或翻译教学的实用性,更多的是在于启发而不是局限,是解释而不是规定。

下面的句子是新加坡一份主要华文报纸上登载的一读者来信的开篇句,在笔者的英译文中化成了两个独立的句子。它提供了一个实实在在的自然语料例子,说明这种句型在非翻译、非文学的

文本中,或者在日常话语中也常常用来在故事的开端引入一段相当长的新信息安排在述位上:

> 有这样一家公司,雇员来自世界各地:有德国的、日本的、(中国)台湾的、中国大陆的,而当然更多的是新加坡本地的,在年底发花红时,雇主对员工的态度很不一致。(新加坡《联合早报》,1998 年 1 月 15 日,第 24 页)
>
> [译文]There is such a company, whose employees are from different parts of the world: Germany, Japan, Taiwan(of China), Mainland Chian; but of course most of the employees are local Singaporeans. In giving out the end-of-the-year bonuses to the employees, the employer's attitude [towards the employees] has been far from consistent [Read: indiscriminaive].

(6) 对翻译实践与翻译教学的启示

此处似乎极有必要强调一下,翻译中有关句法运用的某些根深蒂固的认识,有的是基于某一个人的语感直觉或局部经验,并非总是具有普遍的意义;而我们通过本个案研究对这类认识提出的上述质疑,是受到从主述位理论与言语行为理论的角度进行思考而获得的一种综合认识的启发;至于不问其所以然地追求跨语言的主述位序列等同,从来就不是我们的目标,况且机械地追求等同已经使主述位理论在翻译中的应用处于不讨好的境地(参见 Baker 1992:171—72)。如果主述位结构的功能语言学理论,在加入言语行为中的言外之意的语篇考虑后获得了更强的解释力,而且对它的应用使我们认识到在文本构建中信息呈现序列比句法形式更为重要,那么,它还是应该可以成为以教学为目的的翻译作品分析中一个有用的参照原则,也是实践中启发思路、发现更有效的译文的一个可靠的提示系统。这已经为上述个案研究所证实，而下面这段文字的翻译过程则进一步说明了这一点：

> But I've come to enjoy the smell of formalin-*a 5% solution is satisfactory for removing all the soft parts of a rat's body*. Yes, *the smell is pleasing to my nose because I know the bones aren't mine*. (William Kotzwinkle: *Doctor, Rat*, 斜体为笔者所加)

本段选自一本科毕业生的毕业翻译加评论练习中的翻译部分。第一次讨论时，该学生交来了下面的译文，其中划线的句子采用了与原文信息序列不同的结构：

> 不过，我变得喜欢福尔马林的气味——要除去老鼠身体上所有的柔软部分，百分之五的溶液便已足够。对了，因为我知道这些不是我的尸体，所以我喜欢嗅这气味。(学生译文，下划线为笔者所加)
>
> [回译]But, I've come to enjoy the smell of formalin-*to remove all the soft parts of a rat's body*, *a 5% solution is enough*. Yes, *because I know these are not remains of mine*, *I like to smell the smell*.

从语法上说，这译文毫无问题。我们初步讨论了原文的信息序列及其重要性，亦即原文中的信息呈现过程，是如何把句子层面的信息焦点从非语篇重点的福尔马林(的气味)移向了对语篇发展非常重要的老鼠(的身体)这一信息成分；也讨论了译文改变信息呈现序列的安排可能会无意中削弱原文的讽刺效果。以此启发学生进一步探查搜寻汉语其他可能的句法手段，于是学生又做出了一份译文。修改后的译文只消在文体(stylistics)上稍作调整(例如 pleasing to my nose 与 pleasing to me 在文体上可以产生很不同的效果),便成为如下译文:

> 不过,我还是喜欢上了福尔马林的气味——百分之五的浓度便足以把老鼠身上的软组织清除干净。没错,这气味我鼻子闻着舒服,因为我知道那些不是我的骨头。
>
> [回译]But, I've come to enjoy the smell of formalin-*a 5% solution is enough to remove all the soft parts of a rat's body*. Yes, *this* [*is the*] *smell my nose likes to smell*, *because I know those are not my bones*.

五、结 语

翻译理论有用吗?怎么说呢,这取决于你如何定义和运用理论。但是总结起来,还是有一些普遍的观察结论似乎是适用的:

(1) 一个论据充分、论证得当的翻译理论在应用领域的可行性在于它为翻译实践与教学所提供的分析性见解和解释力。

(2) 通过为评估和解释提供一个稳定一致的理论框架,翻译理论就既不会像实践家根据幼稚经验主义所得出的假设一样,只是一些飘忽不定的概念,也不会施加一种"理论"负担,到头来只能招致实践家们的轻视、厌恶或惧怕(参见 Newmark 1981:100;以及 Reynolds 1992),认为那不过是枉然地想替代数年的强化训练(Lawendowski 1978)。它也不是一种时装,可以套在哪条意见上,使它看上去显得比较的"学术",正如 Fawcett(1997:前言)很有道理地批评过的那样,翻译理论家们提出理论后就不管了,对理论的开发基本上没去理会。

(3) 理论知识作为专业水平的一部分对于教师比对初学的学

生来得重要。教师和翻译实践家都应当把从学习和研究中获得的对于理论的深刻理解看做是:①更有效地指引实践的严谨的原则而不是生硬的规则;②使翻译行为的表现趋于正规及稳定的参照系,而不是一堆引文,让人临时抽来支持或批评某个孤立的翻译行为。也就是说,要让理论站在身后支持并推动我们,而不是任它们把自己圈起来,使创造力无从发挥,同样也不是把它们摆在前面然后不惜一切代价地去追随或尊崇。

(4) 良好充分的理论培训可以培养一种态度,使我们摆脱语言或文化上的"领土主义"色彩(一时找不到更合适的词),即那种非要决出个"属于我的还是你的"的心态。这也使我们能站到一个更高的立足点上,有助于在翻译实践与批评中树立一种见多识广的包容意识。这样也会令我们更愿意接受一个现实:一个语言的使用者所形成的群体(即一个民族或者全世界说该种语言的全部人口),其整体语言呈现为一个开放的新陈代谢的系统,记录并展示该群体有关世界的知识与经验,而这个群体中每个个体的语言则是一个子系统,甚至可以说是更活跃的一个开放的新陈代谢系统。照此推论,语言使用者的每一次语言行为都是一次对个人子系统的激活,而不像通常想象的那样是对整体系统的激活。换言之,每一次语言行为都是个人使用者在具体情况下,对其个人子系统中可供提取,并且在记忆中实际提取了的语言资源的一次受交际情境调节的语篇化实现过程。

(5) 就其本身的定义而论,译者就是有两个或以上子系统的个人。一个译者通常使用一个子系统比使用另一个更熟练,这是很正常的。但是,如果因为个人的子系统之间的不均衡,便推而广之地认为这也是它们各自相应的整体大系统之间的关系现实,那若非语言沙文主义或文化地方主义在作祟,也至少有认识上的武断之嫌。认识到个人的子系统之间的相对性,将促使教师和学员随着对语言的整体大系统的认识的深入,不断有意识地去努力提高各子系统的性能表现，并在翻译中保持一种开放的心态，看是否有可能在新的理论见解和新的灵感的驱动下，自己或别人会提出新的译法。

(6) 一方面，纯理论的非实用的研究应当具有适当的地位，为翻译研究充当学术上的开拓者；另一方面，应用性的理论，作为一座连结理论与实践的结构合理、基石稳固的桥梁，应当自觉地、更贴近地为翻译实践与教学服务。

(7) 有了纯研究性的以及应用性的理论，一个完整的理论体系便有可能建立。其中包括成果描述还包括指引改进的原则；不仅有可以遵循的标准，还有充分的论证来说明该标准之所以可资遵循的理由，更重要的是，有确保该标准得以遵循的翔实的方法论。这在目前尤其有意义，因为翻译实践与翻译批评还并未真正从直译、意译争执不下的阴影中走出来。

〔参考书目〕

Baker, Mona. *In Other Words: a coursebook on translation*. London and New York: Routledge, 1992.

Fawcett, Peter. *Translation and Language: Linguistic theories explained*. Manchester: St. Jerome, 1997.

Holmes, James S. *Translated! Papers on Literary Translation and Translation Studies*. Amsterdam: Rodopi, 1988.

Lawendowski, B.P. "On semiotic aspects of translation". In Thomas A. Sebeok (ed.) *Sight, Sound, and Sense*. Bloomington and London: Indiana U. Press, 1978, 264-282.

Neubert, Albrecht and Gregory M. Shreve. *Translation as Text*. Kent and London: Kent State U. Press, 1992.

Newmark, Peter. *Approaches to Translation*. Oxford, New York, etc.: Pergamon Press, 1981.

Reynolds, Sian. "Mediators between Cultural Worlds". In *The Higher*. 13 March 1992, p. 29.

Robinson, Douglas. *Western Translation Theories: From Herodotus to Nietzsche*. Manchester: St. Jerome, 1997.

Toury, Gideon. *Descriptive Translation Studies and Beyond*. Amsterdam and Philadelphia: John Benjamins, 1995.

Zhu, Chunshen. "Climb Up and Look Down: On Sentence as Key Functional UT in Text Translation". In *XIV World Congress of the Fédération Internationale des Traducteurs (FIT) Proceedings Volume* 1. Melbourne: AUSIT 1996a, 322－343.

Zhu, Chunshen. "From Functional Grammar and Speech Act Theory to Structure of Meaning: A Three-Dimensional Perspective on Translating". In *META*, 1996b. 41:3. 338—355.

张南峰:"鸡蛋里挑骨头",见黎翠珍(编)《翻译评赏》,香港:商务印书馆,第121—129页。1996年

张南峰:(手稿)《共性与特性—论翻译学与中国翻译学的关系》。*

李子云:《汉语句法规则》,安徽教育出版社。1991年

孙致礼:"关于我国翻译理论建设的几点思考",《中国翻译》2:10—12。1997年

王东风:"中国译学研究:世纪末的思考",《中国翻译》1:7—11,2:21—23。1997年

王　宁:"文化研究语境下的翻译研究",《外语与翻译》2:1—5。1998年

张泽乾:《翻译经纬》,武汉大学出版社。1994年

* 承蒙张南峰博士赐其尚未公开发表的论文手稿,特此表示感谢。

(吴青译,朱纯深校及作局部增删。)

第四节　文学翻译的过程

香港岭南大学　孙艺风

一、引言:文学翻译的特性

近年来,西方有些翻译理论的著述,尤其是以应用语言学作为研究手段的,内容空洞、雷同,缺乏新意,却热衷于制作翻译过程的图表,但所显示的无非是以原作为出发点,中间经过某些程序,最后到达终点,翻译任务完成。重点是翻译过程发生了什么,但怎样发生的,似乎关注不够。许多著述对翻译过程是描述性的(descriptive),不是规定性的(prescriptive),这本身未可厚非,而且值得称道,但缺乏深入的分析,停留于表层的描述,无助于推动翻译理论的发展。

翻译理论作为一门较新的学科,虽然近年来发展很快,但在诸多领域还待进一步深入研究。翻译理论与文学翻译的关系本来密切,后来不断有人想建立包罗万象的翻译理论体系,故仅把文学翻译作为翻译理论研究的一部分。不少翻译论著论及了翻译的方方面面后,还感到言不尽意,另辟一章谈机器翻译等等,使得本来就显零碎的理论体系更为杂乱。有些翻译论述似乎把文学翻译和家用电器使用说明书翻译混为一谈,好像翻译两者的过程和需要制订的翻译策略是差不多的。然而,考虑到对语境、语气、含蓄等的敏感度及广泛运用各种修辞手法,翻译问题最多、最具挑战性的还是文学翻译。翻译理论的主要研究对象应是文学翻译。所谓文学翻译的特性决定了文学翻译理论的复杂性。文学翻译理论包括的内容,以及涉及的理论问题是非常广泛的。相对而言,面临的问题也远远多于其他类型的翻译。

没有哪类翻译像文学翻译那样包含如此丰富的文化信息和注重修辞效果。新批评家和形式主义论者早就对文学和其他语言形式进行了经验上的区分,主要体现在风格(style)与效果(effect)方面。文学翻译的挑战就在于此。翻译理论要探讨这些问题必须要把许多文学现象考虑在内。在文化层面上,所涉及的范围更为广泛。至于修辞手法的归化、变通等问题,也是文学翻译需要解决的。本文的目的是讨论文学翻译过程里涉及的一些主要方面,以期加深对一些相关问题的理解和认识。

二、文学翻译的"信息"解码

既然强调翻译的过程,就说明翻译在许多情况下不是一步到位的,而且翻译也不一定是一次过程,也可能是两次过程,或多次过程,即可能有反复的过程。

关于翻译过程,罗杰·贝尔(Roger Bell)用过两个彼此相关的图表,一个是不涉及翻译的单语信息交流过程,另一个是翻译传递的信息过程。他的 sender 实际上是发出信息的人,即作者,[①]与诺特(Christiane Nord)的 sender 的意思完全不同,Nord 的 sender 是译者,因她称原作者是 text producer。[②] 在贝尔对翻译过程的

---

① *Translation and Translating / Theory and Practice*, Lond on & New York: Longman Ltd., 1991.

② *Text Analysis in Translation / Theory, Methodology, and Didactic Application of a Model for Translation-Oriented Text Analysis*, Amsterdam: Editions Rodopi, 1991, p. 5. 然而,她又在此书的第 11 页自相矛盾地说,译者又不是发信息者,而是 text producer 了。此处指的是重新制造,倒也说得通。

描述里,核心是传递、获取(retrieve)与理解信息(message)。第一个图表的第一项是作者(sender)选择信息和代码(message and code)。[①]有意思的不是"选择信息"(这是不言而喻的),而是"选择……代码"。代码是载体,信息需要通过它才能传递。Bell 的第二项便是为信息构码(encode message)。[②]就是说,作者选择自己想要表达的内容时也要选择相应的载体,然后把两者结合在一起。但被 Bell 忽略的问题是,这是个什么样的载体?载体与信息有什么关系。他完全没有描述代码是怎样选定的,也没有论及信息构码的过程,即信息是如何被置入载体的(encode)。诚然,这一部分发生在翻译过程之前。但翻译过程要探讨的不仅仅是信息,还有信息是怎样产生和构码的,因为无论是对信息的理解,还是重构码,均离不开对上述问题的思考。

此外,信息本身分为"指示性的"(denotative)与"意味性的"(connotative)两种。按照罗兰·巴特(Roland Barthes)的说法,指示性的信息,作为代码的语言和其转达的意思是直接联系的,故"没有必要去寻找""其他的含义"。[③]然而,意味性的信息则相反,包含了一个表象的层面和一个内容的层面。[④]在此处,巴特虽然谈的是摄影和意义的关系,但道理是相通的。他提到了解码的程序步骤。[⑤]意味性的信息至少含有两层以上的意义。除了解码时需加注意,不可忽略,再构码时更要小心,以确保不遗漏,或尽量减少遗漏信息所具有的其他层面的意义。

按照 Bell 的第二个图表(翻译过程),译者接收到含有信息的

---

① Bell, p. 18.

② Ibid.

③ "The Photographci Message", *Image*, *Music*, *Text*, ed. and trans. by Stephen Heath, London: Fontana, 1977, p. 20.

④ Ibid.

⑤ Ibid., pp. 20 – 25.

信号后,首先要识别出代码,然后立刻解码(decode message),其目的很明确是获取信息。在理解了信息内容后,他再选择代码,即作为载体的译语。贝尔把这个代码叫代码2,以便同作为原作意义载体的代码1,区别开来。[①]作为翻译过程来讲,图表无疑反应了翻译活动的各个步骤,但是问题是他把这个过程简单化了。首先,翻译的目的似乎只是为了获取和传递信息。从文学翻译的角度看,就过于狭隘了。如果文学作品里还要看的是信息是如何构码的,那文学翻译要关心的是信息该如何传递,尤其是在直译不成,需要变通的时候。其次,在贝尔看来,翻译的过程是一个直线性(linear)、有前后顺序(sequential)的过程,虽然他自己也承认实际的翻译过程并非总是如此。[②]譬如说,原作者在选择代码时就可能已经考虑到代码与信息的关系问题,而不一定是等到下一步给信息编码的时候。译者解码后才可获取信息,然后再理解信息。这三个步骤完全可能同时而不是先后发生,解码的过程也许是理解信息的最佳时机。贝尔强调信息的获取,其结果可能是,一旦获取信息,作为载体的便可弃之不顾了,因为译者理解了信息后的下一步骤是选择代码2,[③]来替换接代码1,接着再进行构码,也就是人们常说的重构码(recode)。[④] 在翻译过程真正展开时,需要提出和思考一些更为深入的问题。提供几个图表和列出一些简单的解释说明性的一览表是远远不够的。

贝尔忽视了,至少是低估了,代码本身对信息的影响作用。在语言环境里,尤其在文学作品中,说什么(信息)固然重要,但怎么

---

① Bell, ibid., p. 19.

② Ibid., p.61.

③ Bell 把它列为翻译过程的第六步骤。同上,p.19.

④ 例如 Wolfram Wilss 在他的 *Knowledge and Skills in Translator Behavior* (Amsterdam & Philadelphia: John Benjamins Publishing Co., 1996)一书里就用了这个词,第78页。

说的,有时甚至更重要。这就是代码选择和如何编码信息的问题了。这中间包括了动作:encode,decode(不仅是简单地获取信息,还要观察信息是怎样 encode 的)。按照贝尔的第二个图表的第七步骤,译者要解码的固然是同样的信息内容。代码 1 和代码 2 当然属于两个不同的语言系统,然而第二次信息构码与第一次信息构码,应该有与其呼应的必要。据此我认为,应该重视构码方式的模仿与重现。

需要指出的是,解码本身也是个过程,不是瞬间的行为。获取信息不是解码的惟一目的。解码的过程也是对代码(语言)的感受过程。作为代码的语言不仅是信息的载体,对信息有着控制和操纵的作用。同样的信息可用不同的载体,但最终会影响到获取信息的效果。所以效果传递(the transference of effect)包含的就不仅是信息的传递了。

关于翻译过程,贝尔提供了一个图表如下:①

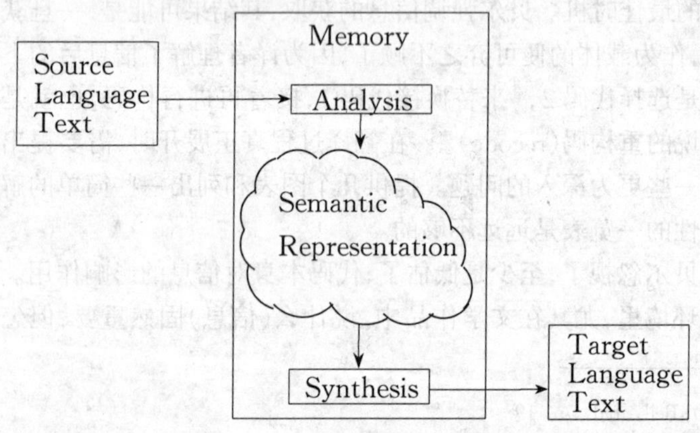

FIGURE I.5 Translation process

① Bell, p.12.

第一步骤是分析以具体语言为特征的文本(language-specific text),指的是原语文本;其目的是转化成非具体语言"语义表现"(semantic representation)。第二步骤则是把语义表现合成为第二个以具体语言为特征的文本。这里的"合成"(synthesis)涵义十分模糊,贝尔只笼统地提到"语义表现"为合成对象。从图表上看,第二步骤里的合成应是由第一步骤里的分析转化而成的。但两者有什么关系完全看不出来,因中间隔有一片"语义表现"。诚然,在此处,如他自己所说,贝尔提供的只是简化了的图表。[①]然而在后面给出的两份详细图表里,"语义表现"内含有什么成分他仍然没有说明,只是笼统地标出了几个可能有合成发生的范围,如语义、句法等。[②]可是只有不明确成分,谈合成有什么意义呢?什么与什么合在一起都不清楚,至于是怎样合成的,就更无从谈起了。而且,严格地讲,贝尔标出的合成范围,是再构码时,组织译语的技术性问题。贝尔虽没有讲明"语义表现"内含有什么成分,但不难看出他主要指的是信息。第一步骤分析的目的为的是获取信息,第二步骤合成的目的是为了把获取到的信息转化到译语文本去。其关键的转折点是在边缘模糊、内容莫测的"语义表现"片里。那里究竟发生了什么,我们不得而知。但可以从字面上去理解,在那里语言的意义弄清楚了。贝尔用了好几个图表,想说的无非还是获取信息,再把信息转达到译语读者。

三、再构码的方式和策略

我们知道,翻译的难关并不只在获取信息这个阶段,还在如何用译语传递信息并转化到译语文本的阶段。让人沮丧的是,不少

---

① Ibid., p. 20.

② Ibid., p. 46. and p. 59.

翻译学著述都在早已不是问题且已颇为明显的地方大着笔墨，而对译者产生难度的方面却退而却步，三缄其口，有避实就虚的嫌疑。“语义表现”在起到了获取意义的作用的同时，也隔裂了分析与合成的内在联系。应对贝尔的几个图表进行纠正或修正。在合成的阶段，译者可回到分析的阶段。尤其在处理模棱两可、意义不确的语句时，更要考虑为什么会是这样的情形。是原文作者有意做的吗？自然有作者意图(intentionality)的问题。模糊意义的清晰化有时并不足取。在意义模糊的时候，可能会同时有两层或两层以上的意思，清晰化就可能只取其中的一个意思，排斥了其他意思的可能。所谓合成恰恰要把多义层面设法合成在一起。要在获取基本意义后回到分析阶段，仔细重温分析的过程，去捕捉意义的细微之处和中间的微妙差异(the nuances of meaning)。由于文化背景的差异而导致的语境的差异也要考虑。如果其翻译单位在原语里意思十分清楚，在译语里又完全不清楚。这时该合成什么？恐怕不是合成而是调整加工了。即是说，Bell 的图表没有真实地反应翻译的实际过程。

譬如说多种意义(ambiguity)在翻译中的处理方法，也可以用一个最简单的图表来说明：

构码 encode	解码 decode	重构码 recode(re-encode)

但这里并没有一个简单的顺序，可能是多次反复的循环过程。虽然核心仍在解码部分，而重构码时需要不断地参考构码的方式，否则出现的问题不会限于解码的过程阶段。关于 ambiguity，燕卜孙在他那著名的 *Seven Types of Ambiguity* 一书里，做了系统的研究。[①] 燕卜孙指出的是诗歌里意义的不同形式，各个意义之间相

① 有一汉译版本把这个题目译成《七类晦涩》，是题不对文了。“晦涩”是难懂的意思，而 ambiguity 不一定难懂，难翻倒是完全有可能。

对独立。

我在这里提出一个构想,重构码不一定要等到涉及译语的阶段,在遇到处理棘手的翻译单元时,完全可以考虑先尝试用原语重构码。虽然结果可能无异于“释义”(paraphrase),但有好处,首先会帮助澄清原文中的疑义,具有阐释作用。更重要的是,为译者在翻译成译语的过程中(用译语重构码时),使译者对原作者如何构码可获得一种感性上的认识,在用译语重构码时便有了相关的参照值。构码与解码是交流的过程。用原语重构码可以在某种程度的重现方面有助于译者把握交流的内容。这个内容当然不应限于基本信息,还应包括一词多义的各个层面。这便涉及到如何解码的问题。贝尔反复谈到解码,无疑也强调它的重要性,把其置于翻译过程中的核心地位。然而让人费解的是,对于如此关键的步骤该怎样进行,他却回避了。巴特倒是谈到过解码。但这位哲学家说的道理,似乎不是哲学家的人也能说出来。他说的信息代码是法语,“解码惟一需要的就是写作和法语的知识”。①这话有不全面之处,好像只要识字便行了。此外,当然还要具备有关文化方面的知识(cultural literacy)。然而,我们不应漏掉“写作”这个词。真正能够有效、准确地解码,对写作是怎么回事应有所认识。所以解码有时甚至有必要同写作发生直接的关系,如上所提到的,用原语重构码。

如此设想无疑挑战了作者的中心地位,但读者为什么不可以参与写作?在“作者之死”一文里,巴特指出,作者并不一定“拥有”文本,“说话的是语言,不是作者”。②此言乍听费解,作者不是通过语言说话吗?巴特有个比喻,作者与文本如同父子关系。父亲自然是先于儿子存在于世的。③孩子出生后(还是把作者比喻为母亲比较好),

---

① “Rhetoric of the Image”,Barthes, p33.

② “The Death of the Author”,Ibid., p. 143.

③ Ibid., p.145.

就可以独自生存了。也就是说,他如何行动不受父亲支配。当然,把父子完全割裂过于极端。父亲既然养育(nurish, 巴特语)了儿子,他不可能不受父亲影响。再者,儿子出世后,老子也不必非亡了不可,还可在一定程度上控制儿子。比如反驳别人如何曲解了自己文字的意思,似乎作者对自己的作品最有阐释权。就算没了老子,遗传基因还有一定作用吧?在某些方面,他多少还有些像老子。"文如其人"的说法还是有一定道理的。不过,与翻译有关联的是,译者也是父亲,其子是译文。若把译文看做原文的跨语再生,译者也需养育文本。再生一次,译者需请教作者,看儿子是如何生养的,因为两个儿子需要相似。由此可见,巴特认为排除作者(the removal of the author)"不仅是历史的事实,也是写作的行为",是不合实情的。①

然而,巴特在另外一文"从作品到文本"里主张文本是多元的则甚有道理。他说明,并非简单地指文本有几个意思,而是说意义本身的多元性。②而多元性取决于语言的"多义性"(ambiguity)。这也与他另文里提到的"视角"不无关系。③读者与作者的视角不同,看到的意义难免会不同。由此说来,语言也是一场"意义的战争"。④在"作者之死"一文里,他论及到风格层次的多重性,他虽没说读者创造文本,但指出语言的结构使风格影响意义成为可能。

风格效果(stylistic effect)对意义的影响,以及它们的结合,构成了文学的特征。⑤布雷德福(Richard Bradford)总结乔姆斯基的

---

① Ibid.

② "From Work to Text", ibid., p.159.

③ "Authors and Writers", *A Barthes Reader*, ed. by Susan Songtag, New York: The Noonday Press, 1982, p. 187.

④ Barthes, "Chang the Object Itself", *Image*, *Music*, *Text*, p.168.

⑤ Richard Bradford, *Stylitstics*, London & New York: Routledge, 1997, p. 13.

理论:小说的风格创造了信息(message)。[①]所以,在翻译过程中,当译者再构码时,必须观察原文的风格。此外,作者和读者的"社会文化关系"也可能"改变"信息内容。[②]

如果说解码的目的是为了弄清原文的意义,那再构码的目的是为了使译语读者再解码时也能够弄清译文的意义。有的现代派文学使解码很困难,那是因为在构码时,为了某种艺术效果,采取了某种构码方式,那译者不必,也不应拼命去解码、去阐释原文。

四、再构码与构码的关系

再构码与构码之间有相互比较和参照的关系。托利(Gideon Toury)有个策略,即以原语中"可译"的部分为根据,来设法解决"翻译上的问题",这样可以清楚地知道"问题"所在。[③]所谓"问题"显然是指不好译的部分。

翻译不会在解码后自行地发生,而应有模仿的行为。模仿原文的风格和效果是解决问题的一个有效途径。早在1545年,杜芒(Jacques Peletier du Mans)就称翻译是"最真切的一种模仿……"[④]所注重的不仅是形式上的模仿,还有整体效果的模仿。再构码时既要克服解决翻译中的问题,还要注重模仿构码的风格与效果。两个任务的完成都有赖于对构码和重构码的分析和比较。可以说,这个过程中的核心仍然是解码,不仅是信息的获取,

---

① Ibid., p.93.

② Ibid., p.147.

③ "A Rationale for Descriptive Translation Studies", *The Manipulation of Literature: Studies in Literary Transaltion*, ed. by Theo Hermans, New York: St. Martin's Press, 1985, p.28.

④ 转引自 Theo Hermans, "Images of Translation: Metaphor and Imagery in the Renaissance Discourse on Translation", ibid., p.104.

还要把握附带的相关因素。对于译者来说,解码的目的是什么?当然不只是译者自己明白意思和体验到个中的奥妙了事,说到底还是为了传递给译语的读者。

我们不妨来看一例。《哈姆雷特》中有段独白,句首一行最为著名:To be, or not to be — that is the question:...先不谈莎翁的意图,他的"构码"真可谓是独具匠心。他选择了一个动词"to be",实在可圈可点。它是个动词,同时又是个表达状态的动词。此句该作何解,历来众说纷纭。《哈姆雷特》的汉译有多个版本,这里只选影响较大的两个版本(梁实秋和朱生豪)来分析比较一下。梁实秋的译法是:"死后是存在,还是不存在,——这是问题……"梁译的问题是,一开始就提"死后",不免让人不解。诚然,整个独白的重心是对于死后的思考,而不是像通常理解的在生死之间做选择。但这里有个有关过程的问题,此处的语境还是指生死之间的踌躇。梁氏可能把这句理解为一种状态:To be (dead) or not to be (dead)(用原语重构),但作为 question 的至少不该全然是一种状态,否则哈姆雷特似乎再问:我是死了,还是活着?这样的诠释孤立地看并非全无道理,但从语境中看,就荒谬了。表面上看,是解码的过程出了问题,但问题主要还是出在重构码上。

倘若重构码为:To be dead or not to be dead — that is the question...在原语里较容易凸现出问题来,意思便是:"这人是死的,还是活的?"重构码时还需考虑的问题是原文如何构码的。"To be or not to be"一句所涉及的众多因素中,明显的至少有节奏与大致对称的问题。不要以为此处所涉及的仅是个形式问题。哈姆雷特是在思忖所处的困境,自言自语,几乎是吟出来的苦衷。梁译与原文对照显得啰嗦拗口,可是到了"这是问题"一句,又让人感到兀突,缺乏了沉思的分量。两相对照,构码与重构码的方式差别相当明显。

朱生豪译的是“生存还是毁灭,这是一个值得思考的问题……”“生存”的基本意义是活着,但也有活下去、为了活命的意思。为了自己能够活下来,就要采取必要的行动。因为原文里的“to be”,不仅是表示“活着”的状态问题,如此的状态,若不加以行动,恐怕是难于维持的。但父仇不报,活着又有什么意义?苟且地活着,只能忍受痛苦。所以考虑另一个选择:“not to be”。同样的,“毁灭”也含有多重意义。谁毁灭?毁灭谁?怎么毁灭?毁灭的后果是什么?能否不毁灭?原文的“not to be”与“to be”相对,还有一个要么“不行动”的选择。译者把这层意思明晰化了,带有诠释的成分。一方面,如果不行动求生存,就不会造成毁灭。而另一方面,“不行动的后果”,也只能是毁灭——坐以待毙,即使自己能生存下来,国家也亡了(至少哈姆雷特是这样认为的)。但如果行动也会造成毁灭,如误杀奥菲利娅(间接的)和她的父亲(直接的)和导致自己母亲的死亡,则不该轻举妄动。然而,用某种观点来看,似乎只有通过毁灭才能达到真正意义上的生存目的。朱生豪实际上是把“生存还是不生存”、“行动还是不行动”与“毁灭还是不毁灭”等几层意思交织在一起,说明了不仅是个人的生存,也有他人的生存;毁灭不仅是自毁,也会毁别人,当然也有可能毁灭别人,保护了自己。如此说来,根本不存在个人的选择,这恰恰是哈姆雷特的困境所在。

朱译留出了意义拓展的空间和读者想象的空间。应该说,从效果传递的角度看,是值得称道的。尽管他没有做到严格意义上的准确翻译,但他巧妙地在整体上,使“生存”和“毁灭”既两相对照,又两相呼应。他虽明晰了“not to be”,却没有因而束缚了它的意义,相反,还通过它延伸了“生存”的意义。在节奏形式方面,也大致保留了原文的风格:原文是六个音节,译文也是六个音节。话语不多,意义深远,模仿出了王子心中的郁闷心情。但后面一句却是败笔:“这是一个值得思考的问题……”首先“值得”两字破坏了整体的凝重感。这岂只是值得考虑的问题,是迫在眉睫的问题!

都到了生死存亡的关头了，怎么还是值得和不值得考虑的问题？原文没有多余的词，译者加了一词，忽略了重构码对原构码的模仿。问题还出在译者完全没有把握住英文的定冠词"the"在此处的分量，指的不是别的问题，就是这个问题！哪里只是"一个……的问题"?！梁实秋处理成"这是问题"，直截了当，嘎然而止。汉语没有定冠词，"the"的分量，还是未能充分反映出来。这里字句不多，以小见大，既不能浪费笔墨，又不能生硬处理。That is the question 一句如果念出来，自有凝思冥想的滞碍感。"这是问题"过于干脆了。而这偏偏不是个干脆的问题。

总之，需要认识到重构码与构码有冲突是正常的，译者在重构码时不可仗着已经解了码就随心所欲地翻译，他需要在两者之间不断调解(mediate)。由此也可以清楚地看到贝尔仅仅从语言学的角度观察翻译过程的局限。

五、以变通为手段的操纵

跨文化的翻译，有个对译文的语言、风格、结构、隐喻、语气等因素的操纵问题。再构码自然要和原构码在文化层面有沟通，于是需要进行必要的调整和变通。结果就有了操纵的问题，以使原语文化和译语文化可以有效地沟通。

让人有些不解的是，操纵这个词语在翻译理论里不是一个一般的概念，而是一个政治化和意识形态化了的概念。如森古普塔(Mahasweta Sengupta)在"作为操纵的翻译"一文里提到"殖民霸权"。[①]诚然，作为对翻译史和翻译实践中的现象或情形的描述，如

① "Translation as Manipulation", *Between Languages and Cultures: Translation and Cross-Cultural Texts*, ed. by Anuradha Dingwaney and Carol Maier, Pittsburgh & London: University of Pittxburgh Press, 1995, p.160.

此的操纵理论自然有其价值。但和翻译理论联系起来,不免显得牵强。譬如,所谓对译语读者的操纵,未必是在翻译本身的过程中译者出于某种目的做了手脚(当然这是可能的,但毕竟是有限的),而大多是通过对原语文本的选择决定的。森吉普塔本人也承认是由对原语文本的选择造成的。[①]就翻译过程中的删略行为,她也归结于操纵,说可能表现出“意识形态的倾向”。[②]在批评对印度的一首诗的英译时,她指出有不少删除和简化的情况。但客观地讲,并非翻译才有这种情况,任何改写、改编都可能发生。翻译不过又提供了一个机会罢了。此外,并非所有的删除和简化的译文都是恶意的。在众多的文化信息的重压之下,出于读者对象的考虑,有的译者会酌情处理某些字句、段落,目的是为了使译文能够被接受。否则《红楼梦》出了简译本也是大逆不道之举了。与此同时,得承认的是,翻译和改编毕竟有不同。读改编作品的读者还有机会对照原文,而译文读者大部分则没有这样的机会。

关于文本操纵的宏观效果,巴斯奈特(Susan Bassnett)与利夫威尔(André Lefevere)在他们合编的一本小册子的序里这样写道:

> 翻译自然是重写原作。所有的重写,无论其出发点如何,都会反映某种意识形态和诗学理论,以致操纵文学,使它在特定的社会里以特定的方式发挥功效。重写就是操纵……从积极的方面看,有助于一种文学和一个社会的进化……但重写也能压抑创新,歪曲和限制……[③]

---

① Ibid.

② Ibid., p.161.

③ *Translation*, *History and Culture*, ed. by Susan Bassnett and André Lefevere, London: Cassell, 1990, p.iv.

照他们的说法,重写自然与原作多少会不一样,因为任何重写总有一个目的,而重写的人是某个社会和文化环境的产物,重写的过程很可能多少带出重写的人所特有的痕迹。从理论上讲,这些在翻译过程中是需要抑制的。在实际中,政治、伦理、宗教、审美等因素有时的确会不知不觉地在翻译过程中发挥作用,从而在译语文本里凸现出来。

但从翻译的角度看,归根到底,操纵在许多时候是有意识的活动。在绝对意义上谈操纵是重写必然的结果,对翻译的活动没有什么实际用处。应该明确指出的是,操纵是为了解决翻译问题。作为跨语言、跨文化的交际,文学翻译的过程自然充满了大大小小的障碍。翻译的挑战就在于克服这些形形色色的障碍,而欲有效地克服它们,译者必须依靠操纵的手段来进行。

一方面,操纵是参照原语进行的。另一方面,操纵的目的是为了译文能够被译语读者所接收。此处的接收指的是有效地达到交流的目的。布鲁克(Raymond van den Broeck)指出:译者主要关心的是"创造一个'可被接收的'译语文本"。他继而解释,就是要"符合译语系统的规范(norm)"。[①]布鲁克用到"创造"这个词,颇有意味。何谓"创造"?在翻译的语境里,应是改造原语的句子结构,调整句法规则,变通有关的词汇以及归化文化信息含量丰富的隐喻等等。这一系列的行为都是对文本的直接操纵。何时应该操纵?如何进行操纵?则是翻译研究更为紧迫的研究课题。不言而喻,在操纵的过程中,还需把语义和效果的损失减少到最低限度。比起删略来,它的难度自然高了许多。文学翻译之所以能称"创造",原因莫不在于此。

就语言本身进行操纵,德利斯尔(JeanDelisle)提出过四个

---

① "Second Thoughts on Translation Criticism", *The Manipulation of Literature*, p.57.

层面上的操纵。[①]他的分类并没有太大的意义，不少篇幅谈的是如何确定或寻找对应值。但可取的是他所论述的操纵是在文本内对语言的直接操纵，与文本的选择和删改毫无关系。

说到底，操纵是为了有效地重构码，在翻译的过程中消除或克服语言或文化的隔膜。我们通过一个实例来看解码和重构码的关系，以及存在的操纵空间。

陈封雄回忆起他在朝鲜战争时期在新华社任英文编译工作的一次经历。在翻译一篇抨击美帝国主义蛮横的侵略行径文章时遇到一句话："美帝国主义者的侵略意图是司马昭之心路人皆知。"[②]对译者来说，原语是母语，这句话的意思又清楚明了，解码了解其义，毫无问题。问题出在重构码上。对文化信息丰富的句子自然不可机械僵硬地照搬原文，让其成为阻碍创造性思维的羁绊。

然而，译者把这句译成："The aggressive intentions of the American imperialists are none but Si-Ma-zhao's heart which is known to evey pedestrian."[③] 送交英国专家改稿时，碰到了问题，译文读者不知司马昭何许人也，译文可能无效。改稿的英国专家不解其意，经解释后，意思是明白了。但修改起来，仍费踌躇，思来想去末了找到"notorious"这个词。虽算不上独辟蹊径的佳译，但由于采用了变通手法，基本意思传达到了。原译者并不满意，认为"和原文的意思就不大一样了。"[④]

---

① 即：1. Observing conventions of form; 2) performing interpretive analysis a) transfer of monosemous terms b) retrieval of monosemous terms c) re-creation in context; 3) interpreting style and 4) preserving textual organcity，见 *Translation: An Interpretive Approach*, Ottawa & London: University of Ottawa Press, 1988, pp.84–106.

② 参见《读书》1994年第5期第84页。

③ 因当时按上级规定，"翻译时不得作任何有违原意的更动，遇到困难也必须硬译或直译，不可意译，然后再由外国专家修改润色，使之能被外国读者接受。"同上。

④ 同上。

然而这句译文又非改不可,否则几乎谈不上是翻译。但令原译者不甚满意的大概是修改稿的意思太直、太白。此处的文化障碍来自“司马昭”人名这一引喻(allusion),译语读者完全不可能识别,其意味(connotation)更是丧失殆尽,故在翻译过程中要摈弃,另做打算。虽然司马昭的野心天下皆知,但他本人还以为别人不知道,故还要密而不宣。如改成:The aggressive intentions of the American imperialists are none but an open secret. “Open”是大白于天下之意。但对司马昭而言,他自己的目的,还是要保密,是secret。此外,还可考虑一种译法:The aggressive intentions of the American imperialists are as plain as the nose on face. 长在脸上的鼻子世人都能看见,自己是看不见的。以为自己看不见,别人也看不见,当然是自欺欺人的行为。不过,这样的处理,译文带有戏弄的成分,是否与整篇文章的风格吻合还要视全文而定。既然有“嬉笑怒骂,皆成文章”的说法,就不必排除这样处理的可能性。孤立看一个句子,语境的信息自然十分有限,如有可能,对于一句话的翻译处理,也应与整篇文章通盘结合在一起考虑。

仅上述的两句不同的译法已足以说明操纵的空间十分可观,也不难看出文体风格和效果的密切关系。通过比较,译文与原句的异同可在细微处表现出来。再仔细分析那英国专家用的“notorious”,其意是“臭名昭著”。但原句里有“臭名”的含义吗?那首先要看,司马昭在中国历史上有无臭名。大概是有,故取“臭名”一层意思,似无可厚非。Notorious 一词缺少的是原文里的欺骗动机。也许是判断上的误差,也许是理解上的偏差。这说明,在翻译过程中,在以操纵为手段进行重构时,仍离不开对作者初时构码方式的考虑和比较。惟有如此,才能较完整无缺地解码。

第二章 翻译的文化哲学透视

第一节 作者本意和本文本意
——解释学理论与翻译研究

上海外国语大学 谢天振

翻译,无论是文学翻译还是非文学翻译,都离不开对原文的理解和解释。如果说,理解是对原文的接受,那么,解释就是对原文的一种阐发。在这个意义上,译者既是原文的接受者即读者,又是原文的阐释者即再创作者。

传统的解释学(Hermeneutics),从古希腊的解释学,中世纪的"释义学"和"文献学",直至近代德国的施莱尔马赫(Schleiermacher)和狄尔泰(Dilthey)的哲学解释学,都贯串着一个明显的客观主义精神,从而强调接受者应该努力把握"文本"的原意,把握创作该文本的作者的"本意",这一精神与传统的翻译要求也是一致的。

进入20世纪以后,以海德格尔(Heidegger)、伽达默尔(Gadamer)等人为代表的西方现代解释学一反传统解释学的理论,宣称作者的"本意"是不存在的,因此对作者"本意"的寻求也是徒劳的。他们认为,当作者创造出了一件作品(文本)以后,这件作品就是一个脱离了作者的自足的存在,因此,阐释者不必去与作者认同,而应把注意力放在探究文本所关注的问题上。

但是在当代美国解释学理论家赫施(E. D. Hirsch)看来,惟一能决定本文含义的只有创造该本文的作者,他说:“一件本文只能复现某个陈述者或作者的言语,或者换句话说,没有任何一个含义能离开它的创造者而存在。”① 他更直截了当地指出,“本文含义就是作者意指含义。”

鉴于翻译与理解、解释的密不可分的关系,现代解释学的上述新理论观念以及60年代当代美国解释学理论家赫施等人针对伽达默尔的论点所提出的一些新观点,无疑也为我们提供了一个审视传统翻译观念的崭新“视域”。限于篇幅,本文拟从解释学理论两个观点迥异的代表人物伽达默尔和赫施关于作者“本意”、文本的确定性和可复制性等问题的论述,探讨现代解释学对当代翻译研究,尤其是有关翻译的可译性和不可译性问题的启示。

一、对作者“本意”的质疑

在翻译时,译者面对的是原文文本,但他们孜孜以求的是原文所包含的“意思”、古往今来,大凡严肃的翻译家,他们总是把正确理解和表达原文的“意思”作为自己追求的目标。他们“旬月踟蹰”(严复语),“委曲推究”(马建忠语),目的就是为“确知其(即原文——引者)意旨之所在”,然后把这“意旨”确切地表达出来。这里所说的“意思”、“意旨”,在许多情况下,就是指隐藏在原文文本背后的作者的“本意”。因此,就某种意义上而言,我们可以说,所有的译者,在翻译过程中殚精竭虑,苦苦求索的首先就是原文作者的“本意”。原文作者的本意是译作的根本。译者们一边读着原文,一边总是在想:“这句(段)话作者想表达什么意思呢?”。这看起来很像是一场对话——译者通过原文文本与原文作者对话。可惜的

---

① 赫施:《解释的有效性》,王才勇译,三联书店,1991年,第269页。

是，在绝大多数情况下，译者是没有机会与原文作者直接对话的，因此译者通过原文所进行的这场“对话”实质上是一场单向对话，译者对原文作者“本意”求索的结果正确与否，通常是无法得到原文作者的亲自鉴定或认可的，像法译本《浮士德》竟能得到原作者歌德本人的赞叹，并被认为“比德文本原文还要好”，这可说是古今中外翻译史上绝无仅有的佳事。

在翻译中，译者追寻作者的本意并把作者的本意视做译作根本，这个在传统翻译观念中原本是无可置疑的事实却由于现代解释学理论的某些观念而受到冲击甚至产生动摇，因为现代解释学理论的代表人物伽达默尔宣称，作者的本意是不存在的，因此对作者本意的寻求也就是徒劳的了，这就不能不促使我们从现代解释学理论的角度对翻译进行一番新的审视。

我们当然知道，现代解释学理论的出发点并不是针对翻译而来的，它主要是针对艺术作品的理解、阐释和研究。但是鉴于艺术作品的研究者对作品所进行的分析和阐释在许多层面上与译者在翻译过程中对原作的解读和表达之间存在着颇多相通之处，因此，现代解释学理论对翻译研究的借鉴意义是不容忽视的。

众所周知，任何翻译都是从对原文的理解开始的，而解释学理论正是在理解这个问题上，一开始就提出了一个很值得翻译研究者重视的观点。解释学的主要理论家之一伽达默尔认为，“理解是一个我们卷入其中却不能支配它的事件；它是一件落在我们身上的事情。我们从不空着手进入认识的境界，而总是携带着一大堆熟悉的信仰和期望。解释学的理解既包含了我们突然遭遇的陌生的世界，又包含了我们所拥有的那个熟悉的世界。”① 把这段话用诸翻译尤其是文学翻译，可以说是再确切不过的了：有哪一个译者

① 伽达默尔：“真理与方法”，转引自耀斯《审美经验与文学解释家》，上海译文出版社，1997 年，第 7 页。

不是带着"一大堆熟悉的信仰和期望"去着手理解他所翻译的原文文本的呢？又有哪一个译者在翻译时不是一边置身于一个"熟悉的世界"，一边又面对着一个"陌生的世界"的呢？

传统的翻译理论与实践都要求我们的翻译家克服自身因素（包括历史、心理、社会等因素）的局限，抛弃自己熟悉的信仰和期望，抛弃自己熟悉的世界，进入原文文本那个"陌生的世界"，把自己设想成是原文文本的作者，并且进而设想原文作者在进入译文这个"陌生的世界"后会如何写作。正如有一位学者所指出的，"译者须了解原作者及其所处之社会背景，更需体验原作者的心理过程。这一经了解、领悟、体验而后重整组合的手续，便是翻译的过程。"① 德国翻译家施莱尔马赫（Friedrich Schleiermacher）也曾提出"两种不同途径的翻译"的观念，其中之一就是"使外国作者像本国作者那样说话、写作，译者不仅仅要自己看懂原文，还必须使原作者进入与译作的读者直接对话的范畴"。②

然而，现代解释学理论家却认为这样的理解是不可能做到的。伽达默尔指出，"重要的是使用解释学的现象去辨识我们把什么东西带进了陌生的世界。这样就可以通过发现我们自己不加怀疑的先已形成的判断来获得关于我们自己的知识，并且通过扩展我们的视域直至它与陌生世界的视域相会合，以获得那个陌生世界的知识，从而使两个视域融合。"③

关于"使两个视域融合"的观点，伽达默尔在《真理与方法》一书中说得很清楚。他认为，传统解释学中的客观主义努力执着于对本文（从翻译研究的角度说，也可理解为是原文）作者本意的迷

① 冯明惠："翻译与文学的关系及其在比较文学中的地位"，载《中外文学》，1978年第6卷第12期第145页。

② 谭载喜：《西方翻译简史》，商务印书馆，1991年，第135页。

③ 转引自赫施《解释的有效性》，第1—2页。

信，而没有看到人类理解的历史性。在伽达默尔看来，理解是以历史性的方式存在的，无论是理解者——人，还是理解的对象——本文，都是历史地存在的，也就是说，都处于历史的发展演变之中的。这种历史性就使得对象本文和主体都具有各自的历史演变中的“视界”(Horizont)，因此，理解就是本文所拥有的诸过去视界与主体的现在视界的叠合。伽达默尔称之为“视界融合”(Horizontverschmelzung)，这样，在现代解释学理论看来，人们面对本文所达到的理解就永远只能是本文与主体相互融通的产物。鉴于理解的历史性，本文作者的本意是不存在的，它在历史长河中已演变成了一系列他者，因而，理解根本无法去复制本文作者的原意。①

把伽达默尔关于理解的历史性的话引入到翻译研究领域，粗一看，人们很可能以为这话从根本上摧毁了中外翻译家几千年来的努力：既然本文作者的本意是不存在的，既然理解根本无法去复制本文作者的原意，那么，翻译家们孜孜以求的原文的“意旨”也就成了镜中花水中月了，他们的所有努力也就成了不可能有结果的徒劳了。其实不然，伽达默尔的观点对于翻译研究具有多方面的借鉴意义。

首先，伽达默尔关于两个视界融合的观点在一定程度相当确切地道出了翻译、尤其是文学翻译的实质。在翻译中，尽管大家都明白，译者应进入原文文本的世界，应努力领悟作者的本意，但在实际翻译中，译者总是不可避免地把自己熟悉的世界里的知识和信仰带进原文这个陌生的世界。这种情况在各国早期的翻译中比比皆是，英国菲茨杰拉德翻译的《鲁拜集》是在文学史上享有盛誉的译作，但它与其说逐译了波斯诗人的诗本，不如说通过模仿原诗格律创造了一种英语的新诗体，正如有的评论家所说的，它把一个“几乎被遗忘了的波斯诗人脱胎换骨变成了厌世的英国天才”。我

① 赫施：《解释的有效性》，第1—2页。

国早期翻译家周桂笙的翻译更为突出，他在翻译法国作家鲍福的小说《毒蛇圈》时，竟凭空加入了一大段描写女主人公思念父亲的话，因为在他看来，既然此前小说中描写了父亲对女主人公的慈爱之情，此时就非得(依照中国人的观念)插入一段反映女儿对父亲的孝顺之情的话不可。出版者吴趼人甚至在篇末公然宣称："后半回(女主人公)妙儿思念瑞福一段文字，为原著所无。窃以为上文写瑞福处处牵念女儿，如此之殷且挚，此处若不略写妙儿之思念父亲，则以慈孝两字相衡，未免似有缺点。且近时专主破坏秩序，讲家庭革命者，日见其众，此等伦常蟊贼，不可以不有以纠正之。特商于译者(即周桂笙——引者)，插入此段。虽然，原著虽缺此点，而在妙儿当夜，吾知其断不缺此思想也。故虽杜撰，亦非蛇足。"①

当代翻译中也有同样的情况，如《西游记》英译者把书中一个人物"赤脚大仙"误译为 red-legged immortal(红腿的不朽之神)② ——他显然以英语的理解方式把汉语里的"赤"仅理解为"红"(如《水浒》里的"赤发鬼"，英译为 red-headed devil)，却不知道"赤"在汉语里还有"光、裸"的意思。

其次，伽达默尔关于理解的历史性观点在翻译中也是很容易得到印证的。法国小说《红与黑》汉译中的一个段落就是这方面的一个典型例子。这一段描写主人公于连在市长家当家庭教师，有一次在听到当地的贫民收容所所长瓦尔诺先生在市长面前夸夸其谈时，对虚伪的瓦尔诺产生的极其厌恶的感情。这段话翻译家罗玉君在 50 年代翻译如下：

他忍不住私自咒骂道："正直诚实的颂赞！人人都说这是

① 周桂笙旧译：《毒蛇圈》，岳麓书社印行，1991 年，第 87—88 页。

② 此例转引自林以亮"翻译的理论与实践"，载《翻译研究论文集》(1949—1983)，外语教学与研究出版社，1984 年。

世界上惟一的美德，然而这是怎样的一种现实呀！自从他照管穷人的救济事业以后，他私人的产业，顿时增加了三倍之多，这是怎样公开的贪污，这是怎样卑鄙的荣耀啊！我敢打赌，他赚钱甚至赚到最悲惨的孤儿弃婴身上去了。对于这些可怜的无父母的小孩来说，他们的痛苦和牺牲，比旁的穷人还要更多！啊，社会的蟊贼啊！杀人不眨眼的刽子手啊！……

当研究者把这段话与原文对照之后，发觉在原文中很难找到诸如"社会的蟊贼"、"杀人不眨眼的刽子手"之类具有强烈批评色彩的字眼，原来这是"译者凭着自己的主观性，从自己的立场、观点出发，给这些并不蕴含着如此深刻的思想内涵的字眼添加了不必要的、中国人特别敏感的主观成分。"① 然而，经历过中国大陆五六十年代那种特殊的政治气候的人都知道，虽然上述对原文的理解与译者"自己的主观性"有关，但另一方面，这种理解还与当时特定的政治气候也有密切的关系。这种情况恐怕就是伽达默尔所说的理解的主体的历史性了，因为同一段话，到了90年代，翻译家的理解就不同了，试比较另一位翻译家郝运在八九十年代重新翻译的这段话：

"对正直的颂扬是何等的动听啊！"他高声嚷道，"简直就像世上难有这个美德，然而对一个自从掌管穷人的财产以后，把自己的财产增加了两三倍的人，又是怎样的尊敬、怎样的奉承啊！我敢打赌说，他甚至连支供弃儿用的经费都要赚！而弃儿这种穷苦人的困难比别的穷苦人还神圣得多。啊，这些恶魔！恶魔！……"

这里，"这是怎样一种现实呀！"，以及"公开的贪污"、"卑鄙的

① 许钧：《文学翻译批评研究》，译林出版社，1992年，第95—96页。

荣耀”、“社会的蟊贼”等词语就都不见了。这种变化与翻译的进步当然有很大的关系，但在这进步的背后，难道不就是理解的历史性，或者具体地说，是理解的主体和客体的所经受的历史演变在起作用吗？伽达默尔的理论为我们观察历代译本的变迁和发展提供了一个新的视角。

二、对作者“本意”的捍卫

然而，如果说伽达默尔关于理解的主体和客体的历史性论述对于我们进行文本解读甚至进行翻译研究都有一定的积极意义的话，那么，他由此进一步提出的有关阐释者与文本之间的关系的设想，就不仅遭到古典解释学派的反对，在翻译研究者看来更是值得商榷的了。

伽达默尔认为，必须把阐释者与文本的关系设想成双方处于平等地位的对话。这样的对话假设参与者双方的关注有共同之处，而并不仅是“图谋”对方。于是，阐释者就不必把注意力集中在文本上而必须把注意力对准与文本有关的问题上，随文本一起处理这个问题。这样，阐释者就不必与作者相认同（伽达默尔认为，无论如何，这种认同都是一种幻觉），而只是去探究文本所关注的问题，并顺着文本的最初问题所追踪的方向接受进一步的质询。①

伽达默尔的这种假设，不仅从根本上否定了作者本意的存在，而且也否定了文本本意的存在，这样的假设显然是大可置疑的。如果说，作者的本意由于作者处于历史性的演变之中而会有所演变，从而表现出一种不确定性的话，那么，已经由作者完成并变成了一个客观存在体的文本，它的本意应该是相对确定的。当代美国解释学理论的代表人物赫施正是由此对伽达默尔的观点提出了

---

① 耀斯：《审美经验与文学解释学》，顾建光等译，上海译文出版社，1997 年，第 7 页。

反驳。在赫施看来,人们一般所说的对同一本文的理解始终处于历史性的演变之中,也即伽达默尔所说的理解的历史性,这并不是指本文作者的原初含义发生了变化,而是本文的意义发生了变化。他指出:"发生变化的实际上并不是本文的含义,而是本文对作者来说的意义。"① 他进一步强调指出,"本文含义始终未发生变化,发生变化的只是这些含义的意义。"②

这里,赫施提出的两个概念"含义"(Sinn, significance)和"意义"(Bedeutung, meaning)值得我们注意。从以上赫施的分析可以发现,赫施所说的"意义"与我们平常所说的一般意义上的"意义"显然不是一回事。根据他的划分,通常所说的"意义"可区分为"含义"和"意义"两层意思,他并进而分析含义和意义的不同:"一件本文具有着特定的含义,这特定含义存在于作者用一系列符号所要表达的事物中,因此,这含义也就能被符号所复现,而意义则是指含义与某个人、某个系统、某个情境或与某个完全任意的事物之间的关系。像所有其他人一样,在时间行程中作者的态度、感情、观点和价值标准都会发生变化,因此,他经常是在一个新的视野中去看待其作品的。毫无疑问,对作者来说发生变化的并不是作品的含义,而是作者对作品含义的关系。因此,意义总是包含着一种关系,这种关系的一个固定的、不会发生变化的极点就是本文含义。"③

假如我们不把赫施的这一观点仅仅局限在作者与本文的关系上,而是进一步扩展为译者与本文(也即原文)的关系,再去看翻译中的某些现象,我们一定会对翻译有一些新的认识。手头正好有一个现成的例子:

---

① 耀斯:《审美经验与文学解释学》,顾建光等译,上海译文出版社,1997 年,第 16 页。

② 同上,第 214 页。

③ 同上,第 16—17 页。

著名翻译家方平在为拙著《译介学》所撰写的序言中曾提到朱生豪翻译的《罗密欧与朱丽叶》中的一句译文不妥。朱生豪的译文为：

> 他要借你(软梯)做牵引相思的桥梁，可是我却要做一个独守空闺的怨女而死去。

这是朱丽叶在决心去死的前夜，盼望着夜色降临，好挂一条软梯，让她的心上人在流亡之前，爬进闺房与她共度难解难分的一夜，此刻她对着软梯发出了如上感叹。方平认为，“思想本可以自由飞翔，何须借软梯来牵引、做桥梁呢?”查找原文，原文是：

> He made you a highway to my bed,
> But I, a maid, die maiden-widowed.

原文 to my bed 的含义很清楚，是“上我的床”的意思，但是“受到我国几千年礼教文化干扰的前辈翻译家悄悄地把‘床’改译为得体得多的‘相思’，顾不得因而产生了经不起推敲的语病。”在传统的中国文化中，一个尚未出嫁的闺女怎能直截了当地说出要她的心上人“上我的床”呢？朱译之所以如此处理，显然事出有因，也就是下文就要提到的中国传统文化中的“性忌讳”在起作用。现在，90 年代的翻译家方平把此句译为：

> 他本要借你做捷径，登上我的床，
> 可怜我这处女，活守寡，到死是处女。①

方译显然更贴近原文的本意。

---

① 谢天振：《译介学》，上海外语教育出版社，1999 年，第 6—7 页。

两个译者面对同一句话，却有不同的翻译（或解释），借用赫施所说的话，这是因为“在时间行程中作者（此处当为译者——引者）的态度、感情、观点和价值标准”发生了变化，因为后一个译者是在一个新的视野中去看待同一部作品（本文）的。具体地说，40 年代译者在处理“登床”一语时所感受到的性忌讳和性压抑的民族心理，到 90 年代的翻译家那里，已经发生了变化。对照原文可以发现，本文的“含义”没有变，变化的是“意义”，也即是译者与本文的一种“关系”。这也是赫施与伽达默尔的一个主要分歧所在：赫施认为“作者对其本文所作的新理解虽然改变了本文的意义，但却并没有改变本文的含义。”① 伽达默尔却认为本文的整个意义（包括赫施所说的“含义”）全都是变动不居、无法确定的，从而走向对本文作者原意包括本文原意的否定。

对于翻译而言，赫施的观点毫无疑问具有更为积极的意义。这是因为赫施看到了本文含义所具有的确定性，并在此基础上提出了本文含义的可复制性，他说：“词义具有可复制性特点，正是词义的这种可复制性，才使解释成为可能。试想，如果含义是不可复制的话，那么，它也就不会被人们各有所异地具体化，这样，它也就既不会被理解，也不会得到解释。从另一个角度看，含义又具有确定性特点，我们正是据此确定性，才说含义是可复制的。”②

词义的这种可复制性，不仅使得解释成为可能，也使得翻译成为可能。杜诗“丛菊两开他日泪，孤舟一系故园心”正是这样在英语世界里“被人们各有所异地具体化”，产生了好几个不同的译本。他们有的把它译成：

---

① 谢天振：《译介学》，上海外语教育出版社，1999 年，第 18 页。

② 同上，第 56 页。本文引用时译文略有改动，原译文“正是词义的这种可复制性，才使解释具有可能发生。”现改为“正是词义的这种可复制性，才使解释成为可能。”

The myriad chrysanthemums have bloomed twice. Days to come — tears.

The solitary little boat is moored, but my heart is in the old-time garden. (Amy Lowell 译)

还有的把它译成:

The sight of chrysanthemums again loosens the tears of past memories,

To a lonely detained boat I vainly attach my hope of going home. (William Hung 译)

在第一种译文里,“丛菊已经开放了两次,未来的日子将伴随着泪水;孤独的小船已经系住,但我的心仍在昔日的庭园。”在第二种译文里,却是因为“看见了重新开放的菊花,才引得诗人泪流满面,沉浸在对往昔的回忆中;诗人把归家的希望徒然地寄托在那已经系住的孤舟上。”两种译文反映了两个译者对同一本文的本意的不同理解和解释,表达的内容相去甚远。表面看来,似乎本文(尤其当这个本文是诗的时候)的本意不可捉摸,难以传译,其实不然。赫施指出,人们之所以以为含义是不确定的,不可复制的,主要原因有二:其一,人们误把对含义体验的不可复制性视为含义本身的不可复制性了。其二,人们之所以认为含义无法被解释者把握,那是由于把确切理解的不可能性误当成理解的不可能性。赫施认为,人们能理解本文并不是说,人们能对本文获得确切的理解,认识与确定性并不是一回事,“把确切理解的不可能性与理解的不可能性完全混淆,在逻辑上是错误的,而把认识与确定性相提并论也同样是错误的。”①

赫施的上述区分,对我们分析翻译研究中聚讼不已的可译与

① 谢天振:《译介学》,上海外语教育出版社,1999年,第26页。

不可译之争很有借鉴意义。所谓“对含义体验的不可复制性”也许可视做原作者创作本文时的特定的心理感受，如杜甫在写作上述诗句时的特有心情，那当然是“不可复制的”的。但这两句诗本身的含义应该是可以复制的，因为它已经是一个客观存在，更因为这个含义是通过语言表达出来的。而凡是通过语言表达的本文，必然会在某种程度上受到特定语言限制。这种限制是一切语言媒介所固有的，这就使得通过语言表达的本文的含义同样受到制约，因而具有确定性和可复制性。

如果说，赫施关于本文含义的确定性和可复制性是从正面肯定了对本文的理解和解释的可能性的话，那么，赫施有关确切理解的不可能性与理解的不可能性之间的区分，是从反面肯定对本文理解和解释的可能性。

仍以上引杜诗“丛菊两开他日泪，孤舟一系故园心”为例。作为英译者的两个解释者必须对原文中隐匿在诗句后面的可以意会但难以言传的作者本意作出确切的理解和解释：诗中的“开”是指花开还是泪流开？系住的是孤舟还是诗人的心？“他日”是指过去，还是指未来的某一天，这一天很可能像他在异乡看见菊花绽开的两个秋天一样悲哀？泪是他的泪，还是花上的露珠？这些泪是在过去的他日还是在未来的他日流下的，或者他现在是在为他日的哀愁而流泪？他的希望是全系在可以载他回家的舟上，还是系在那永不会扬帆启程的舟上？他的心是系在这里的舟上，还是在想象中回到故乡，看到了在故园中开放的菊花？等等，等等，简直难以尽数。确切理解的不可能性由此可见一斑。但是，这种不可能性并不意味着理解的不可能性，正因为此，所以译者们仍然孜孜不倦地从事翻译，追求最能确切传达原文全部信息的译文。针对上引杜诗，A.C.格雷厄姆提供了第三种译文：

The clustered chrysanthemums have opened twice in

tears of other days,

The forlorn boat, once and for all, tethers my homeward thoughts.

格雷厄姆的译文较前两种在对原文的确切理解和表达上又往前前进了一步。[①] 翻译就是这样,明知其不可为而为之,以一代又一代译者的努力,追求最能确切表达原文的译文。

由以上所述可见,赫施关于必须区分本文含义的确定性和可复制性以及确切理解的不可能性与理解的不可能性的这个理论,正好从解释学的角度为翻译研究中的可译性观点提供了强有力的理论依据。

三、结　论

本文主要引用了解释学两个主要流派的代表人物伽达默尔和赫施的观点,但是我们并不想卷入解释学领域里孰是孰非的争论,我们仅想从两位解释学大师的理论中得到对翻译研究的启迪而已。

伽达默尔关于理解的观点,即认为理解是以历史性的方式存在的,无论是理解的主体——人(具体即接受者、读者),还是理解的客体——文本,都是历史地存在的,因此也就都处于历史的发展演变之中。由这种理解的历史性,他进而得出"本文作者的本意是不存在的,它在历史长河中已演变成了一系列他者,因而,理解根本无法去复制本文作者的原意"的结论。从表面看,伽达默尔的理论似乎对人们的理解和解释行为(当然,也包括我们讨论的翻译行

---

① 本文所举杜诗3则译文,均见A.C.格雷厄姆"中国诗的翻译",载《比较文学译文集》,张隆溪选编,北京大学出版社,1982年。

为)当头泼了一盆冷水,采取了一个悲观消极的立场。这种观点若引入到翻译研究中,就是典型的不可译论。其实并不尽然。因为尽管伽达默尔得出了“作者本意不存在”、“理解无法复制作者原意”等结论,但与此同时,他赋予理解以更大的意义,因为他认为,由于这种历史性使得理解的客体——文本和理解主体都具有各自的处于历史演变中的“视域”(Horizont),所以理解就不是消极地复制文本,而是进行一种创造性的劳动,这是很有见地的观点,也从理论上论证了翻译家劳动的创造性价值。

但是站在翻译研究者的立场,我们也许更倾向于赫施的观点。上面已经提到赫施正确区分了确切理解的不可能性与理解的不可能性以及对含义体验的不可复制性和含义本身的不可复制性之间的关系,这一理论为翻译中的可译性观点提供了强有力的理论依据。与此同时,赫施提出面对一件本文会得出诸种各有所异的理解,这是理解的历史性使然,无论理解出现多大差异,在对本文的理解活动中总有共同可循的价值判断存在,这个观点又触及到了翻译标准的必要性问题,对翻译研究者来说也是很有借鉴意义的。而伽达默尔的理论由理解的历史性进而否定本文作者的原意,这无异于否认共同价值判断的可能性,如此下去,面对本文的解释活动、包括翻译活动,就都有可能处于一种混乱无序的状态,这无论是于文学作品的理解和解释,还是文学作品的翻译,显然都是极其不利的。

〔参考书目〕

[德]伽达默尔:《真理与方法》,王才勇译,辽宁人民出版社,1987年。

[美]赫施:《解释的有效性》,王才勇译,三联书店,1991年。

[美]P.D.却尔:《解释:文学批评的哲学》,吴启之、顾洁洪译,文化艺术出版社,1991年。
[德]耀斯:《审美经验与文学解释学》,顾建光等译,上海译文出版社,1997年。
[德]伽达默尔:《哲学解释学》,夏镇平、宋建平译,上海译文出版社,1998年。
[意]艾柯等:《诠释与过度诠释》,柯里尼编,王宇根译,三联书店,1997年。

第二节　海德格尔翻译思想试论

上海外国语大学　卫茂平

语言文字的多样性许是跨文化交流的最大障碍。对不同国家间的科学、艺术、文学、政治和经济的对话及合作来讲,没有什么比语言的不统一更令人尴尬。上帝为惩罚世人狂妄而制造的巴比伦塔语言混乱,其结果随着人类的进步和科学的发展非但没有得以消解,反而给世界造成与日俱增的麻烦。外语热,对翻译人员需求的增多,有关翻译问题学术讨论的升温,足以为证。踊跃参与这类讨论的有译者和评论家,也有哲学家。此中要人之一是海德格尔。出人意外的是,翻译问题还受到这位本体论大师的特别留意。这大概由两点促成。一是他本人的翻译实践,二是他对陌生文化的浓厚兴趣。本文拟从较能表现海德格尔翻译观的"阿那克西曼德之箴言"一文入手,旁及其他,对海氏的翻译思想粗陈管窥之见。

翻译理论界的主流问题乃是直译与意译的优劣之争。海氏在"阿那克西曼德之箴言"中,开篇即直面此题,品评尼采和第尔斯阿那克西曼德箴言的译文,说:"第尔斯的译文有几处在字面上更严格些。但只要一个译文仅仅只是按字面直译的,那么它就未必是忠实的。只有当译文的词语是话语,是从事情本身的语言而来说话的,译文才是忠实的。"① 海氏在这里明显喜前恶后,反对一字

① 孙周兴译:《海德格尔选集》(上),上海三联书店,1996 年,第 532 页。

一译、对号入座的译法。

海氏对第尔斯译文的批评是其翻译观的产物。他以为,翻译并非如打开词典,找出对应词那么简单,“因为一本词典既不能把握也不能保持使诸多词语达乎词语而表达出来的那个词语。”[①] 翻译的关键在于表达词语后的“道说”(Sagen),而“道说”是无法通过字面的直译传达的。仅靠词典,按部就班的译法他不仅不喜欢,而且深恶痛绝。在“艺术作品的本源”一文中他也谈及这点:“从希腊名称向拉丁语的这种翻译绝不是一件毫无后果的事情……在似乎是字面上的、因而具有保存作用的翻译背后,隐藏着希腊经验向另一种思维方式的转渡。罗马思想接受了希腊的词语,却没有继承相应的同样原始的由这些词语所道说出来的经验,即没有继承希腊人的话。”[②] 更严重的是,“西方思想的无根基状态即始于这种转渡。”[③] 海氏在此把西方的所谓“无根基状态”归咎于翻译,以此赋予翻译一个在文化史上举足轻重的地位,并且由翻译批评转入文化批评。

海氏在以上引文中所用的“转渡”一词,用他自己的话来讲与翻译一词是“同一者”(das Selbe)但不是“相同者”(das Gleiche)。区别在于,后者是不可分动词,前者是可分动词,有从一岸到另一岸的“摆渡”、“渡河”之意。海氏用前者,在此突出的正是该词的原始意义,用以区别“意义的转渡”与“字面的翻译”的差别。让我们再回到“阿那克西曼德之箴言”上。海氏说:“我们必须转渡到箴言之所说由之达乎语言的那个东西上去……”而这个东西“指的是箴言之所云,而不只是箴言所表达出来的东西。”[④] 海氏推崇的以

① “语言的本质”,孙周兴译:《海德格尔选集》(下),第 1095 页。

② 孙周兴译:《海德格尔选集》(上),第 243 页。

③ 《海德格尔选集》(下),第 1244 页。

④ 《海德格尔选集》(上),第 551 页。

"意义转渡"代替"字面翻译"的主张明白无疑。

不过,实现这个意义的转渡并非如同渡河那么简单。横亘在主客语之间的鸿沟往往难以逾越。海氏对此了然于胸,所以提出,通过跳跃克服这个鸿沟。"运思着转渡到那个在箴言中达乎其语言的东西那里,这乃是跳跃一个鸿沟。"而且"此鸿沟不仅仅是二千五百年之久的年代学历史学的距离。"[①] 海氏在此明确指出了翻译的困难,尤其是翻译诸如"阿那克西曼德之箴言"那类典籍的困难。时间的迁移,语言的畸变,理解的误差,原意的消隐,翻译决非仅靠从字面到字面的转换而能成功。

海氏在此以如此形象的语言描述转渡及跳跃的困难,但根据其建议本身所包含的可能性来说,我们也许可以设问,尚若有人经过"长时间的和慢慢的准备",[②] 越过鸿沟,能否瞥见那个"道说"?海氏的回答令人惊讶的是否定的。在"什么召唤思"中,在讨论跳跃时他讲:"这一跳把我们带向的地方并不只是对岸,而且是一个全然不同的境地。"因为,"应被思的东西从人那里扭身而去。它避人远去,留滞于自身。"也就是说,被寻找的东西"拒斥抵达它的企求"。[③] 原因何在?海氏在"走向语言之途"中引洪堡的一段话可为此注:"就其现实的本质来看,语言是某种持续地每时每刻消逝着的东西。"[④] 也就是说,语言的实质先人而在,先人而去,"道说"无法真正把握。这应了汉语中道隐无名,不可致诘的话。但是这

---

① 《海德格尔选集》(上),第539页。

② 出自"Was heiβt Denken?",译引自 Hans-Dieter Gondek:"Logos und Übersetzung Heraklits-Lacan als Übersetzer Heideggers"。载 Alfred Hirsch 主编:Übersetzung und Dekonstruktion,Suhrkamp 1997,第323页。"什么召唤思?"一文有一繁一简两个版本。孙周兴译《海德格尔选集》中的汉译依照简本,由此失去了海德格尔论翻译的许多段落。

③ 李小兵,刘小枫译:《海德格尔选集》(下),第1210—1211页。

④ 孙周兴译:"走向语言之途",同上,第1127页。

也正形成召唤译者的魅力。“那关照人的东西由于抽身而去,它总是以一种颇为神秘的方式来关照人。抽身,这应被思的东西抽身而去,在今天成了一个事件,它比一切现实的东西都更具当前性”。[①] 换言之,语言的本质不是“在场”,而在于“缺席”。由于“缺席”产生“召唤”,产生了让人眷顾的魅力。这是海氏哲学诗意的一面。

既然语言本质的缺席是现实,受召唤是命运,译者又该如何去促成这可译与不可译之间的生成转换?海氏的建议极富启示。他的名句之一是“每种翻译都是解释,而所有的解释是翻译。”[②] 把“解释”(Auslegung)与“翻译”等同起来,其道理不言自明。因为就他看来翻译绝非字面的转换,而是意义的过渡。此处有必要提一下海氏对此作出不小贡献的“阐释学”(Hermeneutik)。它最初泛指对圣经记载的神谕及古代文献的诠释。近代以后,经过施莱尔马赫和狄尔泰等人的工作,它被赋予了一种对人类历史文化活动各类文本进行理解和阐释的意义。但是,一切阐释都以一种在先的理解为前提,而这种在先的理解又往往牵制甚至规定阐释,阐释就会陷入循环,所谓最终的阐释成为一种空想。阐释如此,解释同样,它也躲不开不断解释的怪圈。这是个海氏同样未彻底解决的难题。

或许有鉴于此,海氏诉求于一种独特的解蔽方法,倾听语言。“为清除偏见,我们必须下决心去倾听。”[③] 亦即“不顾及以后的哲学和由它对这个思想家所作的解释,如同从语言的清新中倾听这个箴言。”[④] 而这个“清新”(die Frische)又被他称做“寂静之音”,

---

① “什么召唤思?”,《海德格尔选集》(下),第1211页。

② 译引自 Gondek:Übersetzung und Dekonstruktion,第269页。

③ “什么召唤思?”:《海德格尔选集》(下),第1215页。

④ “Was heiβt Denken?”。译引自 Ludger Heidbrink:“Das Eigene im Fremden. Martin Heideggers Begriff der Übersetzung”,载 Übersetzung und Dekonstruktion,第354页。

因为"语言作为寂静之音说话"。[①] 这个方法的好处是:"如果我们一旦能够倾听这个箴言,它就不再作为一个在历史学意义上早已过去了的意见向我们说话了。这样,它也就不能把我们引诱到一个徒劳无功的意图中去……"[②] 这种以凝神静听捕捉语言真谛的建议,是海氏力求摆脱阐释循环,避免任何遮蔽的尝试,凸现了他突破前理解先验图式的努力。

但是,就算译者摆脱繁复解释文本的纠缠,听见那个原始的、代表真理的声音,他能否或者如何译出它?海氏没有回避这个棘手的问题。他说:"但假如我们一旦倾听到这个箴言之所说,那么,是什么东西驱使我们力图去翻译此箴言呢?我们如何通过箴言之所说,以使我们的翻译免去任意之虞?"他自问自答:"我们束缚于箴言的语言。我们束缚于我们自己的母语。就此两者而言,我们根本上乃是束缚于语言和对语言之本质的经验。"结论是:"只消我们没有经验到这种约束力,那么,任何一种对箴言的翻译都必然表现为纯粹的任意独断。"[③]

海氏以"我们束缚于我们自己的母语"这一论断,展现出其翻译理论的又一层面。他曾在另一场合这么说:"人们认为,翻译是一种语言进入另一种语言、外语进入母语或相反的转换(Übertragung)。但是我们没看到,我们也不断地把我们自己的语言、母语译入它本身的词语。说和道自身是一种翻译,其本质无论如何不可能在译语和被译语属于不同的语言这种情况中化解。在每种交谈和自我交谈中存有一种原始的翻译。"[④] 也就是说,翻译是语言的固有本质,它不仅存在从一种语言到另一种语言的转换

① 孙周兴译:"语言",《海德格尔选集》(下),第1001页。笔者对译文稍有变动。

② "阿那克西曼德之箴言",《海德格尔选集》(上),第538页。

③ 同上,第538—539页。

④ 译引自 Gondek:Übersetzung und Dekonstruktion,第270页。

中,而且涉及到母语内的传承。翻译不仅仅是人类某种有意识的语言活动,甚至是人类存在的一种方式。历史的变迁和语言的畸变不仅干扰通常的主客语之间的翻译,而且还是母语内部的固有问题。海氏的论点无疑给本已困难重重的翻译雪上加霜。因为这样看来,准确的翻译除了受制于对原文的理解和阐释,还受缚于母语的前结构。

海氏对翻译的这种理解与他对语言本质的看法一脉相承。就他看来,说话者之所以能说话,归根到底是因为他原属语言。这在其"语言的本质"一文中有清楚的表达。文中,海氏以德语作家斯蒂芬·格奥尔格的诗"词语"为例,反复阐释其中的最后两句诗:"词语破碎处,无物存在",并总结其意为:"任何存在者的存在居住于词语之中",而"人之为人,只是由于人接受语言之允诺,只是由于人为语言所用而去说语言。"[①] 这也就是说,语言并非人的工具,语言的出现在先,人的出现在后。人言只是对语言之言的附合。以此推论,翻译者当然也居住在语言之中,受外语干扰,也为母语左右。

说了半天译事之难,海氏本人是否放弃了自己的尝试,否定了解蔽的可能?不。他知难而进,尤其在追寻语言的早先(die Frühe)方面作出了令人耳目一新的努力。此处拈出两例。其一来自其母语,其二出自外语。先看前者。在"什么召唤思"一文中,"召唤"一词原文为 heißen。此字今天的习惯意义是"取名"、"称呼"。尚若按此意,"什么召唤思?"就成了"什么是思?"但是海氏没有在这习惯意义上使用此词,而是从"新约·马太福音"第八章第十八节中引例谈这个词与拉丁文 iubere 的关系,找出这个词的原始意义"呼唤",指出道:"为什么我们偏爱(哪怕是无意识地偏爱)这习惯的意义呢?……heißen 这个词的不顺眼的意思……恰好是这

---

① 孙周兴译:《海德格尔选集》(下),第 1068、1099 页。

个词的真正含义,这一含义孕生于这个词中并且惟一居留于其中的,而其他含义则不过是从这一居留引发出来的。”针对 heißen 一词的习惯意义,海氏批评道:“语言玩弄我们的言谈,以致于它使我们的言谈漂移到词语的更为表面肤浅的意义上去了。”①

另一例是汉语“道”的翻译。在海氏生活的年代,老子学说已流行德国。海氏本人也曾与中国学者萧师毅合作,打算将“老子”一书译成德文。在海氏那个时代,人们大多从概念化、抽象化的衍申意义上来理解并翻译“道”字。海氏自己指出的就有“理性”、“精神”、“理由”、“意义”、“逻各斯”等各种译名。他批评说:“人们太容易仅仅从表面上把道路设想为连接两个位置的路段,所以人们就仓促地认为我们的‘道路’一词是不适合于命名‘道’所道说的东西的。”而事实上,他说,“也许‘道路’(Weg)一词是语言的原始词语,它向沉思的人道出自身。老子诗意运思的引导词就是‘道’(Tao),‘根本上’意味着道路。”紧接着他总结说:“但‘道’或许就是产生一切道路的道路,我们由之而来才能去思理性、精神、意义、逻各斯等根本上也即凭它们的本质所要道说的东西。”②

以上显例,各牵涉到对母语和外语的理解或翻译,但海氏所用方法一致,即抛开以往思维定式,进行词语溯源,实践他在“阿那克西曼德之箴言”中所提出的方法,“我们的思想在翻译之前就必须转渡到那个以希腊文道说出来的东西那里”,③ 从而显露为人荒疏了的语言本意。

时至今日,尤其随着现代语言哲学的勃兴,人们越来越热衷于以哲学、逻辑学,乃至心理学等方法,以各类主义学说、概念框架解剖语言,指导翻译。语言本意的确有日见萎缩、得到遮蔽的趋势。

① 孙周兴译:《海德格尔选集》(下),第 1225—1226 页。

② “语言的本质”,《海德格尔选集》(下),第 1101 页。

③ 《海德格尔选集》(上),第 539 页。

海德格尔以孩童般未受历史环境干扰的惊奇姿态，引导人们换一副眼光审视语言，解构传统的翻译思想，表现出对被现代文明污染的语言本质的忧虑，对过度科学化分析的反拨。诚然，理想的翻译可能需要各种方法的多元互动。但是海德格尔倡导在翻译中以本意为先，审视词语源流，重视被遮蔽的思想，无疑给翻译界带入一股启人心智的清风。随着他的指点，我们也许会发现翻译领域中一道新的景观。

第三节 作为交往行为的翻译

中国人民大学 杨恒达

在人类社会即将跨入21世纪之际,我们正在迎接一个信息社会的到来。现代科技的高速发展,为人与人之间的交往提供了空前的可能性。但是,尽管人与人之间的物理距离大大接近了,人与人之间在心理上却仍然相距遥远,障碍重重。这种情况显然同现代社会的发展不相适应。于是,人与人之间的交往与沟通作为当前迫切需要解决的问题引起了人们的深思,以德国当代思想家哈贝马斯为代表的交往行为理论也因此应运而生。他指出,"从相互理解的机能的角度来看,交往行为是用来传播和更新文化知识的;从协调行动的角度来看,交往行为起着社会整体化和创造团结互助的功能;最后,从社会化的角度来看,交往行为是为了造就个人的独有的特征和本质。"① 他的交往行为理论为当代社会新形势下人与人之间的交往与理解作出了精辟的概括与总结。

翻译在当前国际交往猛增的情况下,正在发挥着越来越突出的促进沟通与理解的作用。即使不是专门从事翻译的人,只要有一点外语基础,能接触到一些外语的,都会在某种程度上扮演起翻译的角色。但是翻译现在作为整个人类交往行为的重要组成部分之一,仍然存在着影响人类相互沟通与理解的严重问题,使人类的

① 哈贝马斯:"对于交往行为概念的阐明",载于《关于交往行为理论的预备性研究与补充材料》,1989年德文版,第571页。

交往蒙上了一层阴影。翻译之难在于它不仅是个语言转换的问题,其中包含了文化上的差异,观点立场的差异,知识层次的差异,以及两种语言之间无法简单转换的矛盾和不端正的翻译态度等所造成的种种问题。哈贝马斯交往行为理论的提出,对作为交往行为的翻译具有深刻的启迪作用。这种启迪作用我们将从三个方面来阐明。

一、翻译须以作者主体的可认知性为前提

哈贝马斯说,"我把达到理解为目的的行为看做是最根本的东西。"① 对于翻译来说,最根本的问题,也必须以达到理解为目的。而要在翻译中以达到理解为目的,就必须以确立作者主体的可认知性为前提。当然,翻译是指文本的翻译,可是我们在这里不说文本的可认知性,而说作者主体的可认知性,是因为文本不仅是作者主体的产物,而且实际上是作者主体的一部分,对文本的理解绝对无法离开对作者主体的理解。

现在,由于文本误读问题的提出,由于接受理论被广泛接受,在翻译界出现了某种程度上不重视正确理解作者主体的倾向,人们以误读的必然性冲击了作者主体的可认知性的确立。其实,在翻译中误读确实是必然的,难以避免的,从事过翻译实践和翻译理论研究的人都会承认这一点,但是,承认误读的必然性并不等于要否认作者主体的可认知性。之所以会有这样看似矛盾的问题存在,是因为作者主体作为译者的认识对象,像我们的任何一个认识对象一样,具有两重性:既是可认知的,又是难以全认知的。但是,我们决不可以因为一个认识对象是难以全认知的,就认为它是不可知的,对于作者主体来说也是这样。不然我们就会陷入非认知

① 哈贝马斯:《交往与社会进化》,张博树译,重庆出版社,1989年,第1页。

主义的泥坑,放弃对真理和知识的追求,同样也给翻译工作带来不利因素。

哈贝马斯在提倡交往行为理论的同时,坚决反对人与人之间沟通与理解中的怀疑主义倾向,他认为怀疑主义是以非认知主义为基础的。其实,就译者作为认识主体而言,我们从哈贝马斯交往行为理论中得到的启迪可以从两个方面来看。首先,哈贝马斯对非认知主义的抨击是从道德角度出发的,而在翻译问题上,是否以作者主体的可认知性为前提,涉及到译者的良心问题。译者在翻译中扮演的认识主体角色不同于普通读者在阅读中充当的认识主体角色。因为读者可以误解作者的意思,而当他向他人阐释或介绍作者原意的时候,他是以自我的身份出现的,他要为自己的误读、曲解及错误解释负责。而译者则不一样,他是以作者的身份说话,他在翻译中的误读和曲解在一般情况下都会被读者看做是作者的本意。那么,既然译者是以作者的身份说话,他在翻译中就有一个否定自身,进入文本作者主体的过程。在这个问题上,译者的伟大之处在于甘愿把自己看做文本作者的传声筒,他既是认识主体,又要否定自己,尽量让作者借他的语言来说话。这就像演员一样,既要认识角色,又要成为角色。能否做到这一点,或者说尽可能接近这一点,就要看译者是否真诚,是否有对得起作者、对得起读者的良心,这是一个道德问题。译者不以作者的可认知性为前提,他就会在难译的地方放弃进一步把握作者原意的努力,加入许多他自己的私货。这是译者在翻译中没有充分否定自己所造成的结果。另外,他在翻译中的种种自我要求和考虑也会顽强地表现出来,例如从时间、精力和金钱的角度考虑,如果要真正解决翻译中遇到的一些难题,也许仅仅为了一句话、一个词,就要查阅大量资料,请教各种人士,而相对于这巨大的工作量,那有限的稿酬实在令人感觉不值得为此花费那么多时间、精力,于是就姑且如此吧。这实际上还是最终放弃了译者的良心。其次,作为翻译来说,反对非认知主义,确立作者主体的可认知性,也就是以理解文本作者主体为根本目的。前面已经说过,文本实际上是作者主体的一部分,只有尽可能全面地理解作者主体,才能更好地理解文本,翻译文本。例如,如果不充分了解黑格尔及其基本观点和思想背景,就很难做到对他的著作有真正的理解,很难翻译好他的著作。但是,文本和作者主体之间又有相对的独立性,也就是说,文本毕竟是文本,其中可能会出现完全不同于作者通常观点的内容,这些内容可能是假话,可能是反话,可能是一种不被人知的新立场,那么,在这样的情况下,译者还是要对作者主体有更好的把握,才能真正理解好文本。所以,无论从哪方面讲,译者在翻译中都是既要以文本为准,又要跳出文本,尽可能全面把握作者本人。

二、在翻译中必须深刻理解交往行为理论中的主体间性问题

主体间性或交互主体性(Intersubjektivität)是德国现象学哲学家胡塞尔首先提出的概念,涉及到一个新的认识论问题,这个问题不再是传统意义上的“我作为一个主体是否以及为什么能够认识客体”,而是“我作为一个主体是否以及为什么能够认识另一个主体”、“另一个主体的存在如何对我成为有效的事实”。受胡塞尔影响的萨特认为,主体间性的关键不在于世俗的经验自我的联合,相反,真正的问题乃是经验之外的先验主体的联系问题。他认为,作为自为存在的人总是把自己当做主体,来看待作为自己认识对象的他人的,可是他人从根本上讲是另一个自我,一个不是我的我,因而也是自为的存在。由于每一个自为的存在都竭力维护自己的主体性,把他人当做自己的意向转换对象,所以对每一个个人来说,都有他人,而每一个个人又都是他人的他人。由此看来,主体间的关系是一种互相依存的关系,但是各主体间又互相难以沟

通，于是萨特作出了“他人是地狱”的断言。然而，萨特的这一断言显然是看到了主体间难以沟通的问题而把它提出来以便于人们更好地摆脱主体间的困境的。主体间性的问题到了哈贝马斯那里，成了对在实践活动中主体与主体之间的联系与交往的探讨，超越了认识论的局限。这就更对作为实践活动的翻译具有指导作用。

在翻译日益成为一种重要交往行为的今天，在翻译中深刻理解交往行为理论中的主体间性问题意义十分深远。翻译中主体间性的问题不仅体现在译者主体与作者主体的关系上，而且体现在译者主体与读者主体的关系上，另外，如果作者在文本中描述的是人，不管是实在的还是虚构的人，他也构成一种主体，在译者与这一主体之间也存在主体间关系。只有处理好这多重的主体间关系，才能有成功的、出色的翻译。

我们首先来看译者与文本作者的主体间关系。尽管上个问题中提到译者在翻译中要尽量做到否定自己，但是译者和文本作者毕竟是两个不同文化背景、不同生活环境下具有各自强烈自我意识的主体，所以译者在翻译中还承担着将两个不同文化背景、不同生活环境下有着不同生活经历的主体融会贯通的问题。而要做到这一点，译者不仅需要确立文本作者可认知性的前提，尽可能全面地认识作者，而且要深入认识两种文化的丰富内涵，认识其共性与差异，也要更好地认识译者自身，找出两个主体之间的差异。这样才能辨别出文本内容和表达方式上的微妙之处，使译文更加传神。例如，作者的风格往往是作者主体内涵、文化修养、个性特征、艺术技巧等的集中反映，随时都体现在内容和形式两个方面，译者如果对此不甚了了，就很难在译文中再现作者的风格。而风格的问题如果不能很好把握，就势必影响译文的质量，不能译出传神之笔，严格讲起来，这样不仅会使原文的形式被糟蹋，而且在内容上会出现歪曲、偏差、疏漏等问题。

我们再来看译者与读者的主体间关系。译者与作者的主体间关系处理得再好，也就是说，译者对原文理解得再好，如果不把握好译者与读者的主体间关系，翻译工作还是难以做好。由于读者不是一个人，所谓众口难调，译者很难做到适应每一位读者。但是，译者还是应该根据原文所面对的读者层次，选择其中适中的水平，然后把自己当成读者，站在这样的水平上，考虑自己翻译的文字能否被理解，被接受。比如说，译者翻译的是一部儿童文学作品，那么他就要设想自己是一个儿童读者，考虑针对这样一位读者应该采用什么样的文字。

然而，面对作者和读者两个主体，译者的困难在于他的一仆两主地位，他很难协调好两者之间的关系。比如说，作者的风格是使用长句子，而中国读者习惯于阅读短句子，译者要适应中国读者，就可能会破坏作者的风格。所以，译者仅局限于一仆两主的地位是不够的，而且必然顾此失彼。他必须发挥他作为一个主体的主动性。例如，我们还谈长句子的问题。由于西方人习惯于使用长句子，所以使用长句子不一定是某个西方作者的个人风格，译者应将其归结为语言问题，在转换中适应中国特点。也有一些西方作者喜欢用特别长的句子，形成个人的独特风格，这时，译者可适当使用长句子，以象征性地体现作者风格，但不宜超出中国读者能接受的范围。这便是译者主体主动性的发挥。译者在理解作者和读者的时候应该尽量否定自己，但是在语言转换中还是应该充分发挥自己的主动性，形成自己翻译的风格，也就是说，在准确把握原文内容、风格特色、艺术技巧的基础上，尽可能以适合译文读者理解水平的流畅文学，以体现原文风格特点的象征手段传达原文内容和形式特点。人们所说的创造性叛逆实际上应该体现在这个环节上，而不是体现在理解方面。只有这样，才能在作者和读者之间建立起一座真正的桥梁。

此外，我们还要谈一下译者和文本所描述的人物之间的关系。文本所描述的人物可以是虚构的，也可以是实在的。实在的人的主体性存在是不言而喻的,读者不应该局限于文本,而应该更全面地把握好这个主体。例如,传记作家肯尼思·S·林恩写的《海明威》一书中有这样一段话:“In 1944 in London, for example, he startled his future wife, Mary Welsh, whom he had only recently met, by launching into an attack on Marceline.”其中的 he 指的是海明威,Marceline 是海明威的姐姐。中央编译出版社出版的译文中是这样翻译的:“例如,1944 年在伦敦,他竟然向马塞利娜大打出手,让他新近才结识的未来妻子玛丽·韦尔什惊恐不安。”(该书中译本第 57 页)若是仅从文本来看,似乎没有多大问题。但是若将海明威作为一个活生生的主体来把握,问题就大了。他在崇尚绅士风度的家庭里面成长起来,处于女性受到尊重和保护的文化环境中,又是一个著名作家、记者,备受舆论界的密切关注,怎么会无所顾忌,对一个女子,而且是他的姐姐“大打出手”呢?这不仅会引起法律上的麻烦,而且新闻记者和为他写传的作者也不会放过他,一定会大做文章。所以不多读一点关于海明威的参考资料,上面那段话中的 attack 一词确实很难翻译,只有较好把握了海明威这一主体,才能真正明白 attack 在这里是“抨击”的意思。另外,即使文本描述的人物是虚构的,我们同样应该将他看做一个主体。因为虚构人物身上一般会有作者自己的影子,而且他也有他自己性格发展的逻辑,有他性格构成的理性和非理性方面,有他自己的生活世界,我们不将他看做一个交往行为中的主体,就无法在翻译中将作者刻画的一个活生生的人准确地再现出来。

所以,严格讲起来,翻译是一项复杂的工程,涉及到各种主体间的方方面面的问题。它对翻译者的要求是必须受过高等教育或有同等学力,有相当出众的文化修养和丰富的生活常识,有和译文内容相适应的一定程度的专业知识;必须养成经常自我反省的良好习惯,并通过遇事时设身处地地从他人的角度考虑问题而培养起一种深刻理解交往行为中主体间性问题的能力。

三、翻译应成为交往实践的一项基础训练

哈贝马斯将主体间性的问题作为对家庭、集体、民族、社会、国家等问题的哲学探讨的前提，他强调说，“先验意识应当在生活世界的实践中得到具体化”。[①] 由于翻译的实践需要对主体间性的问题有深刻的把握，所以反过来讲，翻译的实践将会在生活世界的实践中促进人们对主体间性的问题有更深刻的把握。为了实现哈贝马斯倡导的以理解与沟通为现代社会最高目标的理解，翻译应成为人类交往实践的一项基础训练。

在翻译中，一个负责任的译者往往为了一个尚无把握或感觉在理解上有一定偏差的疑难点而去查阅许多工具书和参考资料，去请教国内外各种行家。长期搞翻译的人慢慢就通过这样的艰苦训练培养起一种直觉，更能找出自己没有把握的疑难点，更善于确认自己有没有理解，读者会不会理解，更能设身处地地从他人的角度出发建立起主体间的有效联系，这不仅对于两种不同文化背景下的交往是必要的，而且对于同种文化背景下的交往也同样是必要的，这样更能改变生活世界中人们单向思维的思维习惯，改变人与人之间传统的主客体认识模式。打个简单的比方：我们请人到家里来吃饭。如果按主客体认识模式，那么我们中国人的习惯往往最能体现主人方面热情好客的主观态度，主人总是以自己最拿手的、最丰盛的菜肴来招待客人，而且生怕客人客气，把自认为最好的菜使劲往客人碗里夹，但是，如果他把客人当做另一个主体来看待的话，他就会设身处地地设想自己如果是客人的话，当主人使劲往自己碗里夹不合自己口味的菜时，自己会多么难堪。当然，西方人在请中国人到家里做客时也同样主观，会以他们认为好吃但

---

① 哈贝马斯：《后形而上学思维》，1988 年德文版，第 15 页。

实际上不一定对你胃口的东西招待你，好在他们免去了你见菜已夹到了自己碗里而不得不硬着头皮吃的难堪，只是说“help yourself（请自便）”之类的话，由你自己动手，至于你感觉不好吃，不动手用餐而饿了肚子，那就是你自己的问题了。而受过较多翻译训练的人由于已经养成了辨别主体间细微差别的直觉，在处理这样问题的时候，往往既能避免中国式的过分热情而造成的难堪，又不至于陷入西方人那种一方面没有留给你什么选择的余地，另一方面又要让你自便的矛盾。其实协调这种关系很简单，不过在于多问几句话，多商谈、多沟通一下而已，但是由于缺乏对主体间性的深刻理解，因为少问一句话而引发出重大矛盾冲突的事在人际交往中屡有发生，远不止于吃饭时的难堪。

另外，语言上的差别往往反映了思维方式上的差别，比如说，汉语中没有时态变化，没有虚拟语气，最多加上一个表示时间或表示假设的状语，这反映了中国人思考问题时很看重心理时间，不重视虚实间界限而重视虚实相含的倾向，但是在实际交往中就会出现问题。如果一个中国人同一个会说中国话的西方人谈过去的事情，他不可能每句话都加上一个表示过去的状语，谈着谈着，这个西方人也许就迷失了方向，不知道你是在谈过去还是现在。中国人用外语同西方人说话时也有问题，往往一着急，本来该用过去式的动词都用成了现在式，给人造成理解上的混乱；本来该用虚拟语气的却用成了陈述语气，显得很不客气，很不礼貌。一个经过翻译实践锻炼的人对这些问题就很敏感，会及时作出调整和解释，使误会冰释，而一个没有经过翻译实践锻炼的人往往造成了严重的误会还不知道原因出在哪里。类似的误会不仅会出现在中国人和西方人之间，同样也会出现在中国人和日本人之间，甚至还会出现在来自不同地域的中国人之间，因为尽管大家都用普通话讲话，各方言中对同一问题的不同视角同样会影响到在普通话中的措辞。受过翻译实践锻炼的人即使在同本国人交往时也比较容易避免这样的误会,这便是对主体间性的深刻理解在起作用。

所以,在有条件的情况下,人人都应该有一定的翻译实践,不是出于翻译工作的需要,而是出于实现人与人之间更好交往与沟通的需要。

第四节　语言哲学观照下的文学翻译和翻译文学

上海铁道大学　葛中俊

一、翻译中的二元对立及其在诠释中的消解

不管人们对翻译下过多少种定义，一个极其简单的事实是谁都看得见的，离开了语言中介的转换，翻译便不成其为自身。

何谓语言？语言乃一个相对独立的社会团体在自身发展过程中自然形成的，包括语音、语法、词汇、语义等诸多范畴的结构体系。它具有任意性和约定俗成性。尽管人类思维的同一性使语言之间存在着诸多理念表达上的契合和类似，然而任意性和约定俗成性的存在规定了语言在符号外观，遣词造句和承载文化底蕴上的分歧和差异。

不同的语言具有不同的表现力。这种表现力的差异反映在文学作品譬如诗歌中，则表现为不同的音响效果，不同的节奏韵脚，不同的意境风格以及由此而引起的联想意义的不同。萨丕尔在谈及语言和文学的关系时说："语言不只是思想交流的方式而已，它是一件看不见的外衣，披挂在我们的精神上，预先决定了精神的一切符号表达的形式。当这种表达非常有意义的时候，我们管它叫文学。"意思是说，文学是一种非常有意义的符号表达，这种表达先天性地受制于语言。倘若我们对语言在表现力上的差异不表示异

议的话，姑且可以得出这样的推论：以不同语言创制的文学作品受制于各自赖以生存的语言形式。谙悉各自操持的语言(如母语)的符号形式和表达技巧的文学家们在创作时往往意识不到这一点。然而，当他的作品被译成他种语言而使翻译者大伤脑筋时，那个躲在后面的内在形式制约就暴露无遗了。

于是，由语言问题引发的关于文学作品可译性和不可译性的论争便被提到议事日程，让译家和理论家们沸沸扬扬地争辩了几个世纪。

语言的障碍必须得到克服，翻译才会成为可能。这似乎已经成为关于翻译问题的不言自明的简单道理。然而，要完全克服语言障碍简直是一种无望的企图。因为“语言是一种不断积累着的约定，不同的社团具有不同的约定，人从其自身的存在之中编织出语言，在同一过程之中他又将自己置于语言的陷阱之中；每一种语言都在使用该语言的民族周围划出一道魔圈，任何人都无法逃出这道魔圈”(冯·洪堡，1838)。每种语言均有只属于自己的一套使用法则，都必须遵从一定的习惯；任何他种语言的表达手段在未经本土化之前，均被视为与该语言的习惯不相融合，甚至不必触犯语法上的规定性。

至此，我们可以清楚地看出，语言和文学的关系便是形式和内容的关系。形式和内容之间的二元对立直接导致了文学翻译的不可译性。

再者，在谈及文学作品的创作受制于语言时，我们亦有必要认识到，文学文本不同于一般文本，它是由文学语言构筑而成，言语表达的多样化以及在语词、语段、语篇等诸多层面上所透露出来的气息，往往造就出一种超乎语言表达以上的艺术独特性，文学语言不只是承载和传递意义的代码，其本身的形式机制亦是直接构成作品意义的有机体。与他种语言相比较，文学语言具有更大的表意潜能，其效果取决于语词、语段、语篇之间粘连和发散的关系，因而为读者提供了更为集中的审美注意和更加广阔的解读空间。从这个意义上来看,形式和内容的二元对立在文学作品本身的层面上已经达成了和解。然而这种和解却在更大程度上规定了文学翻译的性质:手笔之劳不足传神,变化之妙存乎一心。

由此看来,在翻译理论的描述中,文学作品是不可翻译的。而事实上,成功的文学翻译作品却俯拾即是。先天不足的翻译实践不可能在实质上得以改变,同时,缺乏对翻译实践的有效诠释,翻译理论的存在又无实质性价值。因而,我们认为,翻译理论和翻译实践之间缺少必要的联接,而且,这种联结点只能在理论的层面上寻求;我们必须对可译性问题作出重新解释。

关于可译性和不可译性问题的论争,人们的认识大致如此:翻译具有可译性,因为译作能够传达出原作的全部意义;翻译具有不可译性,经过翻译的操作之后,二度创作不可避免。可译性问题必须得到重新解释,才能建立起关于文学翻译文本的观念,"对出现二度创作可能性大小的各种区域的发现并没有太大的价值"(参见葛中俊,1997),或者说,与出现和原作完全对等的话语的可能性相比,出现二度创作的可能性总会偏低。问题的关键在于,目的语文本在什么情况下,以何种独特的方式与原作相关联。我们在讨论可译性问题的时候,没有必要再去追问,为什么源文本中的某一特征在目的文本中没有给以对应的表达?我们应该问,目的文本在何种意义上以及为什么与源文本中的某一特征相关联?我们所理解的可译性是一种关联的角度,而非一一对应的关系。它不是一种操作系统,而是一种潜在的转换的可能性。既然译作有其独特的生存空间,我们就没有理由不许其呈现出自己独特的生存方式,倘若我们能够摆脱传统的,纯粹观念形态上的关于可译性和不可译性之间的逻辑对立,换一种角度对可译性问题有一个全新的认识,就不会对文学翻译有太多的责难和挑剔,也就会更加深刻地领悟和理解文学翻译的选择性、变易性和丰富性了(参见葛中俊,

1998)。

二、困境及其摆脱:文学翻译属性的结构层次

可译性问题得以重新解释后,文学翻译的天地可谓舒展了许多。的确,我们不该死死地纠缠本不存在的所谓忠实不放,因为翻译史实告诉我们,完全忠实的文学翻译文本只存在于翻译者的心海里。可是,在讨论文学翻译问题时,我们也不能采取一种无原则的原则,即一切存在的翻译文本都是合理的文本。当然,对文学作品的翻译转换方式作出具体的规定显然是不现实的。不过,起码我们可以对文学翻译的性质作出必要的解释。

从本质上说,文学翻译的性质是:妥协。

所谓妥协,包含两层涵义。其一,它是一种让步,一种因逃避语言冲突和争执的恶化——其结果为滥译或误译——而作出的让步。如果一种语言注定要被选择为表达他种语言文体倾向的工具,那么这一过程本身只能以弃绝他种语言的丰富性和多样性为代价。其二,妥协也非全盘意义上的放弃,它是竭力抗争之后的一种无奈。这种抗争的努力必然是大有收获,翻译者在翻译原作者的作品时,毕竟能够在很大程度上表现出原作者的情感状况和原作的形式魅力。

让步和抗争的动力机制,在形成模仿与再创、形式和意义、诗韵和散体、准确贴切和自然流畅等文学质素间的相互关联和相互切入的同时,更多地造成了源语和译入语、原作者和翻译者、原作和译作之间的张力。原作和译作所代表的两大营垒,在同一条直线上既相互牵拉又背道而驰,既彼此排斥又相互吸引,可是它们只能处于这种若即若离的暧昧之中,永远也不能合二为一。它们之间的间歇所显示的长度和占据的空间,便是妥协的发生地。这种间隙是矛盾不可调和的产物,然而,从正面的、积极的意义上来说,

也正是这种间隙的存在，提供了双方张力得以和解的空间和可能性。

妥协，作为文学翻译的原始属性，说明了文学翻译在一定程度上的可操作性。然而，倘若仅仅满足于此，在妥协的驿站固步不前，那么有关文学翻译的种种努力，必将在自身的惰性和沉沦中失去文学作品作为人类精神财富的美学价值。失落了被妥协掉的那部分艺术魅力而匆匆敷就的译作，其整体的文学性必定大大逊色于原作。这部分的魅力必须得到补偿——部分的、全部的甚或超越本体的补偿，一部文学作品的翻译过程才算真正完结。于是我们提倡两种语言之间的，两种语言所反映的两种文化之间的竞争。惟有竞争，才是体现和发展译作独立意义上的文学价值的建设性努力。

字比句次通常是拙劣的行为，因为事实上两种语言中几乎没有绝对意义上的文化对等词。鸠摩罗什曾说，只要能存本旨，就不妨“依实出华”。他重译的《维摩诘经》“文约而诣，旨婉而彰”，所译的《法华经》“曲从方言，而趣不乖本”，释言表之隐以应探赜之求，“有天然西域之语趣”，饶有文学的情致（参见罗新璋编《翻译论集》）。

文学是语言的艺术。丢失了艺术的文学翻译，也就失落了其自身。因此，当原作的语言被译作的语言重新表达，即以一种语言记录经验的方式被另一种语言记录经验的方式所替换的时候，其结果必然是一种力图超越原作艺术魅力的艺术力的显示。此乃竞争的第一层含义。

所谓竞争的第二层意思，是指翻译者和原作者在言语表达素养上的一比高下。如果说语言文化的竞争是客体之争的话，那么，翻译者和原作者之间的竞争则是言语表达主体之间的竞争。主体之争，在于各自在自己所熟悉的语言文化中选择最适宜表达灵性和冲动的语符方式形成作品的能力之间的比赛。

一个优秀的译者，在对原作者创作灵感和原语文化具有清醒自觉和深刻把握的基础上，不但要充分发挥译语文化的优势，同时在实施语言文化转换和语符的翻译重构过程中必须展示出自身语言文化的良好修养和深厚的表达功力。胡适先生（参见香港《翻译论集》）有云：

> 翻译者要向原作者负责。作者写的是一篇好散文，译出来的也必须是一篇好散文；作者写的是一篇好诗，译出来的也一定是首好诗……所谓"信"，不一定是一字一字照译，因为那样译出来的文章不一定好。我们要想一想，如果罗素不是英国人，而是中国人，是今天的中国人，他要说那句话，该怎么写呢？

笔者以为，胡先生的这段话，恰好说明了文学翻译在"竞争"层次上的全部含义。

对文学翻译而言，试图传达原作者灵感和作品形式魅力的努力只是初级层次上的工作。在这一层次上，译家在苦心竭虑中不得已会丧失掉许多本该属于全人类的精神财富，于是他们开始妥协，一部分不甘于妥协的译者遂开始在一块并不宽敞的竞技场上展开角逐、竞争。

其实，从文学发展的角度来说，翻译者本不该如此狭隘地为难自己，为什么一定要守护着一块属于过去的田地，力图收获曾经被原作者收获过的精神食粮呢？或者更明确地说，翻译者的任务不只是试图恢复和传达原作的全部意义，同时也应该在吸收原作语言、言语和原作者的创作灵感的基础上，创造出真正属于自己的，也必将是对全人类文明发展有益的全新作品。文学翻译的最高目标，不是传播文学，而是发展文学。这种发展的实效，不应只是表现在原样复制后对于其他创作个体的启示和发蒙，同时亦应完成于翻译过程之中。文学翻译的标准不应是忠实或对等,而是超越和发展。译作应当冲出原作和民族文学的围栏,走进歌德的"世界文学"的境地。

索绪尔在《普通语言学教程》中说:

> 离开了语言,我们的思想只是浑沌一片……思想本身恰似一团迷雾。语言出现之前绝无预先确定的思想可言,一切都是模糊不清。

在此,反索绪尔其道而言之:离开了思维模式的趋近,我们的语言转换将是一片混乱。语言本身的解读潜能无穷无尽。在全球性的思维模式和表达手段建立起来之前,我们的语言将是捉摸不透,先天无能的文学翻译将是徒劳的偏见和欺骗,真正意义上的文化交流和文化互进将属不可能。

不过,通过翻译产生不同语言社团精神实质的趋同,造就语言模式的同一性,绝非想缔造出千篇一律的言语模式。语言模式所表现出的精神的同质,与言语表达的丰富性相行不悖。因此,任何关于文学个性的消失和天才幻灭的担心都是多余的。相反,一切伟大的文学家仍将是伟大的创造者,他不但具备产生深刻思想并使其形成新的表达样式的力量,同时,在全球性思维模式下创造精美话语的才情,通过翻译的创造性努力,必将被更加广泛的阅读群体所领略、所欣赏。

三、从语言的角度管窥翻译文学

如前所说,不同的语言,其表现力是不一样的。

同时,翻译是一种个体劳动,以文学翻译为尤。从理论上讲,任何翻译工作者都应以忠实原作为规范自身翻译行为的圭臬。可是忠实两字谈何容易？译作是原作的意义和形式在新的语言格局中重新成形、建构的结果。翻译的种种努力，要让原作的意义成分在译作语言的符形外观上表现出来，同时又要试图让原作的符形特征尽可能地纳入译作的意义中去。这样一个复杂的、交错揉合的过程，必然地会让只属于翻译者个体而非原文创作主体的风格特征掺和其中，从而部分地消解原作的风貌。译者的理解和文风跟原作的内容和形式之间定会存在距离；译者的感悟与其表达能力之间也不会完全吻合。“从一种文字出发，积寸累尺地度越那许多距离，安稳到达另一种文字里，这是很艰苦的历程。一路上颠顿风尘，遭遇风险，不免有所遗失或受些损伤”（钱钟书语）。在这种意义上，译文的走样或失真是一种不自觉的行为，其范围和幅度取决于翻译者个体的灵性和语言文化素养。

在可译性问题得以重新解释以后，翻译中本来难以解释的许多问题便迎刃而解了。

既然不同的语言具有不同的表现力，因而经过译者努力而进入他种文化语境，以他种语言符号展示出来的译作绝对不能传达出原作的全部信息内容；既然译者因跨语言文化言语修养的缘故，不可避免地且时常故意地表现出与原作者不尽相同或截然不同的审美追求和言语特征，因而译作不能全部地传达出原作的言语内涵，而具有自己的风格特征。因而，以原语信息为基础，以原作为蓝本，以原作者灵感激发下的译者灵感和艺术张力创造出的译作在美学和价值论的角度具有绝对意义上的相对独立性。原作是原作者的作品，译作是翻译者的作品；原作是原语作品，译作是目的语作品。

文学的范畴和划分是万类不齐的。站在某一特定的国别文学的立场来看，原语文学通称外国文学，目的语文学又叫本国文学。翻译文学（translated literature），尽管可以追溯出悠久的传统，然而从“正名”的角度来看，可谓文学家族中的新成员。在我们真正地弄清楚翻译文学是什么的时候,有必要将其与相关概念进行比较对照。

首先,翻译文学不同于文学翻译。文学翻译是翻译的一种,属翻译的门类或方法论,与科技翻译并行;翻译文学尽管与翻译的关系极为密切,然而它属于文学范畴,与外国文学、国别文学并行。文学翻译指从一种语言经由翻译者中介向另一种语言过渡的种种努力,是一种方法或过程;翻译文学则是由文学翻译的产品——译作组成的,处于不断建构之中的体系,即历史上或某一文学阶段上翻译作品的总和,是一个集合或实体。文学翻译的任务在于规定和制作,而作为学科门类的翻译文学的主要职责在于描述和批评。文学翻译规定的是如何做,而翻译文学描述的是做了什么及做得怎样。

其次,翻译文学研究不同于文学研究、外国文学研究、翻译研究及文学翻译研究。它的研究范围和内容包括:作为目的语文学作品的译作和作为原语作品的原作在言语表达、人物性格及风格上具有哪些差异;产生这些差异的原因,包括语言因素、译者素养和审美选择及环境因素;译作与原作在各自语言文化背景中的接受和成功上的差距以及译者和文本本身在造成这种差距上的作用;译作和原作在文学性上所表现出来的特点和价值;译作在何种意义上具有独立于原作以外的文学价值以及代表这种文学价值的相关区域在整个作品中的位置和存在的合理性;翻译中的编译、节译、错译、漏译现象;译者作为作品生产者的价值和贡献,与创作相比较,翻译作品在某一国别文学特定阶段上的比重和地位;翻译作品在该文学阶段上对于创作的影响;等等。

再次,翻译文学不同于外国文学。外国文学是在某一国别文学以外,由他国作家创制的文学作品总集,关注的焦点在于作家的国籍而非语言的分别,与翻译和语言转换不发生关联。而翻译文学所关注的,正是语言的转换以及这一过程的实现者——译者所处的语言区域。

由上观之，对于翻译文学的概念，我们至少可以得出以下几点认识：①翻译文学属于文学范畴；②翻译文学不可避免地归附于一种语言，这种语言不是原作语言而是译作语言；③翻译文学既可是一种作品总集，又可是一种学科门类。作为作品总集，其中的每一部作品必须具备文学价值。任何一部原语的文学作品，若经过译者的翻译过程操作之后而变成非文学的东西，必然会被排斥在翻译文学作品的集合之外，而成为作为学科门类的翻译文学研究批评的对象。④翻译文学的价值持有者和承担者是翻译者。因为一部原语作品在译入不同的目的语以及经由不同的翻译者译入同一种目的语的时候，译作与原作之间以及不同译本之间往往存在着相当大的价值距离；原作的价值在经过翻译者的劳动之后得到部分的消解并在此新的基础上得到扩大。⑤翻译文学在属性上与外国文学有所区别，与文学翻译则分属不同的范畴。

翻译文学存在的根本理由，在于目的语文化背景中存在着一大批需要接受服务的。因为种种原因而不能直接阅读原语作品的读者群和创作集体。五四前后 30 年翻译文学作品的特征及其影响，说明翻译文学以中国文学的方式和特色存在于汉语文学的体系之中。20 年代中后叶到 30 年代初的翻译文学则在很大程度上代表了当时中国的文坛成就和文学特征。翻译文学的诞生时间有赖于翻译作品个体出现的时间；它的生存空间在目的语文学，而非源语文学。一部翻译作品一旦问世便加入了翻译文学的行列，从而以一种不断建构之中的相对稳定的体系，成为目的语文学传统的一部分，并在可能的情况下影响并左右其发展进程。因而，尽管翻译文学与以原语创制的外国文学之间存在着不容分割的逻辑理据上的渊源关系，然而从本质上说它已不是外国文学。翻译文学本体，作为一种文学范畴，理应在目的语文学的疆界内找寻自己的归宿。

将翻译文学划归目的语文学，其意义在于：①从语言哲学的角度，肯定了语言符号在文学归类上的作用。②揭示了译作具有文学作品相对独立性的重要原因在于语言的异质。③给确立起翻译者作为目的语作品生产者的文学地位和社会人格提供了理论依据。④与他种名称相比较，以语言文学冠盖翻译文学，更具语义表达上的逻辑严密性和地域适用性，并且有利于对翻译本质及翻译文学属性的认识和把握。⑤将翻译文学从文学翻译和外国文学的纠缠中分离出来，不仅有利于本门学科的建设，而且有利于廓清翻译学的主体构成和理论建设；不仅给文学研究带来了跨文化的、比较的视野，而且更为重要的是，给在目的语语言、文化背景中探讨译作的文学性、独特性以及它的传播、变形、地位和价值提供了理论规约和操作领地。

"翻译文学"是一个已经并正在引起纷争的概念。对于翻译文学在国别文学间及文学多元体系中的定位更是理论界关注的热点，因为它是一个直接牵涉到翻译文本本质属性的大问题。

谢天振教授(1989，1992—1，1992—2，1995)在建立中国文艺学派的大背景下，阐明翻译在文学史上的地位；并旗帜鲜明地将翻译文学纳入民族文学的轨道，从文学翻译的创造性叛逆这一根本属性出发，对翻译文学作为一门学科的理论和实践作出解释和规定。许渊冲教授(1993)认为，文学翻译的最高目标在于成为翻译文学，强调翻译作品本身首先应该是文学作品。刘耘华(1997)在试图阐明翻译文学的归属时，则在外国文学和民族文学的对峙中采取了一个折衷的态度。

笔者无意从纷争的诸多文字中摘取只言片语来填满我的段落，亦不想以自己菲薄的表述使种种观点在相互牵拉、碰撞中产生的张力得以消解。相反，正是因为这种张力的存在，才使翻译文学这一课题更富挑战性。

〔参考书目〕

蔡　毅:“翻译理论的文艺学派——介绍加切奇拉泽的‘文艺翻译与文学交流’”,《外国翻译理论译介文集》,中国对外翻译出版公司选编,1983年。

葛中俊:“U·辛克莱对中国左翼文学的影响”,《中国比较文学》1994年第1期。

“U·辛克莱在中国的翻译及其理由——辛克莱与翻译文学系列研究之三”,《苏州大学学报》1996年第3期。

“试论翻译文学的归宿”,(合作)《铁路高校大学外语教学研究论文集》,西南交通大学出版社,1996年。

“翻译文学:目的语文学的次范畴”,《中国比较文学》1997年第3期。

“建立关于翻译理论的新观念”,《上海铁道大学学报》1998年第7期。

刘耘华:“翻译文学体系化”,《外国语》1997年第1期。

申小龙:“论语言对文学的形式制约”,《外语与翻译》1994年第1期。

索绪尔:《普通语言学教程》,高明凯译,商务印书馆,1980年。

谢天振:“为‘弃儿’找归宿——翻译在文学史上的地位”,《上海文论》1989年第3期。

“论文学翻译的创造性叛逆”,《外国语》1992年第1期。

“翻译文学——争取承认的文学”,《中国文化与世界》第2辑,上海外语教育出版社,1992年。

“建立中国译学研究的文艺学派”,《外国语》第4期。

许渊冲:“文学翻译是两种语言的竞赛——《红与黑》译本前言”,《外国语》1993年第3期。

第三章　文化语境与翻译

第一节　“欧化”：“五四”时期有关翻译语言的讨论

香港中文大学　王宏志

一

作为沟通模式的一种，翻译非常依赖用以沟通的媒体——语言、文字，以求准确地将信息传送给译文读者。在一般情形下，沟通的媒体不会为翻译构成什么问题，译者只须使用译入语自然而然地进行翻译便可以了。可是，假如译入语处于一个特殊的情况，例如正在处于急剧变化或发展的阶段，这问题便会变得较复杂。晚清以来中国的情况便是这样。长久以来，言文分家，教育不普及，对译者构成了一个严重的难题：究竟应该用什么样的语言来进行翻译？也就是说，标准的译入语是什么？是文言还是白话？而且，当有些人提出要对文言进行改革，另一些人又认为白话文还不够成熟时，译者究竟应该使用什么样的文言或白话？此外，当“五四”新文学运动带来白话的全面使用，翻译语言又起了怎样的变化？对于白话文的发展，它又负起了什么任务？

下文主要尝试考察“五四”时期有关翻译语言的讨论，特别是在引入"欧化"成分时所引起的争论。但为了提供较全面的图像,亦会触及晚清以至 30 年代论者和译者在翻译语言问题上的种种思考。

二

众所周知,从 19 世纪中叶开始,外国列强不断对中国进行侵略。中国连场战败,瓜分的危机迫在眉睫,不得不进行维新改革,并要求透过翻译向西方学习。不过,最早的翻译水平低劣,为不少人所诟病。这对维新改革有严重的影响。梁启超清楚地说,拙劣的译文会被利用为反对新学的借口,守旧的读者往往把文笔跟内容挂钩,"文笔雅驯"的便是好书,否则便是"出猥陋俗儒之手"。[①] 倒过来说,面对守旧派的反对,要把西学输入中国,一个有效的对付方法,是运用优秀古雅的文章来进行翻译,这足见翻译语言的重要性。严复提出"雅"的观念,译文被批评为过于古雅深奥,"文笔太务渊雅,刻意摹仿先秦文体,非多读古书之人,一繙殆难索解",[②] 其实就是要以出色的古文来作包装,让守旧的读者在面对这些新学译著时,首先是愿意读下去,否则便不可能达到传播知识的目的。[③]因此,无论作品的内容怎样,先决条件是要有出色的文章。吴汝纶为严复《天演论》写的序中有这样重要的一句:"文如几道,可与言译书

---

① 梁启超:"论译书",黎难秋编:《中国科学翻译史料》,中国科学技术大学出版社,1996 年,第 322 页。

② 梁启超:"绍介新著《原富》",牛仰山、孙鸿霓编:《严复研究资料》,海峡文艺出版社,1990 年,第 267 页。

③ 王佐良曾经用"苦药"和"糖衣"的比喻来说明这问题:但他(严复)又认识到这些书对于那些仍在中古的梦乡里酣睡的人是多么难以下咽的苦药,因此他在上面涂了糖衣,这糖衣就是士大夫们所心折的汉以前的古雅文体。雅,乃是严复的招徕术。(王佐良:"严复的用心",商务印书馆编辑部编:《论严复与严译名著》,商务印书馆,1982 年,第 27 页)

矣。”[1] 可见没有好的文章，就是连翻译的资格也没有。

但晚清也出现了很多以白话翻译出来的外国小说。梁启超提出“小说界革命”，不过，他所针对的并不是一种文学体裁，而是要改革群众，以期达到改革政治的最终目的。这种教化“愚民”的意图，对于翻译语言的运用，产生了很大的影响。

要教化群众，首先要做到的是“言文合一”。其实，在梁启超还没有提出小说界革命前，已有人提出这样的要求。最著名的当然首推黄遵宪，他倡议“我手写我口”之余，更说过“盖语言与文字离，则通文者少，语言与文字合，则通文者多，其势然也”。[2] 但更重要的其实是裘廷梁在1898年发表的“论白话为维新之本”，被认为是“晚清白话文运动的理论基础”。[3] 他对文言作出猛烈攻击，认为那是中国有文字而“不得为智国”的原因。在他的眼中，文言更是“愚天下之具”、“败坏天下才智之民”；相反来说，“智天下之具，莫如白话”、“白话行而实学兴”。为了推行白话，他还组织过“白话学会”，创办了全国第一家白话报《无锡白话报》。[4]

这种将文言看成是窒碍民智发展的负面力量的看法，也影响到翻译外国小说时所选用的语言。由于小说界革命的提出，原来是要针对“仅识字之人”，[5] 因此，当时对于白话的使用，便会产生一个很严重的问题。周作人后来曾比较过“五四”时期跟晚清的白

---

① 吴汝纶：“《天演论》吴序”，王栻编：《严复集》第5卷，中华书局，1986年，第1317页。

② 黄遵宪：“日本国志学术志二文学”，邬国平、黄霖编：《中国文论选（近代卷）》上册，江苏文艺出版社，1996年，第441页。

③ 谭彼岸：《晚清的白话文运动》上册，湖北人民出版社，1956年，第8页。

④ 裘廷梁：“论白话为维新之本”，《中国文论选·近代卷》下册，第26—30页。关于裘廷梁倡议白话文的活动，可参周光庆、刘玮：《汉语与中国新文化启蒙》，台北：东大图书公司，1996年，第161—163页。

⑤ 康有为：“《日本书目志》识语”，陈平原、夏晓虹编：《20世纪中国小说理论资料》第1卷，北京大学出版社，1989年，第13页。

话文运动的区别,其中第二点是这样的:

> 第二,是态度的不同——现在我们作文的态度是一元的,就是:无论对什么人,作什么事,无论是著书或随便地写一张字条儿,一律都用白话。而以前的态度是二元的:不是凡文字都用白话写,只是为一般没有学识的平民和工人才写白话的……但如写正经的文章或著书时,当然还是作古文的,因此我们可以说,在那时候,古文是为"老爷"用的,白话是为"听差"用的。①

在这情形下,文言文依然是传统士大夫的专用语言,用来维护自己队伍的纯洁,② 而白话文则只不过是一种"慈善文体"。③

这样的态度也反映在晚清的翻译外国小说上。当时的译者,有时候会认定某些小说是可以用来开启民智,应该译给"一般没有学识的平民和工人",因此,他们会利用白话来进行翻译。一个很有趣的例子是《母夜叉》,译者解释过他用白话来翻译这本小说的原因,一是他觉得只有白话才能将原著的精髓翻译出来,二是他希望他的小说能作为国语统一的教科书。这看来有很远大的理想。不过,当他说明他所预设的读者时,我们又不能不感到十分失望:

> 我中国这班又聋又瞎、臃肿不宁、茅草塞心肝的许多国民,就得给他读这种书。④

---

① 周作人:《中国新文学的源流》,华东师范大学出版社。1995 年,第 56 页。

② 袁进:《中国文学观念的近代变革》,上海社会科学院出版社,1996 年,第 160 页。

③ 朱自清:"论通俗化",《朱自清文集》第 3 集,江苏教育出版社,1988 年,第 142—143 页。

④ "《母夜叉》闲评八则",《20 世纪中国小说理论资料》第 1 卷,第 157 页。

显然,他们使用白话来翻译外国小说,为的是要能够以最浅易的语言来为“愚民”启蒙。应该留意,“愚人”、“愚民”一类的字眼,在晚清论者的文字里是经常出现的。一篇叫“论小说之教育”的文章里,“愚民”一词一共出现了五次,说中国愚民太多,只能“以至浅极易小说之教育。”①

出于这样的一种心态去使用白话,并不能够真正提高白话作为翻译语言的能力及地位,相反来说,却只会减低翻译小说的艺术性,反正这些小说最重要的地方是在于它们的内容,而看这些小说的人也太愚笨,根本不会懂得欣赏高超的艺术技巧。在这情形下,使用白话去翻译外国小说,只会给外国小说带来非常负面的影响,甚至白话文学的倡导也会受到影响。

态度以外,还有能力的问题。对于长期浸淫在古文里的传统文人,要他们一下子转用白话来写作,实在不是一件容易的事。当时一位叫姚鹏图的,便曾在一篇叫“论白话小说”的文章里,诉说了他以白话文和文言文撰作的经验:

> 鄙人近年为人捉刀,作开会演说、启蒙讲义,皆用白话体裁,下笔之难,百倍于文话。其初每倩人执笔,而口授之,久之乃能搦管自书。然总不如文话之简捷易明,往往累牍连篇,笔不及挥,不过抵文话数十字、数句之用。②

姚鹏图并不是反对使用白话的人,他完全明白“白话报之足以动人,犹之小说”,但到了实践的时候,便出现了运用白话比文言艰难百倍的感觉。显然,这样的经验并不局限于姚鹏图一人。梁启超

---

① 佚名:《论小说之教育》,《20 世纪中国小说理论资料》第 1 卷,第 186—188 页。

② 姚鹏图:“论白话小说”,同上,第 135 页。

翻译《十五小豪杰》时，“原拟依《水浒》、《红楼》等书体裁，纯用俗话，但翻译之时，甚为困难。参用文言，劳半功倍”，[①] 最后就是为了“贪省时日，只得文俗并用”。后来他更感慨地说：“自语言文字，相去愈远，今欲为此，诚非易易。吾曾试验，吾最知之”。[②] 就是鲁迅在翻译《月界旅行》时，也有类似的情况：

> 初拟译以俗语，稍逸读者之思索，然纯用俗语，复嫌冗繁，因参用文言，以省篇页。[③]

对于译者来说，应用白话是“甚为困难”、“劳半功倍”、是“冗繁”的，而文言则“简捷易明”。所以，在可能的情形下，他们也宁愿使用文言了。

译者以外，读者的因素同样不可忽视。人们对白话文的二元态度会产生一种负面的效果：既然白话只是为愚笨的读者服务，一些自认为“文义稍高之人”，便有可能排斥以白话翻译出来的小说——有谁愿意自甘被视为“愚民”，只配看白话翻译小说？此外，这时期阅读新小说的读者，并不是康有为、梁启超等所预期的“仅识字之人”。据当时的估计，购阅新小说的，“百分之九十，出于旧学界而输入新学说者”。[④] 这些读者对于翻译小说的要求，不单在于所谓的新思想，且因为他们传统的诗学理念，使他们也考虑到“译笔”的问题。不过，晚清论者对于“译笔”的理解，是颇为特别的，一位论者有这样精到的分析：

---

① 梁启超：“《十五小豪杰》译后语”，《20世纪中国小说理论资料》第1卷，第47页。

② 梁启超：“小说丛话”，同上，第66页。

③ 鲁迅：“《月界旅行》弁言”，《鲁迅全集》第10集，人民文学出版社，1981年，第152页。

④ 徐念慈：“余之小说观”，《20世纪中国小说理论资料》第1卷，第314页。

这里有个关键性的问题，时人是把译作当做著作品评，所谓“译笔”，实是“文笔”。也就是说，论者所评乃译者的文字修养，而不是翻译能力。[1]

从这个角度去看翻译作品，那些只预算去启迪“仅识字之人”、以“至浅极易”的白话翻译出来的作品，当然没法通过这一关。在这情形下，晚清翻译外国小说，虽然是以启迪民智为动机，且当时也确实出现过为数不少的白话翻译小说，但最后还是以文言成为主要的翻译语言；较受重视以及流传较广的，始终仍是以文言翻译出来的作品，甚至在销路上来说，也是文言的作品较为优胜。[2] 不懂外文的林纾得享翻译大家的盛名，所依赖的便是一支优秀的古文文笔。由此可见，在清末民初，文言在翻译外国小说方面还是占了主导的地位，而出色的古文，才是推动翻译小说流行和畅销的主要力量。

三

众所周知，白话文在“五四”前后一段很短的时间里便成功地取代了文言的地位，成为流通的书面语言。这其中有很多原因。陈独秀尝试从“经济史观立场”来解释，认为是因为“中国近来产业发达，人口集中，白话文完全是应这个需要而发生而存在的”；[3] 胡适则认为最重要的“因子”有几个：一是中国已有了 1,000 多年的话文学作

---

① 陈平原：《20 世纪中国小说史》第 1 卷（1897—1916），北京大学出版社，1989 年，第 34 页。

② 徐念慈在“余之小说观”中说：“文言小说之销行，较之白话小说为优”，《20 世纪中国小说理论资料》第 1 卷，第 313 页。

③ 陈独秀：“《科学与人生观》序”，录自胡适编：《中国新文学大系·建设理论集》，良友图书公司，1935 年，第 15 页。

品，二是"官话"的流行，三是和世界文化接触，四是政治的因素，也就是专制政治被推翻。[①] 另外还有"五四运动"的爆发，各地出现了许多白话小报纸和杂志，"使白话的传播遍于全国"。[②] 这些说法都各有道理，这里不作深入剖析，但要仔细去看的是人们对白话文的态度，因为这问题涉及到后来利用翻译来改进白话文的争议。

上文说过，晚清倡议白话文的人大多不是要求完全以白话文来取替文言文的，他们对文言文仍然抱有万分尊崇的态度，不敢轻易碰触，因此，即使当时提倡使用白话的文章，包括最重要的《论白话为维新之本》，都是以文言文写成的，这大大削弱了这些文章的说服力。但"五四"时期的情形并不一样，对于打击文言文，他们绝不留情，最著名的当然是钱玄同所提的"选学妖孽"、"桐城谬种"。[③] 此外，他们那种不肯妥协的态度，坚持以后写什么都要用白话，"必不容反对者有讨论之余地"，[④] 也跟晚清时很不同。例如胡适便曾经要求过"有志造新文学的人，都该发誓不用文言作文：无论通信，做诗，译书，做笔记，做报馆文章，编学堂讲义，替死人作墓志，替活人上条陈……都该用白话来做"。[⑤]

---

① 胡适："导言"，《中国新文学大系·建设理论集》，良友图书公司，1935。第15—16页。

② 胡适："五十年来中国之文学"，姜义华编：《胡适学术论文集·新文学运动》，中华书局，1993年，第148—149页。

③ 钱玄同："寄胡适之"，《中国新文学大系·建设理论集》，第78页；"论应用之文亟宜改良"，同上，第93页；"中国今后之文字问题"，同上，第141页。

④ 陈独秀："答胡适之"，同上，第56页。

⑤ 胡适："建设的文学革命论"，同上，第134页。不过，在最早的时候，新文学运动的一个主将刘半农，也曾有过犹豫，他说"文言白话可暂处对待的地位"，"两者各有所长、各有不相及处、未能偏废故。"他甚至说："往往同一语句，用文言则一语即明、用白话则二三句犹不能了解"（刘半农："我之文学改良观"，同上，第67页）。这跟晚清时姚图鹏的说法很相近，甚至跟稍后他的敌人"学衡派"的论点也很接近。学衡派的吴芳吉便说过"平常语意可以三五言达出无余蕴者，今往往不惜以十倍二十倍之冗字加之"（吴芳吉："再论吾人眼中之新旧文学观"，孙尚扬、郭兰芳编：《国故新知论——学衡派文化论著辑要》，中国广播电视出版社，1995年，第223页。

随着白话文地位的确立，翻译语言也自然而然地全用上白话。胡适在北大的学生罗家伦，便曾经非常肯定地说过翻译必须使用白话。他反问说，“设如有位俄国人把 Tolstoy 的小说译成‘周诰殷盘’的俄文，请问俄国还有人看吗？俄国人还肯拿‘第一大文豪’的头衔送他吗？”[①] 看来，白话文在翻译上的地位，也很快便可以确立了。

但是不是当时所有人都对白话文很感满意？

当然不是。在胡适等人大力鼓吹使用白话文，以完全代替文言文时，便出现过不少反对的声音。最著名的当算是那位晚清翻译大家林纾的三篇名文：《荆生》、“妖梦”及《致蔡鹤卿书》。[②] 另外，《甲寅》、《学衡》两个杂志，都是反对白话文的大本营。必须强调，反对白话文的并不全是那些守旧的士大夫，例如创办《学衡》的，包括吴宓、梅光迪、汤用彤等，都是留学美国哈佛大学，对西方文学及思想有极深厚认识的人，其中更有些是早在胡适发表“文学改良刍议”以前便跟他在美国论辩过文言文和白话文的优劣的。

此外，就是当时大力提倡白话文的人，不少也都认为白话文并不是完全令人满意的文字。对当时的白话文批判得最激烈的是傅斯年：

> 现在我们使用白话做文，第一件感觉苦痛的事情，就是我们的国语，异常质直，异常干枯……我们使用的白话，仍然是浑身赤条条的，没有美术的培养；所以觉着非常干枯，少得余味，不适用于文学……我们不特觉得现在使用的白话异常干

---

① 罗家伦：“今日中国之小说界”，郑振铎编：《中国新文学大系·文学论争集》，良友图书公司，1935 年，第 355 页。

② 林纾：“荆生”，薛绥之、张俊才编：《林纾研究资料》，福建人民出版社，1982 年，第 81—82 页；“妖梦”，同上，第 83—85 页；“致蔡鹤卿书”，同上，第 86—89 页。

> 枯,并且觉着他异常的贫……可惜我们使用的白话,同我们使用的文言,犯了一样的毛病,也是"其直如矢,其平如底,"组织上非常简单。①

表面看来,这跟清末民初,以至"五四"前期最早倡议白话文的人那种对于白话文的肯定态度很不一样,但仔细去看,其中的分别又不是很大。最早倡议用白话,为的是白话易懂,换言之,那是一种较为简单的语文。晚清时期,当文言文还是占主导地位,白话文只不过是开化愚民的工具,这样,简单易懂便成为白话文的优点。但在"五四"时期,白话文成为惟一通行的书面文字时,简单易懂便不再是人们对这种语文的要求,它反成为严重的缺失,原因在于这样的语言根本没法去表现复杂和现代的思想及感情。这就是傅斯年等人认为白话文干枯、贫乏的原因。要补救这许多缺点,傅斯年提供了一个看来十分简单的答案:欧化。② 在这问题上,傅斯年可以说得上是"全盘西化"论者,他提出这样的要求:

> 就是直用西洋文的款式,方法,词法,句法,章法,词枝,(Figure of Speech)……一切修辞学上的方法,造成一种超于现在的国语,欧化的国语,因而成就一种欧化国语的文学。③

他不断重复和强调,要有"独到的白话文"、"惟有欧化"、"惟有欧化

---

① 傅斯年:"怎样做白话文",《中国新文学大系·建设理论集》,第223—224页。

② 必须指出,当时人们提出把汉语"欧化",其实是没有仔细考虑过这个词的含意。欧洲有这么多国家,各有不同的语言和文化,所谓"欧化",究竟是指哪一个国家呢?胡适、傅斯年等人的主要外语是英语,他们谈论欧化时,心中大概是指"英语化";但特别令人感到啼笑皆非的是,很多译者和论者根本不懂任何欧洲国家的语言,他们往往只是据日译本来从事翻译,但仍然大谈"欧化"。

③ 傅斯年:"怎样做白话文",第223页

中国语”、“使国语欧化”、“使国语受欧化”。他更断言,“中国语受欧化,本是件免不了的事情。十年以后,定有欧化的国语文学”。[①]

这样的言论,今天看来是一种“自我的殖民”,不过,放在“五四”前后的中国,这种全盘西化的思想,有它的历史因素,那是经历了向西方学习的几个不同阶段后得出来的结果,不是个别论者的意见,也不限于语言方面,在社会、文化、政治的不同层面,从清末开始,便已见到这种迷信西洋的现象。[②] 但这不在本文讨论范围之内。单就语言方面,“欧化”的提倡,背后有两个很重要的概念:第一,中国语文——即使是白话文——有严重的缺陷,须得借助西方语词及语法去加以补救,这在上面已简略提过了;第二,语言和思想的关系。他们认为精密的思想得要借助精密的语言来表达,既然这时候的新思想是从西方来的,用来表达这些思想的语言,也自然得向西方学习。早在晚清的时候,这样的观念已有人提出来,且也是用来推动新语词的引入,他就是王国维:

> 事物之无名者,实不便于吾人之思索,故我国学术而欲进步乎,则虽在闭关独立之时代犹不得不造新名,况西洋之学术骎骎而入中国,则言语之不足用固自然之势也。[③]

“五四”前后,傅斯年提出欧化汉语的观念,其实也是基于相同的原因:

---

① 傅斯年:“怎样做白话文”,第224—227页。

② 康有为在《日本书目志》中曾经指出,当时甚至有人提出“改用日本文法,与其天迩远波,及五十一字母者”。但另一方面,日本提出语文改革的时候,也曾经出现过主张废日语,以英语为社会通行语的主张。参夏晓虹:《觉世与传世——梁启超的文学道路》,上海人民出版社,1991年,第238—239页。

③ 王国维:“论新学语之输入”,《王国维文学美学论著集》,北岳文艺出版社,1987年,第111—112页。

我们在这里制造白话文，同时负了长进国语的责任，更负了借思想改造语言，借语言改造思想的责任。我们又晓得思想依靠语言，犹之乎语言倚靠思想，要运用精密深邃的思想，不得不先运用精邃深密的语言。①

身为老师的胡适，非常赞赏傅斯年的观点，且进一步去说明欧化白话文的优点：

只有欧化的白话方才能够应付新时代的需要。欧化的白话文就是充分吸收西洋语言的细密的结构，使我们的文字能够传达复杂的思想，曲折的理论。②

基于这样的理解，"五四"时期大部分的论者便认定汉语"欧化"是一个必然的方向。例如当时最具影响力的《小说月报》上，主编沈雁冰及郑振铎便经常谈到"欧化"的需要。沈雁冰说"创作家及翻译家极该大胆把欧化文法使用"，否则，将来"要寻外国文法来做补绽工夫时，反感到没有材料"了；③ 郑振铎更这样说：

中国的旧文体太陈旧而且成滥调了。有许多好的思想与情绪都为旧文体的成式所拘，不能尽量的精微的达出。不惟文言文如此，就是语体文也是如此。所以为求文学艺术的精进起见，我极赞成语体的欧化。④

---

① 傅斯年："怎样做白话文"，第 224 页

② 胡适："导言"，《中国新文学大系·建设理论集》，第 24 页。

③ 沈雁冰："通讯·语体文欧化问题"，《小说月报》13 卷 2 号，1922 年 2 月 10 日，第 2 页。

④ 郑振铎："语体文欧化之我观"，《小说月报》12 卷 6 号，1921 年 6 月 10 日。第 16 页。

不过，“五四”评论家提出“欧化”的要求，大多是指在创作上使用欧化的语句，它跟翻译，尤其是翻译语言，又有什么关系？

其实，任何认真从事过翻译的人，都清楚知道翻译时“译文腔”几乎是无可避免的，把外语（主要是欧洲语）作品翻译成中文，最显著的“译文腔”便是“欧化”，也就是译者自觉或不自觉地借用了外语的语式和句法，这是因为中西语文在语式句法等各方面都有明显差异的缘故，译者过于讲究直译，“欧化”的情形便自然而然地出现。

可以想象，在晚清重视译笔、以意译为风尚的时候，“直译”是个“名声很坏的术语”，用来形容直译的字词都充满了贬义：“率尔操觚”、“诘曲聱牙”、“味同嚼蜡”、“无从索解”、“如释家经咒”、“读者莫名其妙”。[①] 这固然是因为有些译者功力不足，只懂一字一词的对译，不顾译文的可读性，但另一方面，也有可能是出于读者对中国语文的过分尊崇，不愿意接受译文里的外来成分，以免破坏或污染中文的纯洁，因此，任何从直译而来的“欧化”成分，都会受到猛烈的攻击。

但另一方面，从19世纪末以来，实学以及文学翻译大盛，大量新思想新事物输入中国，对中国语文早已造成巨大的冲击。首先是原来的文言文早已起了变化。在最初翻译西学时，新名词已无可避免地出现。严复便讨论过自造新词的痛苦经历，[②] 傅兰雅为江南制造局翻译西方科技书籍，也须想办法铸造新字词。[③] 在语

① 参陈平原：《20世纪中国小说史》第1卷，第37页。

② 严复曾经讨论过自铸新词的方法，并说过，“一名以立，旬月踟蹰”，严复：“《天演论》译例言”，《严复集》第5卷，第1322页。

③ 傅兰雅：“江南制造总局翻译译西书事略”，黎难秋编：《中国科学翻译史料》，第418页。

言上向西方吸取养料的，最著名的当然是梁启超，他刻意地在写作时“杂以”外国语法以及大量的新名词，自创“新文体”；[①] 就是章士钊在民国初年所写的文章，也学习了西洋语法，[②] 甚至被称为“‘欧化’的古文”。[③] 在这些基础上，“欧化”便成为补救白话文缺点的最佳手法；况且，正如胡适所说，初期的白话作家的“作风早已带有不少的‘欧化’成分”。[④]

不过，除了少数的如钱玄同等干脆认为应该把汉语废掉，改而采用拉丁字或世界语之外，“五四”作家及评论家的态度大多是比较审慎及平和的。周作人一向主张直译，[⑤] 自然也支持欧化，但他仍然表现得很客观。他只要求人们去实践一下，只要反对者去试验一回，“将欧化的国语所写的一节创作或译文，用不欧化的国语去改作，如改的更好了，便是可以反对的证据。否则可以不必空谈”；[⑥] 沈雁冰也多次解释所谓欧化，并不是要绝对地“把‘化’字放大”，“认为一丝一毫都要‘欧’化”；[⑦] 一个相信是最多人愿意接受的说法，应该是郑振铎所提出的，他主张欧化要有一个程度：

他虽不像中国人向来所写的语体文，却也非中国人所看不懂

---

① 梁启超在《清代学术概论》中评述自己在亡命日本期间的文体：“平易畅达，时杂以俚语韵语及外国语法，纵笔所至不检束，学者竞效之，号新文体”（梁启超：《清代学术概论》，商务印书馆，1939 年，第 88 页。

② 傅斯年：“怎样做白话文”，第 224 页。

③ 胡适：“五十年来中国之文学”，第 130 页。

④ 胡适：“导言”，《中国新文学大系·建设理论集》，第 24 页。

⑤ 例如他说过“我的翻译向来用直译法……我现在还是相信直译法，因为我觉得没有更好的方法”。（周作人：“《陀螺》序”，罗新璋编：《翻译论集》，商务印书馆，1984 年，第 399 页）。

⑥ 周作人：“语体文欧化讨论——周作人致记者”，《小说月报》12 卷 9 号，1921 年 9 月 10 日，第 8 页。

⑦ 沈雁冰：“通讯·语体文欧化问题”，《小说月报》12 卷 12 号，1921 年 12 月 10 日，第 1 页。

的。[1]

不过,可以想象,那些反对白话文的“学衡派”,对于进一步要把白话文“欧化”,自然会反对得更激烈。他们把欧化视为“直用西洋文法以为语文”、[2]“以西文之所顺,而求中文之合其物”,结果是“扞格以至于艰涩”、[3]“言事支离、极不自然”。[4] 吴宓还指出过欧化白话文和直译的关系:

> 近年吾国人译西洋文学书籍、诗文、小说、戏曲等不少,然多用恶劣之白话及英语标点等,读之者殊觉茫然而生厌恶之心。盖彼多就英籍原文,一字一字度为中文,其句法字面,仍是英文。在通英文者读之,殊嫌其多此一举,徒灾枣梨。而在不通英文者观之,直如坐对原籍,甚或误解其意。[5]

有趣的是,他们三番五次地说,与其读欧化的译文,不如“直览西文”,[6] 这自然是因为他们大多留学美国,且精通外国语文和文学的缘故。但无论怎样,由于当时白话文的地位已经巩固,他们的言论并没有受到重视。

在翻译语言和汉语“欧化”的问题上,最引起注意的是鲁迅的观点,特别是他在 30 年代跟瞿秋白的一场讨论。

毫无疑问,鲁迅对现代白话文学的建立是作出过很重要的贡

---

① 郑振铎:“语体文欧化之我观”,《小说月报》12 卷 6 号,1921 年 6 月 10 日,第 16 页。

② 吴芳吉:《再论吾人眼中之新旧文学观》,第 222 页。

③ 易峻:“评文学革命与文学专制”,孙尚扬、郭兰芳编:《国故新知论——学衡派文化论著辑要》,第 194 页。

④ 曹慕管:“论文学无新旧之异”,同上,第 202 页。

⑤ 吴宓:“论今日文学创造之正法”,同上,第 278 页。

⑥ 曹慕管:“论文学无新旧之异”,同上,第 202 页;吴芳吉:“三论吾人眼中之新旧文学观”,同上,第 254 页。

献的。不过,就像傅斯年一样,鲁迅对白话文是很不满意的。他说过这样的话:

> 中国的文或话,法子实在太不精密了,作文的秘诀,是在避去熟字,删掉虚字,就是好文章,讲话的时候,也时时要词不达意,这就是话不够用,所以教员讲书,也必须借助于粉笔。[①]

在这情形下,翻译便扮演了一个特别的角色,就是输入新的表现方法,从而改革中国语文。把语文改革跟翻译挂钩的做法,在"五四"以后一段相当长的时间里是很普遍的,就是语音大师赵元任翻译著名的儿童文学《爱丽思漫游奇境记》,也是因为"现在当中国的言语这样经过试验时代,不妨乘这个机会来做一个几方面的试验",而其中一个试验是要"判断语体文成败"。[②] 瞿秋白说得更直接:

> 翻译——除出能够介绍原本的内容给中国读者以外——还有一个很重要的作用:就是帮助我们创造出新的中国的现代言语。中国的言语(文字)是那么穷乏,甚至于日常用品都是无名氏的。中国的言语简直没有完全脱离所谓"姿势语"的程度——普通的日常谈话几乎还离不开"手势戏"。自然,一切表现细腻的分别和复杂的关系的形容词,动词,前置词,几乎没有……翻译,的确可以帮助我们造出许多新的字眼,新的句法,丰富的字汇和细腻的精密的正确的表现。[③]

---

① 鲁迅:"关于翻译的通信",《鲁迅全集》第4卷,第382页。

② 赵元任:"译者序",《爱丽思漫游奇境记》,台北:正文书局,1974年,第4页。

③ 瞿秋白:"论翻译——给鲁迅的信",《瞿秋白文集·文学编》第1卷,人民文学出版社,第505—506页。

利用翻译来协助建立"国语",在古今中外都是十分普遍的做法,比较明显的例子有马丁·路德(Martin Luther)翻译《圣经》,大力推动了现代德语的建立。[①] 但问题是:什么应该输进来,什么应该排斥出去,这是一个不容易掌握的标准。在这个问题上,鲁迅和瞿秋白便有分歧。鲁迅翻译时,用的是"逐字译"的方法,[②] "连语句的前后次序也不甚颠倒",[③] 甚至往往以英文的构词法来规范汉语的使用。[④] 这就是鲁迅所自称的"硬译"。这样的译法所换来的效果,必然是严重的"欧化",特别是译出语的语种跟汉语很不同的时候,问题便更大,这点鲁迅不可能不明白;况且,相对于较早时傅斯年和胡适,他并不是那样毫无保留地完全认同"欧化",把"欧化"看成是解决一切问题的灵丹妙药,他只认为"欧化"是一个无法回避的必要:

欧化文法的侵入中国白话中的大原因,并非因为好奇,乃

---

① 在Delisie & Woodsworth 所主编的《历史中的译者》(*Translators Through History*)里面,有专门处理这问题的一章:"译者与国家语言的发展"("Translators and the Development of National Languages"),讨论了英国、法国、瑞典、德国、喀麦隆及以色列等国家的国语发展跟译者的关系(参见 Delisle, Jean & Woodsworth, Judith (Eds.), *Translators Through History*, Amsterdam, John Benjamins & UNESCO Publishing, 1995, pp. 25-63)。

② 鲁迅:"译了《工人绥惠略夫》之后",《鲁迅全集》第10卷,第169页。

③ "《出了象牙之塔》后记",同上,第245页。

④ 举例说,鲁迅在翻译时往往用上"底"字,这"底"字和"的"字的运用,跟平常的惯用法颇有分别,而鲁迅自己也意识到这一点,因此,在"《苦闷的象征》引言"及"《出了象牙之塔》后记"里,他特别作了解释:

其中尤须声明的,是几处不用"的"字,而特用"底"字的缘故。即凡形容词与名词相连成一名词者,其间用"底"字,例如 Social being 为社会底存在物,Psychische Trauma 为精神底伤害等;又,形容词之由别种品词转来,语尾有-tive, -tic 之类者,于下也用"底"字,例如 Speculative, romantic, 就写为思索底、罗曼底。(同上,第233及246页)。

是为了必要。国粹家痛恨鬼子气,但他住在租界里,便会写些“霞飞路”、“麦特赫司脱路”那样的怪地名;评论家何尝要好奇,但他要说得精密,固有的白话不够用,便只得采些外国的句法。①

显然,鲁迅认为欧化文法能令白话变得更精密,对语文改革有积极的作用,所以有输入的必要。但另一方面,他也清楚对于中国读者来说,欧化句式是“异样的句法”,输入时是会看不惯的,须得“陆续吃一点苦”,在一段时间里“容忍‘多少’的不顺”,这是他请求读者“硬着头皮看下去”的意思。不过,在吃过苦头后,一部分新的句法会被同化,可以据为己有:

一面尽量的输入,一面尽量的消化,吸收,可用的传下去了,渣滓就听他剩落在过去里……但这情形也当然不是永远的,其中的一部分,将从“不顺”而成为“顺”,有一部分,则因为到底“不顺”而被淘汰,被踢开。②

就是这样,汉语便可以变得丰富起来。他还指出,30 年代的白话文已比“五四”时期的白话文精密得多了,就是因为输入了欧化语法的缘故。③

究竟鲁迅这种翻译语言在二三十年代的中国有多大的普遍性?这是比较难以“量化地”计算的。不过,随着“五四”而来的“新文化运动”,一方面对中国传统文化造成严重的冲击,另一方面又大为提高了一般读者对于外来事物的认受性。在这情形下,晚清

① 鲁迅:“玩笑只当它玩笑”,《鲁迅全集》第 5 卷,第 520 页。
② “关于翻译的通信”,同上,第 4 卷,第 383 页。
③ “玩笑只当它玩笑”,同上,第 5 卷,第 520 页。

时期人们那种讲究优美驯雅的翻译语言，不但不再是基本的要求，且受到排斥——例如瞿秋白便不只一次的批评过严复翻译的语言。① 倒是一些我们今天看来还是十分生硬晦涩的字词——也就是始终没有能够通过鲁迅所说的“自然的淘汰”测试的，当时曾有一段时间广泛地使用，例如一些左翼作家翻译马列主义的作品时，往往生吞活剥地把一些字词音译过来，结果就是通篇的“普罗列搭利亚”、“布尔乔维亚”、“奥伏赫变”(*aufheben*)等，以致有时候一些杂志要特别设立专栏为读者解释新词语。但尽管如此，这样的翻译在当时却拥有不少读者，很多人都回忆说年轻时怎样如饥似渴地硬啃这些难懂的翻译，从而踏上“革命”的道路。

当然，也有不少人对这种翻译语言感到很不满。上文说过，瞿秋白也同意翻译可以输入新的表达方法，从而帮助汉语的改革，但他对于“五四”以来的欧化倾向却非常不满。他曾经写过一篇叫“欧化文艺”的文章，批判这种“文艺上的贵族主义”。② 他认为我们不应该容忍不顺的翻译语言：他把那些“所谓‘直译式’的文章”称为“五四式新文言”，“所容纳的外国字眼和外国文化并没有消化，而是囫囵吞枣的”。③ 因此，对于输入新字眼和句法，他提出了一个具体的要求：它们必须“遵照着中国白话的文法公律”，所有的翻译，“应当用中国人口头上可以讲得出来的白话来写”，这才是“绝对的白话”，是“活的语言”。④ 由于这样的观点跟鲁迅的很不一样，瞿秋白便曾经写过信给鲁迅，专门讨论翻译语言——以及由此而来的创作用的语言——的问题。

不过，应该强调，瞿秋白强烈反对欧化，有他政治上的考虑。

---

① “论翻译——给鲁迅的信”，第506页；“再论翻译——答鲁迅”，第516页。

② “欧化文艺”，同上，第492页。

③ “再论翻译——答鲁迅”，第520页。

④ “论翻译——给鲁迅的信”，第508—509页。

作为无产阶级革命运动的领导者，他把翻译——跟一切文学、文化活动一样，看成是为群众服务的工具。一篇翻译是否成功，在于它能不能够对当前的政治运动作出贡献，也就是能不能够对群众起宣传的作用。对群众宣传最有效的方法，必然是利用来自群众的语言来进行。

必须指出，瞿秋白在写信给鲁迅讨论翻译问题的前后，他在上海曾推动过一场颇为引起争议的“文艺大众化”运动。这场运动的中心思想是要找出一套适合大众使用的文艺语言，一方面创造出大众所能看得懂的文学作品，另一方面是让大众自己来创造文学。这样，广大的群众便能够被吸纳进左翼文学运动里去。翻译也必须要让普通大众看得懂，因为只有普通大众看得懂，这篇翻译才能发挥积极的政治作用。在瞿秋白眼中，“欧化”文体最大的缺点，在于这种语言并不是来自群众的，而是由知识分子人工化地制成的，群众无法理解，结果便是远离群众，脱离群众，不可能为群众服务。相反来说，他所要求的“绝对的白话”，既然是一般人日常口头上谈话所用的白话，也就是从群众中来的。即使是透过翻译输入新名词新表现方法时，这些字眼和句法也是要口头上说得出来，好让群众的言语能够渐渐的容纳它们。[①] 由此，我们可以明白为什么瞿秋白要批评鲁迅“不顺”的翻译，原因是“不顺”的翻译所运用的语言并不是来自群众的，这些翻译根本没法为群众服务。

四

上文重点讨论了“五四”时期的翻译语言，其中特别重视人们对“欧化”的态度，另一方面，我们也检视了自晚清至30年代翻译语言在短短几十年里的急剧转变：先是文言文享有至尊的地位，白

① “再论翻译——答鲁迅”，第518页。

话文只是鄙俗的语言，跟着是文言文受到排斥，白话文摇身一变成为惟一的书面语言，但过了不久，白话文也受到抨击。人们相信从翻译得来的新字词和新语法，既能够较好地表达从西方输入的复杂思想，也能协助改革汉语，欧化的语体文也变成解决问题的办法：但也有人因为政治的考虑而否定欧化文体。不过，这种种变化并不是纯粹的语言问题，而是跟社会、文化、政治、文学等各方面有着密切关系的，这点是讨论翻译语言所必须清楚认识的。

第二节 大众小说的翻译

[巴西]约翰·弥尔顿

一、上流文化与下层文化

翻译研究是上流文化的一个组成部分,历来是由有机会接触外国语言、文学的贵族和高雅之士所把持的。人们可能由此会联想到 17 世纪保皇党贵族。泰特勒(Tytler)在《论翻译原则》(An Essay on the Principles of Translation)一书中提到了他们中间的很多人,并且提及了他们对荷马史诗各种译本的讨论。

文学翻译的目的对象一直主要是少数有学识的人、贵族、高雅之士和学术小团体。比如我们从德国浪漫主义者的翻译思想中就可以很明显地看出这一倾向。劳伦斯·文努提(Lawrence Venuti)对此有更翔实的阐述。他指出,施勒马赫(Schleiermacher)所推崇的那种翻译"旨在保存外国作品中的语言和文化差异,但是只有受过良好教育的精英——这个有限的读者群体才能在译本中意识到这种差异"(Venuti, 1991:130)。

因此,让人感到不可思议的是,进入新的语种的文学翻译,本应该或能够是让这个新的语种的所有有文化人都有机会接触外国作品,而现在可能只意在为特殊的群体和小团体服务,这样就把绝大多数读者排除在外了。

随着 19 世纪民主运动的兴起以及大众权利的获得,知识精英担心他们的特权和主导性地位受到侵害,因此在他们中间出现了一种文化对抗。约西·奥特加·y·加塞特(José Ortega y Gasset)在他1925年出版的《艺术的非人化》(La deshumanization del arte)一书中指出,这种对抗的结果就是现代主义。他把浪漫主义艺术——他称之为"通俗艺术",民主的产物——与当代"反通俗"艺术("anti-popular"art)相比较。浪漫主义艺术以情感和人的兴趣为中心,而"反通俗"艺术则不然,很多人就感到难以理解:

> 人物的爱情、仇恨、同情和幸福感打动人心:读者与他们哀乐与共,仿佛生活中确有其事。如果一部作品能使人产生种种幻想,使得虚构的人物像真实生活的人一样,人们就称之为"好作品"。抒情诗中撼动诗人心弦的爱情和痛楚,人们会去寻思。绘画中,吸引人的绘画总是那些画有男人和女人的绘画。与这些人生活在一起,在某种程度上会很有趣。如果一幅风景画呈现的真实风景有着非同一般、令人感兴趣的地方,可以前去领略一番的话,这幅风景画也就似乎是"精美"的了。(Ortega y Gasset, 1983:16)

通俗艺术与现代文学艺术形成对照。比如马拉美(Mallarmé)试图使诗歌摆脱所有人的兴趣。这就是艺术的"非人化"(the "dehumanization"of art)。在音乐领域,德彪西(Debussy)反对贝多芬和瓦格纳浓重的个人化和联想主题,表现出了同样的非人化倾向。

皮埃尔·布瓦丢(Pierre Bourdieu)在《差别》(*Distinction*)一书中考察了20世纪70年代法国不同社会阶层的文化趣味。他发现,无论是绘画、音乐还是文学作品,知识阶层一般对艺术再现的形式本身比对实际再现的内容更看重,有一种逃避具体内容的倾向。他们对简单的感官愉悦的反对达到了康德的反思判断的层次。而大众的趣味在于事物本身——事物的道德准则与审美相联,然而知识阶层却将它们分离开。换言之,大众更感兴趣的是言说的内容而不是言说的方式。因此,大众更喜欢直接的场景描写,简单明了的人物刻画,并且希望进入虚构性作品中人物的生活,参与他们的道德抉择。这两种对待作品的态度是不会相同的:

> 大众的反应与唯美主义者分离的态度迥然不同。判断是否是唯美主义者可以通过他对待任何通俗艺术(比如西部片或卡通画)的态度看出来。唯美主义者将艺术形式和独特的艺术效果取代了让人感兴趣的"内容"形式——人物、故事情节等等。艺术形式和独特的艺术效果只有通过与其他作品联系和比较才能欣赏到。因此,它与通俗艺术拉开了一个距离,开掘了一道鸿沟。这个距离和鸿沟就是他"上等"感觉与通俗艺术区分的尺度,而与对作品直接呈现的独特性的反复玩味相一致。(Bourdieu: 34)

奥特加对民众,或者说群氓,很关注:

> "民众突然变得是看得见的人了。他们获得了社会优先地位。以前,他们也活生生地存在着,但不为人所注意;他们过去只是作为社会背景。现在,他们已走到前台,成为主要角色。现在主角已不存在,只有集体大合唱了。"(Ortega y Gasset 1984: 47)

面对这种阶级差别普遍消除的现象,知识精英不得不另辟蹊径。他们必须开辟一条"更高尚的道路",以使自己区别于大众。这群拥有专业知识的精英、"得意的少数人"(the "Happy Few")和雅士小团体有必要理解现代主义的艺术和创作,这对他们写作、绘画或作曲有更大的益处,赫拉克里特(Heraclitus)说过:

为什么要我跟着你们这些无知无识的人到处转？我不为你们写作，我只为能理解我的人写作。对我来说，有这么一个人就抵得上成千上百个。至于群氓，何足挂齿。(Eco：8)

奥特加在他题为"辉煌而又不可思议的翻译"(The Splendour and Mystery of Translation)的论文中，把翻译看做是一种逃避民众的手段。如果一个人试图通过别的语言和伟大作家来影响自己的思想和语言，从而提升现代社会文化水平，这真是不可思议，也是不可能做到的事情。

我认为，历来归化式的翻译(the foreignizing translation)，也就是译者注重将原作的美学特质再现出来的翻译，在很大程度上是现代主义中这种强烈的精英意识的表现。

我们从麦斯科尼克(Meschonnic)的"诗意翻译"(poetic translation)，伯曼(Berman)的"正统、道德和诗化的"(pensan，éthique et poétique)翻译以及奥古斯都(Augusto)和赫拉多·德·坎波斯(Haroldo de Campos)的直译，都可以看出这一点。这些翻译家只翻译"具有创新诗学形式"(revolutionized poetic form)的作家作品。这种"具有创新诗学形式"也是劳伦斯·文努提"反抗策略"(resistant strategies)的核心，即"通过使用一词多意、旧词新用、零散句式、多样化散乱杂糅手法来突出能指的作用"(Venuti 1992：12)

我们现在撇下"高雅"翻译去看看别的翻译方式，看看如果将上流文化的译作改编成大众文化，情况会是怎样。

二、通俗艺术与中产阶级文化

这是两个对我们非常有用的概念。"通俗"(kitsch)一词出自昂贝多·艾科(Umberto Eco)的著作,“中产阶级文化”(midcult)一词来源于怀特·麦克唐纳(Dwight Macdonald)的著作。

通俗艺术就是对作品原有效果的施加。这些施加的东西为消费者欣赏。这些消费者不必费力去理解艺术作品其艺术效果得以产生的极为复杂的艺术风格。读者或观赏者欣赏这种艺术效果,他获得一种特有的审美体验。也就是说,这是对艺术责任的一种逃避。读者、观赏者的情感反应是极为重要的,但很少有人思考这种情感反应产生的原因(Eco:74—77)。

怀特·麦克唐纳将无意附庸风雅的低等文化——大众文化与中产阶级文化进行了比较。中产阶级文化轻视艺术作品,并且像通俗文化一样,中产阶级文化有意营造某种效果。

怀特·麦克唐纳列举了中产阶级文化的以下特点(Eco: 84):①中产阶级文化借用先锋派的创作手法并对其加以改造,从而创造出大家都理解、欣赏的寓意;②在先锋派兴起、发展和式微的过程中,中产阶级文化都在利用其创作手法 ;③中产阶级文化创造某种寓意作为效果的引发物;④中产阶级文化将这些创作手法作为艺术买卖;⑤中产阶级文化使消费者心里安逸。它使消费者相信他正在遭遇文化,这样他就不会为别的事烦恼了。

麦克唐纳所举的中产阶级文化的例子有:《修订标准版圣经》(Revised Standard Version of the Bible)——这个译本否定了钦定英译《圣经》,而使译本更通俗易懂;读书俱乐部,如“月月之书”俱乐部(Book of the Month);松顿·怀尔德(Thorton Wilder)的“我们的城镇”(Our Town),它采用布莱希特的陌生化手法(Brechtian techniques of alienation)以达到安慰和催眠效果。

从以上可见艺术品的丰富内涵减损了,大众文化将经典作品转化为商品,将其用来消费而不是用以沉思(Arendt in Eco: 41)。

赫伯特·马克斯(Herbert Marcuse)对经典作品丰富内涵的损失感到遗憾:

……柏拉图和黑格尔,雪莱和波德莱尔,马克思和弗洛伊德的著作出现在药店里……经典作品走出了摩索拉斯陵墓,又开始复活了,人们因此获得了更多教益。确实,经典作品复活了,但复活过来的经典已不是原来的经典了。经典作品的排斥力(antagonistic force)和隔膜感(estrangement)不复存在。而这种排斥力和隔膜感正是经典作品的特质之所在。经典作品的涵义和功用被彻底改变了。如果说它们过去与生活现实格格不入,那么现在这种隔膜已被消解掉了(Bennett 1981: 64)。

在马克斯看来,那些"伟大"的经典作品价格低廉、随处可以买到,导致了人们对其漠然冷淡。它们从典藏的高阁上被取下来,变成价格低廉、随处可购的书籍。

麦克唐纳和马克斯以传统贵族般俯视的态度轻视通俗译本。尽管我们不赞成这种怀有偏见的态度,但对马克斯关于文学的独特性和文学意味丧失殆尽的观点还是应该认同的。

经典作品的丰富内涵在缩译本中遭到破坏。《呼啸山庄》、《傲慢与偏见》只成了凯瑟琳和希斯克利夫、伊丽莎白和达西的"爱情故事";《哈克贝利·芬恩》中的社会政治和道德评价不见了,而只是个儿童冒险故事;《莫比·狄克》中所有的神秘性的成分没有了,仅剩下船长哈伯与鲸鱼搏斗的故事。风格的多样性荡然无存。缩译本只注重某一种情感,如爱情、激动的情绪、满足感、挣扎感。经典作品成了肥皂剧。读者认为他所读的是原著,或者至少是原著的替代品。他们对这种"文化"遭遇感到快慰。

这些观点与我对巴西的改编本和缩译本的研究,特别是对读书俱乐部出版(Clube do Livro)的改编本和缩译本的研究不谋而合(Milton 1995 and 1996)。我发现这些改编本对原作的改动主要有以下几点：

① 摈弃任何“不规范”的语言，将其全部都转化为标准葡萄牙语。

② 同样，删除所有主题情节之外的内容。比如，夏绿蒂·勃朗特《教师》中的法语引文，诗歌和元叙述都删除了；《巨人传》中的双关语、单词表和歌谣也不见了。

③ 洁化译本，凡与性有关的文字都删去了。比如，在《格列佛游记》的续集《大人国布罗丁奈》中，格列佛在少女乳房上撒欢的描写就删除了。

④ 删除任何有关污秽的描写，如格列佛撒尿将皇宫大火扑灭的情节就删除了。

⑤ 谨慎处理宗教方面的内容。《巨人传》中有讽刺天主教的情节，比如提到教士和修女应穿戴整齐，应该允许结婚等等文字被删除了。

⑥ 读书俱乐部出版社是在巴西军政府统治时期（1964—1989）发展起来的。但是，在其出版的《艰难时世》译本中，凡可能联想到民众运动的章节，翻译时都极大地弱化了。《织工马南传》中的“红房子”，在读书俱乐部出版的译本中变成了“黄房子”。

三、工厂式翻译（Factory Translation）

很多翻译理论的探讨都局限在忠实与不忠实，内容与风格的范围内。近年来，学者们试图突破原来狭窄的研究空间，将翻译与别的学科，如心理分析、解构理论、哲学结合起来。然而大多数这类研究还没有超出上流文化范畴。姚斯·伦伯特（José Lambert）撰文指出，翻译研究应突破上流文化领域，将翻译与更多类型、更大范围的交流联系起来。他还指出，日常生活中还有大量看不见的翻译。比如，我们买一袋洗衣粉，其名称、使用说明、广告语、生产手册就涉及到大量翻译，只是我们熟视无睹而已。

这种翻译研究将经典作品视为手工艺品，由大众制作，购买；由编辑、改编者、漫画家、电影制作人、音响公司、节译者和 CD-ROM 制造商按自己意图加以使用和改编。借用沃尔特·本雅明(Walter Benjamin)的著名比喻，译作当然会有一个再生，但这个再生的面貌与原作迥然不同。

下面我们来看看这种翻译的某些特点：

(1) 缩译或改编。比如，电影配音或电影对白字幕的翻译，或工业产品的翻译，都不是由个体单干，而是由一个翻译团队来做。这只是整条翻译流水线上的一个环节。这种翻译可能不会出现"译者"的"名字"。如果有的话也只是个化名。自视高雅的译者可能不愿意使自己的名字同这种翻译工作有关系，所以这个化名可能只是给翻译团队起的名字。杰露莎·皮埃尔·菲雷拉(Jerusa Pire Ferreira)在她《论圣·希普利安版书籍》(Ferreira, *O Livro de Sáo Cipriano*, 1992)一书中的研究表明，这些民间传说集、年鉴、什锦、拼凑之作的"作者"通常是编辑、仿制者、译者、修订者和创作者。一般情况下，"作者"都不署名或使用化名。

历史上也有类似的情况。中世纪的翻译就是如此。中世纪时的改编、节译、译述、改写等等都属于我们现在所谓的翻译的正常范畴。艾德加·莫琳(Edgar Morin)认为"创造者"(Creator)这个概念基本只属于 19 世纪。在大众文化时代，"制作者"(producer)从某种意义上来说是过去创作上集体主义——如史诗创作，或著名画家如拉菲尔和伦勃朗的工作室——的复活。

(2) 合乎时尚化(standardization)。或者说福特主义(Fordism)，是"工厂"小说和译本生产的重要因素。合乎时尚化有不同的形式，表现在：①主题：作品要修改得符合读者口味；②语言：不规范的语言和方言要剔除；③风格：作品不能偏离严谨的叙述风格；④篇幅：1960 年以后，读书俱乐部出版物篇幅统一为 160 页；⑤重量:重量轻的出版物能减少邮资,对很多读书俱乐部来说,这是一个重要的经济因素。

翻译团队或翻译"工厂"不是什么新的事物。早在十八九世纪很多国家就有这样的翻译团队或翻译"工厂",他们翻译法国通俗小说,批量生产小说译作。

(3) 商业化的生产漠视作者的所谓尊严。沃尔特·本雅明在其著名论文"机器复制时代的艺术品"(*The Work of Art in the Age of Mechanical Reproduction*)中强调指出,当代机器对作品复制的可能性改变了我们与艺术品之间的关系,原作的仪式化和神奇的意蕴也荡然无存了。因为有了电影和摄影,真正的"原作"再也没有了。这两种艺术的根本特征就是复制。电影和照片都不能像绘画那样作集中化再现。另外,电影制作费用高昂,促使它必须吸引尽可能多的观众。确实,电影的本质就是高度民主化,它使得电影观众能够走近所有神圣经典、伟大的作家和艺术家。

电影的松散化迥然不同于绘画和诗歌的严整。负责最后制作的导演应该具备多方面的专业知识,如音响、摄影等等,但这些他只要懂得皮毛就够了。他主要还是负责作品的最后合成。因为影片和摄影的完成是多种不同因素综合的结果。与之相比,画家和小说家对艺术创作中的方方面面都要有独到的把握。

艾德加·莫琳指出,尽管有这种合乎时尚化,文化工业卖的不是洗衣粉,它在一定的范围内对独创性也有某种追求。它要不断创造"新"产品。莫琳认为这是文化工业的"动态矛盾"(Morin:28)。

尽管本雅明的论文主要论述的是电影和摄影等可复制的艺术,他的论文对我们理解商业化的翻译也有帮助。比如读书俱乐部的商业化翻译,编辑者要协调原作者、译者、文字编辑、插图绘制者和财务部门的工作。

后现代美学也有助于我们对这种商业化翻译的理解。司各特·拉什(Scott Lash)和约翰·厄里(John Urry)列举了"美学'意蕴'死亡"("demise of aesthetic 'aura'")的后现代特征:

① 它不宣称其独特性,但是它在机器(如果不是电子的话)复制化语境中确立了自己的地位。

② 它不赞成现代主义精英将美学与社会分离以及别的等级二重性。它特别反驳了艺术与生活有着不同形式的观点。

③ 它对现代主义精英对模仿作品、拼贴艺术、寓意故事等等整合化的评价进行了批驳。

④ 观众在本雅明所说的"沉思"状态中接受现代主义主流文化形式,与之相比,后现代的表现形式是散漫闲适状态中的典型消费。

⑤ 现代主义精英艺术因其对美学材料的和谐运用以及其美学内容的正常品性而为人所赞赏,而后现代主义是通过直接的刺激,通过"廉价的愉悦"(economy of pleasure)来感染观众。

⑥ 后现代主义对美学意蕴挑战的方式就是否弃现代主义精英将高雅文化和通俗文化分离的做法。(Lash and Urry: 134—5)

后现代主义将文学文本纳入可复制文本的范围内。超文本破除了浪漫的、个性化的意蕴。翻译就是这种非传统的、松散的文本形式之一。这种文本形式无视原作神圣的整一性,崇高的严肃性已荡然无存。

(4) 运用针对性的商业策略。任何译作都有一个明确的市场目标。社会不同的群体有不同的市场。全译本、精心翻译的译本的市场对象是较高的社会阶层。《傲慢与偏见》、《呼啸山庄》的(改编)译本常常是着眼于女性读者市场。同样,《莫比·狄克》、《诱拐》、《哈克贝利·芬恩》和《格列佛游记》通常瞄准的是青少年市场。

(5) 翻译时间限定是最为重要的。译作,特别是不以高级知识分子为市场对象的译作,必须按时发行,即使译作有一些错漏。按期完成比译本的尽善尽美重要得多。一个月的翻译期限意味着只有极短的时间来作校对。因此,差错随处可见,特别是作者的姓名,错误拼写的如:Virginia Wolff, Daniel DeFoe, Charlotte Bronte, George Elliot 和 Kunt(原文如此!) Hansun。

安尼科·索哈(Anikó Sohár)对匈牙利大众小说翻译的研究表明,拿出印行的译稿里还留有大量译者自己作的笔记和存疑符号,这绝对说明译稿没有经过修改。比如,虚线和译者作的记号(如"原文的错误")依然保留在出版的译本中。

(6) 伟大的小说传统,尤其是19世纪的小说,特别具有"再利用的可能性"。可以用不同的形式,如通过缩写、电影、漫画等等进行再利用。很多非常著名的作家,如斯威夫特、狄更斯、简·奥斯汀、司各特、乔治·艾略特、勃朗特姐妹、巴尔扎克、麦尔维尔、司蒂文森的作品,大众就以这种方式算是已经读过了。19世纪现实主义传统比现代主义更接近大众口味。而20世纪现代主义的小说传统,如乔伊斯、福克纳、劳伦斯和弗吉尼亚·伍尔芙的小说则很难加以改编。

与19世纪的文学作品一样,其他标准的"神圣经典",如《伊利亚特》、《奥德塞》、《浮士德》、莎士比亚的悲剧、《俄狄浦斯王》、《堂吉诃德》等等也被以各种形式加以利用和再利用。

(7) 再版旧译本比请人翻译新译本在经济上通常要合算。同一本小说的译本可能有不同的市场对象。因此,我们看到同样的(或者略作修订的)译本以各种不同的形式出版。艾蒂苏文化出版社(Edições Cultura)在1970年出版了《傲慢与偏见》的两个几乎一模一样的缩译本。由奈尔·拉瑟达(Nair Lacerda)"翻译"的小开本译本比保罗·孟德斯·坎波斯(Paulo Mendes Campos)"翻译"的大开本插图本篇幅长一些,语言稍稍规范一点,其市场目标主要是青少年读者。

因为艾蒂苏文化出版社1940年出版的《格列佛游记》是一个删节严重的译本,"小亨利克·马克斯(Henrique Marques Junior)的葡萄牙语译本"作了"精心修订并使之现代化"。"精心修订"是"大量删节"的委婉语。1957年又出版了一个译本,该译本除了多了几个巴西化的葡萄牙语使用特点外,其他几乎一模一样,以《杰克逊的格列佛游记》(Viagens de Gulliver by Jackson)的书名出版。这次译者署名为克卢兹·泰克拉(Kruz Teixeira)!

读书俱乐部常常依赖先前出版的译本。读书俱乐部出版社和艾蒂苏文化出版社分别在1953年和1943年出版的《艾凡赫》译本很大程度上都是仿加尼尔(Garnier)1905年出版的译本——读书俱乐部的译本是用小号字体印刷的双语版本。同样,1973年读书俱乐部出版的《织工马南传》译本只是对1942年版的马丁译本略作修订的译本。该译本甚至连原译本拼写错了的作者姓名(George Elliot)也照抄不误!

(8) 译本包装极为重要。《傲慢与偏见》和《董贝父子》编译本的封面被包装成米尔斯和布恩式的浪漫情调,译本封面采用了20世纪50年代北美时髦女郎的照片。

(9) 商业主义不外乎几个策略——不必对读者那么尊重。译本一般介绍说是"特殊的译本",而这只不过是"有很多删节"的委婉语。

(10) 一个普遍的市场策略就是虚构译本,把原作说成是译作。最著名的伪译就是《堂吉诃德》。塞万提斯谎称该小说是他从阿拉伯语翻译过来的译本。如果塞万提斯谎称他的讽刺小说《卡瓦拉利亚浪漫故事集》(romances de cavalaria)是译作,他创作时就自由得多。麦克菲逊(Macpherson)的《莪相集》(Ossian)是文学史上的最大骗局。苏格兰诗人麦克菲逊谎称他发现并翻译了公元4世纪凯尔特人的诗歌。曾几何时,麦克菲逊成了文学世界声名赫赫的人物之一。

近年来伪译本的出现是出于商业上的图谋。安尼科·索哈用大量的事实揭露了“维恩·马克·恰普曼的秘密——匈牙利的一桩伪译事件”。维恩·马克·恰普曼是匈牙利畅销的系列科幻小说虚构的作者姓名,而实际上这些小说是由一个写作小组创作的。在后共产主义时代的东欧,西方通俗小说具有相当的吸引力。匈牙利作者创作的科幻小说对潜在购买者来说可能缺乏吸引力。显而易见,为原作捏造一个外国作者,甚至给他来段生平介绍大有好处。于是,维恩·马克·恰普曼出生在新罕布什尔州首府康科德市,他早期创作的作品有伦敦盘龙出版公司出版的《流血的季节》和《旗帜》。索哈作了大量的文学侦探工作之后,终于发现这些小说实际上是伪译,那家出版社也根本不存在。另外,这些系列小说开始获得成功后,出版商也就更不费什么力气地咬定这些小说原来是用英文创作的。

(11) 这类译作生命短暂,阅后即扔,上不了图书馆和信息网上的目录。杰露莎·皮埃尔·菲雷拉不走运,在国立图书馆里找不到《论圣·希普利安版书籍》(Ferreira: xxi)。实际上,巴黎国立图书馆的一位图书管理员还生气了,说要是在法国国立图书馆找到这种作品才真是不可思议!

〔参考书目〕

Benjamin, Walter. “The Work of Art in the Age of Mechanical Reproduction”, Em *Illuminations*, *ed*. *Hannah Arendt*, *trans*. *Harry Zohn*. New York: Scocken, 1969, 217-252.

Bennett, Tony, Graham Martin and Colin Mercer, ed. *Culture, Ideology and Social Process*. London: Batsford, 1981.

Berman, Antoine. *L'auberge du lointain*, in *Sur Les Tours de Babel*, ed. Antoine Berman. Mauvezin: Trans-Europ, 1985.

Bourdieu, Pierre. *Distinction: Critique Sociale du Jugement*. Paris: Minuit, 1979.

Eco, Humberto. *Apocalipticos e Integrados*. São Paulo: Perspectiva, 1993.

Ferreira, Jerusa Pires. *O Livro de São Cipriano: uma Legenda de Massas*. São Paulo: Perspectiva, 1993.

Lambert, José. "The Cultural Component Reconsidered", in *Translation Studies — An Integrated Approach*, ed. Mary Snell-Hornby. Amsterdam: John Benjamins. 1994.

Lash, Scott, and John Urry. "Postmodernist Sensibility", in *The Polity Reader in Cultural Theory*. London: Polity Press, 1994, 134-140.

Macdonald, Dwight (1962). *Against the American Grain*. New York: Da Capo, 1983.

Milton, John. "A Tradução de Romances 'Clássicos' do Inglês para o Português nò Brasil" ("The Translation of 'Classic' Novels from English to Portuguese in Brazil"), em Trabalhos em Lingüística Aplicada, no. 24, Instituto de Estudos da Linguagem, UNICAMP, Campinas, Brazil.

"The Translations of O Clube do Livro", in *Trad Term 3*. São Paulo: Universidade de São Paulo,1996, 47-65.

Morin, Edgar. *Cultura de Massas no Século XX: O Espírito do Tempo I-Neurose*. Rio de Janeiro: Editora Forense Universitária,1977.

Muchembled, Robert *Culture Populaire et Culture des Élites dans la France Moderne*. Paris: Flammarion, 1978.

Ortega y Gasset, José. *La deshumanización del arte y otros ensayos de estética*. Madrid: Revista de Occidente and Alianza, 1983.

La Rebelión de las Masas. Madrid: Revista de Occidente and Alianza, 1994.

"Misterio y Esplendor de la Traducción", in Obras Completas de José Ortega y Gasset, Vol. V,. 433-452. Madrid: Revista de Occidente, 1947.

Radway, Janice. *Reading the Romance: Women, Patriarchy and Popular Literature*. London and Chapel Hill: University of North Carolina Press, 1984.

Sohár, Anikó. "Virtual Translations or Cyberpunk in Hungary", paper presented to the Second International Conference on Current Trends in Studies of Translation and Interpreting, Budapest, 1996, 5－7 September.

Skidmore, Thomas. *Brasil: de Castelo a Tancredo*. Rio de Janeiro: Paz e Terra, 1988.

Tytler, Alexander. *An Essay on the Principles of Translation*. Amsterdam: John Benjamins, 1978.

Venuti, Lawrence. "Genealogies of Translation Theory: Schleiermacher", in TTR, Vol. IV, n°2. 2ème semestre 1991, 125－150. Montréal: Université Concordia.

Rethinking Translation. London: Routledge, 1992.

（查明建译）

第三节　现代派文学在新时期译介的文化语境与译介策略

上海外国语大学　查明建

一、现代派文学在建国后的命运

现代派文学在我国现代文坛上曾有过两次译介高潮，一是在"五四"新文学时期，主要译介当时称为"新浪漫主义"的唯美主义、印象主义、象征主义、未来主义等早期的现代主义文学；二是三四十年代，突出的特点是对象征主义和现代主义诗歌、表现主义戏剧、弗洛伊德精神心理分析学说的译介。从译介的总体特征上看，我国当时文学界外国文学翻译的力量还比较薄弱，没有形成一支比较稳定的外国文学研究群体。无论是在"五四"新文学时期还是三四十年代，现代派文学译介都不够系统、完备，评价也大多是从国外的评论文字转述，自己的观点不太多。评介文章借助于国外的评论，缺乏对第一手资料的分析研究，因此难免有一些郢书燕说的成分。这些都说明现代文坛对西方现代派文学还显得有些隔膜。我国文坛对外国文学的接受取向主要是现实主义和浪漫主义，现代派文学译介只是一个支流，没有占据主导性地位。这条支流蜿蜒曲折，时断时续，乃至后来出现了长达近 30 年的断流枯竭期。外国现代派文学在建国后的文化命运成为新时期译介现代派文学文化语境的重要构成部分。

建国后至文革前17年我国译介了大量俄苏文学和欧洲古典文学作品,但对外国现代主义文学作品译介甚少,更缺乏有学术价值的研究。建国后,政治上的一边倒也使得我国文艺政策、文学观念、文学研究方法与苏联文学界趋同。苏联文学界,特别是日丹诺夫对西方现代主义文学的全面否定也极大地影响了我国文学界对西方现代主义文学的客观评价。

1934年在苏联第一次全苏作家代表大会上,负责联共(布)中央意识形态文艺工作的日丹诺夫代表联共(布)和苏联人民委员会出席致辞。他在讲演中对现当代资产阶级文学作了激烈的抨击:

"由于资本主义制度的颓废与腐朽而产生的资产阶级文学的衰颓与腐朽,这就是现在资产阶级文化与资产阶级文学状况的特色和特点。资产阶级文学曾经反映资产阶级制度战胜封建主义,并创造出资本主义繁荣时期的伟大作品,但这样的时代是一去不复返了。现在,无论题材和才能,无论作者和主人公,都是普遍地在堕落……沉湎于神秘主义和僧侣主义,迷醉于色情文学和春宫画片,这就是资产阶级文化颓废和腐朽的特征。资产阶级文学家把自己的笔出卖给资本家和资产阶级政府,他的著名人物,现在是盗贼、侦探、娼妓和流氓"。①

日丹诺夫这篇讲话以及他在1946年所作的"关于'星'和'列宁格勒'两杂志的报告"后收入《论文学、艺术与哲学诸问题》一书,1949年1月在上海由时代书报出版社翻译出版。这本书建国后又在1959年重版。日丹诺夫对西方现代文学的论断,当时的读者和文学工作者,特别是外国文学研究者都把这理解为苏联社会主义的文艺方针,因此也是"我们必须遵循的文艺

① 柳鸣九:"现当代资产阶级文学评价的几个问题",《外国文学研究》1979年第1期。

路线和方针政策”,“实际上成了我们外国文学研究工作的一个指导思想,日丹诺夫的基本论点和基本语言,一直得到广泛的引用”。[①] 因此,我们对西方现代派文学的认识和评价也是认为,西方现代派文学政治上反动,思想上颓废,艺术上是形式主义,是反现实主义的反动文学。

1949年以后,革命的现实主义和革命的浪漫主义成为主导性的创性方法,“五四”时期和30年代曾出现过的现代主义创作手法为新中国作家所摈弃。现代主义在建国后的文坛上已无迹可寻。与创作界处于同一文化语境中的外国文学研究界和翻译界自然也趋从这种文学潮流。译介主要集中在俄苏文学和被马克思称赞过的“批判现实主义”经典作家,如狄更斯、萨克雷、夏洛特·勃朗特、巴尔扎克等古典作家的作品。文革前,在外国现当代文学译介择取方面,对苏联和其他社会主义国家现当代文学作品译介择取比较广泛,而对英美现当代文学作品的译介对象则要严格地经过政治意识形态过滤器的过滤,因此,译介择取的范围极为有限,主要集中在被认为具有“进步性”的作家,如马克·吐温、德莱塞、马丁·伊登等,另外译介的重点就是揭露英美社会现实黑暗和反对种族歧视的具有“战斗性”的美国黑人文学作品。第二次世界大战后西方现代主义文学,如荒诞派、存在主义、垮掉的一代等作品译介总共只有十几种,由作家出版社和中国戏剧出版社出版,都是作为“内部发行”,以黄色封面为其标志,世称“黄皮书”。翻译文学作品作为“内部发行”,实际上就是对原作的一种政治鉴定,只能作为“批判用”,且受众面限定在一定级别的干部、专业研究人员和政治意识形态机构,广大读者一般无缘寓目。

早年深受外国现代派文学影响的九叶诗人之一,后来成为外

① 徐迟:“日丹诺夫研究”,《外国文学研究》1981年第1期。

国现代派文学研究专家的袁可嘉，建国后仍然继续从事英美现代派文学研究，并在60年代初期引人注目地连续在《文学评论》上发表了几篇评述西方现代派文学的长篇论文。在当时的文化语境下，文学研究以是否与我们的政治意识形态相符，是否具有“进步性”作为对作家作品的价值评判标准。作为深谙现代派文学个中意蕴的专家如袁可嘉等，对西方现代派的评价也只能持彻底否定的批判态度。因此，判定托·史·艾略特是“美英帝国主义的御用文人”，认为现代主义文学是“颓废文学”，而“新批评”则是“当受到全面的、严格的批判的”、“帝国主义没落时期资产阶级的反动理论流派”。[①] 文学研究几同于政治批判。

在当时对现代派文学的介绍几乎是一片空白的情况下，袁可嘉的评述文章尽管政治批判色彩很浓，但评述、分析比较具体，不是流行的标语口号式的政治批判，客观上为人们对现代派文学的了解起到了一定的作用。值得注意的是，1962年，中国科学院文学研究所编选了一部二卷本的《现代美英资产阶级文艺理论文选》，由作家出版社作为内部发行图书出版发行。这应算是建国后较全面评述英美现代文学的著作。同年，上海文艺出版社内部发行了周煦良等人翻译的《托·史·艾略特论文选》，这是建国后翻译出版的惟一的一部西方现代主义作家的文论集。就在同一年，当时的中国社会科学院哲学社会科学部还编印了一本仅供内部交流的“内部参考资料”《美国文学近况》，介绍了美国现当代的一些“资产阶级作家”，如福克纳、海明威、斯坦贝克等人的作品。对这些作家的评价自然带上了阶级分析的观点。尽管如此，仍然可算是建

① 袁可嘉：“托·史·艾略特——美英帝国主义的御用文人”，《文学评论》1960年第4期；“新批评派述评”，《文学评论》1962年第2期；“当代英美资产阶级文学理论的三个流派”，《光明日报》1962年8月15日；“略论英美现代派诗歌”，《文学评论》1963年第3期；“英美‘意识流小说’述评”，《文学研究集刊》第1册，1964年6月。

国后对美国当代文学的一次认真的关注。但因此书仅供内部交流,所以并没有起到译介应有的作用。[①] 在左倾思潮愈演愈烈的60年代居然出现了以上这些现代派文学的译介,尽管带有浓厚的批判色彩,还是令人颇感意外。深入了解一下当时的社会文化背景,就明白了个中的缘由。

从1959年后期,周恩来、陈毅等党中央领导人针对文坛的极左倾向召开了一系列文艺工作会议,强调要尊重艺术规律,正确理解文艺与政治的关系,反对动辄上纲上线,乱扣帽子,主张给作家题材选择的自由和艺术问题探讨的自由。虽然这些意见不可能被全面理解和落实,但在一定程度上还是起到了纠偏的作用。特别是在1962年4月中共中央批转了文化部党组和全国文联党组共同提出的《关于当前文学艺术工作若干问题的意见》(草案)(即"文艺八条"),其中提出,"西方资产阶级的反动文学艺术和现代修正主义的文艺思潮"也"应该有条件地向专业文学艺术工作者介绍"。正是因有了这样稍稍宽松的文艺政策才有对加缪、克鲁亚克、塞林格、萨特、贝克特、艾特玛托夫.卡夫卡、艾略特等"英美帝国主义"和"苏修"现当代作家和文学理论家的译介。

十年文革是文化上的枯竭期。文革前期,外国文学翻译完全停顿了下来。但在文革后期的1973年11月,在上海创刊了译介外国当代文学的内部发行刊物《摘译》。译介最多的是当代苏联文学作品。当然译介的目的不是为了追踪苏联文学的发展,而是为了以文学作品作为政治批判的依据和反面教材来揭露苏修帝国主义的种种罪行。其深藏的用意则是四人帮一伙借助翻译作品影射、构陷老干部,因此,在译介的选择上就颇具用心。几乎重点翻译过来的作品都配有措辞激烈,政治色彩浓重的编译者前言或评论。有的译文还通过夹注的办法,将批判文字直接插入译文中。

---

① 陶洁:"福克纳在中国",《中国比较文学》1991年第2期。

文学作品的译介完全是出于政治目的,文学翻译演变为一种政治行为。在文学沦为阶级斗争工具的年代,文学翻译自然也难逃此命运。当时不明个中隐情的文学青年对这种译介作品的范围、种类表示不满,希望《摘译》译介一些"在苏修、美国和日本有代表性的作品"。《摘译》的编者在"答读者——关于'摘译'的编译方针"中明确表示:《摘译》的"主要任务是通过文艺揭示苏、美、日等国的社会思想、政治和经济状况,为反帝和批判资产阶级提供材料;所发表的作品主要是根据这个原则选定的"。所以,"《摘译》所发表的作品除少数属于进步和革命文艺外,大部分是毒草,是帝国主义的文艺、资产阶级的文艺"。[①] 按当时的标准,欧美现代派文学更是属于"反动、没落的资产阶级的文艺",更是株"大毒草"。既然它不能为现行政治直接提供批判材料,因此连"供批判用"的价值都没有。

在文学政治意识形态化的时代,客观地评价西方现当代文学作品已是不可能的事,更谈不上对现代主义文学的译介和借鉴。

我国建国后到新时期长达 27 年的时间,我们对西方现代主义文学的译介极为缺乏,即使有零星的作品翻译和评论也都是采取否定性态度。因此,现当代翻译文学史上我们对西方现代主义文学的译介存在一个明显的缺漏和断层。有学者说:"'文化大革命'时期,一切'封资修'文化全在扫荡之列,十年间却未见认真批判现代派的文学,可能是姚文元之流批评德彪西之后对现代派不再感兴趣。"[②] 其根本原因可能还不在此。现代派文学的译介少而又少,且作为"内部发行",人们普遍缺乏现代派文学的阅读经验,没有具体的批判对象。另外,日丹诺夫对现代派文学的批判,建国后已有力地强化了人们对现代派文学彻底否定的认知心理,已没有

① 《摘译》,1976 年第 1 期(总第 20 期),第 171—173 页。
② 袁可嘉:"西方现代主义文学在中国",《文学评论》,1992 年第 4 期。

对现代派再作缺席审判的必要。

建国后的文艺政策随着历次政治运动，愈来愈左倾，文学逐渐被纳入“以阶级斗争为纲”的政治轨道，文艺成为宣传政策的手段和阶级斗争的工具。这里面，既有封建时期文学观念的遗传因素，又有苏联文学观念的影响，但是，“作为最基本的文学观念都是我们自己的，在简单化、庸俗化方面，大大超过了苏联文学理论，而且自成体系”。[①] 在60年代初期，苏联的文艺政策有了松动，文艺界对西方现代派文学的评价有了改变，翻译出版了大量西方文学古典和现当代名著。[②] 但那时中苏关系已恶化，意识形态上敌对的情绪也必然波及到文学界。中国文坛对现代派的拒绝与诋毁既是自我对现代派认识程度的表现，同时也是在文学领域对“苏修”向资本主义投降的批判和蔑视。

建国后几十年，现代派虽然缺席，但对其政治判决已深入人心。这种先验的价值判断成为新时期现代派文学译介的巨大文化心理。因此，新时期现代派文学译介开始不久就引发了全国性的大争论。

二、新时期外国现代派文学的论争

新时期文学是在十年文化大革命满目疮痍的废墟上慢慢萌生起来的。十年文革中的极左思潮和文化专制主义致使“瞒”与“骗”的文学肆虐文坛，“三突出”成为作家必须恪守的创作原则，文学沦为政治和各种政策图解的工具。内容上的“假大空”，人物形象的“高大全”，艺术形式的刻板单一，是这一时期文学的主导性特征。

---

① 钱中文：《文学原理·发展论》，社会科学出版社，1989年，第79页。

② 夏仲翼：“当代苏联现代派的评价简况”，《文艺报》，1983年第10期；陈建华：《20世纪中俄文学关系》，第231—232页。

而这种毫无“文学性”可言的文学被阐释为“社会主义现实主义”和“革命的浪漫主义和革命的现实主义相结合”的惟一正确的文学形式，是“最好的创作方法”。因此文革结束后人们期盼着真正的现实主义传统的回归。但文革结束后的最初几年，文化思想上还没有真正解冻，文艺价值观依然是以极左政治为导向，创作上的僵化的模式依然在一片“繁荣”的诗歌和戏剧创作领域盛行。1978 年 5 月开始的真理问题的大讨论才真正拉开新时期思想解放的序幕。十年的文化禁锢，极左思潮的长期盛行使得中国当代文化思想史上的“第三次思想解放”浪潮意义极为深远，而其进程也显得尤为艰难。十年的文化禁锢和禁锢的后遗症成为文化启动的严重思想和文化心理障碍。每一次的冲击在文化界都激起波澜。外国现代派文学的译介也就是在这种“乍暖还寒”的文化语境下开始进行的。

文革结束以后，外国文学研究界的讨论主要集中在两个方面：一是对古典文学中人道主义和人性论的重新认识；二是如何看待西方现代主义文学。这两大问题的讨论并不是孤立地在外国文学研究领域进行的，而是整个地融入新时期文学文化的深度展开之中，成为新时期文学发展和文化构建的一个重要组成部分。

1978 年 11 月全国外国文学规划会议在广州召开。这是建国以来外国文学研究界的第一次盛会。大会深感外国文学研究必须肃清极左思想的影响，实事求是地评价外国文学作品，提出：“对于外国作家，只要他在一定程度上批判了资本主义社会，艺术上有可取的，值得借鉴之处，就应介绍。”大家普遍认为，“我们对现当代外国文学特别缺乏了解，必须迅速补课。”① 柳鸣九在会议上就现当代西方资产阶级文学评价问题作了长篇发言。这是文革后第一篇对西方现当代文学作出中肯评价的学术论文。虽然对外国作家的评价

---

① 《外国文学研究》1979 年第 1 期。

还是从其政治倾向和阶级地位来判定，留有当时政治气候作用下的历史痕迹，但在当时应当说是振聋发聩之作，引起了广泛的关注。

在1978年下半年，如何评价西方现代文学问题已成为外国文学研究界的一个热点问题。与全国外国文学研究八年规划广州会议差不多同时，中国社会科学院连续组织了多次座谈会，专门讨论外国现当代文学的评价问题。卞之琳、陈燊、李文俊、朱虹、董衡巽、吕同六等专家学者从不同角度发表了自己的见解和意见。1979年创刊的《外国文学研究集刊》特辟专栏刊登了他们的发言，在全国文学界引起了极大反响。新一代的作家和文学评论家对西方现代主义文学最初的概念和认识基本上都有赖于这些带有介绍性的讨论。也正是顾及到国内读者对西方现代派文学的隔膜，外国文学研究者的发言和文章中常举具体的作品实例或节译某些作品的片段来说明问题。因此，在当时中国文学界和读者对西方现代派文学普遍都很陌生的情况下，外国文学研究界的讨论本身就具有介绍和传播的价值，带有对西方现代派文学"启蒙"的性质。

现代派文学自1978年译介开始一直伴随着争议和论争。1980年以前，现代派文学的讨论主要是在外国文学研究界内部，且意见较为一致，都认为现代派文学应该译介，其区别仅在于如何借鉴上。而从1980年《外国文学研究》第4期开辟"关于西方现代派文学的讨论"专栏，论争渐渐扩大到整个文学界。大致可以划分为三个阶段。第一阶段(1980—1982)是现代派文学启蒙阶段，主要是外国文学研究者对"什么是现代派文学"的介绍。当然他们在述评的同时都不可避免地表露了自己的价值取向。1982年《外国文学研究》发表诗人徐迟的"现代化与现代派"(1982年第1期)，本是作为讨论的总结，岂料因徐迟文中提出："我们将实现社会主义的四个现代化，并且到时候将出现我们现代派思想感情的文学艺术"以及"应当有马克思主义的现代主义"等观点，在文学界产生了争议，引发了新一轮更大范围、更为激烈的论争。1981年年初，高行健《现代小说技巧初探》一书出版以及叶君健为该书写的序言，引起了创作界和文学评论界的兴趣和争议。同年 8 月《上海文学》发表了冯骥才、李陀、刘心武被称之为"三只小风筝"的关于现代派文学的通信。西方现代派文学的评价问题就扩大到文学创作应否借鉴的问题。这样，外国文学研究界和文学创作、评论界都加入了这场论争。《文艺报》特地开辟现代派文学讨论的专栏，其他报刊也不断登载争鸣文章。1983 年《当代文艺思潮》第 1 期发表徐敬亚"崛起的诗群"一文，把现代派文学的讨论推向高潮。1983 年 3 月，周扬发表了"关于马克思主义的几个理论问题的讨论"文章，提出马克思主义"异化"观问题，在文化思想界引起争议。现代派文学的讨论很快就与异化问题的争议交织在一起，政治色彩渐趋浓厚。第二阶段现代派文学的争论大致到 1984 年全国开展"清除精神污染"结束。第三阶段从 1985 年断断续续一直到 1989 年政治风波结束时。其间，《北京文学》1988 年辟专栏讨论新时期文学"伪现代派"问题，形成又一次高潮。这三次论争的主题可以简略地概括为："什么是现代派？"、"我们要不要现代派？"、"我们文学中的现代派好不好？"、"我们有没有真正的现代派？"从论争主题的变化不仅可以看出文学界对现代派的认识程度在不断加深，也可以看出其间对现代派态度的变化。许子东对此曾作过一个比较精辟简洁的概括：1985 年以前是力图"批评现代主义"，1985 年之后则是力图作"现代主义批评"。[①] 这些论争就构成了新时期现代派文学译介的文化背景。新时期现代派文学的译介就是在这种文化语境下进行的。

三、译介者的文学视野和译介策略

我国对现代派文学的译介至 30 年代中后期基本上结束了。

① 许子东："现代主义与中国新时期文学"，《文学评论》，1989 年第 4 期。

虽然40年代西南联大的新诗诗人们还在继续现代派诗歌的研究和实践,但因其基本上是拘囿在大学里,其影响的渗透力和范围都非常有限。到新时期再次兴起现代派文学译介高潮,中间已间隔了40年。这40年不仅意味着时间上的距离,更征示着思想和文学观念上的鸿沟。由于极左思潮泛滥的年代对现代派文学进行政治缺席审判,深固了人们对其敌视的心理,因此现代派文学在新时期之初仍被视为是潜在的政治颠覆性的"文学他者"。现代派文学作品中所负载的文化观念、对人性的揭示、对人类前途的绝望,等等,不仅与我们的传统文学"接受屏幕"形成反差,与长期的政治化的文学思维方式和接受方式大相径庭,更与人们在打倒四人帮之后对未来充满美好憧憬的心态形成一种情感上的悖逆。因此,新时期现代派文学的译介面临着多重困难。译介者面对的两个最大的难题:一是如何避免不与当时还比较僵化的政治思维方式发生明显的冲突,不至于招致政治上的险祸;二是就文学读解本身来说,如果译介的作品与读者的审美经验距离太大,阅读就会搁浅、受阻,译介的意义也就无从谈起。既要避却可能的政治上的麻烦,又要打破读者固守的既有阅读模式,使新的文学样式的文本进入读者阅读视域,从而达到译介的文学和文化目的。因此,对现代派文学的重新界说和阐述就显得非常重要。译介者的这种两难的心态在初期的译介者文章中明显地表露出来。译介者在他们的评介文章和编者按、编后记中对现代派文学一直努力保持着客观的立场。褒扬不过分,贬斥有分寸。点明现代派文学的革新之处,一定紧接着指出其不足乃至反动之处。这种一分为二的辨证文字也为后来对现代派文学陌生但政治责任感强烈的译介反对者从其中的"二分之一"找到了反对的材料和根据。译介合法化的策略首先是解构长期以来作为一个抽象整体、"完全反动"的现代派。具体操作时,基本上是在两个层面上实施:一是在内容、认识价值层面,将具有"进步意义"和"对资本主义认识批判意义"作品从作为整体意义上的现代派剥离,并将其与现实主义联系;二是在创作技巧层面,将技巧与内容剥离。这主要是针对内容上"反动"、"颓废"的现代派作品采取的策略。

《世界文学》恢复公开发行的第1期(1978年10月),编者在"致读者"中,就运用了多重策略,来申说译介的合法性:

> 现代资本主义世界的文学是一种数量众多、情况复杂的现象,60年代以来西方文学又有了新的变化和发展,情况更为复杂。从总体和本质来看,西方现代资本主义文学是资本主义没落时期的产物,它的总的趋势是衰微、没落,但是具体分析,情况就不那么简单。西方现代文学中确实有着大量颓废、反动、诲盗诲淫、低级下流的东西。但是也还有着不少作家保持着民主主义和欧洲古典文学的传统,在创作中对资本主义社会和资产阶级生活方式采取了揭露和批判的态度,反映了人民要求改变现状、要求进步的愿望。还有些作家,他们在思想上和艺术上受到了现代资产阶级的颓废倾向和反动思潮的影响,在创作上有着这样那样的毛病,但是却从不同的角度暴露了资本主义社会的矛盾,表现了对现实的不满和反抗,其中有些作品的艺术形式新颖独特,还有值得借鉴的地方。就是那些思想颓废、甚至反动,艺术形式荒唐奇特的作品,其中有些是反映了资本主义社会的不合理的病态的现象,有些也多多少少表现了对于资本主义制度的不满。为了认识西方世界资本主义没落的趋势和某些阶层的没落的心理状态和精神危机,为了增长世界文学的知识和了解西方文学的发展的状况,这一类文学也可以适当地让我国读者见识见识,开开眼界。

这段精心措辞的文字很生动地表征了20年前译介者的世界文学视野与当时的文化语境之间存在着的错位和潜在的冲突。译介者只能将译介世界文学的急迫心情化解在人们谙熟的政治惯用话语之中，左支右绌、曲达其意。实际上，这篇文字包括了新时期初期译介者将现代派文学译介合法化的所有策略，即突出现代派作品中的批判认识价值、与古典文学的联系以及技巧的借鉴作用。

(1) 强调现代派文学对资本主义社会的批判认识价值

既然以现代派文学具有批判认识价值作为译介的合法性、必要性的理由，译介者首先需要阐释这种"批判认识价值"生成的原因，因此，他们采取了当时通用的、"规范"的阶级分析方法对现代派作家进行阶级区分。这最易于为人们对译介行为的认同，同时也是政治意识形态上最保险的策略。新时期初期，几乎所有的译介者都采取这种策略。

袁可嘉在为其主编的《外国现代派作品选》写的前言中，也是采取现代派作家阶级成分划分的方法：

> "大多数现代派作家是中小资产阶级的知识分子，处于低下的，被剥削的经济地位，政治上既没有权利，也极少影响。他们对垄断资产阶级一般是鄙视的。无论从他们的实际阶级地位或表达的政治思想（以个人为中心的无政府主义、民主主义）来看，他们都不是垄断资本的喉舌。

这种阐释也与建国后一贯的译介标准相符，即以作家作品的政治倾向为译介择取标准。以美国文学为例，上文提到，建国后出版界翻译出版的主要是马克·吐温、杰克·伦敦、约翰·斯坦贝克和德莱塞等判定为进步的作家作品。主要译介外国文学的专业性刊物《世界文学》上更是刊载了不少当代资本主义国家的具有进步性、战斗性的作家作品，特别是黑人文学。甚至在文革期间内部发行的《摘译》上也登载了美国黑人诗人休斯的战斗诗篇。以作家的政治倾向作为译介标准，这种思维方式在新时期初期依然延续。

所不同的是译介者所要译介的是一直被认为是反动、颓废、堕落的现代派作品。以旧有的话语方式对现代派文学进行解说，有助于解释译介的合法性和译介的顺利进行。

(2) 与现实主义联系的策略

虽然人们当时对西方现代派文学很隔膜、陌生，但他们认定一条：现代派文学是对现实主义文学的叛逆和反动。在新时期之初，文学界急迫地要恢复现实主义的传统，拨乱反正，在当时很多人看来，译介和引进现代派文学，无疑阻碍了现实主义传统的恢复和发展。有论者义愤填膺地指出："若就推举现代派——无论'抽象的、荒诞的方法'还是所谓的'意识流'——来反对现实主义而言，也早在 20 年代就有了它的前奏……当十年'文化大革命'的狂涛平定下来不久，简直可说是从血泊里方才又站立起来的文艺界，在激动的亢奋中'心有余悸'，然而从中有一个清醒而庄严的呼声发出来了，那就是'恢复现实主义传统'。可是就在'恢复现实主义传统'的呼声才刚得到最初的点滴响应，就有了一阵嘻嘻嘻嘻伴奏的言词从斜刺里传出来了，说是：人家都已经说的是卡夫卡、贝娄、乔伊斯、辛格了，你们还在讲什么巴尔扎克和托尔斯泰。未必需要讲出这正就是推举现代派来反对现实主义的议论。"[①] 现实主义是马克思主义经典作家直接肯定过的创作方法，且经过建国后 20 几年的舆论强化，已具有了浓厚的政治意识形态色彩。在人们的概念中，现实主义文学就是社会主义现实主义、革命的现实主义文学、无产阶级现实主义文学。虽然当时不再提"革命的现实主义"这样的名词，但现实主义在人们心里已积淀成一种神圣的情结，不少人认为现实主义是惟一可行也是作家必须遵从的创作手法。因此，在新时期最初的几年，人们在讨论如何认识现代派时，就有意识地把现代派作为现实主义的对立面，认为提倡新的创作方法就是与

① 耿庸："现代派怎样和现实主义'对抗'"，《社会科学》，1982 年第 9 期。

"现实主义对抗"、"反现实主义"。一些文章提出一个非此即彼的价值选择问题:在我国,是要现代派文学,还是要社会主义文学?[①]循此绝对一元化的文学观念,译介现代派文学就意味着反对现实主义,反对现实主义就无异于反革命、反社会主义,与现行意识形态相对立。有的论者从现代派文学的哲学基础来论证现代派的反动和没落。在稍稍肯定现代派文学对资本主义社会的认识价值之后,紧接着就指出其危害性:"即使是有一定社会意义的作品,我们也分明可以看到,一方面它们固然从某种特殊的角度对资本主义社会的丑恶作了一定的揭露,另一方面却又常常是以欣赏的态度去描写腐朽没落的资产阶级生活方式,带有浓厚的颓废色彩。更为有害的是,它们还以富有刺激性的表现手法,使人强烈地感到生活的混乱、怪诞、空虚和悲观绝望、茫然无措或玩世不恭的思想情绪……由此可见,现代派作品就其总的倾向而言,是在把人们引向悲观厌世、神秘主义和不可知论的绝境。它模糊了人们的视线,瓦解群众的斗志,客观上起着维护资本主义制度的作用,对于无产阶级和广大群众按照客观世界的规律改造客观世界的历史活动是有害的。"[②] 对引进现代派文学,论者表示出极大的忧虑:如果"深中现代派流毒"就会"脱离人民和民族的土壤,否定古典文学的艺术成就,摈弃无产阶级的创作经验"。[③] 当时人们普遍的文学观念认为,现实主义是最好的创作方法,其他的创作方法,更不用说现代派,都无法比及。这样有意无意间把现实主义推向了极致。有论者断言:"除了现实主义的艺术之外也有其他的艺术,不过严格地说那些作品若不是多少含有现实主义的要素,也难称为优秀的艺

① 钱中文:"论当前文艺理论中的现代主义思潮—评《崛起的诗群》兼论现实主义创作原则",《文学评论》,1984 年第 1 期。

② 嵇山:"关于现代派和现实主义",《华东师范大学学报》,1981 年第 6 期。

③ 陈桑:"也谈现代派文学",《文艺报》。1983 年第 9 期。

术，而现实主义的或含有现实主义要素的艺术才是真正的优秀艺术”。[①] 把“现实主义”等同于“优秀艺术”，其他艺术如果“优秀”，也是因为有了“现实主义要素”。论者的价值取向非常明了，非现实主义的文学都不可能是“优秀艺术”。这样的文学观念实际上是将现实主义重新推向定于一尊的地位，排斥其他的文学样式。在这种语境下，对译介者来说，译介现代派文学无疑是闯入一个极其危险的政治雷区。因此，译介者们对现代派文学的阐释都有意和无意地将其与现实主义联系起来，寻找并强调它们的交合点。袁可嘉就指出：“现代派文学在观察事物角度上的主观性、内向性，当然有非理性主义的基础，但如果用得适当，也可以作为现实主义文学客观性、外向性的重要补充，是有其积极的、创造性的一面的。”[②] 在阐释现代派文学重要的创作手法之一——象征手法时，袁可嘉指出：象征手法“与浪漫主义、现实主义手法并不是截然相反的或毫无联系的。事实上有些浪漫主义作家(如布莱克、雪莱)和现实主义作家(如福楼拜和易卜生)也在某些作品中大量运用象征手法，只是他们不以此为主要手段。同时，大多数现代派作家虽以象征手法为主，但他们生活在社会中，无法完全摆脱现实生活，只是侧重从内心世界来写。过去有些评论家贬低现代主义，把它笼统地斥之为反浪漫主义或反现实主义，这是很不全面”。[③] 实际上当时现代派文学的译介者本人也认为进步的文学都属于现实主义文学。袁可嘉在“西方现代派文学三题”一文中对现代派文学的划分时说：“从文学史的纵向系统来说，现代派文学在欧美近代资产阶级文学的范围内是继新古典主义、浪漫主义、现实主义而起的

① 蔡仪：《现实主义艺术论》，作家出版社，1985 年第 135 页。

② 袁可嘉：“我所认识的西方现代派文学”，《光明日报》，1982 年 12 月 30 日。

③ 袁可嘉：“欧美现代派文学概述”(1980 年)，《现代派论·英美诗论》，中国社会科学出版社，1985 年 9 月。

第四个大的流派。"他作了一个注释:"现代资产阶级进步文学一般可以纳入现实主义文学"。[①] 可见袁可嘉对现实主义的认识与当时的共同意识并不相左。之所以将现代派文学与现实主义攀上关系,还是出于译介的策略。朱虹也用现实主义的"典型论"来阐释西方现当代文学:"恩格斯从 19 世纪现实主义小说中总结出来的'典型环境中的典型人物'作为文艺反映现实根本规律,如果用来评价当代文学,显然是同样适用的。""如果以反映现实、典型化这些根本原则为标准,那么西方现当代文学的许多作品是经得起检验的。"[②]虽然朱虹没点明西方现代派文学,但其意指是明显的。针对人们指责现代派文学违反真实的观点,柳鸣九在阐释西方现代派文学中"荒诞"的手法时说,"这种手法看来违反真实,实际上抓住了现实的某些本质,加以集中的夸张的表现,不仅没有违反艺术创作的规律,而且利用了艺术创作的特点,更足以造成深刻的印象、造成强烈的效果。这种手法也可以有不同程度的运用,也可以与现实主义手法结合起来,荒诞的手法与进步的主题结合起来,完全可以产生优秀的作品。"[③] 现实主义强调本质、真实,柳鸣九通过借用现实主义的分析方法,突出荒诞手法对现实本质的揭示作用来消解荒诞派文学的"荒诞性"。

"正如在每一实际经验的状况中,对于一部鲜为人知的作品,文学体验也需要一种体验自身因素的先在知识。在此基础上,我们遇到的所有东西才能为经验所接受,即在经验背景中具有可读性。"[④] 将现代派文学与现实主义相联系,既是在政治层面消解现

---

① 袁可嘉:"西方现代派文学三题",《文艺报》,1983 年第 1 期。

② 《开辟社会主义文艺繁荣的新时期》,四川人民出版社,1980 年,第 236 页

③ 柳鸣九:"现当代资产阶级文学评价的几个问题",《外国文学研究》,1979 年第 4 期。

④ 姚斯:"文学史作为向文学理论的挑战",《接受美学与接受理论》,辽宁人民出版社,1987 年第 29 页。

代派文学译介的政治危险性，也是将现代派文学"熟悉化"的一种途径，使得现代派文学能进入读者的阅读视域。

(3) 内容与技巧剥离的阐释策略

以上两条阐释策略更多的是在政治层面消解现代派文学译介的政治危险性，而内容与技巧的剥离则主要是在阅读审美层面的意义。很多对现代派持肯定态度的文章都提出，现代派文学的唯心主义的理论来源以及作品中消极、颓废的内容我们应批判、抛弃，但其探索的新的艺术形式我们可以借鉴，丰富我们的创作方法。1981 年高行健出版的轰动文学界的小册子就叫《现代小说技巧初探》。书名实际上就表露了作者的主张：可以剥离现代派文学技巧而为我们所效法、借鉴。后来，冯骥才、李陀、刘心武关于现代派的通信，都强调了形式技巧的"超阶级性"，形式美的"相对独立性"。实际上大多数肯定现代派文学的文章都突出了现代派文学在技巧上对我们的借鉴意义。内容与技巧是不是真的可以剥离？有学者对这种剥离说表示怀疑。夏仲翼就认为，把艺术形式技巧从思想观念上剥离实际上很难做到。一是因为"有些现代派作品的'新颖'，与其说取决于它的形式技巧的独特，不如说更多的是决定于它的思想观念"。二是因为现代派文学主张中的艺术本体论倾向"使形式和思想的混合达到前所未有的境地。形式已经不止是艺术表现的手段，很大程度上成了艺术本体的构成部分。[①] 在所有现代主义文学流派中，论者谈技巧借鉴的主要集中在对意识流技巧的分析借鉴。其他文学流派，其思想内容与其表现手法相融合贯通，无论从理论和实践上都难以将其内容与形式剥离。意识流小说在形式技巧层面给人印象最深，似乎最容易将其内容与形式剥离。这也许就是意识流小说是现代派文学中最早被译介和接受过来的原因之一。将意识流小说内容与技巧剥离，不仅是译

① 夏仲翼："谈现代派艺术形式和技巧的借鉴"，《文艺报》，1984 年第 6 期。

介者的译介策略,也是王蒙等接受者的接受方式。

新时期外国文学的译介者通过以上或多或少有意“误读”的阐释策略将现代派文学的译介合法化,消解对现代派文学的抗拒情绪,剥刮长期涂抹上的政治色彩,露出其作为文学的价值意义。在校准认识视角的同时,更有一些外国文学研究者深感作品翻译的滞后,亲自动手翻译。所以,在新时期的初期出现了令人感奋不已的外国文学译介景观:一方面文学理论界热火朝天地讨论如何评价西方现代派文学,中国要不要接受和借鉴西方现代派文学,而另一方面,西方现代派文学作品源源不断地出版发行,刊登在各种文学杂志上。

现代派文学在新时期译介的种种曲折说明文学翻译并不是简单的文字转换,不是单纯的文学性行为,其中掺入了时代文化的因素。译者一方面受制于文化语境的牵制,另一方面又试图输入新的文学样式,这种矛盾决定了特定时期外国文学译介的方式,从而也影响了译作的形态特征。

第四节　从互文性看《红楼梦》书名的两种英译

清华大学　罗选民

《红楼梦》的英译本很多，译名也不尽相同，如 *A Dream of Red Mansions*（杨宪益、戴乃迭），*The Story of the Stone*（David Hawks, John Minford），等等，在众多的译本中，杨宪益、戴乃迭的译本和 *Hawks* 与 Minford 的译本为全译本，最具有权威性。本文不打算对他们的译文进行对比分析，只从互文性角度对两部译著的译名进行探讨。

法国后结构主义文论家朱丽叶·克雷斯蒂娃认为，每一个文本的外部形式都是一种由马赛克似的引语片段的拼积而形镶成的，每一个文本都是另一种文本的吸收和转换。互文活动不是指复制、剪裁或模仿，而是一种从文本网络引发出来的语义成分，它常常超越现存的文本并指向其前文本。由此，我们可以看出，任何一个文本的形式都不是孤立的，它总是融入在一个民族的文学、历史、传统和习俗等诸多因素之中。文本之间是互动的，现在的文本不仅与过去、将来以及同时代的文本发生着这样或那样的联系，而且还与世界上其他民族的文化有着显性和隐性的联系。一个文本不仅打上了前文本的烙印，而且从某种意义上说，是由以前的文本引发、点化而演变来的。在翻译中，互文性尤为重要，它是我们要让译作忠实原作，保持原文的风格，再现原作艺术魅力的重要条

件。如,美国前总统肯尼迪在其就职演说中有这么一段:

> And so, my fellow Americans, ask not what your country can do for you; ask what you can do for your country. (所以,我的美国同胞们,不要问我,你的国家能为你做些什么,而要问,你能为你的国家做些什么。)

我们不难发现,肯尼迪在其演说中采用了圣经的文体,从而使得他的演说更加庄严、神圣和高尚,让听众闻后肃然起敬。

让我们还是回到《红楼梦》一书的两个译名上来。*A Dream of Red Mansions* 与 *The Story of the Stone*. 两个译名,孰优孰劣?我们下面从互文性的角度来进行讨论。

杨译 *A Dread of Red Mansions* 紧扣了原书名《红楼梦》,从形式上看,是无可厚非的。"红楼"在汉语文化中,有着浓郁的文化色彩。"红楼"首先让人产生的联想是侯门大院,因为自汉以来,名门望族均重用朱红色,故杜甫有诗句云:"朱门酒肉臭,路有冻死骨。"然而,它又常指华美的房子,旧时常指富家女子的住处。李白《侍从宜春苑奉诏赋》中有诗句:"东风已绿瀛洲草,紫殿红楼觉春好。"韦庄在《长安春》中写道:"长安春色本无主,古来尽属红楼女。"这样看来,"红楼"一词与曹雪芹的另一书名《金陵十二钗》有着内在的联系。从这一意义上说,杨宪益译的书名是考虑到了互文性的。

《石头记》是曹雪芹小说《红楼梦》的另一书名,*Hawks* 将其译为 *The Story of the Stone*,它的互文性又表现何处呢?同杨宪益的译名一样,这一译名也系采用了直译法。但对原小说书名的选择有所不同。*Hawks* 首先考虑了读者的可接受性,然后决定了不同互文性的取舍。

在西方人眼中,"红楼"不过是红色的房子而已。《红楼梦》可能会被理解成在红色房子中作的梦，它只是传达了一种浪漫的情调而已，与中国读者的理解和作者的原意相去甚远，这也就大大削减了原书名的丰富的文化内涵所传达的魅力。霍克斯（*Hawkes*）在英译本原文序言中指出，用一个“红”字，无法表达《红楼梦》一书所蕴含的意义，这对西方读者来说，尤如此。霍克斯在动笔翻译之前，反复认真地阅读《红楼梦》一书，并参阅了大量有关的书籍，力求把原作一字不漏地尽可能忠实地译出来。（“My one abiding principle has been to translate everything——even puns.”）既然要把原作一字不漏地译出来，甚至连双关语都不放过，那么他选用 *The Story of the Stone* 的理由在何处呢？

《红楼梦》（甲戌本）第一回提到作为该书的书名有五个：《石头记》、《情僧路》、《风月宝鉴》、《金陵十二钗》和《红楼梦》。而且在程版之前，几乎都是用《石头记》。当然，霍克斯选用它，理由远不止是这么简单。它的选择表现出一位西方学者的有关翻译的文化价值取向。他是认真的和严肃的，其选择是深思熟虑的产物。

从一个更为广阔的文化背景下来审视，霍克斯的翻译 The Story of the Stone 恰好充分地考虑和体现了翻译的互文性。*Hawks* 取《石头记》作为原著书名，考虑到原著在程版之前都采用此书名是一个原因。更重要的是，译名为 *The Story of the Stone* 更易于为西方人所接受。砂石在西方文学中有着深厚的隐喻意义。英国诗人布莱克（*William Black*）曾有诗句：“从一颗细砂看尘世，从一朵小野花观苍穹。”颇有些佛教禅宗中“一花一世界，一木一菩提”境界。苏东坡感情中的悲欢离合，阴晴圆缺也可从中有所领悟。

霍克斯的译名为 *The Story of the Stone*．我们认为更好，是因为从互文性来看，石头的故事有着深厚的中国文化沉淀，有着源远流长的互文性关系。在中国文学史上，有关石头的故事不胜枚举。精卫以石填海的神话故事更是妇孺皆知。精卫原本炎帝之女，在东海玩水时被巨浪吞没，死后化作精卫鸟，每日以石填海决心把海填平。《山海经·北山经》中写道："有鸟焉，其状如乌，文首，白喙，赤足，名曰精卫，常衔西山之木石，以埋于东海。"近代左思《吴都赋》："精卫衔石而遇缴。"而更流传深远的则是女娲的传说，中国神话中的女娲氏，是中上古的女帝，有人说她是伏羲的妹妹，又有人说她是伏羲的妻子，传说人类是由她和其兄相婚而生。她曾用黄土造人，炼五色石补天，为后人所誉。因为共工氏为祝融所败，头触不周山，天柱折，地维缺，所以补天。《淮南子·览冥训》中云："于是女娲炼五色石以补苍天。"

女娲的五彩石等石头文化后来至少影响了中国的三部著名小说《水浒》(*Water Margin*)、《西游记》(*Journey to the West*)以及《红楼梦》(*The Story of the Stone*)。三部小说中各有几样东西与石有关，而且都有着浓厚的中国传统神话色彩。《水浒传》中的石碑和与之联系紧密的神话(即108将乃是上天下界的36座天罡星和72座地煞星)一起贯串全文。在《水浒》第一章回中就写到的石碑，是用来镇锁住108个魔君，上凿着龙章凤篆天符。书中有诗说："千古幽扃一旦开，天罡地煞出泉台。"在《水浒》第71回"忠义堂石碣受天文，梁山伯英雄排座次"中，上天降下一块石碑，上书天罡地煞星宿108将的名字。文中云：

"众皆恳求上苍，务要拜求报应。是夜三更时候，只听得天上一声响，如裂帛相似，正是西北乾方天门上。众人看时，直树金盘，两头尖，中间阔，又唤作天门开，又唤作天眼开。里面毫光摄人眼目，霞彩缭绕，从中间卷出一块火来，如栲栳之形，直滚下虚皇坛来。那团火绕坛滚了一遭，竟钻入正南地下去了。此时天眼已合，众道士下坛来。宋江随即叫人将铁锹锄头掘开泥土，跟寻火块。那地下掘不到三尺深浅，只见一个石碣，正面两侧，各有天书文字……前面有天书三十六行，皆是天罡星;背后也有天书七十二行,皆是地煞星,下面注着众义士的姓名。”

《西游记》中本领高强随师西游的美猴王孙悟空是由一块顽石而生,从而道出形形色色的神魔鬼怪,续下之后九九八十一难的艰难西去历程。这块仙石在花果山上。“有三丈六尺五寸高,有两丈四尺围圆。三丈六尺五寸高,按每天三百六十五度;两丈四尺围圆,按政历二十四气;上有九窍八孔,按九宫八卦。四面更无树木遮荫,左右倒有芝兰相衬。盖自开辟以来,每受天真地秀,日精月华,感之即久,随有灵通之意,内育仙胎。一日迸裂,产一石卵,似圆球样大,因见风,化作一个石猴,五官俱备,四肢俱全。”由此可看出《西游记》的石和猴的互文关系可追溯到中国古代的神话寓言中的五彩石。

而《红楼梦》中的“通灵宝玉”也是一块仙石,而且是和女娲补天时用的五色石联系最紧密的一块石头。从主人公衔玉而生,到出家而走,都源自这块不凡的石头。书中云:“原来女娲氏炼石补天之时,于大荒山无稽崖炼成高经十二丈,方经二十四丈顽石三万六千五百零一块。娲皇氏只用了三万六千五百块,之单单剩了一块未用,便弃在此山青埂峰下。谁知此石自经锻炼之后,灵性已通,能大能小,因见众石俱得补天,独自己无才不得入选,遂自怨自叹,日夜悲号惭愧……后有谒云:无才可去补苍天,枉入红尘若许年。此系身前身后事,倩谁记去作奇传。”

如此种种,由上分析,我们可以发现,不论翻译的书名孰优孰劣,*Hawks* 和杨宪益等人都注意到了翻译的互文性。前者是从文化的角度,而后者则是从语言的角度。当前者从文化的角度考虑互文性时,则把读者摆在首要的位置;而后者从语言的角度考虑互文性时,他是把作者摆在第一位的。这就造成了他们之间的差别。根据接受美学的观点,文学作品只是一种半成品,如果没有读者的创造与合作,作品的美学价值就无法实现,正因为读者的阅读是一种创造性的参与,这种参与使作品潜藏的意象得以实现,因此,最好的作品或译品是能提供最广泛的联想空间,最能激发读者想象的一种框架。而译者,相对于原作品而言,他是一个"读者",负责将审美感受在自己的译文中得到表现。这一点,是读者期待的,也是原作者乐意见到的。

最后,我们可以得出如下结论:在翻译中,文化层面上的互文性应优先于语言层面的互文性;作者和译者与读者相比,读者应摆在首先位置。这不论是在英译汉或是汉译英中,莫不如此。

〔参考书目〕

Hawks, David. *The Story of the Stone*. Penguin Books Ltd, 1973.

Luo, Xuanmin. A Textual Approach to the Analysis of Literary Translation, *Force of Vision* Vol. 6, University Press of Tokyo, 1995.

Yang, Xian-yi & Glady's Yang. *A Dream of Red Mansions*. Beijing: Foreign Languages Press, 1978.

Wang, Jing. *The Story of Stone*. Duke University Press, 1992.

曹雪芹:《红楼梦》,人民文学出版社,1991年。

施耐庵:《水浒》,人民文学出版社,1975年

吴承恩:《西游记》,人民文学出版社,1972年

刘士聪、谷启楠:"关于《红楼梦》文化内容的翻译",《英汉比较与翻译》,青岛出版社,1998年。

罗选民:"论话语层翻译的标准",《中国翻译》1990年,第2期。

蒋骁华:"互文性与文学翻译",《中国翻译》1998年,第1期。

王晓元:"漫谈文学翻译批评",《外国语》1994年,第2期。

谢天振:"建立中国译学研究的文艺学派",《外国语》1995年,第4期。

杨衍松:"互文性与翻译",《中国翻译》1994年,第4期。

第五节 A.E.霍斯曼的诗及其在中国的译介

上海外国语大学　南治国

闻一多先生赴美留学的初衷是学习西洋美术的，但诗神的盼顾及对西洋画技的怀疑终于把他拽进了英诗班，坐在了梁实秋的身旁，中国现代诗坛幸而得一代宗师。在英诗班，闻一多和梁实秋都对英国近代诗人A.E.霍斯曼情有独钟，课间课后的相互切磋、把玩犹不尽兴，于是都拿起了笔纸，向国人介绍霍斯曼诗歌之妙。闻一多开国内翻译霍斯曼诗歌之先河，梁实秋则是国内评介霍斯曼诗歌的第一人。霍斯曼——“英国近代诗坛上一个奇怪的人物”这才开始为中国读者所关注。

能得到闻、梁两位清华才子译介，霍斯曼在中国的露面的规格着实不低。那么，霍斯曼的诗歌究竟有何种魅力使得两位年少气盛的清华才子视作清音，痴恋不已呢？梁实秋的回答很干脆：“他不但能写情诗，而且写得极柔媚，极轻丽，极干净，极整齐。”“他的一字一句，都来得干练修洁，所以读起来只觉一片和谐，如秋夜天空，不染半纤云”。而与霍斯曼同时代的美国诗人E.A.罗宾逊更是毫不犹豫地指出：“我觉得A.E.霍斯曼的诗无疑是有着不灭的魅力。当今世上，也许有诗人可以与其并肩，但决没有能超越他的”。的确，霍斯曼这位以研究古典文学始得文名，继而在剑桥大学任肯尼迪拉丁文教授达25年之久的严肃学者，竟然同时凭借其两本薄薄的诗集，总约才104首短诗确立起他在英国诗歌史上不易之地位,他无疑是引人注目的。W.L.菲尔浦斯(William Lyon Phelps)说:"在所有的算术的度Dimension里,惟有长度与诗无关的。"霍斯曼以如此之少的诗歌创作为其赢得如此之隆的声誉,这在世界诗坛上恐怕也是绝无仅有的。

王佐良先生在其主编的《英国诗选》中收录了七首霍斯曼的诗,并对其诗歌作了较高的评价。他指出,霍斯曼的诗歌的最大特点是简洁,简洁得有如格言,但不枯燥,因为简洁的形式下有着动人的内容,并巧妙地将英国式的伤感同拉丁式的典雅结合起来了,用笔极为经济,一字一字像是刻在石上那样整齐;感情的范围虽然比较窄狭,却常能从个人的不幸联系到亘古以来宇宙的不公。

我们还是先了解一下霍斯曼其人及其诗歌创作吧。

霍斯曼于1859年3月出生于英国沃色斯特郡的弗克伯雷镇,少即聪颖,且有诗才,但其家境并不富裕,中学毕业后,幸获牛津大学的奖学金得以入牛津学习。在校期间,醉心于古典文学校勘学,对一些学位课程反倒兴趣索然,结果未能通过最优等毕业考试,失意地离开了牛津大学,次年返校补考通过中等程度的毕业考试。之后约有十年左右的时间耗在伦敦注册局,直至1892年被聘为伦敦大学拉丁文讲座教授方才离开。在伦敦大学任教的第四年,即1896年,自费出版诗集《西罗普郡少年》。此书一开始问津者很少,过了较长一段时间,才渐渐引起公众的注意。1911年霍斯曼任剑桥大学的拉丁文讲座教授,此后他一直在剑桥任教至1936年辞世。在第一次世界大战期间,《西罗普郡少年》在英国大受欢迎。在美国,霍斯曼的诗也有广泛的读者群,一位工人甚至能把《西罗普郡少年》背诵如流。可能是为这一情势所鼓舞,霍斯曼又从手稿中整理出41首诗,1922年以《最后的诗》为书名出版,立即赢得了读者和评论家的普遍赞誉,在短短的两个多月的时间里就售出了

1.7万多册。1937年，又有18首诗从其遗稿中整理出来，这就是霍斯曼全部的诗歌创作。

霍斯曼的诗歌主要创作于19世纪90年代初期，但其影响跨入了20世纪，并成为第一次世界大战后英国最受读者喜爱的诗人，海因尼和戴维斯在《欧美文学》第二卷中是这样评价霍斯曼的：

> 《西罗普郡少年》出版时和菲茨杰拉德的《鲁拜集》可称旗鼓相当，但是霍斯曼诗歌的影响要比菲茨杰拉德深远得多。他用字精严，不事雕琢的风格在20世纪远比菲茨杰拉德的矫揉造作受人欢迎。霍斯曼的风格明显地属于21世纪，他比他同时期的任何诗人都更加属于本世纪20年代。他的主要特点是开门见山，完全不理会通行的转弯抹角说法，遣词用字妥贴切合，不滥用意象，这种直率的风格使他和同时代人叶芝迥然不同，也和20世纪的那些意象派诗人不同。

的确，霍斯曼的诗歌不仅属于19世纪，它还属于20世纪。不仅在他的时代，甚至是在英国诗歌史上，都很难找到一位诗人能写出像霍斯曼这样精致、完美的诗行，而表达的又是如此枯寂的绝望。在他的诗中，你能读到理想的幻灭，世道的不公，爱情的不忠，韵华的不再等等悲观的主题，但是，你却读不到一丝一点的哀怨或抗争，甚至找不到一点点对幸福生活的向往。生活原本如此，不容你有任何的奢想，霍斯曼冷峻地哼着他的调子，从容娴熟而近乎残酷地层层剥去生活的表象，直露出骨子里的绝望。

霍斯曼的诗最大特点就是语言平实质白，但音乐性、节奏感很强，用语确当而无斧削之痕。他的很多诗如果不分行排列，你可能还以为是散文，如：

When I came last to Ludlow

Amidst the moonlight pale,
Two friends kept step beside me,
Amidst the moonlight pale,
Two honest lads and hale.

Now Dick lies long in the churchyard,
And Ned lies long in jail,
And I come home to Ludlow
Amidst the moonlight pale.

短短的两节诗,语言恐怕平实得不能再平实了,然而,正是这平实的语言里律动着一种让你伤感却又难以言喻的情绪,讲述着一个你似曾相识却又不愿去回想的故事。是这种内在的韵律和随这韵律流动的情绪使这平实的语言得以诗化,使这看似平淡无奇的诗行平添了无穷的魅力。细读之后,你会意识到这一字一句是何等的精致,这一音一符是何等的完美,这整首的诗又是何等的高妙!简洁洗练,却意味深长,这就是霍斯曼的诗歌。

在形式和音韵上,霍斯曼得益最多的是民间抒情歌谣,他的很多诗都有明显的歌谣特征:音调优美,节奏感强。霍斯曼自己也承认他的诗是受了苏格兰民歌的影响。威廉姆斯(Charles Wiliams)在评论霍斯曼时说,在所有的现代诗人中,只有霍斯曼和叶芝能把"传统诗法"(the traditional-poetic)和"口头诗法"(the colloquial-poetic)融为一体。在这方面,霍斯曼处理得尤为得体。他在传统的诗体中融入现代口语,甚至是俚语,不仅丝毫无损传统诗学之美,反给读者一种格外新奇和愉悦的美的享受。据默桑德(Joseph Mersand)博士统计,早在60年代,《西罗普郡少年》中的三分之一以上的诗歌已被谱曲,这足以说明霍斯曼的"诗"与"歌"有多么接近。

融传统的诗歌技巧和通俗的民谣韵律于一炉,霍斯曼往往是在极为简单平实的叙述中谈出对友谊、爱情和人生的感喟和不争不怨的绝望。我们偶尔也许会在他的诗中读到一片澄空,但霍斯曼总是不忘提醒我们,在那澄空的一角正在浮聚着阴云。美妙的音律与低沉的情绪,友谊爱情与背弃不忠,美好的大自然与无常的人生,青春的活力与无时不在的死亡的阴影,传统的与现代的……这一切是那样的相离相悖,难以调和,而霍斯曼却用看似极不经意的"歌声"把它们"唱"了出来。这是多么美丽的伤感,多么枯寂的绝望!

在中国,最早关注霍斯曼的是新格律派诗人,这与霍斯曼的诗歌整齐的形式和内在的节奏恐怕不无关系。闻一多是中国新诗坛上的新格律诗派的核心人物,他成了译介霍斯曼的急先锋也就不足为奇了。当时中国的新诗坛,诗家们都忙着脱去旧诗的鞋样,忙着打破任何的枷锁,言及"格律",犹若"谈虎"。正是在这种氛围中,一向关注新诗的闻一多就"很怀疑诗神所踏入的不是一条迷途,所以更不能不厉颜正色,唤他赶早回头。"闻一多力排众议,坚持诗要格律,并援引佩里(Bliss Perry)教授的话说:"差不多没有诗人承认他们真正给格律缚束住了。他们乐意带着脚镣跳舞,并且要带别个诗人的脚镣。"他认为,越是有魄力的作家,越是要戴着脚镣跳舞才觉痛快。因此,对于真正的诗人,格律是"表现的利器";只有不会做诗的才觉得格律是一种束缚。为了匡正白话诗的弊端,闻一多力倡建立现代格律诗,认为新格律诗不仅要摄取传统格律诗的精髓,还要借鉴西方诗歌的长处,尤其是在格律方面。这样看来,霍斯曼很早就引起了闻一多的关注是可以理解的,因为他的诗的音韵魅力差不多是难以抗拒的。不仅如此,他还在一定程度上影响了闻一多的诗歌创作。归国后,闻一多译了五首霍斯曼的诗歌。它们分别是:"樱花"(Loveliest of Trees,载1927年10月8日上海《时事新报·文艺周刊》第5期)、"春斋兰"(The Lent

Lily,载1927年12月30日上海《时事新报·文艺周刊》第16期)、"情愿"(Could Men Be Drunk Forever,载1928年6月10日《新月》第1卷第4号)、"从十二方的风穴里"(From far, from eve and morning,载1928年9月10日《新月》第1卷第7号,与饶孟侃合译),"山花"(I hoed and frenched and weeded,载1929年11月10日《新月》第2卷第9号,与饶孟侃合译)。这是霍斯曼诗歌在中国的首次译介。因为是诗人译诗,这几首译诗的质量很高。闻一多基本上保留了原诗的节奏和韵律,在形式上非常整齐,因此,这几首译诗可以被视为他的新格律诗的试验。

无独有偶,还有两位热衷于新格律诗的诗人也把目光投向了霍斯曼,并且热情地进行译介,他们是周煦良和卞之琳。

卞之琳从1929年便开始译诗,但从未投稿。他译霍斯曼的诗,发表的只有一首"仙子们停止了跳舞了",收在他的译诗集《英国诗选》里。原诗是抑扬格,译文也相应用了三顿或三音组,甚至原译中的阴韵,译文中也照样。他还写了一篇短文"霍斯曼短诗'仙子们停止了跳舞了'",涉及的不仅是这首短诗的内容及译后感想,而且对霍斯曼的生平及诗歌特点、风格作了介绍:他写诗格律谨严,同时内容新颖(但并不丰富),遣词造句洗练光润,同时平易近人,用堂皇词藻,也用日常口语,现实表现里有古典想象,抒情笔调里带讽刺意味。他虽然不是一个大诗人,却也是一个承上启下的诗人。从这段评介中可以看出,卞之琳对霍斯曼的诗歌的理解是很精到的。

王佐良说:"中国译霍斯曼而卓有成绩的是已故的周煦良先生",这话里并没有丝毫的夸张。周煦良从1937年初便着手翻译霍斯曼的诗歌,至于翻译霍斯曼诗歌的缘起,他是这样说的:

> 我从中学时代就喜欢新诗,而且决心放弃旧诗不写(应酬和应景诗除外)。但是我的新诗总是写得不满意。后来懂得

> 一点英诗格律，觉得我们的新诗也需要一种格律……一直到翻译霍斯曼时，我才发现这的确是我进行新格律诗试验的最好素材。霍斯曼的诗不像华兹华斯那样尽洗铅华，但那种悲观情调虽然是西方的，却是我能接受和欣赏的，这使我译他的诗时感到一种乐趣。

周煦良原打算在1937年译完《西罗普郡少年》，但因抗日战争爆发，他当年只译完20首，而其余的43首拖至1948年才告译完。因为是试图借译诗来建立中国新诗的格律，而霍斯曼的诗的格律又极为谨严，因此，周煦良在翻译时费了不少心思。他试图用中文里的一个词组来代替英文中的一个音步，通过词组的长短，并适当结合平仄变化来建立起译诗的格律，取得了不小的成功。除《西罗普郡少年》之外，他还从《最后的诗》和《诗外集》中选译了八首诗，一并收入其译诗集《西罗普郡少年》中。

解放前，翻译霍斯曼的诗歌的还有杨宪益先生。他在1942年左右翻译了霍斯曼的诗歌四首："最可爱的树"、"我的心充满了忧愁"、"在我的故乡如我觉得无聊"和"栗树落下火炬似的繁英"，收录在《近代英国诗钞》中，1948年由上海中华书局出版。解放后，翻译霍斯曼诗歌的有飞白、黄杲忻、丰华瞻、鲍屡平等人。其中，飞白译诗一首，收在《迷人的春光——英国抒情诗选》；黄杲忻译诗三首，收在其译诗集《英国抒情诗100首》；丰华瞻译诗五首，发表在《外国语》1996年第1期上；鲍屡平译诗两首，收在华宇清编撰的《金果小枝》一书中。他们之中，应该是丰华瞻译诗最晚，在"英国诗人霍斯曼"这篇文章中，除了译诗外，他还对霍斯曼的生平、诗歌特色作了概述，并有相当篇幅的诗歌赏析文字。他是这样结束这篇文章的："霍斯曼的诗的确有艺术价值，值得我们重视。爱好诗歌的人，会从霍斯曼的诗得到乐趣"。显然，自闻一多第一次译介霍斯曼至今，其间已有70余年，但霍斯曼诗歌的魅力一直在吸引着中国的诗人、读者和译家。

光阴荏苒,转眼百年已逝,与霍斯曼同时代的许多诗人已渐渐为人淡忘,而他的诗却有如经年的窖酒,历时愈久,酒香愈浓。他已与哈代、叶芝并肩而为19世纪末和20世纪初英国诗歌史上三位巨星。在中国,他深深地影响了闻一多、卞之琳等一批新格律诗人,并长期为中国读者、译家所喜爱,他的诗,差不多都可以找到中文译本。我相信,在不久的将来,他的《最后的诗》和《诗后集》也能以整体的面貌呈译在中国读者面前,而对其诗歌的研究也将更加深入。

〔参考书目〕

周煦良译:《西罗普郡少年》,湖南人民出版社,1983年。

卞之琳译:《英国诗选》,湖南人民出版社,1983年。

王佐良主编:《英国诗选》,上海译文出版社,1988年。

闻一多:《闻一多全集》(卷1,卷2),湖北人民出版社,1994年。

方仁念选编:《新月派评论资料选》,华东师范大学出版社,1993年。

王瑶:《中国新文学史稿》,上海文艺出版社,1992年。

梁实秋:《梁实秋怀人丛录》,中国广播电视出版社,1991年。

杨宪益:《近代英国诗抄》,人民文学出版社,1983年。

A. E. Housman, *A Shropshire Lad*, Avon Library Edition, New York, 1966.

Charles Williams, *Poetry at Present*, Freeport, New York, 1969.

Richard Ellmann and Robert O'clair, *The Norton Anthology of Modern Poetry*. W.W. Norton & Company Inc. New York, 1973.

第四章　翻译的语言文化特性

第一节　翻译中的"相异性"与"相似性"之辨

——对翻译与文化交流关系的思考与再思考

北京大学　孟　华

一、问题的提出

1998年,我曾两次在国际学术研讨会上就翻译问题发表意见,一次是6月在巴黎举行的中日法三边研讨会上,另一次是11月在雅典举行的第二届希腊国际比较文学研讨会上。前者以"翻译及其效果:中国、日本、法国"为题;后者的议题更为宽泛,讨论的是"18至20世纪文学中的身份认同与相异性"。我在这两次会上提交的论文均围绕着"翻译与文化交流的关系"做文章,介绍了我个人近年来对翻译问题的一些思考,主要观点是:在中西文化交流中,翻译具有传递"相异性"(altérité)的功能。

出乎意料的是,两次会议上都有一些西方学者对我提出的观点感到"新鲜",认为此前他们所理解的"相异性",仅仅指涉原作者或译者等个人的因素,从未想到翻译还可在不同文化间将一种异域文化的"相异性"植入本民族"身份认同"(identité)中来。

他们的好奇反过来又刺激了我深入研究的兴趣,本打算认真质疑个中缘由，在接下来召开的“'98上外国际翻译研讨会”上做进一步的阐发，然而，思考的结果却再次出乎我的预料！当深入追究“翻译究竟传递了什么”时，原有的立论开始出现破绽，它显然具有某种缺陷。但此时修改题目已为时过晚，于是，我决定不加掩饰，索性把两种观点按时间先后如实呈现出来，既逼迫自己对已有的思考做一番总结，同时也借机提出问题。既然人们已意识到语言在复杂思想面前的无奈，那么，展现思想的发展轨迹或可最大限度地弥补语言的不足？

二、翻译是传递相异性的重要手段
——对翻译与文化交流关系的思考

翻译研究是当代比较学者十分关注的一个领域。法国当代著名的比较文学家伊夫·谢夫莱尔(Yves Chevrel)对这种关注给出了最好的解释。他在为“我知道什么”丛书撰写的《比较文学》一书中曾辟专章讨论“外国作品”问题，并且为该章加上了一个引人瞩目的副标题：“翻译作品是文化交流的重要组成方面”。①先生在这里使用了“重要”一词，依我之见，这是本章的画龙点睛之笔，因为它凸现出了翻译与文化交流密不可分的关系。恰如先生在同一本书中所言：“为了让具有不同理解模式、不同世界观的人得以沟通，翻译便是不可或缺的活动”。②

对于这一点，相信当代人都不会再有什么异议。但翻译与文化交流的关系似乎并不止于此，我们在研究中国翻译史的过程中可以发现翻译的另一重要功能，那就是它可在一国的文化传统中，亦即在一个民族的身份认同中植入相异性因素。

---

① Yves Chevrel, *Litterature comparee*, P.U.F., 1989, p.15.

② 同上，p.12－13。

翻译的这一特殊功能,迄今为止似乎鲜为西方学者所关注。这或许与西方各民族文化都具有某种同源性,因而彼此间的相异性表现得不十分明显有关。但中国和西方无论在地域上还是在文化传统上都相距甚远,因而互为绝对的相异性,翻译的这一功能就表现得尤为突出。[①] 因此,本文拟首先通过对中国翻译史的简短回顾,对翻译在相异性和认同性的转化过程中所起的作用作一概要说明。

众所周知,在中国翻译史上共有四个重要阶段。按年代先后排列,此即为:自汉末以迄宋初并在隋唐达到鼎盛时期的佛经翻译(5—10世纪);明末清初(17世纪末18世纪初)对西学的译介;自清末民初始而至本世纪30年代达到高潮的对西学的大规模译介;最后是自本世纪80年代以来对外国文化新一轮的大规模译介(这一阶段迄今尚未结束)。在这四个阶段中,除第一个时期涉及到的仅是佛经翻译外,其余三个时期都与西方文化紧密关联,是本文讨论的重点。

十七八世纪,随着天主教传教士的东来,发生了第一次大规模的中西文化交流。面对着中国这个有着悠久历史文化传统的古老民族,传教士们遇到了前所未有的困难。为了把上帝的"福音"传入"天朝",传教士们确实费尽了心机。最初,由于在目的语中实在难以找到对应语汇来传递原文的意义,传教士们在介绍基督教义时往往采用了音译这一最纯、最简单,也最直接的方法。如罗明坚神甫(Michel Ruggieri, 1543—1607)在《天主圣教实录》"天主圣性章"中将Pater(圣父)、Filius(圣子)、Spiritus Sanctus(圣灵)分别译作"罢德肋"、"费略"、"斯彼利多三多";而毕方济神甫(Francois Sambiasi, 1582—1649)则在另一部宣传天主教义的《灵言蠡

① 此段内容是在1998年6月及11月两次会议上受到一些西方学者的启发后而增补的。

勺》中将拉丁文 anima（灵魂）译作“亚尼玛”等等。这种译法虽然可在个别人中产生奇效，[①] 但对绝大多数中国士子而言，却不啻对牛弹琴，收效甚微。

与此同时，意大利传教士利玛窦神甫（Matthieu Ricci，1552—1610）则竭力提倡另一种方法。他取中国人传统的概念，往里面硬塞进了基督教的含义，以此来取悦中国士子。如在《天主实义》一书中，利氏就引用了大量儒家典籍的原文，以说明基督教的“上帝”实乃中国人传统的“天”。尽管“天”的概念离“上帝”的内涵相去甚远，但利玛窦这种中国化的努力，却保证了他日后能在中国扎下根，取得了传教的成功。若从翻译的角度来看，利氏的方法无疑是一种十分大胆的改写，但这种将基督教义纳入接受者原有文化体系的努力，也未尝不可视为一种灵活的翻译。

在中西间第一次大规模文化交流期间，传教士们使用的基本上都是这种灵活的翻译策略，或用中国人通用的术语，称为“意译”。值得注意的是，通常译者采用这一策略，都是为了方便普通读者的理解；而传教士们却是以文人阶层，亦即中国最有文化教养的精英阶层为其读者对象的。使用同一策略，而针对的读者却如此不同，这个现象充分说明了中西文化间的差距：在两个从未相遇过的文化间，哪怕要将最细微的相异性因素引入到另一种文化中，这一异国因素都需经受脱胎换骨的根本改造，亦即所指的改造。

实际上，直到 100 年后才有了第一部完整的《圣经》中译本。1832 年，第一个来华的新教传教士，英国伦敦会的马礼逊神甫（Robert Morrison，1782—1834）在广州和马六甲（Malacca）出版了他译的第一部完整的《圣经》中译本，从此，我们才有可能谈论

---

① 法国耶稣会传教士吴君神甫（Pierre Foureau，1700－1749）曾提及一位中国亲王因不解“亚尼玛”之意，而将毕方济神甫的全书读完，并终至入教。参阅费赖之（Louis Pfister）著，冯承钧译，《在华耶稣会士列传及书目》（上），中华书局，1995 年，第 143 页。

《圣经》的忠实翻译,或曰真正的“直译”问题。[①]

综上所述,《圣经》在中国从音译到意译再到直译,中间经历了百余年的时间。面对这一历史事实,我们无法不考虑一个问题:译者们为何需要如此漫长的时间来改变翻译策略?答案肯定并不简单,但我们首先要质疑的当是中国的文化、社会体系。长期封闭在自身传统中的中国人,一向拒绝任何外来的东西,更不要说外来的宗教了。而100年这个长时段恰好诠释了要想使中国文人具备有可能接受相异性的期待视野是何等困难。

如此看来,利玛窦的成功主要在于他找到了如下规律:越是将基督教义这一绝对的相异性中国化,中国文人就越不会提防它,它也就越容易为儒士们所接受,从而有可能进入中国人的身份认同中。我们甚至可以说,将相异性植入中国文化传统的深度和广度,与这一相异性的中国化程度是直接成正比的。简言之,越是本土化的,就越易被接受。而利玛窦的实用主义以及他所取得的成功都使我们看到,在文化交流中只要翻译策略运用得当,相异性因素就有可能在一定程度上转化为身份认同。

然而,将相异性因素植入认同性并非一种单向的直线运动。实际上,相异性与认同性两者间是存在着一种交互作用的,只有本土化了的相异性,才有可能被植入接受者文化体系。而同时,这一被本土化了的相异性也就以其携带的异国因素(无论此因素经历了怎样的变形,相对于传统,它依然具有某种他者的性质)丰富了本土文化,从而反作用于身份认同,为更新目的语文化传统作出了贡献。

相异性与认同性间的这一交互作用,我们在第二次中西文化

---

① 有研究者指出,马氏译文中的《新约》部分是在一位来华的法国传教士巴设(J. Basset)1700年译本的基础上完成的。这一原始译本后被大英博物馆收藏,但从未正式出版。参阅贾保罗编,《圣经汉译论文集》,香港基督教辅侨出版社,1965年。

大规模交流中可以更清楚地看到。两次鸦片战争后，中国知识分子们被西方人的“坚船利炮”轰开了眼睛，决心在西方文化中寻求救国救民的方法。他们在这样的精神危机中，饥不择食，大量译介西学，以至于在西方历时发生的各种文学、思想流派，几乎并时地进入中国。自19世纪80年代始，至20世纪30年代止，在长达半个多世纪的时间中，中国译界使用的策略也经历了从音译到意译再到直译的发展过程，若勾勒其发展曲线，可说与上文所述毫无二致。以下试举几例予以说明。

自晚清始，中国文人的笔下开始出现对外来语音译的情况。清代《伦敦竹枝词》(1884)的作者就为我们提供了十分生动的例证。如在描写情人相会时说：“握手相逢姑莫林(good morning)，喃喃私语怕人听，定期后会郎休误，临别开司(kiss)剧有声。”再如写自鸣钟：“相约今宵踏月行，抬头克落克(clock)分明。一杯浊酒黄昏后，哈甫怕司到乃恩(half pass)(to nine)”。[①] 显然，在19世纪下半叶，当中国知识界开始自觉引进西学，掀起了新一轮译介西学的高潮时，意译的现象重又出现了。当然，此时音译的原因，已不仅仅是目的语中缺乏对应词汇之故，亦夹杂有“标新立异”的心态。但不管怎样，这样的直译在当时依然仅是个别现象，依然散落在各种改写或创作中，并未进入真正的翻译领域，而在译界，大家们采用的乃是意译的策略。

严复(1853—1921)是这次西学东渐早期的主要代表。他译介了大量的西学作品，其中包括法国启蒙大家孟德斯鸠的名作《论法的精神》(严译本题为《法意》)。但严复是据一部英译本转译的，且用的是文言。

孟德斯鸠《论法的精神》由以下推理开篇：

---

① 这些例子均引自北大比较所96届硕士生程瑛在课堂作业中对《伦敦竹枝词》所做的文本分析。

Les lois dans la signification la plus étendue, sont les rapports nécessaires qui dérivent de la nature des choses. Et, dans ce sens, tous les êtres ont leurs lois, la divinité a ses lois, le monde matériel a ses lois, les intelligences supérieures à l'homme ont leurs lois, les bêtes ont leurs lois, l'homme a ses lois.①

为了下面行文之便,我将原文的后半部分尽可能忠实地翻译如下:

……一切存在都有它们的法,上帝有他的法,物质世界有它的法,在人类之上的智灵们有他们的法,禽兽有它们的法,人类有他的法。

下面是严复的译文:

……天有天理,形气有形气之理。形而上者固有其理,形而下者亦有其理。乃至禽兽草木,莫不皆然,而于人尤著。②

在严译中,明显可见一种本土化的努力。在对严译作进一步分析之前,我们先再引另一个当代人的译本,以便提供一个参照系。以下是著名法国问题专家张雁深先生1961年翻译出版的译本:

……上帝有他的法;物质世界有它的法;高于人类的'智灵们'有他们的法;兽类有它们的法;人类有他们的法。③

---

① Montesquieu, *De l'esprit des lois*, Bordas, 1990, T.1, p.1.

② 严复:《孟德斯鸠法意》,商务印书馆(再版),1981年,卷1,第1页。

③ 张雁深:《论法的精神》,商务印书馆,1961年,卷1,第1页。

这一译文与我上面仅据原文译出的句子何其相似乃尔！或许这在一定程度上可以反证张译对原作忠实的程度?！若将严译与张译作一比较,译者策略在其中的改变便一目了然了:

孟德斯鸠	严复	张雁深
divinité	天	上帝
le monde matériel	气	物质世界
les intelligences supérieures à l'homme	形而上	高于人类的"智灵们"

显而易见,在严复用十分中国化的词语置换时人尚无法理解的西方概念时,张雁深却已能在目的语系统中找到基本相应、等值的词语来翻译了。

张译出版的时间比严译晚了60年,这证明60年间中国发生了多么巨大的变化:语言、修辞系统、对世界的概念,甚至思维模式,总之,整个社会、文化体系都发生了变化,它已可向译者们提供使其达到"忠实"翻译的一切必要条件了。无庸置疑,导致这种变化最主要、最基本的原因是对外来因素,对相异性的吸收。从"音译"到"意译"再到"直译",译者策略的变化曲线不是与明清之际第一次中西文化交流时期如出一辙吗?

在晚清的译界,严复显然不是一个特例。

林纾的译本或许更能说明问题。他与王寿昌合译的小仲马的《茶花女》是第一部译介到中国来的法国文学作品。尽管这部文言"译述"属于极端意义上的改写,① 但在当时仍然获得了巨大的成功。自1899年初版,至1980年止,据不完全统计,它总共再版了

---

① 中国译界十分重视林纾的翻译,在这一方面已有大量的研究文章,而几乎所有的研究文章都强调指出了林译的错译、漏译、词语转换过程中的中国化改造。

十余次。若再算上后来的其他译本,至 1993 年止,这部小说在中国共有了 16 个不同的译本,总印数超过 100 万册。[①] 这些数字既反映出了林纾在中国译界的重要地位,同时也清楚地揭示出了随着对相异性认知的加深,中国读者的期待视野也在不断地发生着变化,否则何须如此众多的复译本![②]

严复和林纾使用的翻译策略都是很有意义的文化现象。他们都处于从帝制向共和制过渡的阶段,因而不管其主观愿望如何,实际上他们都在从传统向现代转换的过程中充当了中介者的角色,即是说,他们都自觉不自觉地处于两者的张力之间,既要力求保持原有的文化传统,又要在此一文化传统所归约的社会、文化体系内引入相异性因素。因此,在他们的译作中,语词、句法、结构的选择和运用,就明显表现出了相异性与身份认同间的剧烈交锋,两者显然是不断谈判、争论,而最终达到了某种程度的妥协。正因如此,他们的译作就为我们研究相异性和认同性之间交互作用的具体运作过程提供了最好的例证。

由此便引发出我对比较文学翻译研究的下述看法:一切译本,无论其质量优劣如何,无论译者采用何种策略,它们对翻译研究都有意义,都应引起研究者的足够重视。事实上,只有所有翻译作品共同的合力,且经历了由量变到质变的渐进的历史过程,才能将相异性因素逐渐转化为身份认同,并最终植入到本土文化中去。过去如此,今后亦然。

此外,历史的回顾也使我们有理由相信,这种意译和直译的交互作用,是不断在更高层次上循环往复,呈"螺旋式上升"状的。一

① 此印数是据《汉译法国人文科学与社会科学图书目录》(北京大学中法文化关系研究中心、北京图书馆参考资料部合编,中国图书出版公司出版,1993 年)统计。

② 关于产生当代复译现象的其他原因,因超出本文讨论的范畴,故此处不予详述。

旦读者的期待视野达到了某种程度，满足了当时接受相异性的必要条件，可以直译时，新一轮从意译向直译的策略转换过程又开始了。而在这种“螺旋式上升”的运动中，无论是相异性，还是认同性，两者都经历了重大的改造，相异性偏离了原初的状态，而认同性则吸收了相异性，得到了丰富、更新和改变，成为一种“活的传统”。

以此而论，我们就不得不承认：实际上，翻译是激活本国传统，使其呈开放态势的绝好方式。

以上我们通过讨论翻译策略和文化体系间存在的关系，以及它对该体系产生的作用，简要论述了翻译将相异性转化为认同性的功能。倘对此做一小结，那么，我们可说，翻译在文化交流中除了沟通的功能外，还是在认同性中导入异国因素的主要途径。它不断地将相异性引入传统文化（音译），使之本土化（意译），又在融通的基础上使之成为传统的一部分，更新了传统，并使认同性呈开放形态，有可能接受更接近原始形态的相异性（直译）。

为了更好地研究翻译在文化交流中的这一特殊功能，比较学者在翻译研究中似应特别关注以下几个层面，这些层面以往很少引起人们的重视：

（1）在每一次从意译向直译转换的初始阶段，译者们往往都在译本中附有大量的“序”、“前言”、“注”、“跋”等“周边文本”，[①] 以方便读者的阅读，明示翻译的目的。通过对这些“媒介话语”的研究，我们可分析出译者的意识形态或美学目的，并由此进一步了解当时的社会文化体系，读者对“相异性”因素接受的程度等。

（2）中西间的巨大差异使晚清民初的中国译界出现了一种特

---

① “周边文本”(Péritexte)原为热奈特(Gérard Genette)语，伊夫·谢夫莱尔先生曾借用该词来讨论接受问题。参阅 Pierre Brunel, Yves Chevrel, *Précis de littérature comparée*(“比较文学概论”), p. 193, PUF, 1989。

殊的文化现象，一批“中间媒介”应运而生，他们在翻译行为中扮演了重要的角色。所谓“中间媒介”，是指与译者合作的口译者，或向译者介绍、推荐西方作品的中介。他们自身并未执笔翻译，但却对译者产生了不可忽视的影响，理应引起研究者的注意。关于前者，我们可举林纾的合作者王寿昌、王庆通、王庆骥、李世中等为例；关于后者，最有代表性的人物当为曾朴先生的法国文学老师陈季同(1851—1907)，曾朴是在后者的直接指点下才投身于法国文学的译介和研究的。

(3) 另一文化现象也颇值得重视，此即借助第三种语言的译作转译原语言作品的现象。转译并非中国独有，但在中国却特别受到青睐。晚清以来中国已出现过三次转译的高潮：明清大量地从日文转译，30—50 年代大量从俄文，当代大量从英文转译。转译的原因较为复杂，本文无意对此作深入探讨，只想提请研究者们关注中间译本对原作的误读和改造，因为这直接制约着中译本在植入原作相异性时的力度和广度。

总之，比较学者在研究翻译问题时，理应关注一切与传递相异性的功能有关的人物、事件、文本，这是比较文学特殊的研究视角所苛求的。

三、翻译中的“相异性”与“相似性”之辨
——对翻译与文化交流关系的再思考

然而，当我们深入探讨翻译传递“相异性”因素的功能时，却遇到了难以逾越的障碍。

这障碍首先来自翻译实践。众所周知，在人文、社科领域的具体翻译中，人们虽然追求“忠实”，但却很难达到真正的“忠实”，即使是那些所谓“忠实”的译本，实际上也与原文存在着较大的差距。这一悖论使我们有理由质疑，与原作保持了一定距离的译作包含

了真正的“相异性”吗?

我们在上文已经看到,任何一种相异性,在被植入一种文化时,都要做相应的本土化改造。那么,被传递的因素就不可能是真正的“相异性”。而在目的语文化对原作的改造中,核心的机制是找到既与原文对应,又能为本民族读者所理解和接受的词语来进行置换。因而,用以置换的东西,实际上是一种近似“相异性”的因素(近似的程度会因译者水平、策略的不同,历史、文化语境的不同而不等,却永远不会等同于原作),由于没有现存的词语来定义,我权把它称做“相似性”(ressamblance)。

实际上,“相似性”仍应归并在“认同性”内。它表面上与“相异性”很接近,但却以隐含的形式包含了极强的“认同性”。换言之,它是“认同性”激活“相异性”,使后者亦呈开放态势,然后对其进行加工改造,使其能融入“认同性”的因素。

在这方面,专有名词的翻译或可提供比较极端的实例。一般说来,我们在翻译专有名词时采取音译的方法,这本应是最不背离原文意义,最忠实于“相异性”的方法。然而我们在翻译外国人名、地名时,却往往会在音译中推翻原有的符指关系:Jacques 被译作“雅克”,似乎十分忠实于原作,但在不经意的语符转换中已将原有的宗教意义丢失殆尽,更不要提将 Pierre(石头)译作“彼也尔”了。无庸置疑,中文的“雅克”、“彼也尔”只能是一种“相似性”,而非原汁原味的“相异性”。与此相反,许多在华发展的快餐店原文仅是一个简单的标示人物的符号,转换成中文后,却具有了十分丰富的内涵,且是对中国人才有意义的文化内涵。如 McDanald's 被译作“麦当劳”,这内中含有的“麦子是当劳动才有的”所指,恐怕会令美国的消费者们大吃一惊;其他还有什么“鸡”,什么“熊”,什么“必胜客”,在翻译中也都经历了类似的所指丰富化过程。此类译文在保持音似的基础上,巧妙地对相异性作了很强的本土化改造,令人叹为观止,而它的非“相异性”特质当是不争的事实。

有人曾以中国语言体系的演化现实来反驳这种“相似性”论，他们立论的基础，一如我前文所述，是中国翻译实践产生的结果。在长达百余年的历史沿革过程中，翻译的确改变了中国人的语言习惯。那些倒装句，或带有长长修饰成分的复合句，的确是在受到西方语言的影响后才产生的。然而，即使是最西化的句型，也对原文作了修正，也必得能够纳入中国语言文化体系才有意义。故而这只能是一种十分接近“相异性”，但却并非“相异性”的“形似性”。

在思考“相似性”问题时，哲学家们对想象问题的论述曾给我以很大的启迪。保罗·利柯(Paul Ricoeur)在讨论想象与隐喻的关系时曾借亚里士多德的话论及“相似性”，原文如下：

> 我认为，正是在字面谓语关系破坏之外，一个新的意义产生时，想象出面进行了特殊的干预。为了理解这一点，让我们先回顾一下亚里士多德的名言，他曾提醒说：‘会使用隐喻……就是能觉察出同类(相似)’……相似性自身与谓语的怪异使用有关。它由语义场的重新结合而组成，这些语义场直至那时一直保持着距离，突然，重新结合摧毁了它们间原有的逻辑距离，以造成语义碰撞，而后者又使隐喻意义的火星迸发出来。想象就是感觉到和突然看到了一个新的谓语直接关联性，也就是在无关联性中建立起关联性的一种方式。我们在此可称之为‘谓语的同化’，以便指出相似性自身就是一个过程，与谓语自身过程一致。[1]

倘若我们在这段话中把“想象”一词置换成“翻译”，把译者翻译时的创造性活动比喻为“想象”(两者实际上也确有关联)，那么，我们或可这样来描述翻译的功能：翻译就是用类比的方式，在本民

---

① Paul Ricoeur, *Du texte à l'action*, p. 218-219, Seuil, 1986.

族原有的语言体系内寻找并建立起一种新的关联性，通过这种关联性，使译作尽可能地接近原作所要表达的意义，这种关联性就是相似性。

或许有人会说，既然“相似性”十分接近“相异性”，何必一定要作这种细微的区分？我自己初步的看法是：“相似性”实际上反映出了不同文化间的“差距”或“差异”，它可提醒我们，各种文化确实应该且可以交流、互补、靠近，但却永远不可能相互替代。因而世界文化“多元互补”的格局并非只是人们良好的愿望，它也是我们从翻译实践中总结出来的规律，代表了人类文明发展的方向。面对21世纪的翻译研究，或许需要深入探讨和研究“相异性”与“相似性”的区别及它们与“认同性”之间交互作用的运作机制。

以上关于“相似性”与“相异性”的论述仅是我在研究过程中一些很不成熟的思考，粗陋和错误都在所难免。我不揣冒昧在这里提出，是希望以此就教于各位同行，并希望在与各位的切磋讨论中使之深化和完善。

第二节　语言与文化特质之间的翻译

[比利时]伊娃·科波丝姬

最近两年,我有机会在比利时和国外的几所大学里从事翻译教学工作,其中涉及几种欧洲语言。我一直把这个工作视为我一生学术生涯中的某种荣幸。在学术研究圈子里,我从事翻译工作不是被迫的,也并非为了某种特殊的奖赏。我之所以从事翻译工作纯粹是为那难以言喻的文化特质所吸引。每个人身上或文本中就蕴涵着这种无以言表、难以捉摸的文化特质。但是,如何界定文化特质？它在语言中是如何体现的？我们又如何去辨识？如何让学生感悟到那些词典中没有阐明的、潜含在词语里面的模糊、多意、含蓄的文化含义？在此,我以这篇论文求教于从事任何语种翻译教学的人。他们清楚,某一种语言的法则从另一种语言的角度来看就成了一个大问题。确实,我想进一步阐明这个观点,即每个人在翻译时一定都会感受到源语和目的语中的"文化"。下面我首先谈谈文化的定义。

"文化"表征着传统和信仰,我们一出生就浸润其中,我们的一切行为,包括语言也因此受这种文化所制约。文化潜移默化地影响着我们的思想,我们生活在其思想规范之中。在某个场合说什么话,或想说什么话,常常依从文化习俗,这是任何语言的特点。如果不全面了解文化习俗,或者不尊重文化习俗,就会引起混乱,甚至误解。比如,对有些语言的理解需要更多地依赖于上下文和各种不同的语境,但对有疑惑的(书面或口头的)词语、语篇与哪部分语境有关却不清楚,只有本国人才有能力去辨别。俄语、芬兰语、匈牙利语、意大利语、日语常省略主语,因此操它种语言的人就感到含义模糊。在意大利和匈牙利的礼貌用语中,动词本身不提示直接的上下文线索。外国人常觉得受话人是别人而不是他本人。斯拉夫语系中的语言(一小部分除外),如芬兰语,以及日语和汉语都没有定冠词,因此我们西方人就感到含义不明确。与之相反,我们总是设法通过使用定冠词把事物说清楚。他们反而觉得我们的语言生硬、呆板。另一个是英语例子:Come in!(进来!)Take a seat!(坐下!)受话人是一个人还是许多人只有从语境上来推断。英语中的"羊"和"鱼"也是如此。别的语言也是如此,不能想当然地认为单数和复数就是一个与多个的相对。在汉语、匈牙利语、芬兰语里,不仅与"sheep"和"fish"相应的词,而且其他任何名词,都不用单复数来区分一个和多个。在这种情况下,要想判断是单数还是复数就需要从更大的语境来分析。

较之英语,语境的大小对法语也同样重要。法语在很短的篇幅内所用的同义词比英语要多得多。因此,说英语的人听起来就感到含义模糊、产生歧义。当然,语言的模糊性是普遍现象,无论是口语还是书面语都有歧义成分。但是,语言并不是在真空中发生作用,它们总是与本国人的特定思维和文化相联系,而他们的文化观念又左右着语言的使用。但怎样发现隐含在(口语或书面语中)词语、篇章里的情感态度?不同语言里的这种文化观念在多大程度上、在什么范围内相同、相似、相异呢?翻译时又该如何处理这种文化观念呢?

基于上述观点,我们自然要转到对"词"的特性的关注。首先,词包含着民族和文化传统因素。每种语言里的语词既有一看便晓得显在意义,又有不易辨识的隐含意义。传统翻译几乎只注重翻译显在意义,而对隐含意义往往不注意或不译。确实,隐含意义非常微妙,常常含糊不明,所以不为人注意。通过观察翻译研究班的同学的翻译,明显可以看出隐含意义翻译是个棘手的问题。如果我同来自不同语言背景的学生一起翻译,同样明显感到同一文化背景的同学对词、篇章的隐含意义的理解往往一致。

在与学生探讨如何翻译语言的隐含意义时,我提醒他们翻译问候语时应注意以下几点:①不能把问候语划归到其他语言单位里去;②问候语常常是日常亲身直接的口头问候,或者是通过电话、书面文字、传真、E-mail、书信等间接方式;③译者应掌握问候语的用法,如上午 10 点钟以后到日落时,这段时间与人在公共场合相遇时的问候方式是:

匈牙利语是 *Jó napot* (*kivánok*)

芬兰语是(*Hyvää*) *päivää*

俄语是 *Dobryj den*

德语是 *Guten Tag*

以上四种语言的问候语,如果从语言学上来分析,它们都是指白天的某一段时间,其内涵表示“好”。但翻译时却不能想当然。在法语中,以下两种问候语在同一场合均可使用,但意思不同(这就是为什么用括号括起来):(Bonjour) Madame (女士、太太)、Monsieur (先生)、Mademoiselle (小姐)(后面可跟某人的名或不跟均可),即可跟单数也可跟复数。Salut/Ça Va 表示年龄、性别、婚否、社会地位、亲密程度等。英语中,白天可使用两种问候语:Good morning 用于 12 点之前,Good afternoon 用于 12 点之后。意大利语也有两种问候语,但所适用的时间段不同:Buon giorno (“day”[白天]+“good”[好])用于从天亮到下午大约 3 点午睡后,这之后一直到睡觉前用 Buona sera(“evening”[晚上]+“good”[好])。在以上引用的四种语言中,它们在同样的情景问候早上好、下午好等,分别说 *Jó napot* (*kivánok*),(*Hyvää*) *päivää*, *Dabryj den*, *Guten Tag*, Madame/Monsieur 等等,体现了说话人的社会文化观念,而这种文化观念是他在母语习得过程中形成的。

另外，我们可以推断社会文化就存在于词语、语篇之中，成为词语、语篇意义的一部分。这部分的意义不是先前就客观地呈现出来，而是产生于交谈双方的谈话中。发话人在场、真实，而受话人则可能在场或不在场、是真实或者是虚拟的。实际上，说话人与听话人在对答过程中共同建构了一个新的个性化的意义场。进行翻译训练的学生阅读一篇文章时，他也就是带着自己的文化成规在与原语作者进行交流。他试图尽量辨认词语、篇章含义中哪些是文化特质。某种语言的词语、篇章之所以引起说话人、读者的情感意绪正是文化特质在起作用，而这可能就是对译者如何理解和阐释原文真正内涵的挑战。文化特质微妙，译者只有一直保持敏感才能觉悟到。如果他所译的材料是母语，他们就比较容易正确理解语言的文化特质和语义含糊的地方，并对此进行翻译。但是译者与目的语读者能够或者应该再创造这种文化特质吗？

比如说，一群匈牙利学生将一首匈牙利抒情诗译成英语——对他们来说是外语——时，他们主要的困难是翻译匈牙利民间传说中典型的两个词“tarisznya”和“konomp”以及动词“rá-rá megy”。他们感到把“konomp”翻译成“bell”（铃），把“tarisznya”翻译成“bag”（包），把“rá-rá megy”翻译成“(the flock) goes and goes again (onto the field)”（动物在田野里跑来跑去）并不满意。以匈牙利语为母语的人觉得他们把裴多菲的语言平淡化了，因为他们并没有把隐含在匈牙利语这三个词中的微妙文化内涵翻译出来：

(1) kolomp：只是挂在动物脖子上的铃铛；

(2) tariznya：有带子的包，通常是指手工制作的、牧羊人和牧人常挂在肩上的包；

(3) rá：前缀，放在动词前表示“重复的和动作的方向或场所”（与英语最接近的词是“on and on”），比如说“She goes on and on”（她不停地走啊走）。

两个美国女学生也曾将上面那首匈牙利诗译成英语，她们也将“kolonp”译成“bell”，将“tarisznya”译成“bag”，但把动词“rά-rά magy”译成“tread”（踩）。后来在讨论译文时，她们对译文的韵律感到不满意。她们发现匈牙利原诗中音乐感得以形成的韵律在译诗中没有体现出来。

我们想举的另外一个例子是莎丽·帕特丽奎因·杰森（Sally Petrequin-Jessen）的文章《母语译者和非母语译者的翻译不同吗？》（“Do natives and non-natives translate differently?”, *Actes du XIIe Congres mondial de la FIT-Belgrade* 1990, *ed*. *M*. *Jovanovic*, “*Prosveta*”, *Beograd*, *D*. *Dakovica*, 21）。她在文中将法国学生的英语译文与英国和美国学生的英语译文加以比较。与别的研究者相比，她特别注意修饰语的翻译。她发现法语译者用富有特点的实词来翻译这些修饰语，而英语译者在翻译时对这些词却常常忽略不译。如法国学生把“la douce femme du pasteur”译成“牧羊人性情温和的妻子”，而英国和美国学生都毫无例外地译成“牧羊人的妻子”。后者的译文语法没有错误，但他们却忽略了对法国人非常重要的文化特质上的细微差别。这些细微差别就隐含在这些修饰语中。

结 语

我们的问题是：是否译者应该或者必须与目的语读者一起再现词语或语篇中的文化特质和模糊、微妙的语义特征？是全部？部分还是只翻译有特征的部分？如何选择？怎么知道？为了让学生意识到词语或语篇中的文化特质，有必要在翻译课上进行练习，如果班上既有源语学生又有目的语学生就更值得一试。至于问候语句式的翻译，问题关键在于教学生如何以新的方式处理词语或语篇。那些母语是源语的学生意识到了文化的细微差异就存在于词语或篇章之中,因此能给予直接的释译,而那些母语是目的语的学生,他们与潜在目的语读者相认同,因此在翻译择取上培养了一种直觉。源语和目的语学生双方的对话是翻译课的一项作业,除此之外鼓励学生:①读两三篇别的同学的译文,进行评判;②比较别人的译文与自己的译文,对自己的译文加以评判。翻译课上尝试问候语的翻译能揭示隐含在词语或篇章中的细微文化差异,并且确实能揭示一个普遍的语言现象。

(张曼译)

第三节　论影视翻译语言的一些特点

上海外国语大学　夏　平

在世界各国,为了让观众看懂外国影视,往往采用加印字幕的办法。我国在三四十年代,也有类似同声传译的“译意风”设施,不过效果远不理想,不能让观众充分欣赏到原作的丰姿、精华。解放以来,引进的外国影视多采用译制配音的办法,为此还专门成立了译制片厂。译制与配音在我国有相当长的传统,发展成为一门有特色的艺术。特别是改革开放以来,大量引进各国影视,译制与配音呈现出一派兴旺的景象。

译好一部影视作品,需要译者、译制导演、配音演员的密切合作。译者的责任是译好剧本。译得正确是基本的要求,进一步的要求是细腻、贴切、传神,才能充分展示原作的艺术魅力,架起文化交流的桥梁。

和其他文体的翻译相比,影视翻译的语言具有明显的特点。首先,影视翻译的对象是社会各界的人民大众,要求用纯粹清新、明白晓畅的普通话口语翻译,这样就排除了大量书面词藻,以及不能朗朗上口、一听就懂的词语。因此,影视翻译工作者较之小说、散文的译者受到比较大的限制。而明了畅达不等于粗糙,大白话要说得漂亮有味,贴切原意,充分传达原作的精神尤其困难,需要下锤炼的功夫,不断探索、发掘生动传神的说法。同样是口语,银行家、警察、教授、女佣,以至乡下老太、强盗小偷、草莽英雄的用语口吻各不相同,因此在翻译中应该注意语言的个性化,力避千人一腔。但是说来容易做到难，这要求译者不断加强自身的生活体验，做有心人，以活的口语为师，时刻注意、倾听各色人等的说话。即便这样，在提笔翻译时，仍然不免常常踌躇再三，很难下笔。例如，在电视剧《我们的家》(Our House)中，一名退休多年的老水兵去老战友家作客时说："Well, Gus, let's see if we can find something to uncork, and if there's anything worthwhile ... in the galley ..."此人把普通的家庭厨房说成是 galley (船上的厨房)，表现出他的行伍口吻和水兵经历，译文虽可用"伙房"这个词，仍无法表现出"船上的"这层意思，对传达作品的神韵明显地打了折扣。

另外，在翻译外国影视作品时，还有一个"度"的问题。一方面，译入语必须规范，像"他被告知说 301 号囚犯越狱了"这样别扭的话不能出于人物之口。另一方面，为了尽量保持原剧风格、异国情调，有必要在人物对白中适当纳入一些欧式成分。原作中富有个性或形象鲜明的语句、比喻等不要轻易舍弃。甚至中国式的感叹词语如"啊呀"、"哎哟"都要避免，宁可袭用原来的"呃噉"、"哇噢"等西式感叹词语以贴切表达剧中人物的身份和情感。因此，严格说来，译制外国影视作品所用的语言已不是纯粹的中文口语，而是根据需要所创造的一套带有外国情调的中文口语。这里面的"度"较难掌握。观众是否能接受可算得是一条尺度，而这条尺度并不是一成不变的，随着中外文化交流的加强和日趋密切，以及它对汉语的影响和汉语本身的发展，会越来越大的。例如，八九年之前我在翻译《成长的烦恼》(Growing Pains)时，对于青少年所追求的或艳羡别人时常说的一个"cool"，很动了一番脑筋。但如果是今天翻译，大胆地借用港台的音译"酷"，我国的青少年观众大概是能接受的。

其次，比较其他文体的翻译来，影视翻译受到更多的别的方面的限制。有人比喻翻译如同戴着镣铐跳舞，影视翻译工作者更是戴上了重重枷锁。小说、散文的翻译可以根据译者的理解，自由调整词序,或不完全受到字数的限制对精微的涵义进行阐发。影视翻译却严格受到时间的限制。首先,对话的字数必须不多不少,才能让汉语对白和外语对白在长度上完全相等。还必须讲究语气、节奏、停顿、轻重。如果说话的人在特写或近景画面出现,还要考虑到口型的张闭,才能产生外国演员在那儿自然地说中国话的效果。因此,影视译者在翻译之前必须跟着对白的录音“打拍子”,确定某句要译成 9 个汉字,某句译成 14 个汉字,而且根据语气、停顿等,分为 4、3、2 或 2、5、3、4。真是古代词客骚人按谱填词的困境复见于今日。另外,英语中由“though”,“if”,“unless”等词引导的从句常常置于句末,汉语却习惯置于句首。影视译者往往很难像小说译者那样调整语序,这也是因为他受到人物的表情、说话节奏、停顿,以及对话人的反应等因素的制约。

语句的意义必须根据其上下文才能确定。这在影视翻译中尤其如此。由于有画面,除了语内参照(上下文)外还须顾及许多语外参照物。口语使用的词语本来就比较笼统模糊,在很大程度上依赖说话的环境和对话人之间的默契与对所指意义的共同理解。因此,译者在翻译过程中必须时常瞻前顾后,研究画面和人物的表情动作,切忌粗枝大叶想当然地乱译。离开了上下文和语外参照物,有些词句可以说是不知所云。例如:“You're right. More able stays.”只有当你知道,讲话的人(Willie)要写一段歌词,其中有一句是“We'll make you feel more able”,才能译成:“说得对,‘更能干’保留。”同样,在一次对话中,Willie 初次见到 Mrs. Ochmonek,叫她“Mrs. Ochmonek.”后者回答说:“Please, it's Raquel.”必须译成:“叫我拉凯尔吧。”(美国人不喜欢以姓相称,觉得过于正式拘礼,不如以名字相称,比较自然、随便,故有此番对话。)又如:“Well, I'm hungry. I'll just put something together later.”的译法是“嗯,我饿了。我呆会儿随便弄顿吃的。”这样的句子,离开上下文和语外参照是不容易译得准的。

影视是综合艺术，不仅靠对话来表现人物，还通过形体动作、演员表情和具体情境等产生戏剧效果，喜剧场面更是如此。例如下面这段对话就必须结合画面，不瘟不火地予以翻译：

（男青年 Barry 恭维姑娘 Tina，说她打扮得漂亮。这时镜头拍摄两个人的上身近景。）

Tina：You're looking pretty good yourself.（你自己也很潇洒呀。）

Barry：Oh，this outfit？I just threw it together.（噢，这套行头？我是随便凑的。）

（镜头转向 Barry 的脚，显示他脚上两只鞋不一样，显然是匆忙中疏忽了。）

Tina：So，I see.（我看也是。）

（这是一句"抖包袱"的话，宜译得冷隽，故不宜译成"我明白了。"）

美国翻译理论家奈达（Eugene A. Nida）指出，翻译并不意味着是从一种语言的表层结构转换成另一种语言的表层结构，而是应该经过一个分析、转换和重新组合的过程，达到概念的等值。也就是说，译者应该追求"动态对等"而不是形式对应。从语用学的角度来说，语用含义不是揭示说了些什么而是着重语句的含义和效果。由于影视作品体现了中外语言、文化等巨大差异，译者切不可太拘泥于原来的词语和形式而影响语用效果。遇到必须意译的时候，应采取灵活的译法，以便尽量畅达地表现原作的意思。如："... At the expense of everything else. My health, my family, my fiancée... She left me. She knew she had a rival."（我牺牲了其他一切。我的健康、家庭生活、未婚妻……她跑了，我太忙，顾不上她。）这段的最后一句话的含义是"我的工作是她的 rival"，但如译成“她知道她有一个竞争对手”，观众一定会莫名其妙，不知道这位整天埋头于研究的工作狂丈夫几时有了一个第三者。所以不如像现在这样，明白地译出其中的含义为好。

又如，“He doesn't treat you as he should.”这句话根据上下文知道，“he”是指对话方的丈夫，不如译成“他真不像是当丈夫的”来得显豁。

在电视剧《天外来客》(ALF)中，外星动物ALF在他寄居的人家随便使用主人的牙刷，有这么一段对话：

> Willie: You used my toothbrush?(你用过我的牙刷了?)
> ALF: Yours is the green one, right?(你用绿的那把，对吗?)
> Willie: It was.(我不用了。)

最后一句话如译成“它曾经是”，或“我曾经用过”，会在观众中产生理解的隔阂。既然“曾经是”，即指“现在不再用了”，不如照这样子译出来意义明确。

另一方面，在影视翻译中，本着尽量吸收观众可以接受的外国语文中的表现和修辞手法的原则，有些句子不妨直译，例如：“That's right. It's nose-to-the-grindstone time for this parasite.”(不错，本寄生虫该拉着磨盘转转啦。)按：“keep one's nose to the grindstone”是指“埋头从事辛苦的劳动”，其中体现的形象，中国人也可以理解，因此，直译可以较多地保存原文的风格特点。

但是，在下面的句子里：“But that doesn't change the fact that this is an overnight trip with young people that we don't know, Kris ... and those people are sexually active.”最后两个词很不好译。直译不可取，意译又难以找到确切的简洁说法(因为受字数的限制)。我自己是这样译的：“而且他们又都像干柴烈火。”不知可否，愿求教于大方。

说起四字成语，在影视翻译中必须慎重使用。因为让外国人口中说出带有浓郁的中华文化色彩的成语，总显得滑稽，除非影视作品确实要描写一位深通中国文化的汉学家。至于那些文化色彩不浓的常用成语、俗语，在适当的场合可以使用。例如："Oh, Carlo, a sinner always cries he's been sinned against."可以译成"啊，卡罗，恶人先告状是常见的。"不过还得注意，由于译者都是知识分子，用惯了成语，也容易流露在笔头。但让银幕或荧屏上的那些没有多少文化的老妪稚童、市井小民、江洋大盗之辈满口成语，即使是没有多少中华文化色彩的，也显得过于文气，不符合他们的身份。

凡是有影视翻译经验的人都知道，影视作品中的双关语、笑话等特别难译，向译者提出了巨大的挑战。特别是有些肥皂剧伴有所谓"罐头笑声"，当演员说了什么双关语或幽默诙谐的话时，格格的笑声四起。译文如无铢两悉称的功力，势必会使中国观众产生隔阂，怀有（老外们）举座皆欢，已独向隅的遗憾。例如，"You want your freedom, but freedom is never free."这句话，利用 freedom / free 的双关意义（自由、免费），即成妙语，但是要译好很难。又如："He's gone. He's half way to Peking by now."这句话具有夸张的意味，意为"他早就远走高飞了"，因为在美国人的心目中，中国在地球的另一半，十分遥远，所谓"北京"云云，是极言其远的意思。这一点中国观众就难以一下子有体会了。

在电视剧《我们的家》中，有一段祖父 Gus 教育孙子 David 的对话：

Gus: See, if you take a contract to work for ... General Motors, then it wouldn't be right to go over and work for Ford, I mean, if you're on general Motor's payroll, you probably ought to work for 'em.'

David: Suppose you wanna be Lee Iacocca.

美国观众听了 David 的回答,一定会爆发出笑声,因为 Lee Iacocca 是一名百折不挠,"跳槽"多次,而终于成功的企业家,在美国可以说是家喻户晓,但在中国,知道 Iacocca 的人就少得多了。如果直译,喜剧效果就会差得多。虽说文化交流的加强有助于减少这类隔阂,但由于两国的生活、文化环境的差异而产生的隔阂是始终会有的。

简言之,翻译外国影视作品是一件不容易做好的工作。上面举的例子都是英译汉的例子,从其他语言译成汉语也有类似的情况。由于受到各种限制,要百分之百地传达"原汁原味"很难做到,甚至不可能。但要力求保持原作品的风格,将人物的气质、神韵、个性特征、语言机锋尽可能贴切地表达出来,这就需要我们认识影视翻译语言的特点,有目的地钻研、锤炼语言,总结各种翻译的规律和经验。另外,应该下功夫攻克各种难译之处,影视的特点要求我们即使遇到"不可译"的场合,也必须用适当的变通办法灵活处理之,以消除或减少因文化差异而造成的隔阂。但是这种灵活仍有一定的范围,不能过于自由放纵,羁游不归。因此,对影视作品的翻译语言的特点和技巧进行研讨,是有充分现实意义的。

第五章　中国的翻译与翻译研究

第一节　面对21世纪的中国译界

中国翻译工作者协会　林戊荪

作为有责任心的翻译工作者,我们都关注中国译界的现状。翻译事业兴旺发达,我们则为之欣喜;翻译事业困难重重、停滞不前,我们则心怀忧悒。因此,在即将跨越21世纪门槛之际,我们很想探寻中国译界的发展方向。

那么,中国译界向何处去? 要答复这一问题,首先让我们认真回顾一下中国自从实行改革开放以来20年间译界出现的主要趋势。

(1) 中国经济上快速发展为口笔译者提供了大有可为的翻译市场,翻译人员供不应求。在北京、上海等大城市甚至边远省份和地区举行的国际会议、展览、各种节日以及其他活动与日俱增。1999年在中国预定开展数百个国际性活动,其中在云南昆明市召开的世界园艺博览会预计有百万海外游客前来参加,另外还有世界建筑师大会和集邮家大会等等。这些活动都需要大量的会议翻译和导游翻译。

除了北京的中国国际出版集团和中国对外翻译出版公司等原有的大型翻译出版社之外,全国各地还涌现了一大批中小型翻译公司,成为这个时代的一个标志。最近几年还出现了好几百家私营和合营的翻译公司,其中有些是侨居中国的西方人经营的,在网站上能找到它们。口笔译者个体户人数众多。因此,翻译市场竞争激烈,报酬高低不等,报酬并不都是以服务项目的多寡和质量好坏来定。比如,与会议口译的报酬相比,笔译报酬,特别是出版社支付的稿酬要低得多。这引起了众多笔译者的不满,因此,中国翻译者协会希望能成立一个版权委员会来处理此事。

(2) 口笔译的范围不断扩大。像经贸、法律、传媒和科技等领域对口笔译的需求剧增。大型工程,如黄河小浪底大坝、长江三峡大坝的建设,都有跨国公司参加,需要成百的译员从事合同、可行性报告、技术资料、图纸等一系列文件的翻译。有时候还需要为外国专家配备众多的口译人员。中国的议会和立法机构——全国人大下设法律委员会,它拥有自己的翻译机构,每年都将人大通过的法律、法规翻译出版。但许多在华外国公司因急于了解与它们投资或经营项目有关的法律法规,便自己雇人从事翻译。传媒翻译,特别是新闻片、电视剧和电影的翻译,现已成为翻译上的"大生意",其工作量远远大于文字新闻和特写的翻译。在中国上映的外国影片大多有汉语配音,而不是原声上映。配音比对白字幕更为普遍。中国的影片也在进入国际市场,影片的翻译和对白字幕翻译业务也急剧增多。科技翻译是获得信息和进行科研的重要环节,全国数百种科技报刊大量登载科技翻译文章。可见科技翻译已成为一门专业。

人们可以从下面的数字推测翻译工作的规模和范围。据一份权威性的估计,中国现有 50 万人从事口笔译工作,① 其中有 5 万

---

① 参见中国译协会长叶水夫教授在中国译协全国理事会议上的报告(1998 年 11 月,北京)。国务院新闻办公室主任赵启正先生在会议开幕式上的讲话中提出了高于 100 万的数字。我认为数字的出入是由于统计方式的不同,因为很多翻译者同时又是教授、工程师、研究者、导游等。数字统计的差别主要是由于统计面大小的不同造成的。

人是持有翻译职称证书的译者。①

应当说明,中国有众多的译者是从事民族语言翻译的。中国55个少数民族中,很多民族都有自己的语言。从汉语,亦即外国人所指的中文,翻译成少数民族语言或者反过来,这些翻译活动在整个民族政治、经济和文化生活中起着重要的作用。比如,法律文本的翻译量就很巨大,因为每个适用全国的法律都应翻译成各种少数民族语言。这项工作大部分都是由设在北京的民族语言翻译中心的指导下进行。适用于自治区的法律、法规也需翻译成相应的地方语言。如果我们再加上文学、科技作品的翻译,以及合同和其他商业文件的翻译,民族语言翻译的意义就不言自明了。随着少数民族地区的加快发展,对以上翻译的需求只会增加而不会减少。

(3) 由于缺乏精通汉语的外国人,中国的口笔译人员需要具备外译汉和汉译外的能力。中国有大量汉译外出版物——报纸、一般的专业性刊物、书籍,以及中国国际广播电台和中央电视台的外语广播(中国国际广播电台每天用38种语言广播)。很多地方台也播出外语节目。类似于这种翻译大多是中国译者承担。当然,为保证这种"非母语翻译"的质量,雇佣了外国人作为"审校"。现在,随着中国进一步扩大开放和国际地位的提高,越来越多的外国学生到中国留学学习汉语和中国文化。越来越多的外国专家正从事于将汉语译成本国文字的工作。因此,现在翻译上的合作和联合出版非常普遍,我们也因而拥有了两方面的优势。有人开玩笑说,文学翻译的一些最优秀的译本都出自中西合璧的婚姻。

(4) 也许除了文学翻译,其他方面的翻译语种在减少。按语

① 这是由人事部提供的数字。人事部监督这类职称证书的颁发。这个数字不是估计,因此更为可靠。

种在中国的通用情况看，英语依然是占主导性地位的语种，其次是日语、法语、德语、俄语、西班牙语和阿拉伯语。由于中国与日本和韩国这两个国家交往的增多，日语和韩语的重要性日益增强，除此之外只有极少数亚洲其他国家的语言拥有先前的地位。因为大多数翻译工作只涉及商贸，所谓“小语种”也在衰减。从亚洲国家之间关系发展的利益出发，希望中国教育当局对亚洲语言和文化的教学给予特别的重视。

(5) 中国同意加入国际版权公约对出版界同时也是对翻译工作者是个有意义的举措。刚开始这个举措限制了中国出版外国作品的数量。由于市场原因，翻译出版的更多的是通俗文学作品而不是纯文学作品。很不幸，对一般读者来说，比尔·盖茨的传记要比别的作品，比如说美国黑人女作家托尼·莫里森的作品，更有吸引力。使很多译者深感遗憾的是，经济“市场化”对文学作品的选题和翻译、出版质量都有负面影响，然而，公众对胡翻乱译和剽窃的谴责使这种状况得到显著改观。因此，世界文学经典和现代严肃作品的翻译出版又兴旺了起来。译者也学会了与出版商签定合同来保护自己。从长远看来，知识产权的保护必将为中国严肃认真的译者带来更大的收益。

(6) 电脑、翻译和术语软件、互联网络和电子邮件已开始广泛使用。信息产业为中国译者开辟了新天地，例如，不再是简单的直接翻译，而是比较普遍地运用翻译编辑软件进行翻译。现在正致力于引进机器翻译，尽管中文与西方语言有很大的不同。在最近的一次全国科技翻译研讨会上对这个问题作了详尽的讨论，这在我国是一次创举。不用说，现代科学技术也将对译者产生影响。从技术上说，“洲际翻译”已不是久远的事了。一部翻译作品可以在别的洲完成，然后通过电子邮件跨越国界即刻发送到顾客手中。术语词典的编撰越来越受到重视。这将极大拓展翻译市场，提高译者的能力。问题是我们有没有胆识去充分利用这些信息技术？

还是因我们对有着惊人发展速度的信息技术反应迟钝而坐失良机,从而不能充分享有它的益处?

最后,尽管中国有自己一流的口笔译者,我国的口笔译质量的一般水平还不如人意。比如说,将街道名和商店名翻译成英语,这对旅游业有积极意义,但拼写错误和令人难以容忍的语法错误往往会抵消这些好心好意的努力,导致负面影响。出版物、小册子和产品说明书中的翻译错误已司空见惯,对这些低劣的错误可以用"语言污染"来形容。汉语是我们的母语,然而很多外译汉的文学作品译本的质量远不尽人意,这一方面是因为对原文的理解差,另一方面则是使用汉语的草率。这些失误已越来越引起中国译协和职业翻译家的重视。人们对这个问题产生的原因以及解决办法开始进行讨论,并正采取综合措施来消灭这个现象。

历史上,翻译对中国思想的发展、文明的进步起到了重要的作用。翻译史家将唐代、明末清初、19 世纪末到 20 世纪初、20 世纪 50 年代、70 年代末到 80 年代称为中国翻译史上的五次高峰期。[①] 今天,我们即将跨越 21 世纪的门槛,中国的翻译工作者期望着翻译事业的再度兴旺,不说超过前人,至少达到与前人业绩相配的地步。要实现这一理想,提高中国翻译水平有很多工作要做,特别是以下五个方面:

(1) 翻译教学改革。这是保证有更多合格的口笔译者在进入市场前得到训练。迄今为止,北京外国语大学设立了高级翻译学院,广州外语外贸大学设立了翻译系,苏州大学新近也成立了翻译系,除此之外,中国其他高等院校都没有设立翻译系。很多大学的外文系除了设有翻译专业硕士学位,还在本科生中开设口笔译课程,但这还不够。我们在大力建设类似于世界其他地方的翻译学校、学院和翻译中心,通过引进先进的教学方法和以市场需求为导

---

① 参见叶水夫在首届亚洲翻译家论坛上的讲话(1995 年,北京)。

向的课程，将保证源源不断地提供大批口笔译人才。他们所掌握的语言、翻译理论、翻译技巧、专业知识以及最新的信息科学将为我国迎接21世纪的挑战奠定基础。

(2) 引进新的翻译资格考核机制，更好地规范翻译市场。目前，有一个全国性的翻译职称考核制度，由专门委员会对申请者的教育资历和过去的表现进行评估。认定的职称与受聘者的级别和工资挂钩，但与他们翻译质量的报酬无关。既然引入市场经济，就需要建立与一些发达国家相类似的新的翻译人员资格考核制度。希望能借鉴伦敦语言学院的模式建立一套考试与考核结合的制度。

(3) 建立起译者、翻译教学人员、客户之间更为密切的联系。我们的欧洲同行正在设制一套比较完善的POSI程序，以便使翻译课程更加符合市场需求。我们可以学习他们的经验。上个月在北京召开的中国译协全国会议上，翻译理论和翻译教学委员会成员就已经讨论了编写一种翻译新教材的可行性。这种新教材要适应国家快速发展的形势，其功效如何将在不同翻译课中加以检验。

(4) 发展翻译理论和开展翻译批评。中国历史上拥有自己的翻译理论。很多翻译家和翻译教授都在国外留学过，过去的十年中引进了西方最新的翻译理论。现在所需的是汲取国外翻译理论的精华，结合我们自己的语言和翻译实践发展出一种或多种翻译理论。只有这样，这些理论才能适用于中国的实际需要，能用来指导不同领域里的翻译实践者。

翻译质量因人而异，翻译原则和主张也因人而异，这是很自然的事情。重要的是翻译作品的评估不能间断，这样整体翻译水平才可能随着实践得以提高。鼓励批评和反批评，是营造自由与充满活力的学术气氛、提高翻译质量所必不可少的。

正如中国的外贸，过去是靠劳动力与资源密集型产品的出口来推动的，而现在转向知识密集型产品的出口，我们的翻译事业也到了转型的时候了。由数量转向质量。这是我们为社会作出更大贡献,提高本身社会地位以及提高报酬的惟一出路。

(5) 发展术语科学。随着信息时代的来临,语言——无论是译出语还是译入语——其变化之快前所未见。新的术语和用语像雨后春笋般出现。在西方术语科学得到越来越普遍的认同。我们中国也应该对这个翻译研究的重要分支给予更多的重视。北京的一些翻译机构准备联手对中国新术语的英汉互译进行持续性的研究。

总之,这些只是开始。要应答21世纪的召唤,我们任重道远。

上述种种,无论是在唤起公众和政府重视采取以上措施必要性方面,还是动员其成员和别的同行积极参与相关项目方面,中国译协应该并将发挥重要作用。同样,应当让整个社会了解翻译工作对中国全面发展的重要作用,也应当使客户明白应该为译者提供翻译所必需的信息资料。以上两个任务,我们肩负着不可推卸的社会责任。如果我们不大声疾呼,不促使有关当局采取必要的措施,就不会有人为我们努力实现我们的需要,我们的美好愿望就只能是个梦想。

在中国,通过全国性的翻译会议和研讨会来开展学术交流正在增多。过去6年中,召开了22次类似的会议。大陆、港、澳、台翻译家之间的交流也在增多。继去年12月由中国译协、香港翻译学会和香港中文大学联合举办的香港翻译教学研讨会之后,类似的翻译研讨会将再次于明年在上海召开。中国翻译工作者与他们国外同行的国际和地区间的交流也在增多。分别在1995年7月和今年8月召开的第一和第二届亚洲翻译家论坛就是最好的例证。继去年11月由中国译协和北京外国语大学联合举办的北京国际翻译研讨会之后,另外两个国际研讨会也提到日程上来——一个就是现在在上海召开的这次会议,另一个会议将于明年8月在北京召开。最后中国译协正积极开展中国与世界各地翻译家之间翻译实践和翻译教学信息方面的交流,成为国际译联的一个比较活跃的会员。明年将建立亚洲地区中心网,通过网站和 e-mail 将亚洲各国翻译家协会相联,提供这些国家和世界各地有关翻译教学和实践方面的信息。这种交流的增多必将加快我们翻译事业的发展,不用说也将提高译者的地位,加强译者权益的保护。

如果我对中国翻译的趋势和存在的问题的分析是准确的话,我们将在 21 世纪的地平线上看到哪些新事物?

市场化进程决不会停止。尽管目前受亚洲金融风波的影响,中国仍将稳步前进。经济和文化交流将扩大。科技将发展,信息和思想交流将以 80 年代和 90 年代无法想象的规模进行。这些发展变化将为口笔译工作创造充满生机的环境。

中国政府提出科教兴国的基本国策。我认为这个国策落实到翻译界就是新型的翻译教学的发展和翻译实践的提高。因此,我们可以充满信心地说,21 世纪将是中国翻译事业前所未有的机遇和挑战。所谓机遇,是因为全面发展对翻译的急需,不仅是在数量上,更重要的是在质量上。所谓挑战,是因为我们必须切实努力改变传统的思维方式和行为模式,在组织结构中开辟新的天地。在一个对传统浸润太深的国度,这将是一个艰难甚至是痛苦的过程。

综上所述,我坚信,有这么多年轻的翻译家和学者涌现了出来,不管改革进程多么艰难,我们都将勇往直前。正如中国古语所说:“有志者,事竟成”。英语对应的说法是“Where there is a will, there is a way.”

(本文由查明建同志据英文稿译出,
由林戊荪先生本人过目定稿。)

第二节 特性与共性

——论中国翻译学与翻译学的关系

香港岭南大学 张南峰

80年代中后期以来,许多学者呼吁建立翻译学,经过一些争论之后,至今似乎已有共识。但是,要建立什么样的翻译学,则有不同的提法。从《中国翻译》和《外国语》刊登的文章数量来看,主流意见是要建立"具有中国特色的翻译学",或"(自成体系的)中国翻译学",或"中国翻译理论(体系)"(例如桂乾元,1986;刘宓庆,1989,1996;张柏然、姜秋霞,1997;孙致礼,1997)。支流意见则是要建立"翻译学",并反对强调民族特色(谭载喜,1995)。本文打算探讨一下"中国翻译学"这类提法的成因、弊处以及国别翻译学在翻译学中应处的位置,并就今后的发展方向提出一些建议。

一、"特色派"未能证明西方理论不适合中国

"特色派"的主要论点是,翻译理论体系必须建基于特定的语言、文化,"世界上不存在适用于各语系、各种类型的语言的语际转换的翻译理论模式"(刘宓庆,1989:12),但我国"目前存在的倾向是将印欧语系翻译理论研究的进展或模式看成了'放之四海而皆准'的真理"(刘宓庆,1996:3)。孙致礼以《傲慢与偏见》第一句的汉译问题为例,试图证明等值理论不适用于中国(1997:11);张柏然、姜秋霞特别指出,中国文化的特征之一是"源远流长,有着一种

非凡的接纳和消融能力，善于接受异质的东西，物为我用”，因此需要制订自己的翻译尺度与标准(1997:9)；刘宓庆更加预言：“(套用西方理论)这类‘空对空’、与本国翻译现状、本民族语言文化传统和现实‘不搭界’的翻译研究将会逐渐减少，越来越多的翻译研究者将密切关注本国、本民族的现状和发展，从事脚踏实地的研究”；而结果是，“一门综合性很强的‘翻译语言学’”，将“与‘普通翻译学’一起在21世纪上半期应运而生”(1996:4)。

谭载喜则认为，“科学是不分国界，不分民族的”，中国翻译学应该只是从属于翻译学的一种特殊翻译学。提出建立具有中国特色的翻译学等口号，可能令我们的译学研究“陷入狭隘民族主义的泥坑”(1988:25—26;1995:16)。

相信大家都会同意，不同国家的翻译现象既有共性，也各有特性。假如我们认为，中国的翻译现象与西方的翻译现象的特性大于共性，即彼此之间有质而非量的分别，因此必须建立相对独立的中国翻译学，那么，我们就必须证明以下两点：

(1) 西方翻译理论(体系)全都非常不适合中国；

(2) 这些翻译理论(体系)之中至少有一个非常适合西方。

不过，到目前为止，这两点仍未得到证明。再拿《傲慢与偏见》第一句的汉译问题来说，孙致礼以“有这样一条举世公认的真理，这就是，有钱的单身汉总要娶位太太”为例，试图证明按照原文顺序翻译一定“不像样”(1997:11)。但是，按照原文顺序的译法还有很多，不一定全都很不像样，例如：

> 有这么一条真理举世公认：单身男人拥有一大笔财产，就必定需要一个太太。(朱纯深:7)
>
> 有这么一条举世公认的真理：男人有钱就不能无妻。

退一步说，就算这些译法全都不像样，也不能证明等值或等效理论不适用于中国,因为我们不能排除还有比较像样的按照原文顺序的译法这种可能性;而且,等值或等效也可以理解为一种相对而非绝对的概念,或者一种理想目标。正如金隄所说,等效概念有如绝对零度,不能因为从未达到过就说它没有意义(1989:23)。

奈达的等效论,提出了要考虑读者反应这样一个容易被人忽略的原则,在我国可以说是起了促进作用的。有些译者以等效论来指导他们的翻译实践,如金隄的《尤利西斯》。孙致礼不大相信西方理论,也译出了很多作品。他们的译作,本文不打算比较和评价,但如果说都取得了相当的成就,相信不至于过誉。因此可以说,"One man's meat is another man's poison."或者说,"殊途同归",而不能说,等效论完全不适合于中国。

再者,似乎从未有人尝试证明,等值或等效论非常适合于西方。相反,刘宓庆曾尝试论证,等值和等效在西方也只是达不到的理想(1989:12—13)。而且,西方也有不少学者反对"equivalence"这个概念或者标准(如 Holmes, 1988:53—54; Snell-Hornby, 1988:13—22),其激烈程度比刘宓庆、孙致礼两位有过之而无不及。也许可以说,假如等值或等效论不适合指导中国一切的翻译实践,只因为它们本来就不适合指导西方一切的翻译实践,而不是因为它们来自西方。[①]

更重要的问题是,西方许多较新的翻译理论(体系)在我国还鲜为人知,验证就更不用说了,例如 Itamar Even-Zohar 的多元系统论(Poly-system theory)、Gideon Toury 的描述翻译学(Descriptive Translation Studies)、André Lefevere 的意识形态、诗学、赞助人(ideology, poetics and patronage)三因素论、Hans J. Vermeer 的目的论

① 据我看,等值或等效论的缺陷,不在于其提出的目标不能实现,而在于其规范性太强。无论东西方,都有很多翻译活动,并不以等值或等效为目标,包括一些历史证明为成功的翻译活动,对于这类翻译活动,等值或等效论就没有指导作用了。

(Skopos theory),还有解构主义、后结构主义、后现代主义、后殖民主义、女性主义的翻译理论。这些理论,或者任何理论,我们又怎能未验证先否定呢?

中国翻译现象与西方翻译现象的重大差别未能证明,共通之处却是显而易见的。千百年来,中西方都有直译意译之争;严复的三难也并非华夏民族所独有(见张柏然、姜秋霞,1997:8),而与Tytler的三原则十分相似,这不正好说明,中西方都面对着一些相同的翻译问题吗?

二:"特色派"无视纯理论的普遍适用性及其对翻译研究的指导作用

我希望,上文已经证明,我们过分强调了中国翻译学的独特性,原因之一是未能全面地比较某些西方翻译理论体系在中西方的适用性,之二是未能全面地认识各种西方翻译理论体系。下文将探讨第三个原因。

"特色派"所说的翻译理论体系,并非纯理论体系,而大体上是应用理论体系,或起码有很重的应用成分,这从他们都强调理论必须能够指导实践这一点可以看出来(例如桂乾元,1986:12—13;刘宓庆,1989:12;孙致礼,1997)。桂乾元(1986:12—13)、刘宓庆(1995:10)更明确指出,翻译学是应用语言学的分支。而且,他们所关心的,主要是语际转换规律这类涉及微观操作的翻译问题。

无可否认,涉及微观操作的应用理论,诸如探讨汉语的"得"字句、"把"字句如何译成英语,英语的各种从句如何译成汉语之类,是有较大的对象性的。这类理论,属于下文所说的特定语言对(例如汉英、英汉)翻译理论。但这个世界上还有宏观的翻译理论,包括应用理论和纯理论。目的论并不涉及微观操作,也不针对任何特定的语言文化,其创立者 Hans J. Vermeer 声称是目前已知最普通的翻译理论，同时又是一种可以应用的理论（1996:46,26）。至于纯理论，其任务是制订解释、预测翻译现象的普遍原则（Holmes，1988:71），或者说是提供一个做描述研究的框架（Toury，1995:266），更应该有很大的超语言文化适用性。

应用理论之中的涉及微观操作的那一小部分被等同于理论的全部，西方的一些宏观理论体系尤其是纯理论体系乏人问津，由此可见中国翻译研究的实用主义倾向。穆雷指出：

> 在译论研究里，需要有人研究对翻译实践有具体指导意义的应用理论……同时也需要有人研究与实践距离较远的纯理论。这种研究就像北极星一样，虽然距离遥远，但对今后的研究具有指示方向的意义，它当然应该具有超前量。我们理应对此持理解、宽容和支持的态度，这样才有助于翻译理论研究的开展。（1995:36）

这番话无疑很有道理，但似乎仍未完全点出问题的严重性。应该可以说，没有纯翻译学指示方向，应用翻译学根本就很难开展，甚至会走错路。

例如，一个文化是否善于接受异质事物，不可能是永恒的特征。在严复的年代，中国的士大夫阶级就没有这种特征，所以他要用归化的方法把苦药包上一层糖衣（王佐良，1982）。善于接受异质事物，是中国文化在“五四”之后才有的特征，因此后来的翻译比较倾向于异化，但其间也经过几番波折。应用埃文—佐哈（Even-Zohar）的多元系统论（1990），可以解释中国文化特征的这种改变：当一个文化系统在世界文化大系统中处于弱势，或自认为处于弱势时，就会接受异质事物，反之则不会；封建时代的中国文化是强势文化，所以自称“中国”，把四周的民族称为夷狄，大多数时候都不大接受异质事物；清朝末年，列强入侵，民间首先意识到中国文化的缺陷,这才开始接受异质事物(参见张南峰,1997;Chang, in press)。

由此可见,一个文化是否善于接受异质事物,翻译倾向于异化还是归化,会随着该文化的世界地位和内部结构的改变而改变。而且,一般来说,文化越是源远流长,处于强势的可能性就越大,接受异质事物的能力就越低。从多元系统论的观点来看,这种能力的高低并非什么优缺点,我们不必骄傲,也不必惭愧。但如果缺乏这种纯理论的历史眼光,只看眼前的应用问题,我们就可能把一时的表现看做内在的特质,把自认为切合某种文化、某个时代的需要的翻译标准视为永恒的真理。

又如,近百年来中国的翻译活动,在很大程度上受到意识形态、诗学、赞助人这三种因素的影响甚至支配;因此,用利弗威尔(Lefevere)的三因素论(1992)作框架来研究中国的翻译现象,也许比研究西方的翻译现象有更显著的功效。这里且举一例。

王科一在《傲慢与偏见》的"译者前记"中对女主角有这样的评价:"伊丽莎白向达西的挑战,实在是当时妇女对当时的婚姻制度、门第观念等一系列腐朽的社会现象的强烈抗议,是当时的妇女要求自己的人格独立、争取平等权利的呼声!"(1956:10)香港一位翻译批评家林以亮评论说:"因为受所在地的思想上的限制,使译者削足就履,发表了很多极可笑的理论。"然后又提出自己的诠释:"任何用心的读者都会看出来,达西代表傲慢,而伊丽莎白代表偏见,两人的冲突无非是性格上的冲突,实与阶级和女权等无关。"但他的结论是:"好在我们讨论的重心是在译文,对这种批评观点不必深究。(1984:49—50)因此他并没有把译者的政治观点与翻译策略联系起来研究。

孙致礼也没有把两者联系起来。他认为,在第 34 章伊丽莎白拒绝达西初次求婚时的这段对白中的一句话:

> I had not known you a month before I felt that you were the last man in the world whom I could ever be prevailed on to marry. (Austen, 1972:224)
>
> 我还没有认识你一个月,就觉得像你这样一个人,哪怕天下男人都死光了,我也不愿意嫁给你。(王科一,1956:227)

译者让她说出"天下男人都死光"这种粗话,不像原文那个有教养的女子,是突出"艺术性"而忽视"科学性"之故(1993:5)。

但若从三因素论的视角来分析,诠释必然与个人的或者在社会上占支配地位的意识形态有关,因此无论是王科一、林以亮,还是其他人,都不可能作出客观、正确的诠释,而诠释必然影响翻译。王科一译的伊丽莎白说话这样狠,是归化的结果,表面上只是受到译者的翻译诗学(translation poetics)的影响,但这种归化,既是归化于汉语的文学传统和语言习惯,也是归化于阶级斗争观,因此可说是同时受到译语社会上占支配地位的意识形态的影响(Chang, in press);看不到这一点,我们对翻译现象的认识就很不全面了。

托利指出,研究翻译规范可根据两种材料,一种是译文本身,另一种是文本外的材料,包括译者、出版者的声明和批评家的评论等等(1995:65—66)。但我国的翻译研究,往往只是进行文本比较,以原文为根据来评价译文;再加上忽视或回避意识形态以及其他社会文化因素,缺乏历史眼光,足见没有纯理论指导的应用研究的局限性。

三、中国翻译学在翻译学中的地位

如果我们承认宏观翻译学是翻译学不可或缺的一部分,承认其超语言文化适用性,承认纯翻译学对应用翻译学的指导作用,那么,我们就不应再把中国翻译学视为一门(就算只是相对)独立的学科。

那么,中国翻译学的地位应是怎样的呢?谭载喜把翻译学分为普通、特殊、应用三个分支,并把中国翻译学视为一种特殊翻译学(1988:25—26;1995:16),大致上是可取的。但这个分类法似乎有点简单化。第一,特殊翻译学有许多种分法,不能只按语言来分。第二,应用翻译学同样也可以有普通、特殊之分。

至少就第一点而言,由霍尔姆斯(Holmes)提出并经托利(Toury)补充说明的分类法(Holmes,1988:71—79;Toury, 1995:9—17),似乎比较细致。翻译学首先分为纯翻译学和应用翻译学,纯翻译学分为理论翻译学与描述翻译学两部分,而理论翻译学再细分为普通理论翻译学和局部(partial)理论翻译学。局部理论翻译学有六种,即特定媒介、特定地区、特定等级、特定文类、特定时代、特定问题的理论翻译学。[①] 其中的地区理论翻译学,大体上按语言和文化来区分,但还有几种分法,包括特定语言、特定语系翻译理论等。[②]

根据这个分类法,中国翻译学只是地区翻译学中的一种,况且,它也不是个单纯的整体,而有着很多各有特性的分支,例如跨语系的英汉翻译学、汉英翻译学,不跨语系的日汉翻译学(均为特定语言对翻译学),部分地跨语言的戏剧翻译学(一种特定文类翻译学)、双关语翻译学(一种特定问题翻译学)。中国又是个多民族

---

① 当然,描述翻译学和应用翻译学其实也可以作同样的划分。

② 顺带一提,说 Holmes 反对"翻译学"一词(谭载喜,1987:6),是翻译引起的误会。Holmes 认为,"translatology"的前半部分源自后期拉丁语,后半部分源自希腊语,因此不可接受;"science of translation"则会把这个学科置于数理化而非社会学与文史哲的行列;相比之下,"studies"常用来为新兴学科命名,尤其是人文学科,因此,以"translation studies"作为学科名称最合适(1988:69—70)。"translation studies"固然可以译为"翻译研究",但也可以译为"翻译学"。在陈德鸿、张南峰(2000)一书中,何伟杰、张曼仪两位译者就不约而同地将之译为"翻译学"。

国家,各有自己的语言文化。汉族又还有许多方言区,各有其次文化,港、澳、台地区甚至有和大陆不同的社会制度。

中国翻译学只是翻译学中的许多个层级,许多个门类中的一个,它里头又有许多不同的层级、门类,我们却偏偏把它单独提出来,突出它的地位,这就表现出两种既矛盾又统一的态度:一是重视中国翻译学的特性而轻视它与翻译学其他分支的共性,二是重视中国翻译学之下的各个分支的共性而轻视它们各自的特性。

美国社会学家沃勒斯坦(Immanuel Wallerstein)指出,当代世界文化有两对平行的矛盾,一是世界一体化的倾向与维护国家民族特征的倾向之间的矛盾,二是国家一体化的倾向与维护国内各民族特征的倾向之间的矛盾。在这两对矛盾之中,都是国家占了上风,因为国家掌握着最强大的物质力量。但是,国家在两对矛盾之中扮演着相反的角色:它运用其力量,在第一对矛盾之中争取文化多元化,而在第二对矛盾之中争取文化一元化,无论强国弱国,都是如此,结果使国家在现代世界中成了最强大的文化力量(1991:99)。

国家在这两对矛盾之中扮演相反的角色,是有其必要的,不然就难以在世界民族之林中立足、生存,尤其是弱国。但是,如果过了头,对外就是狭隘民族主义,对内则是民族沙文主义,对谁都没有好处。

我国翻译学界的主流,正在扮演这两种相反的角色,而且似乎有点过了头。其实,有没有这个必要呢?不突出中国翻译学,是不是就会给人吃掉呢?我们看不到有其他国家的翻译学界在突出自己的国别翻译学,相反,翻译学比较发达的国家,都在走国际化的路。这表现在几个方面。以色列的特拉维夫学派的重要著作,以往在外间不易看到,但近年来,他们不但在国际性的出版社出书,让编辑润饰文字(Toury,1995),而且把论文全部上网。他们的多元系统论,在欧美各地的影响越来越大,大家虽不是全盘接受,也未曾听说有人只因为那是外国货而认为不合本国国情。德国的目的论者,以前只用德语写作,到 90 年代则把著作译成英语(Nord,1991),或直接用英语写作(如 Vermeer,1996;Nord,1997)。Lefevere (1998)和美国学者 Venuti(1997,1998)都有论文研究中国的翻译现象,Venuti 还编了一本题为 *Translation and Minority* 的专集(1998a),探讨世界各地弱势文化的翻译现象的共性。如果我们在各国互相交流的国际潮流下,闭关自守,夜郎自大,会有什么结果呢?老实说,我们根本没有自大的本钱。

我国不少人文学科,如语言学、社会学、文学批评、文化研究,都在积极引进外国理论,主流意见似乎是要与国际接轨(王宁,1998)。翻译学界看来是落后于学术界改革开放的步伐了。

四、结语:今后的任务

许钧指出:"中国当代翻译理论研究,认识上比西方最起码要迟 20 年"(1996:3)。我们如何迎头赶上呢?捷径当然是更多地了解、学习、研究、引进外国译论,尤其是纯理论。"特色派"其实也不反对借鉴外国经验,只是担心生搬硬套(张柏然、姜秋霞,1997;孙致礼,1997)。但是,目前的主要问题不是生搬硬套,而是借鉴太少、太片面了(许钧,1997:6)。当前的任务,是把外国的纯理论搬进来,应用在我们的翻译研究上,下一步是验证、改良、发展这些理论,做出质量更高的翻译研究。

这是否会变成"空对空"的翻译研究呢?当然不会。外国理论只是框架,我们的研究对象,首先当然是本国的翻译现象。刘宓庆本人的翻译研究,又何尝不是这样呢?他用的理论框架,也是从西方借来的,这从他运用的术语就可见一斑,如"基本模式"、"理论体系"、"表述规律"、"功能机制"等等(1989)。

"特色派"的另一个担心 ,是"西学派"要"抛弃自己 1,000 多年的译学思想”。这个担心也是多余的。我们要引进的，是纯理论。中国的译学传统虽然丰富，已形成“独具特色的翻译理论体系”，但其结晶只是一系列的翻译标准：“案本——求信——神似——化境”（罗新璋，1984:603—04）。可以说，中国翻译学的特色，就是只有应用翻译学而没有纯翻译学。既然没有，就无所谓抛弃了。

在把外国理论请进来之后，再下一步是走出去，与国际接轨，参与国际交流，共同构建世界翻译学。就是说，我们不但要向外国介绍中国的翻译现象，还要研究世界各国翻译现象，不但要向外国批评他们的翻译理论，还要向外国介绍经我们改良、发展的外国理论或者由我们自创的理论。我们最终的愿望，应是形成得到国际承认和尊重的中国学派。

附　言：

有趣的是，本文提及的几种宏观翻译理论，不但能指导翻译或翻译研究，而且有助于对翻译研究的研究。以目的论作标准来衡量，我国的应用翻译学开展了1,000多年，仍然远远未能达到其目的，即制订出适用于一切翻译的标准，可说是失败的，证明研究目的或方法有问题，或者两样都有问题。多元系统论带给我们这样的启示：我国一部分学者不善于接受甚至排斥异质的西方翻译理论，正是因为中国文化源远流长，有丰富的译学传统，容易令人产生过分的民族自豪感，以致故步自封。就是说，丰富的传统反而成了向前迈进的包袱和绊脚石。三因素论让我们看到，我国的翻译研究也一样受到这三个因素的影响：传统的意识形态以民族主义的形式表现出来，决定了翻译研究中的排外主义；翻译研究的“诗学”认为，只有对翻译实践——而不是翻译研究实践——有指导作用的理论才有存在价值；赞助人则抱着这种诗学，将翻译学列为应用语言学之下的一门三级学科，阻碍了它的发展。这一切，都值得我们反思。

〔参考书目〕

Austen, Jane. *Pride and Prejudice*. Harmondsworth: Penguin, 1972.

Chang Nam Fung. (in press) "*Faithfulness, Manipulation, and Ideology: A Descriptive Study of Chinese Translation Tradition*" in *Perspective: Studies in Translatology* 6, 1998.

Even-Zohar, Itamar. *Polysystem Studies, Poetics Today*, 1. 1990.

Holmes, James S. *Translated!* Amsterdam: Rodopi, 1998.

Lefevere, André. *Translation, Rewriting, & the Manipulation of Literary Fame*. London: Routledge, 1992.

Bassnett Susan and André Lefevere. "Chinese and Western Thinking on Translation", In *Constructing Cultures: Essays on Literary Translation* Clevedon: Multilingual Matters, 1998 pp. 12 – 24.

Nord, Christiane. *Text Analysis in Translation: Theory, Methodology, and Didactic Application of a Model for Translation-Oriented Text Analysis*. Amsterdam: Rodopi, 1991.

Translating as a Purposeful Activity: Functionalist Approaches Explained. Manchester: St. Jerome Publishing, 1997.

Snell-Hornby, Mary. *Translation Studies: An Integrated Approach*. Amsterdam: John Benjamins, 1988.

Toury, Gideon. *Descriptive Translation Studies and Beyond*. Amsterdam: John Benjamins, 1995.

Venuti, Lawrence. *Lin Shu: Translating for the Emperor*. *Trans* 1997, 2:143 – 150.

— *The Scandals of Translation*, London: Routledge, 1998.

— *Translation and Minority*. Special Issue of *the Translator: Studies in Intercultural Communication* 4:2. 1998a.

Vermeer, Hans J. "Skopos and Commission in Translational Action", trans. by Andrew Chesterman. in *Readings in Translation Theory*, ed. by Andrew Chesterman. Finland: Oy Finn Lectura Ab. 1979 pp. 173 – 187.

A Skopos Theory of Translation (*Some Arguments for and against*). Heidelberg: TEXTconTEXT-Verlag, 1996.

Wallerstein, Immanuel. "The National and the Universal: Can There Be Such a

Thing as World Culture?" in *Culture, Globalization and the World-system: Contemporary Conditions for the Representation of Identity*, ed. by Antony D. King. Basingstoke: Macmillan, 1991, pp. 91 - 105.

陈德鸿、张南峰编:《西方翻译理论精选》香港:城市大学出版社,2000 年。

桂乾元:"为确立具有中国特色的翻译学而努力——从国外翻译学谈起",《中国翻译》,1986 年,3:112—15。

金　隄:《等效翻译探索》,中国对外翻译出版公司,1989 年。

林以亮:《文学与翻译》,台北:皇冠出版社,1984 年。

刘宓庆:"论中国翻译理论基本模式",《中国翻译》,1987 年 1:12—16。

《翻译美学导论》,台北:书林,1995 年。

"翻译理论研究展望",《中国翻译》1996 年,6:2—7。

罗新璋:"我国自成体系的翻译理论",《翻译通讯》编辑部编,《翻译研究论文集(1949—1983)》,北京:外语教学与研究出版社,1984 年,588—604 页。

穆　雷:"中国翻译理论研究现状及展望",《外国语》,1995 年,4:31—36。

孙致礼:"文学翻译应该贯彻对立统一原则",《中国翻译》,1993 年,4:4—7。

《1949—1966:我国英美文学翻译概论》,译林出版社,1996 年。

"关于我国翻译理论建设的几点思考",《中国翻译》,1997 年,2:10—12。

谭载喜:"必须建立翻译学",《中国翻译》,1987 年,3:2—7。

"试论翻译学",《外国语》,1988 年,3:22—27。

"中西现代翻译学概评",《外国语》,1995 年,3:12—16。

王科一译:《傲慢与偏见》,上海新文艺出版社,1956 年。

王　宁:"文化研究语境下的翻译研究",《外语与翻译》,1998 年,2:5。

王佐良:"严复的用心",商务印书馆编辑部编:《论严复与严译名著》,北京:商务印书馆,1982 年,22—27。

许　钧:"一门正在探索中的科学——与 R·阿埃瑟朗教授谈翻译研究",《中国翻译》,1996 年 1:2—4,8。

"关于翻译理论研究的几点看法",《中国翻译》,1997 年,3:4—7。

杨晓荣:"翻译理论研究的调整期",《中国翻译》,1996 年,6:8—11。

张柏然、姜秋霞:"对建立中国翻译学的一些思考",《中国翻译》,1997 年,2:7—9,16。

张南峰:"以'忠实'为目标的应用翻译学——中国译论传统初探"。《翻译学报》,1997 年,2:29—41。

朱纯深:《翻译中信息结构与句法结构的功能统一》(手稿)。

第三节 谈新时期的翻译批评

洛阳军事外语学院 孙致礼

新中国成立以来,我国的翻译事业先后出现过两次高潮。一次是从建国初期到“文革”之前,屈指算来17年,实际上真正繁荣的也就是50年代。那十来年的翻译工作,重点放在译介东西方的文学作品上,所译作品的数量虽然远远比不上今天,但由于组织领导比较得力,狠抓了计划译书和提高翻译质量两个环节,因而译文质量普遍较高,涌现出一大批名著名译。从70年代末开始的、至今仍方兴未艾的第二次翻译高潮,无论从规模上看还是从影响上看,都大大超过了50年代。如今,我国的翻译队伍已不是那时候的数以千计,而是形成了一支浩浩荡荡的数十万大军,他们所投身的翻译领域已不是文学艺术“一花独放”,而是社科、科技、军事、外交、经贸、法律、文教、卫生等领域“全面开花”,在世界文化史上堪称首屈一指,从而大大地推动了我国的现代化建设事业。然而,我们在肯定成绩的同时,也应该看到,我们的翻译工作还存在不少问题,其中一个十分突出的问题,就是翻译水平参差不齐,既涌现了一大批新的佳译,也冒出了为数不少的低劣译品,甚至出现了剽窃、“抄译”的恶劣行径,已到了令人忍无可忍、非纠不可的地步。

新时期的翻译工作所以出现这样的局面,从客观上看,一方面因为某些译者水平不高,态度不严肃,甚至缺乏应有的道德;另一方面则因为某些出版单位受利益驱动,抢译赶译,组织不当,审稿不严。但是,这种局面所以屡禁不止,甚至颇有愈演愈烈的趋势,笔者认为,一个重要的原因,就是多年以来,翻译界未能开展积极的翻译批评,致使某些译者、某些出版单位得以有恃无恐地制造伪劣译品。

基于这样的考虑,笔者准备针对当前翻译界的现状,结合50年代的经验,谈一谈新时期应该如何加强翻译批评。

一、对于低劣译品和不良译风,要敢于揭露,决不姑息

我国建国初期,翻译工作处于无政府无组织的状态,抢译乱译现象相当普遍,致使粗制滥造的译品充斥市场。为了克服粗制滥造,提高我国的翻译水平,在党中央和中央政府的关怀和领导下,有关部门和翻译界拿起了翻译批评的武器,无情地揭露和抨击低劣的译品和恶劣的译风。而打响"第一炮"的,就是中央的机关报《人民日报》。1950年3月26日,该报以"用严肃的态度对待翻译工作"为题,发表了三篇翻译批评文章,虽然批评的都是苏联文学译作,但却在整个翻译界引起了热烈的反响。在《人民日报》的带动下,当时全国翻译工作者惟一的专业刊物《翻译通报》,也接二连三地发表文章,对不负责任、粗制滥造的译作进行严肃的揭露和批判。例如,《翻译通报》在1952年4月号上发表了方令、狄夫的"评韦丛芜先生的译品"一文,十分尖锐地批评了知名翻译家韦丛芜的工作作风。在建国后两年的时间里,韦丛芜先生以令人不可思议的速度,翻译了12部苏、美文学作品。其中,《库斯尼兹克地方》印出来是一部422页的厚书,译者仅仅用了一个月,便翻译完毕;《从白金国来的艾素丹》的中译本为225页,译者只用26天便译完……为了贪快,译者连字典都顾不上查,因而经常犯一些荒唐错误。文章作者认为,韦丛芜先生所以会制造出如此"恶劣"的译品,完全是"单纯追求数量、追求稿费的唯利是图"思想在作怪,要求译者"在'三反'运动中深刻地检讨自己,彻底地整肃自己的工作作

风”。《翻译通报》同一期还发表了李路的“评杜秉正译‘拜伦选集’”一文。跟韦丛芜一样，杜秉正先生也是一位从译多年的知名译者，曾在建国初期出版过拜伦的《海盗》、《可林斯的围攻》、《该隐》三个译本。李文通过实例说明，杜先生的每一个译本“都充斥着典型的‘硬译’文字”。这样的译文，“既对不起诗人，也对不起读者，同时也粗暴地伤害了祖国语文的纯洁健康！杜先生应该虚心谨慎地检查一下自己的诗译。出版这样粗制滥造的译品的文化工作社，也应该彻底地检讨自己的工作。”后来，在《翻译通报》1952年6月号上，韦丛芜先生对自己追求稿费、唯利是图的思想，抢译、滥译、粗制滥造的作风，作了公开的检讨。与此同时，文化工作社由于接连出版了韦、杜两人的低劣译品，也公开作了检讨，除表示以后要“严守审稿制度”外，还声明“对错误严重的书决不再版”。50年代，像这种批评者敢于大胆提出批评，被批评者诚恳接受意见的事例，可谓举不胜举。正是在翻译批评的鞭策和引导下，翻译工作者增强了责任心，提高了翻译水平，基本上制止了粗制滥造现象。①

但是，令人遗憾的是，自改革开放以来，特别是近十多年来，我国翻译出版界似乎很难看到50年代形成的那种良好风气，某部译作问世，往往是赞美者多，批评者少，假冒伪劣甚至剽窃盗版现象很少受到曝光。据笔者所知，许多世界文学名著都出现了相当低劣的译本，而诸如《红与黑》等名著还出现了不止一种抄袭之作。这种有悖于翻译神圣使命的恶劣行径，本应受到道德的谴责和法律的惩治，可一直得不到严肃的揭露和批判，反使那些伪劣译品的制造者们打着“世界名著翻译家”的旗号，到处招摇撞骗。为什么会出现这种情况呢？在此，笔者想借助自己所了解的一个实例，对

① 读者如果想了解50年代我国开展翻译批评的更多情况，可参阅拙著《1949—1966：我国英美文学翻译概论》（译林出版社，1996年）第三编第十章。

这一现象略作剖析。1984年,南方某人民出版社出版了奥斯丁的一部小说译作,译者就是该社译文处的两位编辑,其中一位还是该处的资深负责人。为了掩盖出自己作品的不磊落举动,两位译者取两人姓氏的谐音,构成一个可以遮人耳目的笔名,签在书上。由于译文质量实在低劣,有人撰写批评文章投到《中国翻译》的前身《翻译通讯》。这篇文章引起了该编辑部的重视,他们觉得对如此低劣的译品进行批判,不仅可以给两位译者敲个警钟,而且其他译者也可引以为诫。于是,编辑部决定发表这篇评论。为了妥善起见,编辑部负责人向那家出版社打了个招呼,不想这一下可惹来了麻烦。该社一再要求《翻译通讯》不要发表那篇文章,他们将对译文作认真修订,然后再版。后来,《翻译通讯》编辑部出于无奈,终于压下了那篇稿件,而那家出版社也神速地再版了那本书,虽然外观装潢得更加精美,但内中不计其数的错误却基本没有修订。

这就是摆在我们翻译界的严酷现实:假冒伪劣译品和剽窃盗版现象肆意泛滥,谁想给我曝光,我就跟谁纠缠不休。这无疑给我们的翻译批评带来了很大的困难。但是,困难再大,我们也要迎难而上,在翻译界开展一场"打假"活动,否则,想要"洁身自好",保持沉默,就等于鼓励和纵容粗制滥造和侵权行径。再说,50年代已给我们提供了宝贵的经验。如今只要翻译界上上下下齐心协力,积极支持翻译期刊乃至新闻媒体大力开展翻译批评,让求告者无空可钻,不良风气一定能压下去,我们的翻译事业一定能健康地向前发展。

二、对于好的译品,既要肯定成绩,还要指出不足,提出建设性意见

翻译批评除了严肃批判伪劣译品和不良译风之外,还应大力宣扬优秀译品和优良作风,以便使认真工作的人得到鼓励,使初学

翻译的人得到指引。但是,从近年来的表扬和推荐文章来看,似乎存在一个比较普遍的倾向,就是不少文章只唱赞歌,溢美之词触目皆是,通篇见不到一点美中不足,更谈不上什么建设性意见。以张谷若翻译的《苔丝》为例,这确实是我国翻译文学中一部难得的佳作,受到海内外几代学人和读者的交口称誉。该书的第一篇评论发表在《西方语文》1958 年 2 月号上,作者为吴国瑞先生。近 20 年来,发表了十多篇对该书的专评,都是清一色的颂扬文章,几乎见不到一点指出不足的文字。而值得注意的是,偏偏是吴国瑞先生的第一篇评论在充分肯定成绩之后,认真地指出了译文的两个缺陷:过多使用四字结构,引起语言堆砌;用山东土话对译英国威塞克斯方言,给人一种“虚假的印象”。这一事例说明,比起 50 年代来,今天的批评风气有所退步。

其实,这种现象也有悖翻译批评的常理。英国翻译理论家纽马克说过:“翻译是永无止境的。”①也就是说,天下绝不存在完美无缺的译作,即使再好的译文也难免会有这样那样的缺陷。这个道理本是人人皆懂的,可在翻译批评中为何有那么多的人光摆“长”不道“短”呢?究其原因,译评者可能主要有这样几个思想障碍:其一,有相当数量的颂扬文章可能是为“友情”而作,受赞扬者或是好友,或是师长,因而只宜讲好话,不便谈不足;其二,大多数译评者都有这样一个心理:如今的社会就是这样的风气,还是好话中听,也容易说出口,评头论足难免有伤和气;其三,有些译评者尚是初出茅庐的年轻人,要给造诣较深的译者指点不足,还觉得有些“资本”不足。

如果再回顾一下 50 年代我国翻译界在这方面的一些做法,我们就会发现,如今译评者的这些顾虑不仅是多余的,而且不利于我国翻译水平的提高。1957 年 6 月,《西方语文》在其创刊号上,接

① Peter Newmark, Approaches to Translation, Pergamon Press, 1982, P.17.

连发表了三篇译评文章：一是杨周翰评方重译《坎特伯雷故事集》和《特罗勒斯与克丽西德》，二是吴兴华评戴镏龄译《浮士德博士的悲剧》，三是巫宁坤评卞之琳译《哈姆雷特》。这三篇文章都是出自著名学者之手，所评译者也都是作者的好友，可这些作者在评论中，一方面充分肯定译作的优点和成就，另一方面又认真指出其缺点和不足，堪称茅盾所说的"友谊的建设性的批评"。以杨周翰的评论为例。杨文先以主要篇幅肯定了方译的长处，认为它传达了原作所特有的古趣和幽默，"总的说来极其忠实，而且能够达到'雅'的地步"，然后就一些疑问和意见，一条条提出来和译者商榷。后来，方译再版时，译者就吸取了杨先生的某些正确意见，对译文作了修订。该学刊1958年3月号上刊登了周珏良对曹庸译《白鲸——莫比·迪克》的评论。周文首先肯定曹庸能把一部"十分难译的书"译了出来，"而且整个说来是清楚可读的，这便是译者的功绩。"接着，周文也提出了几个问题来与译者商榷，例如原著中有关捕鲸、鲸类学、鲸鱼的生理、形态等等章节，以及正文前的"语源"和"选录"，本来都很有助于对整个作品的理解，译者将其略去不译，不免破坏了作品的完整性。后来，跟方译乔叟的作品一样，《白鲸》再版时，译者采纳了周先生的意见，将初版略去未译的章节和正文前的"语源"、"选录"等，统统补译出来，并在前言中提醒读者：这些文字对于理解全书有着举足轻重的意义，阅读时切莫忽略过去。我们可以设想一下，假如杨周翰、周珏良等学者在译评中只讲优点和成绩，而不指出缺点和不足，不提出建设性意见，方重、曹庸等译家能认识到自己译作中的问题，并在再版时作出修订吗？事实证明，积极的批评和自我批评确实可以提高我们的翻译水平。50年代，我国有不少名著中译本，初版时还存在这样那样的问题，后来译者虚心地听取了评家和读者的意见，经过悉心修订，才不断改善，成为名著名译的。

李文俊先生说："为了使中国的文学翻译水平再提高一个层

次,不应回避以高水平的译家、译品为批评的对象。相反,应该有那么一些有心人,除了总结他们的成功经验之外,也应该着重指出尚可改进之处,并且最好能有较深入细致的分析。"① 笔者完全赞同李先生的观点。其实,就价值而言,翻译批评应该以具有一定水平和一定影响的译本为主要对象,特别是那些世界名著的严肃译本或复译本,尤其应该引起翻译批评者的研究兴趣。对于这种译品的评论,一定要坚持"一分为二"的原则,既肯定成绩又指出不足,这是对译者的真正爱护,也是对翻译事业真正负责的表现。为此,我们的译者也应抱有豁达大度的胸怀,对于别人提出的善意批评,不仅不应产生抵触情绪,反而应"闻过则喜",从中得到启迪和教益。当然,我们说的指出不足,决不是吹毛求疵,而是实事求是的评价,富有建设性的见解。为了做好这一工作,我们希望译界的专家学者也能像50年代的专家学者那样,付出点心力撰写几篇批评文章,以便带动后学。同时,我们的年轻人也要打消顾虑,大胆抒发己见,在实践中增长才干。

三、切实提高翻译批评的水平,促进翻译事业的迅速发展

以上,我们扼要地分析了我国翻译批评目前存在的两个偏向。其实,我们的问题还远不止这两方面。多年来,有些翻译批评者,或者由于态度随便,或者由于水平所限,撰写了一些不负责任、有失水准的批评文字,引起了被批评者的不服,甚至不满。这样的翻译批评,不仅对翻译实践起不到指导作用,还导致了批评者和被批评者之间的尴尬对立。要改变这一局面,笔者认为,关键的问题,还是批评者要注意提高自己的全面素养和批评水平。

---

① 杨自俭、刘学云编:《翻译新论》,湖北教育出版社,1994年,第626页。

首先,批评者要抱着认真负责的态度,对自己评论的译作务必要仔细研读,进而作出全面的、客观的评价。我们之所以首先提出这个问题,乃是因为态度这个问题确实至关重要,而在实践中,某些翻译批评者确实采取了不负责的态度,有时拿到一册译文,未经细读与比较,便凭自己的主观印象,随意评判一番。更有甚者,有的人可能带着一定的偏见,采取"以点代面"的方法,抽样抓住几个错译或不当的译句,就断定某本书有惊人的错误。这样的批评怎么能令人信服,怎么能起到应有的作用呢?我们认为,翻译批评是一项十分严肃的工作,批评者应该坚持宏观分析与微观分析相结合的原则,对译文作出科学的、全面的、客观的评价。所谓的宏观分析,可以借用茅盾的话,就是"从译文本质的问题上,从译者对原作的理解上,从译本传达原作精神、风格的正确性上,从译本的语言的运用上,以及译者劳动态度与修养水平上",[①] 来作全面的深入的审视。在这个整体的把握之下,才能对细节的语义转换乃至形象再现作出恰当的评析。无论宏观分析还是微观分析,都要建筑在对原作的仔细研读上。对于批评者来说,研读译作,最好能对照原文从头读到尾,如果确有困难,"抽样"也是可以的,但应有一定的覆盖面,并具有一定的代表性。另外,译评者还要注意摆正自己的位置,认识到自己的责任在于"评点",而不是"指点",评论工作一定要防止简单化。译评者不仅要仔细分析译者的译文,还要认真分析译者为什么要这样译,他采取了什么样的翻译原则和方法,切不可因为不合自己的胃口就急于批评,急于提出"正确"的译文。要知道,翻译批评并不要求译评者非要提供正确的译文,硬要这样做,有时难免产生适得其反的效果。

其次,批评者应努力提高自己的语言修养和感悟力,以防在评

---

① 《翻译通讯》编辑部编:《翻译研究论文集(1949-1983)》,外语教学与研究出版社,1984年,第14页。

论中出现正与误的低级误判。所谓的“低级误判”,大体有两种:一是译文明明有误,译评却当做“佳译”加以颂扬;二是译文本来没有译错,译评却断为误译加以批评。如果说前一种误判仅仅起到令译者“执迷不悟”的作用,后一种误判则有引起感情对立的危险。请试想一下,如果你译的某一句话,明明是正确的、妥当的,却被某一评论判为“误译”,你会有什么感受呢?你还会心平气和地接受对方的见解吗?最近,笔者阅读批评文章,多次见到令人哭笑不得的误判。例如,有一位作者从语义场的概念出发,批评两位译者对《傲慢与偏见》中一句话译得“不妥”。

> Miss Bingley began abusing her as soon as she was out of the room. Her manners were pronouned to be very bad indeed, a mixture of pride and impertinence, she had no conversation, no style, no taste, no beauty.

译文二:她一走出饭厅,宾利小姐就开始诽谤她,说她太没有规矩,真是既傲慢又无礼;说她寡言少语,仪态粗俗,情趣索然,模样难看。

那位评者认为,译者将 manners 译为“规矩”不妥,因为“‘规矩’仅指态度涵养,与长相无关”,没有把 no beauty 译出来。所以,他借用另一位评者的意见,认为应把 manner 译成“样儿”。[①]我们实难接受这样的修改,因为就词义而言,manners 本身只有“举目、态度、规矩”的意思,决不包括“长相”美不美,也不包括有没有“风度”、“情趣”等。显然,her manners 的“语义场”只延续到 impertinence,后面的四个“no”结构,实属宾利小姐诽谤女主角的

---

① 吴义诚:“英语语篇的词汇衔接手段与翻译”,参见萧立明主编《英汉语比较研究》,湖南人民出版社,1998 年第 265 页。

另一层内容。为了确凿起见，笔者查对了该书的牛津版，发现 impertinence 后面点的是分号（译者也点了分号），而不是译评者所用的逗号，越发说明原译译得不错，而是译评者做了误判。

这仅是笔者所见识到的多起误判中的一例。两位译评者所以作出误判，恐怕主要还是语言素养问题，由曲解 manners 的词义，发展到错划语义场，到头来，有关“语义场”的整节论述也就失去了意义。可见译评者多么需要提高自己的语言修养，培养自己的鉴别力。

第三，批评者要建立自主的理论体系，在自主理论的指导下开展翻译批评。早在 50 年代初，董秋斯就指出，翻译批评应该有一定的理论体系加以制约。1954 年，茅盾提出翻译批评不应停留在一字一句的挑错上，而应从译文的“本质”问题上，作出全面的深入的评价。到了改革开放时期，虽然翻译批评出现了一些令人堪忧的问题，但在翻译批评研究上，也取得了一些令人可喜的成果。如 1992 年，许钧先生出版了国内第一本文学翻译批评的理论著作《文学翻译批评研究》。该书就文学翻译批评的原则、方法做了较为详尽的阐述，并以《追忆似水年华》一书的翻译为理论部分的实证，涉及到了文学翻译中许多基本问题。1995 年，我国翻译界围绕《红与黑》的翻译展开了一场大辩论，众多的译家、理论家、批评家和读者，就“忠实与再创造”、“异国情调与归化”、“作者风格与译者风格”等一系列问题进行了针锋相对的阐述，可以说是我国翻译史上第一次在理论指导下，关于文学翻译批评的系统讨论，对我国的翻译批评起到了积极的推动作用。

纽马克说：“好的翻译批评是历史的、辩证的、马克思主义的。”[①]在我国翻译界，也出现了一些堪称“历史的、辩证的、马克思主义的”好批评文章，例如钱钟书的“林纾的翻译”、王佐良的“严复

① Peter Newmark, Approaches to Translation, P.185.

的用心”等，就很值得翻译批评者学习和借鉴。他们在文中既阐述了自己的译论原则，又分析了译者的翻译原则，尽管双方的原则存在较大差异，但作者并未因此全盘否定译者的翻译，而是在指出译者有悖翻译原则的同时，还仔细分析了译者的“用心”，进而肯定了译作的历史功绩。我们在前面说过，翻译批评的主要功能不是提供惟一“正确”的方案，而是对译文作出科学的、客观的分析。如果译文是成功的，译评者要“依据自己的理论基础指出成功的根本原因，并指出在自然的历史条件下别的成功可能”；如果译文是不成功的，译评者则要依据自己的理论基础指出其失误的基本原因，从而为成功的翻译做好理论上的准备。①

现在，我们可以欣慰地看到，在我国翻译界，“随感式”、“应景性”的批评文章比例下降，以理论为指导的批评文章日见其多，这无疑是个良好的开端。我们希望翻译理论工作者再接再厉，逐步建立起自主的翻译理论体系，用以指导自己的翻译批评实践，以使翻译批评切实起到指导翻译实践的作用，成为翻译工作者的良师益友。

翻译事业要发展，要繁荣，永远离不开翻译批评的鞭策和推动。我们的翻译批评工作者一定要明确自己的责任和使命，认认真真、扎扎实实地做好自己的工作，迎接21世纪更大翻译高潮的到来。

---

① 许钧、袁筱一：“试论翻译批评”，参见香港中文大学翻译系《翻译学报》创刊号(1997年12月)，第10页。

第四节　回顾与展望：中国翻译界十年大辩论(1987—1997)

浙江大学　郭建中

1987年7月，中国译协在青岛召开第一次全国翻译理论研讨会，1997年10月，上海外国语大学邀请奈达作翻译讲座并举行翻译理论研讨会，11月，北京外国语大学和中国译协在北京举行国际翻译理论研讨会，12月，香港中文大学在香港召开海峡两岸和香港翻译教学研讨会，再次在中国掀起翻译研究的高潮。在这十年间，全国各地几乎每年都举行各种各样大大小小的翻译学术会议。《中国翻译》和其他几种有影响的外语学术杂志都发表了许多翻译研究的文章。据不完全统计，改革开放以来的20年间，发表在公开刊物上的翻译论文1.4万多篇，有关翻译专著近500部，论文集20余部(黄任，1998)。其中，大部分论文和专著多是在近十年内发表和出版的。在1987—1997年的这十年中，中国翻译研究取得了长足的进步。翻译研究的队伍扩大了，翻译研究的视野和范围也进一步向纵深发展。这十年标志了中国翻译理论研究进入了一个新的阶段。

纵观中外翻译理论史，我们发现，翻译理论不是直线向前发展的，也不是曲线前进的，而是在两种对立观点之间的辩论中发展的。在中国翻译理论史上，有过早期佛经翻译的"质与直"之争；30年代和50年代关于翻译标准的"信、达、雅"之争；以及翻译方法的直译与意译之争和翻译风格的"雅"字之争(范守义，1986：2—8)。在西方翻译史上，从古罗马西塞罗时期始，就一直有"译意"与"译词”之争；19 世纪下半叶有阿诺德与钮曼之间关于翻译荷马史诗之争；以及近当代关于对等和可译性之争。在前苏联，长期以来存在着翻译的语言学派与文艺学派之争。在辩论中，两种似乎对立的观点，一方面自我完善，一方面又互相补充。翻译理论就是这样在两种对立观点的争论中发展的。我们认为并提出，这是中外翻译理论发展的普遍规律。

那么，从 1987—1997 年的这十年中，我国翻译理论界主要争论的是哪些问题呢？除了对“信、达、雅”的翻译标准（辜正坤，1989:16—20；周兆祥，1986:46—50；史立仁，1990:53—55 等）、直译与意译（李全安，1990:18—22；高枝青，1988:2—5 等）等问题继续有所争论外，还有关于翻译学（谭载喜，1988:22—27；杨自检，1989:7—10；沈苏儒，1991:18—21；张南峰，1995:1—3；吴义诚，1997:66—73 等）、翻译批评（刘重德，1992:34—36；杨晓荣，1993:19—23；许钧 袁筱一，1997:1—11 等）、译文能否超越原文（魏培忠，1983:29—32；王邦杰，1989:36—39；董乐山，1997:155—156 等）和对奈达、金隄提出的读者反应论（钱霖生，1988:42—43 等）等问题展开了讨论。但是，我认为，这十年中，我国翻译界争论得比较激烈，主要有以下四个问题：

（1）继承我国传统译论与引进外国译论之争；

（2）翻译理论与翻译实践的关系之争；

（3）翻译是科学还是艺术之争，或翻译的语言学派与文艺学派之争；

（4）翻译中文化因素的归化与异化之争，或作者中心论与读者中心论之争。

一、继承与引进

1987 年第一次全国翻译理论研讨会上，就继承我国传统翻译理论与引进外国翻译理论（主要是西方翻译理论）的问题，就展开过一场激烈的交锋。以后，几乎在每次翻译理论的研讨会上，就这一问题进行过大大小小的辩论，《中国翻译》等学术期刊也刊登过不少有关争论的文章。关于这一问题的辩论也许还会继续下去。

在辩论中，两派中都有人发表了一些极端的观点。例如，主张继承我国传统译论的一派认为，中国传统翻译理论，已涵盖了翻译中的全部问题，尤其是严复的"信、达、雅"，是永世长存、颠扑不破的真理。西方的翻译理论中论述的各种问题，在中国传统译论中都能找到。另外，认为西方译论抽象难懂，且研究的大多是印欧语言之间的转换关系，与中国的翻译实践相距甚远。主张引进西方翻译理论的一派也有过一些极端的言论，认为严复的"信、达、雅"已经过时了，并妨碍了中国翻译理论的发展等等。

引起这样的争论，除了思想方法问题之外，还由于理论发展的初期尚不成熟这一客观情况所造成的。例如，对中国传统的翻译理论如果没有系统的总结和深入的研究，就会使人陷入虚无主义的泥坑；而在西方翻译理论引进的初期，因没有彻底研究又难免有生吞活剥或堆砌术语的现象。

令人感到欣慰的是，在这两方面都取得了长足的进展。在中国传统译论的挖掘和总结方面，我国大陆、香港和台湾都有翻译论集的出版。其中，罗新璋的《翻译论集》早在 1984 年就出版了。同年，外语教学与研究出版社出版了《翻译研究论文集》。在此之前，香港于 1981 年出版了刘靖之先生的《翻译论集》。在台湾，早在 1975 年就出版了陈鹏翔主编的《翻译史·翻译论》。遗憾的是，这些集子出版的初期，也许没有引起翻译界足够的重视，而现在，它们在中国传统翻译理论的研究中发挥着越来越重要的作用。而 1992 年陈福康《中国译学理论史稿》的出版，则标志着中国传统翻译理论研究的进一步深入的发展。对我们这些宝贵遗产的总结和研究，是继承的基础。

另一方面,许多学者从事引进外国译论的工作,除了西方译论之外,还有前苏联的、东欧的,乃至以色列的。介绍的翻译理论家包括 Catfort, Newmark, Savory, Wilss, Neubert, Nida, Mounin,还有 Susan Bassnett, Theo Hermans, James Holmes, André Lefevere 等。引进的理论包括翻译的语言学理论、交际学理论、文化学理论、社会符号学理论等。但在引进外国译论方面,还不够系统,研究也不够深入。

不论是对待中国传统译论,还是外国译论,全盘肯定或全盘否定的态度,都是片面的。一方面,我们应该用辩证唯物主义和历史唯物主义的观点来看待中国传统译论,既要看其局限性,也应看到其对中国翻译事业和翻译理论的发展所作出的贡献。例如,对严复提出的"信、达、雅",应置于历史的背景中进行考察,而不应用今天的观点来要求。另一方面,我们也应认识到,外国的翻译理论也有其长处,而并非一无是处。

毫无疑问,我们必须继承我国传统译论的精华,但光继承是不够的,还需要发展。要发展,就得吸收新的东西,这就是外国翻译理论中对我们有用的部分,包括他们的观点和研究方法。而要知道哪些对我们有用,哪些对我们无用,就先得全面了解人家的东西,然后再进行研究、分析,吸取对我们有用的成分。这样,我们就能在继承的基础上发展我国的翻译理论。任何停滞的观点、无需前进的观点,都是不对的。

其实,关于继承我国传统译论与引进外国译论之间的关系,中国译协姜椿芳会长早在 1986 年中国译协第一次全国代表会议上就给我们指明了方向:"在探讨翻译理论方面,我们既要吸取国外各个学派的精华,更要创立自己的学说。我国翻译界的先驱和前辈为我们留下了宝贵的遗产,我们要继承,也要在其基础上前进和发展。过去提过译事三难'信、达、雅',但时代的进展要求我们创立适应我国现实、有鲜明特色的现代翻译理论体系。"(姜椿芳,

1986:7—15)沈苏儒先生把姜椿芳会长的这段话,概括为"继承、融合、创立、发展"八个字(沈苏儒,1991:18—21),来说明我国翻译理论建设的方向,我们认为是非常恰当的。所以,我们说引进和继承并不矛盾,而是需要相互结合。

所幸的是,许多学者已开始尝试把我国的传统译论与引进的外国理论结合起来。有的用西方翻译理论的观点和方法,重新解说中国传统译论中的一些概念,有的对中西译论进行了比较研究。在中西译论结合方面,大家都有一个基本的认识,即中国译论重宏观把握,讲悟性,人文性强;西方译论善微观分析,讲理性,科学性强。两种研究方法各有所长,也各有所短。如果我们能把两种研究方法结合起来,我们在翻译研究方面肯定能做出新的成绩。中国译协前常务副秘书长林煌天先生主编出版的《中国翻译词典》(1997),在这方面作出了重大的贡献。词典收条目近4,000个,重点介绍中国翻译理论、翻译技巧、翻译历史、翻译人物……兼收外国翻译理论。当然,这方面我们还有许多工作要做。引进外国翻译理论需要更系统,研究中国传统译论需要更深入,这样才能更好地融合和发展。

许多学者在这方面已有不少共识。吴义诚提出的意见,可以认为是具有代表性的:"中国译学的基础建设是否牢固,将取决于中西译论结合性研究的完善程度。人文性强的中译论与科学性强的西译论融会贯通,相辅相成,将是中国译学研究走上宏富之路的必由途径。"(吴义诚,1997:66—72)

二、理论与实践

翻译理论对翻译实践到底有没有用?对这个问题,翻译界内外都有不同的看法。

一般搞实践的人,往往轻视理论。翻译理论无用论者最强有力的论据是，许多中外大翻译家都没有学过翻译理论。对他们来说，翻译靠译者两种语言的功底，靠经验的积累，实践就是一切。

翻译实践和积累经验固然重要，但这并不等于说，我们可以轻视理论。对翻译工作者来说，如果他们能总结他们在翻译中的实践经验，并把经验上升为理论，以进一步指导自己的实践，那他们肯定能把翻译搞得更好。

我们认为，翻译理论，归根到底，实际上是对翻译性质和规律的认识问题。翻译理论最终要解决的是译者的翻译观问题（郭建中，1997:1—5），翻译教学最终的目的也是要解决学生的翻译观问题。所谓“翻译观”，讲得再通俗一些，就是译者对翻译这一现象的看法或观点。有人说自己没有任何理论指导，这是不可能的。任何译者，在翻译实践中，都自觉或不自觉地受到某种理论的指导，或者说受到某种翻译观的支配，不管这种观点译者有没有用文字或口头的形式表达出来。纽马克也曾说：“与其他职业的工作相比，翻译工作者往往更多地面临各种选择……在作出选择时，译者自觉或不自觉地遵循某种理论……翻译呼唤一种能指导实践的理论。”（Newmark，1988:8）中外翻译界历来都有意译与直译、内容与形式、形似与神似之争，正是反映了译家对翻译这一现象的本质有不同的看法或不同的观点。有些大翻译家作了大量优秀的翻译，但没有表达过，或没有正式和系统地表达过他们对翻译的看法。但是，这不等于说，他们对翻译没有看法或他们没有自己的翻译观。他们对翻译的看法，具体体现在他们的译作中。如果我们认真地研究一下这些大家的译著，我们就可以从中发现他们的翻译观，以及他们在翻译中所遵循的原则和方法。翻译研究的任务之一，就是要从这些名家的优秀译著中，总结出有关翻译的一般原理，包括翻译的本质、原则和方法，用以指导我们的翻译实践。有些作家和译家，如鲁迅、茅盾、郭沫若、傅雷和钱钟书等，既创作，又翻译，同时也谈翻译理论，表达了他们的翻译观。

翻译观指导译者的翻译实践,并影响其译作的最终效果。也就是说,译者自觉或不自觉地遵循某种理论作出选择时,将决定其译作的效果。在翻译史上,我们发现,同一译者因其翻译观的改变,前后期的译作有显著的差别。鲁迅先生在"给瞿秋白的回信"中指出,严复前期的译作更重视"达雅"、"最好懂的自然是《天演论》,桐城气息十足,连字的平仄也都留心……但他后来的译本,看得'信'比'达雅'都重一些。"鲁迅在总结佛经翻译时,与严复的翻译作比较说:"他(指严复)的翻译,实在是汉唐译经历史的缩图。中国之译佛经,汉末质直,他没有取法。六朝真是'达'而'雅'了,他的《天演论》的模范就在此。唐则以'信'为主,粗粗一看,简直是不能懂的,这就仿佛他后来的译书。"(鲁迅,1931)严复的翻译,从最好懂的《天演论》到后来简直是不能懂的译书,其差别如此之大,是由于他前期的译作更重视'达雅',而后来,看得'信'比'达雅'都重一些。也就是说,由于严复自己翻译观的改变,其译作效果截然不同。再以鲁迅先生自己的译作为例。他初期的译作不少地方有些"不顺",这在瞿秋白"给鲁迅的信"(瞿秋白,1931;1932)中早已指出。那是因为他主张为了忠实宁可"容忍'多少的不顺'。"(鲁迅,1931)但他后期的译作则"忠实"与"通顺"兼顾了。因为他改变了他的翻译观。这时的鲁迅主张"凡是翻译,必须兼顾着两面,一当然力求其易解,一则保存着原作的丰姿。"(鲁迅,1935)

上述两位既是语言大师,又是翻译名家的例子,足以说明翻译理论对翻译实践的指导意义。即使对同一个译者来说,翻译观的改变,就会产生不同的译作。这种观点可体现在译者对每一个具体语言问题的处理上,最终反映在整个译作的效果上。

从事实际工作的人,也喜欢谈翻译中的具体问题,亦即翻译技巧。他们认为翻译理论空洞,不能马上用来指导实践,甚至与实践相去甚远,而具体的翻译技巧能直接解决翻译实践中的问题,能有"立竿见影"的效果。

这里有两个问题需要说明：一是理论对实践的指导作用是怎样体现的；二是翻译理论与翻译技巧之间的关系。

首先，纽马克指出，“实际上，翻译理论……是我们已经获得的或将要获得的有关翻译过程的全部知识”(Newmark, 1981:19)“……包括好翻译的标准，并在区分文本目的和翻译目的的基础上，提供一个参照体系。”(Newmark, 1991:141)因此，翻译理论使译者不光能见“树”，也能见“林”，并能建立一套翻译原则和方法。“没有理论基础的翻译，很可能陷入语言之间机械转换的过程。自觉的译者应该把自己的翻译工作建立在一整套原则的基础上，并在整个翻译过程中遵循这些原则。”(Tur, 1975)

所以，翻译理论能为译者提供翻译的基本原则和指导方针，并依据这些基本原则和指导方针作出自己的选择。

其次，波波维克指出，理论与实践之间有一个渐进的运用过程。我们对现象的认识是一步步渐进的，理论学科不可能对所有的实际问题作出答复。同时，我们也必须认识到，对翻译中的实践问题，我们不能要求立即获得理论上的解决。可是，并不是所有的翻译工作者都了解这一事实的。他们往往以直接解决实际问题的程度来衡量理论的解释力量。如果理论不能立即解决实际问题，他们就厌烦理论。(Popovic, 1972)

今天的翻译工作者仅仅靠天赋已远远不够了。翻译理论有助于对翻译原则和方法的运用提供一种理性上的认识，这就有助于翻译实践。

那么，翻译理论与翻译技巧之间又是怎样的一种关系呢？其实，翻译技巧一方面是实践经验的总结，同时也只能在理论的原则指导下才能进行总结并加以运用。比如说，一位译者的理论指导原则是译文对原作的词语不得增减，那也就没有我们现在经常运用的“增词”和“省略”的技巧了。由此可见，理论是观点，技巧是方法，技巧的总结和运用取决于观点。

如果说,翻译理论是基础研究,翻译技巧则是应用研究。其间的关系正如各门学科中基础研究与应用研究的关系一样。而且,翻译理论具有普遍意义,翻译技巧一般只是两种特定语言之间相互转换具体方法的总结。一方面翻译技巧应上升为理论;另一方面新的翻译理论概念的诞生,也必将发展出新的翻译技巧。"如果没有翻译理论的研究作基础,应用研究亦难得到适当的发展。"(张南峰,1998:40—46)

理论与实践之间的关系是辩证统一的关系。强调翻译的实践性,不应导致对基本理论的轻视或忽视。"好的理论以实践中获得的材料为依据。好的实践又以严谨推断出来的理论为指导。这两者是相互依存的,同时,两者之间也存在着矛盾。小提琴要演奏出优美的音乐,弦就必须绷紧,也就是说,得维持一种紧张的关系。同样,为了使译文优美,理论与实践之间也必须维持一定的紧张关系。"(Larson, 1991:1)由此可见,理论与实践之间应该是一个矛盾的统一体。

三、科学与艺术

翻译是科学还是艺术?自从80年代初,我国引进翻译的语言学理论之后,对这个问题争论较多。其实,在50年代初,我国引进了费道罗夫的理论之后,就有关于翻译是科学与艺术之争。因此,这场争论,有人也称之为翻译的语言学派与翻译的文艺学派之争。

翻译的语言学派试图把翻译纳入普通语言学的范畴,把语言学的概念和模式应用于翻译研究,并试图寻找两种语言之间转换的规律。翻译的文艺学派则强调翻译是一种再创造的艺术活动。

我们看来,在我国并不存在着完全彻底的翻译的语言学派。只是由于有人介绍了国外翻译的语言学派的理论,包括卡特福德、奈达、乔治·穆南和巴尔胡达罗夫等人的理论,才引起了这场争论。

引进翻译的语言学派理论的人,并没有断然主张“翻译是科学”,或“翻译不是艺术”。他们只是试图引进一种从语言学的角度来研究翻译的理论。我们并没有读到过他们断然否定翻译是艺术的文章或专著。反过来,倒可以这么说,我国确实一直存在着翻译的文艺学派,且有其代表人物。如张经浩教授在“翻译不是科学”(1993:39—41)一文中和《译论》(1996)一书中就断然否定翻译是科学。他说:“翻译不是科学,是技艺或者艺术”,“翻译是科学的说法不能成立,而且翻译既是一门技艺或艺术又是一门科学的说法也不能成立。其实,世界上根本就不存在既是技艺或艺术又是一门科学的混合体。”(张经浩,1996:11)许渊冲先生说:“我认为翻译是艺术……我要用艺术方法来解决翻译问题。”(许渊冲,1996:56—59)又说:“我个人的意见是:文学翻译是艺术,文学翻译理论也是艺术。”(许渊冲,1990:6—10)

在辩论中,有人提出,“翻译不是科学,翻译学才是科学。”(谭载喜,1988:22—27)这就改变了辩论的命题。因为,辩论的命题是“翻译是科学还是艺术”,即“Is translation (or translating) a science or an art?”也就是说,翻译这一行为有否科学规律可寻?因为更换了辩论的命题,就更难为对方接受。倒还是许渊冲先生直言不讳:“文学翻译是艺术,文学翻译理论也是艺术。”这里,许先生就区别了两个不同的命题,即翻译是一种行为(文学翻译),翻译研究(文学翻译理论)是另一种行为。

其实,我们无需更换辩论的命题。翻译作为一种跨语际、跨文化的交际行为,其中既有科学规律可寻,也有艺术创造的成分。语言学派为我们提供了有关两种语言转换的一些基本规律。否则,就不可能有机器翻译,尽管机器翻译尚未达到尽善尽美的地步。然而,翻译作为一种这么复杂的行为,语言学无法总结和包容其全部的规律。这也就是为什么机器翻译无法全部代替人工翻译的原因。因为,翻译行为中,还包含有艺术创造的成分。这也就是为什么机器翻译在科技翻译中取得较大的成功,而在文学翻译中则难以应用。因此,翻译既是科学,也是艺术。正如经常被引用的 I. A. 理查兹所说的:“翻译是开天辟地以来最为复杂的事件。”(Richards, 1953)实际上,翻译的语言学派和文艺学派从不同的角度出发,对翻译这一复杂的行为进行研究。两者不仅不矛盾,而且相互补充和完善。

再说,“世界上根本不存在既是技艺或艺术又是科学的混合体”这种结论,也是站不住脚的。在艺术中,往往有科学的规律可寻,在科学中又往往有艺术的因素。科学工作也需要丰富的想象,艺术工作也需遵循一定的规律。因此,我们可以说,科学中有艺术,艺术中有科学。翻译基本上是语言的操作,但又不仅仅限于语言的操作。因此,翻译有科学的一面,又有艺术的一面。

在前苏联,翻译的语言学派和翻译的文艺学派曾有过长期而激烈的争论,翻译的语言学派揭示了翻译中科学的一面,翻译的文艺学派揭示了翻译中艺术创造的一面。在争论中,两派相互补充,并各自完善自己的理论。实际上,他们从不同的角度,更深刻地揭示了翻译的本质和规律。

因此,说翻译是科学而不是艺术,或说翻译是艺术而不是科学,都不是科学的态度。翻译的语言学派和翻译的文艺学派不应互相排斥,而应兼容共存,在辩论中推动翻译理论的发展。

四、归化与异化

对这一问题的争论,实际上是直译与意译争论的延续和扩展。直译与意译主要争论的是翻译中语言的表达方式问题,归化与异化主要争论的是翻译中文化因素的移植问题。尽管有的论者把两者不加区别地混淆起来。在这里我们从语言与文化的角度先把两者区分开来。

从直译与意译之争延续和扩展到异化与归化之争，是十分自然的。因为，随着翻译研究的深入发展，人们研究的重点从仅仅是语言的操作转移到跨文化的交际的行为。今天，越来越多的学者，把翻译看做是涉及不同语言的文化之间的交际行为。因此，尤其是译文读者与原文读者具有不同的文化背景时，如何处理翻译中的文化因素这一问题，就自然而然地突了出来。如果说直译和异化是以作者或原文为中心，那么，意译和归化则是以读者和译文为中心。这里，仅就处理翻译中的文化因素而言，我们可把"以源语文化为归宿"(SL Culture-oriented)的观点称之为"异化"(alienation)，把"以目的语文化为归宿"(TL Culture-oriented)的观点称之为"归化"(adaptation)。

对"归化"与"异化"确实也存在着两种针锋相对的观点。有人认为，"归化是翻译的歧路"，"是抹杀其民族特点……是对原文的歪曲。"(刘英凯，1987:58—64)并论述了"奈达的'读者反应'论在中国的负面作用"(刘英凯，1997:1—5)。许崇信认为，从文化交流的角度看，归化"整体上来说是不科学的，无异于往人身上输羊血，得到的不是文化交流，而是文化凝血。"(许崇信，1991:29—34)有人则认为，"文学翻译中译文归化与保存异域情趣并不矛盾。"(冯建文，1993:11—14)适当的归化是为了避免"影响或损害翻译的交流作用，造成某种理解的困难。"(朱小安，1994:13—19)因此，归化是可行的，"这一方法的正确运用并不违背翻译的忠实原则，而是这个原则在翻译实践中的延伸和活用。"(秦洪武、李海清，1997:16—18)

由此可见，两种不同的主张出于两种不同的出发点。主张归化的观点是从译文出发，以目的语文化为归宿；主张异化的观点是从原文出发，以源语文化为归宿。

主张异化的人认为，翻译既是一种文化交流的手段，就应让译文读者了解异国文化和异域风情，而且，这也往往是译文读者读译作的目的。此外,保留源语文化的特点,还能丰富目的语文化和表达方式,这也是翻译的目的之一。再说,如果译文不能传达源语世界的现象,就不能算是"忠实于原作"。主张归化的人则认为,翻译不仅要克服语言的障碍,而且要克服文化的障碍。译者的任务之一就是要避免文化冲撞。归化的翻译可使读者更好地理解原文,消除隔阂,才能真正达到文化交流的目的。

如果考虑到作者的意图、文本的类型、翻译的目的和读者的层次和要求这四个可变因素,我们认为,"归化"和"异化"均有其存在和应用的价值。我们可以看到,两种原则和方法各有其优越性,也各有其问题。两种翻译原则和方法,服务于不同的翻译目的和不同类型的读者,适用于不同作者的意图和不同性质的文本。实际上,两者并非水火不相容,而是并行不悖和相辅相成的。

首先,没有一种译文是完全归化或完全异化的。正如没有完全直译或完全意译的译文。只是由于译者的翻译观不同,在翻译中会自觉或不自觉地遵循某种原则和采用某种方法,从而表现出某种倾向。而自觉的译者,则会考虑到上述四种变量因素,在翻译过程中自觉遵循某种原则和方法,译文也会比较明显地表现出某种倾向。即使这样,译者也不可能对文本中的每一个词语或文化因素的处理始终如一地遵循同一种原则和方法。

其次,如果考虑到作者的意图和文本的性质,我们就得遵循不同的翻译原则和采用不同的翻译方法。例如,作者写作的目的就是要向外国读者介绍本国的文化、历史、哲学,译者自己选择或被要求翻译这一样一部著作或一篇文章,就应自觉地采用"异化"的原则和方法。政论文乃至民间故事这类文本,也宜采用"异化"的原则和方法。另一方面,一些实用性文体的著作或文章,如宣传资料、通知、公告、新闻报导乃至通俗文学和科普作品,一般则可采用"归化"的原则和方法。同时,读者的层次和不同的要求,也应是译者在采用某种翻译原则和方法时必须考虑的因素。如果读者阅读译作的目的,是想更多地了解异国文化和异域风情,他们会喜欢异化的译本,例如正在学习外语的学生。而对一般读者而言,他们阅读的目的只是为了消遣,他们往往会喜欢归化的译本,因为这种译本读起来通俗易懂。

可见,归化或异化的译本在目的语文化中起着不同的作用,都有其存在的价值。两者并不矛盾。文化交流和文化移植需要多种途径和方法。应用翻译的目的论理论(skopos theory),对翻译中涉及的各种因素作综合的分析,译者既可以采用“归化”的原则和方法,也可采用“异化”的原则和方法。“归化”和“异化”并无什么优劣高下之分。

如果我们考察一下翻译史,我们将会发现,不论是过去或现在,归化的译文似乎占上风,但在归化的译文中,随着两种语言和文化的接触和交流日益频繁,异化的成分越来越多。这种趋势肯定将会继续发展。也许在将来,异化的译文会占上风。但不管怎么发展,“归化”和“异化”将永远同时并存,缺一就不成其为翻译。(郭建中,1998:12—18)

五、展望新世纪的中国翻译研究

上文已经指出,翻译理论是在两种不同观点的辩论中向前发展的。中国翻译界近十年的大辩论,符合中外翻译理论的发展规律。不同的历史时期,翻译界会面临不同的时代的问题,受到不同时代的思潮的影响,因此辩论的中心问题也会有所不同。通过辩论,不仅双方的观点和理论会进一步完善,而且会逐步达到一些共识。例如,中外翻译史上都有过关于直译与意译的长时期的辩论。现在,翻译工作者和翻译理论家都一致认为,这两种原则或方法并不是对立的,而是在翻译中都不可或缺的。两种方法运用得当,则相得益彰。再如,对形式与内容、忠实与通顺的争论,人们也普遍认识到,这两者之间的关系是辩证的,是矛盾的统一。正如钱钟书先生所说的:"译文达而不信者有之,未有不达而信者也。"(钱钟书,管锥编,第3册)

由此可见,在翻译理论的发展中,辩论是必要的,也是不可避免的。这是翻译理论发展的规律。问题是怎样才能使辩论更好地进行,并能从辩论中使翻译理论获得更好的发展。

人们在为自己的观点辩护时,往往会走极端,这也不奇怪。但作为一个学者,则应始终保持清新的头脑和客观冷静的态度。他应乐于倾听对方的意见,修正自己的观点。这样的学者在中外历史上并不少见。遗憾的是,在辩论中,有些人不愿意好好理解对方的论点,或对对方的论述断章取义,乃至意气用事,这无助于辩论的健康进行和翻译理论的发展。

同时,我们也应采用辩证唯物主义和历史唯物主义的观点来对待辩论的一切问题。任何事情都有两面性,而且,我们也应把辩论的问题置于历史的背景中进行考察,不能脱离历史。任何片面的观点或割断历史的观点,都会导致不必要的冲突。

在辩论中,我们往往发现,许多基本达成共识的问题,一再地被提出来。这样,辩论不仅没有进展,反而回到了原地。例如,关于翻译是科学还是艺术的问题,蓝峰早在1988年就有一篇总结性的文章,对这一问题作了理论上的阐述。有些问题被一而再、再而三地提出来,有两方面的原因。一是有的论者没有了解辩论进展的情况,或是没有好好了解对方的论点,就加入了辩论;二是有的论者非要辩个你是我非,此好彼坏。其实,许多问题并不是是非的问题,也不是好坏问题,而往往是一个问题的两面。其分歧只是双方看问题的切入点不同,何况像翻译这样复杂的问题,更需要从多方面去进行研究,而且,翻译研究的跨学科性质,也在翻译界得到了共识。

因此,我们认为,在新的世纪中,我国的翻译研究要进一步获

得发展,必须做好以下几项工作:

(1) 继续深入挖掘、整理和研究我国传统翻译理论。在研究中,要突破用传统方法研究传统理论的方法。因为这样做,势必难以深入,也难以有所突破。我们可以应用西方翻译理论的观点和研究方法,来总结和解释中国传统译论。在这方面,中西医结合的成功经验,可作为我们的借鉴。一方面,用西医的理论来研究和解释中医的理论和实践;另一方面,在临床实践中,采用中西医结合治疗的方法。我们认为,像赵元任先生的"论翻译中信达雅的信的幅度"一文,就是使用西方微观分析的方法,对"信、达、雅"中的"信"进行研究,使原来难以言传的模糊的"信"这一标准,变得具体清晰起来。这样,就可把我国翻译理论研究重宏观把握和西方翻译理论研究重微观分析的方法结合起来,闯出我们翻译研究的新路。

(2) 系统、全面地引进国外翻译理论。过去,我们在这方面已经做了不少工作,但还远远不够。我们看到对西方翻译理论有一些零星的介绍,但不够系统,不够全面。即使是我们译界较为熟悉的外国翻译理论家,如奈达和纽马克的理论,也没有作全面的介绍,更何况国外许多其他流派的译论,介绍得更少了。由于原文资料对一般人来说难以读到,而且又涉及到多种语种,因此,我们应有计划地把他们的著作直接进行翻译、编译或摘译。据我所知,《中国翻译》编辑部曾有过这样的计划,并邀请了有关专家提出了需要介绍的书目。后来,由于出版困难等种种客观原因,计划搁浅了。惟一按原计划出版的就是穆雷翻译的卡特福德的《翻译的语言学理论》。我们认为,鉴于最近20年来西方翻译理论蓬勃发展的形势,我们应组织各方面的力量,重新制定新的计划来实现这一目标。中国译协下设的翻译理论和教学研究委员会可规划这项工作。

(3) 在引进和介绍西方翻译理论的同时,我们还应进行研究。

这种研究,应包括评论和比较,就比较而言,可进行国外各种翻译理论流派之间的比较,更需进行国外译论与中国译论之间的比较。这样我们的翻译研究就能沿着继承、融合、创新、发展的方向前进。这方面的工作也已经开始进行(谭载喜,1995:12—16;1998:12—16;吴义诚,1998:47—51)。湖北教育出版社将出版由许钧主编的各国翻译理论研究的丛书,对国外的译论有介绍、有评论、也有与中国译论的比较。另外该出版社还正在并将继续出版"中华翻译研究丛书"。这标志着我国翻译理论的发展,开始进入融合和创新的阶段。毫无疑问,这些工作需要得到各方面更广泛的支持。

(4) 在新的世纪,翻译必然会面临许多新的问题。随着新的理论的引进,在与中国传统译论融合的过程中,也必然会出现许多新的问题。这都会引起新的辩论。如上所述,两种不同观点之间展开的辩论,是正常的,是翻译理论发展的必然规律。因此,要发展我国的翻译理论,辩论是必要的,也是不可避免的。重要的是,要吸取以往翻译辩论中的一些经验教训,以使辩论更健康、更富有成果地进行。

中国翻译理论在本世纪最后的十多年里,取得了长足的进步。现在,在翻译界内外,越来越多的人认识到翻译理论研究的重要性。归根到底,翻译理论是为不同语言和不同文化的各民族之间更好地相互交往、相互了解服务的。有人称 20 世纪是翻译的世纪,而 21 世纪则是翻译理论研究的世纪。我们有充分的理由相信,在新的世纪,我国的翻译理论研究必将有更大的发展,并取得更大的成绩。

〔参考书目〕

董乐山:《文化的误读》,北京:中国社科学出版社 1997。

范守义:“翻译界五十年(1894—1948)的争论”,《中国翻译》1986 年第 1 期。
冯建文:“一文归化与保存异域情趣”,《外语教学》1993 年第 1 期。
高枝青:“翻译——只能是意译”,《中国翻译》1988 年第 5 期。
辜正坤:“翻译标准多元互补论”,《中国翻译》1989 年第 1 期。
郭建中:“翻译:理论、实践与教学”,《中国科技翻译》1997 年第 2 期。
“翻译中的文化因素:异化与归化”,《外国语》1998 年第 2 期。
黄邦杰:“译文能比原文高明吗?”,《中国翻译》1989 年第 6 期。
黄　任:“翻译研究与翻译实践”,华东地区第四次翻译研讨会论文,1998 年。
姜椿芳:“团结起来开创翻译工作新局面——在中国翻译工作者协会第一次全国代表会议上的报告”,《中国翻译》1986 年第 4 期。
李全安:“直译与意译是一场什么样的争论?”,《中国翻译》1990 年第 5 期。
刘英凯:“归化——翻译的歧路”,《现代外语》1987 年第 2 期。
“试论奈达‘读者反应’论在中国的负面作用”,《上海科技翻译》1997 年第 1 期。
刘重德:“略谈外国文学翻译评论”,《中国翻译》1992 年第 5 期。
鲁　迅:“鲁迅和瞿秋白关于翻译的通讯·鲁迅的回信”,《翻译论集》,罗新璋编,商务印书馆,1984 年。“‘题未定’草”,《翻译论集》,罗新璋编,商务印书馆,1984 年。
钱霖生:“读者的反应能作为评介译文的标准吗?——向金隄、奈达两位学者请教”,《中国翻译》1988 年第 2 期。
钱钟书:《管锥编》第 3 册。
秦洪武　李海青:“论归化的可行性”,《外语与翻译》1997 年第 2 期。
瞿秋白:“鲁迅和瞿秋白关于翻译的通讯·给鲁迅的信”,《翻译论集》,罗新璋编,商务印书馆,1984 年。
沈苏儒:“继承、融合、创新、发展——我国现代翻译理论建设刍议”,《外国语》1991 年第 5 期。
史立仁:“评‘翻译的准则与目标’——与周兆祥博士商榷”,《中国翻译》1990 年第 1 期。
谭载喜:“试论翻译学”,《外国语》1988 年第 3 期。
“中西现代翻译学概评”,《外国语》1995 年第 3 期。
“翻译学必须重视中西译论比较研究”,《中国翻译》1998 年第 2 期。
魏培忠:“发挥译文语言的优势”,《中国翻译》1983 年第 5 期。
吴义诚:“关于翻译学论争的思考”,《外国语》1997 年第 5 期。

"中西翻译理论的比较",《外国语》1998 年第 3 期。

许 钧 袁筱一:"试论翻译批评",《翻译学报》1997 年创刊号。

许崇信:"文化交流与翻译",《外国语》1991 年第 1 期。

许渊冲:"谈重译——兼评许钧",《外语与外语教学》1996 年第 6 期。

"文学翻译:1+1=3",《外国语》1990 年第 1 期。

杨晓荣:"对翻译评论的评论",《中国翻译》1993 年第 4 期。

杨自检:"关于建立翻译学的思考",《中国翻译》,1989 年第 4 期。

张经浩:"翻译不是科学",《中国翻译》1993 年第 3 期。

《译论》,湖南教育出版社,1996 年。

张南峰:"走出死胡同,建立翻译学",《外国语》1995 年第 3 期。

"从梦想到现实——对翻译学科的东张西望",《外国语》1998 年第 3 期。

周兆祥:"翻译的准则与目标",《中国翻译》1986 年第 3 期。

朱小安:"汉语形象用语在德国报刊中的使用和翻译",《中国翻译》1994 年第 3 期。

Larson, Mildred L., "Editor's Notes: The Interdependence of Theory and Practice" in *Translation: Theory and Practice, Tension and Interdependence* — American Translators Association Scholarly Monograph Series 1991, Volume V.

Newmark, Peter, *Approaches to Translation*, Oxford: Pergamon, 1981.

A Textbook of Translation, New York: Printice Hall, 1988.

About Translation, Clevedon: Multiligual Matters, 1991.

Popovic, Anton, "Translation as Communication" in *Translation as Comparison*, edited by A. Popovic & I. Denes, Nitra, 1972.

Richards, I. A., "Toward a Theory of Translation" in *Studies in Chinese Thought* edited by A. Wright, Chicago: University of Chicago Press, 1953.

Tur, Jaime, "Sobre La Theoria de la traduccion", cited and translated into English by B. Harris in "Reaction to the Symposium" in *Translation and Interpretation: The Multi-Cultural Context — A Symposium*, edited and introduced by Michael S. Batts. Vancouver, Cautg, 1975.

第五节 中国翻译教学百年回顾与展望

海南大学 穆 雷

一、翻译教学的发展

要讲翻译教学的历史,首先就要回顾我国的翻译史和外语教育史。谈到我国的翻译史,原始社会无文献可考,就是略有文献的夏商两代,现有史料也均失之过简,无从窥测当时的翻译活动(马祖毅,1984)。最早有记载的翻译史,要从佛经翻译算起。最早培养翻译人才的记录,是在玄奘主持译场时期。据载,明代的"四夷馆"是我国最早的专门培养翻译人才的外语学校。

中国的英语教育始于清朝,至今已有130余年的历史。京师同文馆是清政府于1862年开办的第一所外语学校。当时,中国没有翻译人才,每逢与洋人会商,都得请洋人作翻译,其中难保没有偏袒欺蒙之弊。因此,清朝统治集团内部的洋务派极力主张办自己的学校,培养自己的翻译人才(杨玉林、崔希智,1994)。1902年,京师同文馆并入京师大学堂,改称翻译科。不久,翻译科又并入该校增设的译学馆,以研习英、俄、法、德、日语言文字为主,这是我国高等学校外语专业教育的起点。译学馆的教学以外国语文为主,并要求学生通晓国文,毕业后能阅读、翻译外文书籍,能担任口译工作及编写文典。据载,京师同文馆注重翻译实践,八年内均有翻译练习,从翻译便条公文入手,进而转入书籍翻译(付克,1986)。这大概也可以说是我国高等学校专业翻译教育的起点了。据我国著名文学家、翻译家茅盾先生回忆,他1913年报考北京大学预科时,英语考试题有造句、填空、中译英和英译中,可见当时翻译已被用来考查学生的外语水平。

1912年中华民国成立后,外语专门学校发展较快,英语系科在高校中为重点系科,设外文系科的学校占全国高校总数的三分之一左右。但由于政局不稳,教育混乱,学校种类繁杂,培养规格与专业特点各不相同等多种原因,课程设置十分混乱。教育部于1913年颁布的《大学规程》中为英文学类规定的11种科目多为英美文学和语言学,没有翻译教学的内容。

1941年,在抗日战争的炮火声中,为了培养翻译人才,中共中央和中央军委决定在抗日军政大学筹办一个俄文大队。1944年,延安外国语学校成立英文系后,培养目标发生了变化,不仅要培养军事翻译人才,还要培养新中国的外交人才。当时的课程设置有讲读、语法、会话和翻译四种课型。付克曾在《论外语教学》中比较详细地记录过当时的翻译教学情况,包括课型、开课时间、教材、教学方法和存在的问题等,可谓最早最详细的翻译教学记载。这一时期的翻译课实践为后来我国的翻译教学摸索出一条道路,积累了有益的经验。

1949年新中国成立之后,相继成立了许多外语院校。由于历史原因,当时设置俄文专业多于英文专业。高教部明确规定,俄文专科学校的任务是培养翻译干部,占全体学生的70%,英文未见明确规定。1964年10月制定的《外语教育七年规划纲要》又确定个别外语院校以培养翻译为主,而且是培养语言文学水平较高的高级翻译人才。随着这些政策的确立,翻译教学才开始逐渐受到关注。

然而,专门的翻译教学在我国尚未真正开展起来。50年代初期,外语院校的学生在听、说、读、写几方面基础比较扎实,“但是翻译教学显得薄弱,教员并不太重视,没有什么计划性……未见讲过翻译知识和方法。翻译带有很大的偶然性和随意性,是作为一种课堂练习形式出现,没有固定的时间,很像课堂答疑。"学生"认为应该有计划地系统地讲翻译知识、方法和技巧。不掌握翻译方法和技巧,只是作为辅助练习不能解决问题,应该从基本的翻译理论知识,翻译实践和技巧各方面有计划地讲,最好能开专门的翻译课。"(参见付克,1989)从那时起,有些院校开始把翻译作为一门独立的课程定为必修课。

1953 年 8 月 11 日,高教部在北京召开第二次全国俄文教学工作会议,会上讨论了有关翻译教学的问题。从师哲的报告中可以看出,当时大多数学校的翻译教学以笔译为主,只有个别学校开设了口译课。1955 年,我国制定了三、四年制俄语专业统一教学计划,其中包括了翻译课程(口译与笔译)和翻译课程的学年论文。

从数量上看,到 1953 年底,全国共有 8 所高等外国语学校,还有 11 所综合大学设有外语专业,19 所高等师范院校设置俄语专业,其中一所同时设置了英语专业,全国共有 40 个外语院系或专业。到 1966 年 3 月,全国开设英语专业的高校已达 74 所。但在 1966 年以前,并非所有的外语院系都开设翻译课程。虽然国家想培养大批的专业翻译人才,实际的外语院系毕业生很难满足数量和质量的要求。这与当时人们对翻译课的认识、翻译教学任务的规定、课程设置、大纲制定、教材编写和教学方法等多方面都有很大关系。

从社会环境来说,1949—1966 年这 17 年间,我国的外国文学翻译出版工作进入了一个蓬勃发展的新阶段,翻译出版了大量外国文学作品(见孙致礼,1996)。成百上千的翻译工作者参加了翻译工作。这些人虽说大多数是新中国成立之前培养出来的,但他们的翻译实践和外国文学译作的大量出版对新一代翻译工作者的成长产生了重要的影响,起到了很好的示范作用。正活跃在译坛上的中青年翻译工作者,就是读着他们的译作,在他们的影响下成长起来的。

然而，我们也要看到，17 年间新中国的政治运动一个接一个，学生不得不用大量时间参加政治学习，势必影响到业务学习，使他们的语言基础和文学修养从整体上看不如老一辈翻译家那么扎实深厚，这从一方面影响了翻译能力的提高。另一方面，紧张的政治氛围限制了翻译实践的范围和数量。有人估计，我们的毕业生多数只能作旅游和生活翻译(付克，1989)。这是学校方面对外语专业学生学习质量的评价，造成这种现象的原因既有社会的，也有学校教学方面的责任。但这只是一个方面，中国的翻译教学在这 17 年间毕竟逐渐起步并走上正规化了。

1966 年至 1976 年这十年间，受"文化大革命"的影响，大专院校基本无法进行正常的教学活动，外语院校更是被批判的对象。"工农兵学员"的学制从原来的四、五年改为三年，许多课程都被压缩或精减掉了。教师不敢"偷听敌台"、无法钻研业务，没有条件学习外国的新理论。部分文化基础比较扎实的学员学得较好，但不少学员文化水平较低，许多精力又没全放在学习上，因此，从整体上看，这十年间全国的外语教育水平下降了。翻译课既是高年级一门独立的专业课，又是学生听、说、读、写几种基本技能的综合体现，在外语教育整体水平下降的大环境下，翻译教学不可能不受其累。外语刊物全部停办，以致我们现在都无法了解当时的翻译课教学基本情况。

1977 年恢复高考制度后，外语院系的教学逐渐正规起来。1979 年 4 月 12 日，教育部发出通知，试行高等学校英语专业教学计划和英语专业基础阶段实践教学大纲。计划规定，翻译为专业必修课，这就正式确立了翻译课在英语专业学习中的地位。当时教育部根据新的教学计划和大纲，组织人力编写出版了统编教材《英汉翻译教程》和《汉英翻译教程》(在此之前，只有陆殿扬著的《英汉翻译理论与技巧》，1958 年后一直在使用)，之后，其他语种也相继陆续编写了《俄汉翻译教程》、《俄汉科技翻译》、《德语口译教材》、《德汉翻译教程》、《法译汉教程》、《日汉翻译基础》、《汉日翻译教程》和《日译汉教程》等一批翻译教材。这是我国首次正式出版的系列统编教材,它对保证翻译教学的顺利实施起到了重要作用,为当时翻译教学从无序状态逐渐进入有序发展开了一个头。

1982 年 9 月 21 日,在全国法语翻译教学座谈会(这也是全国首次外语专业翻译教学研讨会)上,教师们提出,外语教学应当重视翻译这一环节。经过讨论,教师们基本上对翻译教学的目标达成共识,但具体的教学方法还有待于探索。由于改革开放刚刚开始,国外的翻译教学情况极少介绍进来,而且由于汉语语言文化的特殊性,国外的翻译教学经验在国内未必行得通,因此,中国的翻译教学方法只能靠自己去摸索。

对学生翻译能力的要求是 1984 年在《高等院校英语高年级教学试行方案》中提出的,对学生毕业时应达到的翻译水平规定为:能译一般文稿,如新闻报道,一般有关文化、文学、政治、经济等文章,译文基本正确、通顺;汉译英、英译汉的速度分别为每小时 150 到 200 汉字左右。《方案》中还规定了翻译课的课型、课时和教学要求。这大概是第一次明确规定翻译教学在数量和质量上应该达到的目标。在 1990 年出版的《高等学校英语专业高年级英语教学大纲》(试行本)中,对翻译能力作了进一步的规定,从质量、数量、口译、笔译、课程设置和教学目的等方面进一步提高了对翻译教学的要求。

除外语专业的翻译教学外,公共英语教学中的翻译教学也开始受到重视。根据 1984 年 5 月修订的公共英语教学大纲,基础阶段四、六级考试要求英译汉的速度为每小时 300 英语词,专业阅读阶段要求英译汉每小时 350 词以上,并建议开设英汉翻译技巧作为选修课,目的是提高英译汉的能力,要求学生选修此课前至少读完四级,使用教材要统一。大学四级英语考试从 1996 年起增加了翻译题型,要求考生把阅读理解的英文原文中指定的几句话译成汉语。这一举措引起了广大英语教师的关注。他们认为,翻译不再仅仅是外语教学的一种手段,应该结合阅读教学,适当给学生教授翻译技巧。

随着对翻译教学重要性认识的逐步加深,我国的翻译教学从外语院系的一两门课程渐渐发展,成立翻译院系势在必行。1996年,广东外语外贸大学英语语言文化学院成立了我国第一个翻译系,把翻译作为一门专业,目的是"培养具有扎实的英语语言基础和较强的语言交际能力,又掌握多方面知识,尤其是翻译理论和技巧,能胜任外事、外经贸、国际文化和科技交流部门的高层次翻译工作的专门人才。"(参见 Internet 广外招生信息)如今,在西安翻译培训学院红红火火办学的同时,华东翻译学院又在紧锣密鼓的筹建之中。

我国香港和台湾地区的翻译教学在某些方面比大陆先行一步。例如,香港共有政府资助的大学八所,除香港科技大学外,其他七所均设置了翻译系或翻译研究中心。最早成立翻译系的是香港中文大学,至今已有 26 年的历史,它和香港浸会大学等校都可以授予翻译专业硕士学位和以翻译研究为方向的哲学博士学位。其他几所大学如香港理工大学、香港城市大学、香港岭南学院、香港大学和香港公开大学均可授予翻译专业学士学位。香港的翻译教学已经形成了从专科、本科直到硕士、博士的一个完整系列,且各所大学的翻译教学都独具特色,紧密结合香港的市场需求培养多层次的翻译人才。台湾地区的翻译教学则是另外一番景象。十年前,台湾私立辅仁大学外语语言学院成立了第一个翻译学研究所,该所可以培养英、法、日、德等语种的口笔译人才,其中尤其以口译员的培养为主,现已可以授予笔译和会议口译暨笔译两种硕士学位。台湾国立师范大学于 1996 年成立了翻译研究所,私立长荣管理学院也于同年成立了翻译系,开始培养专业翻译人才,以适应经济和文化发展的需要。台湾地区的翻译教学特别重视口译，形成了自己的特色。

中国内地的翻译教学目前仍以外语院系的本科、专科的高年级翻译课和翻译专业硕士研究生的培养为主。据《中国外语教育要事录(1949—1989)》(外语教学与研究出版社，1993)统计，截至1989年，全国设置外语系科的普通高等学校有：综合大学94所，理工农医院校73所，师范院校226所，共393所。90年代以来，全国高校的数目有增有减，有新建院校，也有院校合并，但总数变化不大，因此估计目前总数在400所左右。这些院系绝大多数都开设了翻译课程，这是本、专科外语教育中的翻译教学数量概况。

1983年11月3日，国务院批准了我国首批博士、硕士学位授予单位及其学科、专业名单，当时外国语言文学学科只有10个专业点，占总数的1.2%，硕士有51个专业点，占总数的1.6%。1984年1月13日，在第二批名单上，外语类增加了5个博士点，22个硕士点。1986年7月28日，在第三批名单上，外语类有19个博士点，59个硕士点。至此，全国共有外语类博士点34个，硕士点132个。我们关注的是，在第三批名单上，北京外国语大学和上海海运学院是首批以“翻译理论与实践”为名的硕士点；第四批名单上增加了解放军外语学院和解放军国际关系学院，第五批增加了内蒙古大学和广西大学，第六批增加了长沙铁道学院和陕西师范大学。到目前为止，除了上述几所院校是以“翻译理论与实践”为名的翻译专业硕士点外，其他学校的翻译专业硕士和博士都是在语言文学专业下的翻译方向培养的。翻译专业的第一批本科生尚未毕业，博士生只毕业了屈指可数的几名，因此，我国目前绝大多数受过专门翻译教育训练的学生都是硕士这一档次的，显然层次分布不合理，数量也远远不能满足需要。尤其值得注意的是，在所有这些翻译研究生中，只有北京外国语大学翻译学院的学生接受了正规的口译训练，其他院系均培养笔译，充其量上过一门口译课。这与港台地区、欧洲和北美的翻译教学迥然相异,因为他们的翻译教学是十分重视口译的。

二、翻译教学的现状

外语院系的高年级翻译课,有的学校分为笔译和口译,有的学校分为外译汉和汉译外,但口译课开设并不普遍。开课时间一般是1—2年,每周2—4个学时。硕士生的翻译课因各校培养目标不同而名称各异。1996年5月在青岛的一次会议上,翻译教师们经过讨论认为,翻译专业硕士生必须开设翻译理论、翻译实践、翻译批评、英汉对比研究、语义学、文体学、汉语和英语写作等八门课,其他课程可以根据各校培养目标的不同自行安排。

笔者近两年曾对英语翻译课教师进行过书面和口头调查,发现80年代初出版的张培基、喻云根等编著的《英汉翻译教程》和吕瑞昌、喻云根等编著的《汉英翻译教程》仍被许多学校用作教学参考书。但是,只有很少几所院校单独使用这两本教材,绝大多数教师在使用这两本统编教材的同时还使用其他公开出版的教材或自编的讲义与练习。几乎所有的教师都对现有教材感到不满意,认为统编教材内容和译例陈旧、体例不够多样;新出的教材种类繁多,各有优劣,令人难以选择,不容易找到适合学生要求、紧密联系实际的翻译教材;缺少规范的、难度由浅入深的系统练习材料和结合练习编排的译文对比、译文赏析等。教师们普遍反映翻译参考书较少。国内翻译研究专著本来就为数不多,书价又高,令人"望而生畏";国外新书资料虽多,却不易买到;许多学校藏书有限,难以满足师生的需要。目前已有的参考书多为资历较深的译界名人经验之谈,缺乏内容新颖的系统的理论书籍。随着翻译实践的丰富、翻译理论的深入和翻译教学的发展,原有统编教材中的观点和例句需要更新,内容需要补充,体例需要改进,因此,编写一套高质量的翻译教材,是提高翻译教学水平的当务之急,也是广大翻译教师的共同心愿。不少教师提出建议,由中国译协翻译理论和翻译教学委员会、中国英汉语比较研究会翻译研究会和中国比较文学学会翻译研究会这三个以翻译教师为主体组成的学术团体和教育部有关部门共同牵头,组织协调一批翻译教师,设计总体规划,修改原有大纲,确定教学目标,然后据此编写一套"翻译教学丛书",其中包括《英译汉教程》、《汉译英教程》、《译作赏析》、《翻译评论》、《英汉对比研究》、《英汉互译口译教程》以及与各教程配套的教师用书和练习册,以减轻教师备课的负担,并使翻译教学进一步有序化。这套系列教材还应考虑到翻译教学的层次性,使不同档次的学校可以从中选用部分内容,还可以为通过大学英语四六级考试的学生和其他有特殊行业需要的院校分类编写补充练习。其他语种可参照英语翻译教材的形式酌情编写各自的教材。如果能用十年时间完成这一工程,将会有力地促进中国的翻译教学。

20 年来,我国培养了一大批翻译专业的硕士研究生,这些人中有不少目前正与具有丰富教学经验的中老年教师一起,活跃在翻译教学的岗位上。据调查,在翻译教师中,45 岁以下的青年教师约占 47%,45 岁以上的中老年教师约占 53%。在这些中老年教师中,有不少已经年逾花甲或接近退休年龄,很快就要退出教学第一线。青年教师多在 40 岁左右,30 岁以下的教师极少。即使每年从研究生里留下一部分充实青年教师队伍,缺口仍然很大,教师队伍的年龄结构很不合理。从师资队伍的学历和职称来看,学士占 62%,硕士占 33%,博士仅占 5%,这与国外大学教师必须具备博士学位确实无法相比,因为要受国情所限。外语专业每年全国也招不了几个博士生,况且其中多为语言学或文学方向,翻译教师中现有的博士多是在国外获得的学位,或学的是语言学、文学,实在没人上课了就来教翻译,真正学翻译的博士并不多。在翻译教师中,高级职称占 82%,初中级一共只有 18%,结构也不合理。

由于历史原因,中老年教师里学士多一些,青年教师学历普遍较高,这也是近年来我国翻译教学所取得的成就之一。从整体上看,老教师的素质普遍较高,他们严谨的治学态度、扎实的双语功底、优美流畅的译笔和娴熟灵活的教学方法等,都值得中青年教师好好学习。我们的师资培养,一方面要抓紧翻译专业硕士、博士的培养,另一方面也不能忽视已拥有高学位的中青年教师的知识更新和自身素养的不断提高。应该鼓励中青年教师爱岗敬业,以科研带动教学,以教学促进科研,从数量和质量两方面改善翻译教师的队伍结构。翻译师资的培养是一个迫在眉睫的问题,它关系到翻译教学的发展,也影响到整个翻译事业的发展,应该引起有关部门足够的重视,采取相应的措施,制订长远规划,绝不可掉以轻心。

解决了教师和教材问题,还有教学方法问题。翻译课教什么?怎样教?这是一个长期悬而未决的问题。按照英语专业高年级教学大纲的规定,翻译课既要讲翻译理论,又要有大量翻译实践;既要研究汉英两种语言的对比,又要总结常用的语际翻译技巧。大部分翻译教师都认为,只实践不讲理论不行,只讲理论不实践也不行,应该在大量实践的基础上有选择地讲授翻译理论,结合实践的内容讲理论,使学生把实践中发现的问题在理论学习中得到解决。有人甚至提出本科阶段理论与实践的比例,如三比七等。教学大纲上对六级和八级翻译应达到的要求规定得比较笼统,没有对理论的要求。翻译理论和技巧内容丰富,在我们有限的课时里,哪些应该重点讲?哪些应该一带而过?哪些可以省略不讲?学生至少应该掌握哪些基本内容?翻译课的教学内容怎样与其他课程相衔接、相协调?本科阶段的翻译教学应重点解决什么问题?硕士生应学习哪些内容?这些都要翻译教师经过讨论,达成共识,修订大纲,并体现在教材中。

与外国语言文学的其他方面如语言学或文学相比,翻译研究不那么“红火”;而在翻译研究中,翻译教学研究所占的比例就更少。这种状况与语言文学和外语教学研究的进展以及我国翻译实践及翻译教学的发展不成比例,严重滞后。80 年代以来的外国语言文学刊物,除《中国翻译》和《上海科技翻译》开设“翻译教学”栏目外,其他刊物只偶尔刊登讨论翻译教学的文章。《中国翻译》从 1980 年复刊至 1996 年这 17 年中,有 6 年没有教学栏目,在其余的 11 年里,总共刊登过 43 篇文章,平均每年还不到 3 篇。庄智象曾就 14 份具有一定代表性的外语期刊所载有关翻译的文章进行过统计(庄智象,1992),从三中全会以后至 1989 年底,翻译教学研究文章总共只有 41 篇,仅占所有翻译研究论文总数的 2.7%。如果按 14 份杂志平均分配的话,十余年中每份杂志仅发表有关翻译教学的论文不到 3 篇。这两组数字与每年所有外国语言文学期刊所发文章的总数相比,与翻译研究其他方面的文章数相比,实在是“微不足道”的。值得注意的是,庄智象的统计数字截止 1989 年,笔者的数字是 1996 年,两次统计相隔 7 年,用两种方法得到的结论竟相差甚微。这说明在这 7 年间,翻译教学研究不受重视的状况没有丝毫改观,甚至没有引起多少人的注意。令人可喜的是,最近一两年来,情况开始得到改善。例如,我们注意到,《中国翻译》1997、1998 两年发表翻译教学文章 12 篇,《上海科技翻译》发表 8 篇,《外国语》一篇,《中国科技翻译》5 篇,其他外语刊物上也偶有翻译教学文章刊登。这说明,不少翻译教师已开始关注教学研究,希望通过自己的努力来改进教学。

要进行某个学科的研究,必须占有丰富详尽的资料,而翻译教学研究在资料的收集、整理和利用方面恰恰是一个薄弱环节。翻译教师之间缺少沟通和交流,大多不了解其他院系的教材、教法、测试、参考书籍和翻译教学研究等情况。不像大学英语教学那样,有种类繁多的参考书,有难度循序渐进的习题集,有定期召开的教学工作会和研讨会,教师容易了解其他院系的教学情况及其效果。而我们在调查中却发现,有的学校几位翻译教师之间彼此都互不了解;有的院系连本校前几届学生的论文都查不到;有的学校为了“便于管理”,把一些有关教学的信息资料封存起来,不准查阅。全国现有上百个外语专业硕士点,估计每年有上百名学生做翻译研究论文,但想了解哪些课题有人做过都难以办到。因此,不少课题被一再重复研究,浪费时间,浪费精力,无法将有限的研究资源用到最需要的地方。也有的院系做得好,注意资料的保存和利用,有的教师对本学科点的培养计划和论文完成等情况进行过详细的总结,打印出完整的资料;有的教师对本校翻译教学情况有详细的记录和研究。这些不仅对其他翻译教师很有帮助,而且对他们自己的教学科研都大有裨益。

从已经发表的翻译教学研究文章来看,有对翻译课教学的总体论述,也有对教材、教法、一堂翻译课甚至某个译例教学的探讨;有汉译外教学,也有外译汉教学;有笔译教学,也有口译教学;有英语专业的翻译教学,也有大学英语中的翻译教学;有讨论中国内地的翻译教学,也有介绍港台地区和外国的翻译教学。总之,研究的面还比较宽,基本上涉及了翻译教学的主要方面。也有一些问题讨论较少,如教学大纲的修改、课程设置的确立、翻译作业管理和师资培养等。

从近年来国内翻译研究的课题立项情况来看,翻译研究(包括翻译教学研究)不受重视的状况正逐步得到改善。据《国家社会科学基金历年立项课题汇编》记载,从 1983 年至 1992 年这十年间,国家共资助 3889 个社科项目,分为 1058 个重点项目和 2168 个一般项目等。其中属于外国语言文学类的,“六五”期间的重点项目 8 个、“七五”期间十个,“八五”期间 5 个。在这 23 个重点项目中,有 22 个文学项目,1 个语言学项目,没有一个翻译项目。从 1988 年至 1993 年这 5 年中,在 51 个一般项目中,只有两个翻译项目(9 个语言学项目,其余均为文学项目)。在 28 个青年项目中,翻译只有一个,语言学 5 项,其余均为文学或文化研究项目。也就是说,在总共 103 个外国语言文学国家社科项目中,翻译研究只获得三项,仅占不足总数的3%! 翻译研究似乎是外语类研究中的"旁门左道",只有语言文学才是"正宗",这种观点在外语学院表现得比外语系更加明显。外语工作者向来以语言文学研究成果为豪,怎么能指望别人尊重和重视翻译研究! 在上述仅有的三个翻译研究项目中,一个是热扎克·买提尼牙孜的《西域翻译史》(1989),一个是孙致礼的《建国后17年英美文学翻译概论》(1993),另一个是王克非的《从J·S·Mill的"On Liberty"的翻译看异文化与思想的交流》(1989),都属于翻译史或翻译文化史的范畴。不过,90年代以来,翻译研究在国家级的科研项目立项中总算有了一席之地,除上述三个课题外,国家教委人文社会科学基金项目还有:许钧的《翻译理论研究》(1990)和王秉钦的《对比语义学与翻译》(1994)。1996年是国家翻译项目立项最多的一年,共有三个项目获得资助:谢天振的《中国翻译文学史》(社科重点项目)、穆雷的《中国翻译教学研究》(社科青年项目)和许钧的《文学翻译基本问题研究》(教委重点项目)。翻译研究在我国外国语言文学研究中的地位以及翻译教学研究在翻译研究中的地位正在上升,由此可窥见一斑。

三、对我国翻译教学的展望

我们即将迈进21世纪。21世纪是信息时代,对于翻译的需要越来越多。怎样培养合格的译员,是各国翻译工作者共同关注的问题。近年来国际国内翻译教学的学术研究和活动日益频繁,反映出这样一个趋势:翻译教学必将在21世纪获得全面飞速发展。就从事翻译教学的人数来说,中国大概可以算得上是"世界之最"了。我们怎样才能充分利用自己的优势,改进翻译教学? 或许应该从以下几方面着手:

(1) 提高认识,明确目标

在即将过去的一个世纪里，中国大陆的翻译教学之所以发展较慢，除外部的客观环境影响外，主要是许多人对翻译教学的认识不足。他们主张利用翻译进行外语教学，用翻译作为检查学生对外语的理解程度和对语法规则掌握的手段，这实际上是外语教学法流派中的翻译法而不是我们所说的翻译教学。我们所说的翻译教学，是把翻译作为一门专业来教，使学生树立正确的翻译观，培养良好的翻译工作习惯，学习初步的翻译技巧，了解基本的翻译理论，具备一定的翻译能力。翻译教师们普遍认为，翻译家不是教出来的，但翻译工作者却可以通过翻译教学培养出来。我们的任务就是要把前人的翻译经验进行理论升华，教给学生，使之尽快掌握两种语言转换的规律，在翻译工作中少走弯路，成为合格的翻译工作者。我国共有近 400 所高校外语院系开设翻译课，还有部分理工科院校给通过大学英语四六级统考的学生开设翻译选修课，但却没有形成从专科到博士一个完整的教学体系，系统培养专业的翻译工作者和研究者。在现有的翻译专业硕士生的培养中，又重笔译而轻口译，很难满足社会对口译员的需要。我们必须对翻译教学的现状和市场对人才的需求有比较清楚的了解，调整方向，明确目标，避免盲目，最大限度地利用现有教学资源。

(2) 修订大纲，编写教材

我们现有的教学大纲，已经使用了相当长的时间，应该深入开展调查，根据社会发展的需要加以修改，并在此基础上，结合翻译理论的新成果和培养目标，组织人力重新编写教材。我们的新教材，不仅应该体现 20 世纪翻译研究的成果和发展趋势，而且应该在原有教材讲授词句翻译的基础上，增加篇章翻译和各类文体翻译的内容，还应重视培养学生的编译和译述能力，以及人工辅助机器翻译或利用现有电脑翻译软件进行工作的能力，使学生能够适应现代化社会的发展需要，学会充分利用丰富的信息资源，成为现代化的翻译工作者。

(3) 深入研究，博采众长

我国虽然拥有悠久的翻译史，但由于各种原因，在翻译理论和翻译教学方面还有许多需要向外国或港台同行学习之处。例如，法国的口译教学不仅有丰富的经验，而且还有比较完整的理论，他们培养的学生具有敏锐的理论意识，这种理论意识可以帮助他们不断总结经验，随时解决工作中出现的问题；加拿大的翻译教学一开始就根据学生的母语分班，使学生的母语成为自己的工作语言；另外，加拿大的翻译教学有我们涉及极少的内容，如术语学、词典学、翻译校对与改错、传媒与翻译、文献研究、计算机与翻译、翻译学研究方法和编译、摘译等；台湾地区的学生必须在所学语言国家至少居住三个月至一年(完全自费，这一点我们很难做到)，熟悉那里的语言文化环境；香港浸会大学翻译学本科生第三年要到社会上去打工，使学生对翻译工作有比较深刻的认识，也让用人单位对学生的翻译能力有所了解。上述做法都有各自的理论支持。正是由于他们对翻译教学研究的重视，才能从理论上探索先进的翻译教学方法，针对翻译教学的性质、特点、目标、方法等，提出富有启迪意义的观点，进行系统的探索，使翻译教学从招生、教材到师资培养都有明确的要求。譬如，加拿大渥太华大学的翻译学院，从已经修过一年公共课并经过双语考试的学生中选拔学生进入翻译专业；台湾辅仁大学翻译研究所招生时要求学生 TOEFL 考试必须达到一定分数线；法国巴黎高等翻译学校的勒菲阿尔专门设计了一套供翻译专业招生时使用的考查办法，检查考生是否具备学习翻译技能的必备条件(许钧，1998)。又如，国外和港台每一所翻译院系或语言学系的翻译课程，都有相对稳定的、明确的教学要求，备有详细的资料介绍本院系的课程性质、学分安排、学生水平、入学考试、师资情况、资助条件和培养目标等内容。而我们在对国内翻译教学进行调查时发现，绝大多数院系没有成文的详细资料，学生入学前大多基本无法了解本校翻译教学的具体要求，无从在心理上和学业上做好充分的准备。笔者认为,做好资料工作是为翻译教学研究奠定基础。既不知己,又不知彼,是无法进行研究工作的。在翻译教学研究方面,还有许多问题值得深入探讨。

(4) 加强调查,完善体制

调查研究是我们的基本工作方法之一,但一直未受到应有的重视。我们有些教师,自己不做研究,也不愿配合别人的调研活动。台湾国立师范大学翻译研究所对自己的毕业生工作情况进行过跟踪调查;香港浸会大学翻译系则对国内翻译教材的使用情况进行了问卷调查。他们的调查获得了调查对象的普遍支持,得以顺利进行。笔者也曾受中国译协翻译理论与教学委员会的委托,对内地外语院系的翻译教学进行调查,却遇到重重困难。我们在《中国翻译》上发了通知,又向许多外语院系寄发了调查表,迄今为止只有 100 多名翻译教师热心地参与了此项调查。而据了解,我们有近 400 所高校设有外语院系,这些外语院系普遍开设翻译课,有的学校同时有几名教师从事翻译教学。尤其令人费解的是,有些名牌大学或外语学院翻译教研室对我们的调查反应相当冷漠,我们几次寄表都得不到反馈信息,甚至认为我们多事。我们的调查结果本应可以向有关部门提供比较准确的信息,为翻译教学改革提供可靠的依据。但这需要翻译教师的广泛参与。一个世纪以前,马建忠就建议设立翻译书院专门培养翻译人才,百年之后这一建议仍是“纸上谈兵”。有关人士多次呼吁成立国家承认的翻译学院,至少先在有条件的外语院系开设翻译专业的大专班和本科班,同时把翻译专业的硕士、博士教学从应用语言学里独立出来,自成一体,以形成从大专到博士这样一个比较完整的翻译教学体系。还可以在有条件的高校成立翻译研究中心或研究所,把教学科研结合起来。参照香港特区的经验,可以把翻译教学分成两大类:一类是职业翻译,如法律翻译、科技翻译、商贸翻译、旅游翻译或新闻翻译等,重点学习每个专业特有的语言和文体;另一类是通才翻译,重点学习两种语言和两种文化的对比。经过职业翻译培训的学生,可以更快更好地适应工作需要,经过通才培训的学生,则可进一步深造,或从事文学翻译,或从事翻译教学与研究。1992 年,在中国译协第二次代表大会上,叶水夫会长宣布,据不完全统计,全国有各类学科的翻译工作者近百万人。对这样一支庞大的翻译队伍,应该从宏观上加强管理,重视职业培训,重视知识更新,把职业培训纳入翻译教学的视野。由此可见,我们的翻译教学任务是相当繁重的,要做的工作还很多。

我们的社会主义现代化建设,需要大批高质量的翻译工作者,在这支队伍的建设中,翻译教学担当了举足轻重的任务。翻译教学是为翻译事业培养后备力量的,从这个意义上讲,翻译教学是翻译学这一学科发展的命脉,是整个翻译事业的一个重要组成部分。通过翻译教学,翻译理论才得以广泛传播和运用,我们才能建立起自己的学术基地和学术队伍,翻译事业才能源源不断地获得新生力量,才能生机勃勃,永葆学术青春。然而,翻译教学是一个系统工程,非两三个人所能完成,需要全体的翻译教师齐心协力,协作攻关,用集体的智慧来解决翻译教学中的重大课题。

如果我们从现在起重视翻译教学,重视对翻译教学的探索和研究,运用翻译研究的新成果解决翻译教学的实际问题,又以翻译教学的实际经验丰富中国的翻译理论,抓紧翻译教学基地的建设,抓紧翻译师资的培养,抓紧修改大纲和编写教材,我们就一定能在不远的将来,形成有中国特色的、完整的翻译教学理论和实践体系,使中国的翻译教学走在国际同行的前列!

〔参考书目〕

《外语界》编辑部编:《高等学校英语专业英语教学大纲参考资料》,上海外语教育出版社,1990年。
付克著:《论外语教学》,外语教学与研究出版社,1989年。
《中国外语教育史》,上海外语教育出版社,1986年。
许　钧、袁筱一编著:《当代法国翻译理论》,南京大学出版社,1998年。
四川外国语学院高等教育研究所编:《中国外语教育要事录》,外语教学与研究出版社,1993年。
庄智象:"翻译教学及其研究的现状与改革",《外语界》1992年第1期。
马祖毅著:《中国翻译简史——五四以前部分》,中国对外翻译出版公司,1984年。
杨玉林、崔希智主编:《英语教育学》,旅游教育出版社,1994年。
孙致礼编著:《1949—1966:中国英美文学翻译概论》,译林出版社,1996年。
穆　雷:"中国翻译教学现状初探",香港:《中国语文通讯》1996年第39期。

第六节　中国近代翻译的特殊形态及思考

上海海运学院　王建开

一、引　言

中国近代翻译与中国近代史相伴相长，对后者的演进有极大的促动。同时，作为后者的一个成分，不能不受时代语境的制约而呈现出一种极其特殊的文本形态。

在引入西方新学的过程中，译者的主体意愿及现实需要居于主导地位，在篇目选取、内容处置和语篇构造等方面运用了非常手段，尤其在译文内附设了多种成分，与译文一起构成一个多元的互动文本，共同担负启智的功能，显出极强的功用性。

将中国近代翻译的这一独特现象置于其产生的历史背景下检视，以"介绍近世思想的第一人"严复为例子，观其生成轨迹，对反思百年之后的中国译学传统会不无裨益。

二、忧患出译家：译本的人文环境

世纪之交的中国饱受列强宰割，危机四起。中国的知识分子在思考出路时把目光投向海外，"向西方寻找真理"，期待在西方新学中觅得救国良策。由此引发了一场译介大潮，域外的学术思想源源而来，撞击着旧有观念。中国近代翻译因此诞生。

在众多译家中，严复独领风骚，是公认的代表人物。作为学贯中西的学者，他的视野早已超越"师夷长技以制夷"的中体西用观，深知国力强弱不在军事而在民智。当时的中国，即便把民主共和这样的体制拿来，也会因缺少民众基础的支撑而搁浅。急需的是引进现代思想学说，开启民智，方是治本之策。欲强盛，先启蒙，这是外国经验的昭示。因此严复决意译介有关名著，从救"心"而达救国。基于此，他选择的著作不是军事技术，亦非文学，而是政治、经济之类，作者多为西方思想史上的重要人物，如首次提出人类起源的赫胥黎、提倡三权分立的孟德斯鸠等，独树一帜。

他译的每一部书都直接针对时弊。《天演论》[①] 于甲午失败后译出，取"物竞天择，适者生存"之理警示那些面临存亡而依然故我的国人，告诫说若不变法自强，抱残守旧，会遭无情淘汰："进者存而传焉，不进者病而亡焉……人欲图存，必用其才力心思，以与是妨生者斗。负者日退，胜者日昌。"（《天演论》导言十五按语）奋争意识唤起之后，接着是建立民主政体。传统帝制下政治昏暗，无民权可言，民权一失，必生专制和腐败。相形之下，西方政体有其民主性，可资鉴照。孟德斯鸠的《法意》[②] 论及各国政治立法源流和得失，主张以法治促民主。严复对此很是赞许，说："民主者，法制之极盛也。使五洲而有郅治之一日，其民主乎！"（《法意》按语）故将之译介进来，以资借鉴："其言往往中吾要害，见吾国不振之由，学者不可不留意也。"（《法意》十九按语）强国之路最终有赖于生产，而经济的发展策略又至为关键。《原富》[③] 堪称这方面的指导书，值得译读，因为"其中所指斥当轴之迷谬，多吾国言财政者之所同然，所谓从后而鞭之。"（《原富》按语）此书的"译例言"又说：

---

① T. H. Huxley 著，原书名 Evolution and Ethics，今译《进化与伦理》。

② Montesquieu 著，原书名 L'esprit des Lois，31 卷，西方资产阶级法学经典。严译从英译本 The Spirit of Law（《法的精神》转译，只译出 29 卷）。

③ Adam Smith 著，原书名简称 The Wealth of Nations，今译《国富论》。

“夫计学者,切而言之,则关于中国之贫富;远而论之,则系乎黄种之盛衰。”忧患之心可见一斑。书中所加的按语多处提醒要吸取外国的经验,让民族工业自由发展,不赞成政府干预。由激发奋争观念始,进而变革政体,实行民主,再依循现代经济规律发展生产。这样,严复的译作构成一个系统的方案,为中国的前途开出了一贴良方。这种以译达治的特别思路,决定了其译作必然出现的特殊形式。

三、译议合一:按语与译文整形

经世济民的理想,导致严译的独特构造。首先是体例。纵观十部严译,浩瀚达 190 万字。其中包括他本人写的按语 700 多条,约 19 万字,[①] 占总量的比例惊人。如《天演论》,译文近 6 万字(不是全译本),含按语 30 条,1.7 万字。《原富》55 万字,按语 300 余条约 8 万字。除去概念解释,按语多半是原作精神的阐发及联系古今国情的发挥。这种以“复案”导入的独立段落比比皆是(《天演论》35 章中有 28 章带按语),形成夹译夹议的式样,是严译的一个显著特点。

严复之前的译介多在自然科学领域,西文文物制度方面并无系统介绍。他所耳熟能详的,却是国人所陌生的。如政体方面:“吾辈考镜欧、美政治,见其现象,往往为吾国历史所未尝有者。”(《政治讲义》第四会)法制上亦然:“孟德斯鸠《法意》一书,其文义往往有难明者,无惑乎学者之莫通其恉也。”(《法意》二十按语)因而需旁加文字细说并点出要害。现以《天演论》导言八的按语为例:

---

① 据《翻译家严复传论》,第 83 页。另据《论严复与严译名著》,严译有 11 部,约 170 多万字,含按语 17 万字(该书第 17 页)。两书细节见“参考书目”。

复案：此篇所论，如“圣人知治人之人，赋于治于人者也”以下十余语最精辟。盖泰西言治之家，皆谓善治如草木，而民智如土田。民智即开，则下令如流水之源，善政不期举而自举，且一举而莫能废。不然，则虽有善政，迁地弗良。淮橘成枳。一也；人存政举，人亡政息，极其能事，不过成一治一乱之局。二也。此皆各国所历试历验者。西班牙民最信教，而智识卑下，故当明嘉、隆间，得斐立白第二为之主而大强，通美洲，据南美，而欧洲亦几为所混一。南洋吕宋一岛，名斐立宾者，即以其名，名其所得地也。至万历末年，而斐立白第二死，继体之人，庸暗选懦，国乃大弱，尽失欧洲所已得地，贫削饥馑，民不聊生。直至乾隆初年，查理第三当国，精勤二十余年，而国势复振，然而民智未开，终弗善也。故至乾隆五十三年，查理第三亡，而国又大弱。虽道，咸以还，泰西诸国，治化宏开，西班牙立国其中，不能无所淬历，然至今尚不足为第二等权也。至立政之际，民智汙隆，难易尤判。如英国平税一事，明计学者持之盖久，然卒莫能行，坐其理太深，而国民抵死不悟故也。后议者以理财启蒙诸书，颁令乡塾习之，至道光间，遂阻力去，而其令大行，通国蒙其利矣。夫言治而不自教民始，徒曰百姓可与乐成，难与虑始；又曰非常之原，黎民所惧，皆苟且之治，不足存其国于物竞之后者也。

细读此引段，可见译者对原作议论已烂熟于心，故能旁征博引，如数家珍般娓娓道来。原作的思想力量于是得以力透纸背而显现。惟有此，读者方有所思所虑，不至于读而生疑或漠然置之。这里，按语以译文为依据，译文藉按语作注解，两者相互依存，构成一部启蒙教科书。

按语犹如导读，有益于解读原作。但经此铺垫仍有难解之处。严复又在译文中对原作的文字加以重组并掺入个人之见，极力凸现要义,这是严译体例的又一特点。

《原富》例言说:"原书旁论四百年以来银市腾跌,文多繁赘,而无关宏旨,则概括要义译之。"《天演论》第一段译文把整段原文拆开之后重新组句,并作了部分改动,这是学界熟知的例子。对此,传统多从语言角度析之,褒贬不一。的确,原作的精细分析体现西方注重过程的说理风格,与中国简洁含蓄、点到为止的学术传统相比,显得繁冗,不便阅读。然而这种看似文字的整理,实际是传达新学体系所需、是服从于译者的宗旨的。

严复译书是要取其义而宣扬之,意义的符合重于词句的符合:"译文取明深义,故词句之间,时有傎倒附益,不斤斤计较于字比名次,而意义则不倍本文。"(《天演论》译例言)他甚至说,意义贴切即可,表述方式可以不论:"中间义旨,则承用原书,而所引喻设譬,则多用己意更易。盖吾之为书,取足喻义而已,谨合原文与否所不论也。"(《名学浅说》"译者自序")① 这些是易见的根据。除此之外,还有更深层次的原因。

严复在译介时,内心与原作产生共鸣,"彼"与"己"浑然一体,不能自已,极其自然地将个人见解掺入其中。试看《天演论》第一段后半部分:

> **原文**:One year with another, an average population, the floating balance of the unceasing struggle for existence among the indigenous plants, maintained itself. It is as little to be doubted, that an essentially similar state of nature prevailed, in this region, for many thousand years before the coming of Caesar; and there is no assignable reason for deny-

---

① 《名学浅说》原书名 The Primer of Logic,今译《逻辑学入门》,W. S. Jevons 著,论述演绎逻辑和归纳逻辑。

ing that it might continue to exist through an equally prolonged futurity, except for the intervention of man.

严复译文:数亩之内,战争炽然,强者后亡,弱者先绝。年年岁岁,偏有留遗。未知始自何年,更不知止于何代。苟人事不施于其间,则莽莽榛榛,长此互相吞并,混逐蔓延而已,而诘之者谁耶!

这是典型的译述手法,与现代译本比较即知。[①] 但这里已经不只是为显要义进行的文字重组了。由“物竞天择”联想到中国实情,严复深有感触,这正是他开启民智所需的言论。此时他思绪涌动,不吐不快,写下了“强者后亡,弱者先绝”。原文并无此句,完全是他个人发出的心声。这里,译者与作者在思想深处达到高度融合,译文表述的既是作者所论,亦是译者所想,两者合二为一,成为一种和声。

四、结 语

严复不只是翻译家,他更是思想家,力图借西方思想文化改造传统而强国。译书是他实现理想的途径。他深知,新学与传统之间隔膜甚厚,必有一个艰难的渗透过程,仅靠照译原文难以如愿。他不得不用非常手段,凭着自身对中与西的精深领会,在译文内附设“按语”作诠释;重组原文,取其要义而译之;译述并用,[②] 将个

---

① 1971 年科学出版社《进化论与论理学》的该段译文:“年复一年,它们总维持着一种平均的类群数量,也就是本地植物在不断的生存斗争中维持着一种流动的平衡。无可怀疑,在凯撒到来之前的几千年中,这个地区就已存在着一种基本上类似的自然状态;除非人类进行干预,否则就没有任何明显的理由来否定它能够在同样长久的未来岁月中继续存在下去。”转引自《翻译家严复传论》,第 94 页。

② 富文书局 1901 年的《天演论》版本封面上写着:侯官严几道先生述赫胥黎天演论。

人思考掺入其中。结果,产生了一个全新的复合文本,其中译与议相辅相成,共生劝喻功力,促动接受方去领悟。

这一独特的译本形态实为传输原文的意图所规定。对此,严复曾说:“窃以谓文辞者,载理想之羽翼,而以达情感之音声也。……仆之于文,非务渊雅也,务其是耳。”(与梁启超书)有时,需前后征引,综合数家之言,非有旁注及己见不可:“今遇原文所论,与他书异同者,辄就谫陋所知,列入后案,以资参考。间亦附以己见,取《诗》称嘤求,《易》言丽泽之义。”[①] (《天演论》译例言)如此,原书深奥之理得以昭揭而生影响:“近者吴丈挚甫(吴汝纶)亦谓海外计学无逾本书,以拙笔为用笔精悍,独能发明奥颐之趣,先怪奇伟之气,决当逾久而不沉没。”(与张元济书)所以他的译文甚至可作独立于原著之外的文学作品对待。[②] 而这一切都是时代所造就的,非有上述严复那样的特殊时代,那样的经历、志向、学识、与原作者有那样的心灵相通等条件环环相扣,不能得出那样独特的译本。

如今,我们走到又一个世纪之交,严复那样的历史语境已不复存在,译介的功能亦不再是劝喻或改造什么。因而,在重新审视中国近代翻译的这一现象时,不应忽视其生成的特殊性。正因其特殊,才是可遇不可求的,难以具有普适性。对此,严复有清醒的认识并多处论及,曾说:“题曰达旨,不云笔译,取便发挥,实非正法。什法师有云:‘学我者病。’来者方多,幸勿以是书为口实也。”(《天演论》译例言)百年后面对世界多元文化的新语境,译界同仁是否也应作如是观并有所更新、有所超越呢?

---

① 《诗·小雅·伐木》:“嘤其鸣矣,求其友声。”喻朋友同气相求。又《易·兑》:“丽泽兑,君子以朋友讲习。”喻朋友相互切磋。见《辞海》“嘤鸣”,“丽泽”条。

② 参见《翻译家严复传论》第58页。

〔参考书目〕

商务印书馆编辑部编:《论严复与严译名著》,商务印书馆,1982年。

高惠群、乌传衮著:《翻译家严复传论》,上海外语教育出版社,1992年。

马勇编:《严复语萃》,华夏出版社,1993年。

[美]许华茨著,滕复等译:《严复与西方》,职工教育出版社,1990年。

王式主编:《严复集》第3、4、5册,中华书局,1986年。

施蛰存主编:《中国近代文学大系》翻译文学集一,"导言",上海书店,1991年。

陈玉刚主编:《中国翻译文学史稿》,中国对外翻译出版公司,1989年。

陈福康著:《中国译学理论史稿》,上海外语教育出版社,1992年。

郭延礼著:《中国近代翻译文学概论》,湖北教育出版社,1998年。

第六章　翻译与文化身份

第一节　从早期香港的翻译活动（1842—1900）[①] 看翻译与权力的关系

香港浸会大学　张佩瑶

过去数十年，翻译研究受到后结构主义理论及后殖民主义理论发展的影响，有不少文章探讨翻译与权力的问题。巴尔特（Roland Barthes）首先提出"作者已死"的理论，接着福柯（Michel Foucault）提出他的权力论说，然后德里达（Jacques Derrida）和解构理论的评论者对所谓"原文/源文"（original）彻底否定，并揭开"本源"（origin）这概念在形而上学享有优先地位的神秘面纱。译学理论家吸收了上述各学派的理论，重新探索长期支配翻译活动"忠信"原则背后的意识形态，分析翻译如何成为模仿原文、从属原文的概念，并展示翻译这概念是历史和意识形态建构的产物，而不是本体论上的所与。译学理论家又透过重新阅读本雅明（Walter Benjamin）的文本来肯定翻译能令

① 本文的英文稿原于 1998 年 12 月在上海举行的"'98 上外翻译理论与翻译教学国际学术研讨会"中宣读，此为修正后的译文。初稿由郭可思小姐及王剑凡先生翻译，后由笔者增删修改，谨向郭可思小姐及王剑凡先生致谢。亦谨此鸣谢香港浸会大学给予学院研究资助基金（FRG/97—98/Ⅱ—49），进行这个题目的研究。

"原文"死后重生,获得新的生命。与此同时,后殖民主义翻译理论家强调,文本的跨文化转换必然牵涉不平等的权力关系,而翻译的运作是帝国主义传播意识形态的辅助工具。这跟翻译规范的研究可谓息息相关。翻译规范这概念由伊文-佐哈尔(Itamar Even-Zohar)和托利(Gideon Toury)等多元系统译学研究者提出,最近赫尔曼(Theo Hermans)更把规范的研究置于翻译与权力的理论框架中,把规范视为译者必须面对的复杂社会和文化实况,译者身为社会上积极的中介在翻译过程的每个阶段都必须加以配合或抗衡。(Hermans 1996)

本文从较广的社会学角度分析翻译与权力的问题,研究方向跟上面提到的不同,目的也不是强调"翻译的研究和工作无可避免要探讨文本实践的权力关系,而文本实践又反映了较大的文化脉络中的权力结构"。[①] 本文旨在把翻译视为一项活动,探讨译者如何通过这项活动在特定的历史脉络中获得权力。这批译者就是在1842年至19世纪末以香港为根据地的基督教传教士翻译者,而下文的分析分为三个部分:①译者——权力运用者和政策制定者;②译者——意识形态传播者;③译者——知识斗士和意识形态把关者。[②]

1842年至19世纪末,香港的背景状况特殊,这点值得一提。那时,香港的政府制度与清朝的完全不同,却与其他英国殖民地的政府制度十分相似;掌管统治大权的总督,由英政府委任,效忠英女皇而非清朝君主。可是,香港与大陆毗邻,边境大部分时间都是

---

① Bassnett 1996:21.最近出版的两册翻译理论文集,投稿者都探讨这个问题,从多个角度研究翻译与权力的关系。参见 Álvarez & Vidal 1996 及 Bassnett & Trivedi 1999。

② 除此之外,翻译与权力的关系可从形象建构者的一面研究,而译者就是形象建构者,透过选择翻译某个文化内的作品,有能力去创造、发明、建构、表现出一个特定文化的形象,但这并非本文的研究范围。

开放的，在香港居住的人大多来自大陆，与祖家联系密切，只把香港视为暂时的居所。基于以上独特的情况，要分析基督教传教士翻译者的活动所产生的影响，便不能只限于香港这个地区，还需考虑到中国大陆。

一、译者——权力运用者和政策制定者①

鸦片战争后，中英两国于 1842 年签署南京条约，香港成为英国的一块海外租地。基督教传教士多年来一直希望把基督教传入中国，认为这是上主恩赐的好机会，雀跃非常。他们不但在香港宣扬教义，更把香港看做前往中国大陆的踏脚石。在香港他们也的确相当自由，享有不少方便，不但受到条约的保护，而且有充分空间让他们作部署之用。反观在另外五个因南京条约而开放作贸易和传教活动的对外通商港，他们就没有这些便利了。由于享有独特的便利，1842 年后，香港聚集了不少基督教传教士，他们来自多个不同的差会和国家，形成一个融合了不同文化的群体，值得仔细研究。

这个群体中不乏多才多艺的人，他们既是译者，又是博学之士；既通晓多种语言，又精于治学之道，同时更是献身于基督教事业的虔诚传教士。他们凭着翻译工作——无论是翻译政府公文，还是中译《圣经》，或是英译中国文学和哲学作品，在香港和欧洲各地建立起一定的地位，赢得“中西文化沟通桥梁”的美誉，并因此得以向各方面发展，机会之多，远胜当时在中国其他对外通商口岸和地方工作的传教士。理由很简单：当时香港的主要官员大多不懂中文，政府急需找一些可信的人跟华人沟通，向政府提供意见，协

① 这个标题的灵感来自 *Translator through History* 一书中名为“Translator and the Reins of Power”一章，笔者亦从此书得到不少组织本文资料的头绪。

助制订重要政策。可是,英政府认为华人未必可信,商人和外国商家又会图谋一己利益而有所偏私,故此,政府可以说人才匮乏,不单处于智囊真空的状态,权力也出现真空,影响殖民政府的有效运作。

这种权力真空后来由基督教传教士填补了,不是普普通通的基督教传教士,也不一定是懂广东话或普通话的传教士,而是那些能以翻译作品证明自己语言能力的传教士。这正是马儒翰(John Robert Morrison,1814—1843)、郭士立(又译作郭实腊 Karl Gützlaff,1803—1851)、理雅各(James Legge,1815—1897)、欧德理(Ernest John Eitel,1838—1908)越来越受重用的原因。香港政府相信他们既然精通中国语言文化,必定了解华人的思想。这种想法当然未必正确,但正是在这样的背景下,翻译与权力的关系开始萌芽。

这四位基督教传教士翻译者都利用他们独特的地位,直接向当时的总督提供意见,并且运用权力成功制定政策。1843—1897年(欧德理离开香港政府的一年),他们轮流制定教育上的多项政策,后来都得到政府正式采纳,在香港全面实施。马儒翰[①] 深得香港首任总督砵典乍的信任,获准于1842年把马礼逊学校(Morrison School)由澳门迁到香港。此外,伦敦传道会(London Missionary Society)亦因马礼逊的关系,顺利获得批准,把当时在马六甲开办的英华书院(Anglo-Chinese College)迁往香港。这两所学校的开设,让基督教传教士成功地把强调教授英语和西方知识的西式教育正式引入香港,与传统书塾正

---

① 马儒翰于鸦片战争时已经受聘为英方的传译和翻译,香港成为英国殖民地后,他便成为首任香港总督砵典乍(Henry Pottinger)的中文秘书。中文秘书除了负责翻译英政府与清政府的公文,以及拟办中文公事之外,还协助港督了解香港华人社会的动向,在政府内极有影响力。有关马儒翰的生平,参见 Endacott 1962:113,以及顾长声 1985:17—19。

统的中式教学方式分庭抗礼。马儒翰于1843年8月29日突然去世,郭士立继任为中文秘书。[①] 他也运用影响力,游说砵典砟引入政府补助计划(Grant-in-Aid Scheme),可说是香港公立教育的创始人。理雅各[②] 同样也是个举足轻重的基督教传教士翻译家,对香港教育的影响,更是非同小可。他反对英国国教传教士及神职人员利用职权,在政府学校推行宗教教育,因此,他于1860年提出了多项教育改革措施。1861年,他的翻译巨著《中国经典》(*The Chinese Classics*)的第一册出版;《中国经典》共八册,除了译作之外,还有资料全面的注释和集注,理雅各因此名噪一时。未几,他便获得政府批准,推行教育改革,以世俗教育(又称属世教育 Secular Education)替代宗教教育,[③] 又把英语教学定为香港政府学校课程的重要一环。为了使英语教学可以顺利推行,理雅各翻译了贝克(George Baker)的 *Graduated Reading: Comprising A Circle of Knowledge, in 200 Lessons*,[④] 作为教学课本之用。此外,他把香港三所最大的政府学校合而为一,成为中央书院(Central School),[⑤] 准备利用政府有限的资源,把这所院校发展为世俗教育的楷模,其他学校的典范。精英教育从此便引进香港。

欧德理能够攀高位、掌重权,同样是有赖于他在翻译和汉学方面

---

① 郭士立一直担任此职至1851年去世为止。有关郭士立的生平及主要写、译作品的资料,参看 Wylie 1967:54—66,以及顾长声 1985:50—61。

② 理雅各在香港居住了差不多30年(1843—1873),有关他的生平,参见 Endacott 1962:135—140,以及顾长声 1985:123—138。

③ 有关理雅各教育哲学的精辟分析,参见 Pfister 1988:251—254 和 Pfister 1993:192—198。

④ 此书中文书名为《智环启蒙塾课初步》,于1856年由伦敦传道会初次出版,大受欢迎,并于1859年列为政府学校正式采用的课本,后来翻译成日文,在日本的学校使用。资料来自 Wong 1996:61。

⑤ 中央书院后来于1894年改名为皇仁书院,至今仍是香港有名的学府。

的卓越成就。[①] 他的影响力与理雅各不相伯仲，但他的教育理念却跟理雅各背道而驰。他积极倡导宗教教育，巧妙制订政策，阻止世俗教育在香港成为西式主流教育。1879年(即理雅各离开香港六年后)，政府开始实施欧德理的计划，于是世俗教育在政府学校推行，宗教教育在教会学校推行。[②] 欧德理的另一个建议，也落实为政策，就是关闭一些管理不善、设备欠佳的华文小学，转而把资源拨到深受教会学校欢迎的政府补助计划上。假若理雅各引入英语教学的目的是培训学生的双语能力，在欧德理的推动下，这个政策已彻底改变，目的是推动英语教学和精英教育相结合的英语精英教育模式。

显而易见，这批译者并非普通的译者，而是有强烈宗教使命感的译者；他们凭着翻译上的成就，在政府内取得权力后，更插手教育，希望透过教育改造人的心灵、思想，令人信奉基督教。他们的使命虽然未竟全功，但所制定的政策却对香港的教育发展影响深远；直到现在，香港仍有很多教会学校，补助学校仍然存在，博雅之艺的传统依然奉行。最重要的是，不论精英教育是否理雅各推行的政策，也不论欧德理是否故意把英语教育凌驾于母语教育之上，这两项政策沿用了一个多世纪，支配着无数香港人的价值取向。时至今日，很多家长依然相信英语地位超然，希望子女能够入读英语学校。

这些基督教传教士翻译者制定的政策对社会的发展亦有深远的影响。英语教学的推行，既切合香港商业社会的实际情况，也能满足殖民政府对人才的需求。更重要的是，这个政策大大助长了当时商业社会英语挂帅的风气，加上英语是香港行政、立法、诉讼的惟一法定语言，久而久之便造成香港人重英语轻中文的心态，至

① 欧德理在香港约27年(1870—1897)。有关他的生平及作品资料，包括翻译作品及最早就香港历史发表的权威作品 *Europe in China*(此书后因作者的欧洲中心历史观而遭猛烈抨击)，参看 Endacott1957。

② 欧德理为推行这个计划而作的一切部署，于吴伦霓霞的文章有详细讨论，参看 Ng 1984:54—63。

今仍未彻底改变,影响不可谓不深远。[①] 从英语教学演变而成的政策,即以西学为本的英语精英教育,亦有它的社会效应。西式教育淡化了在港华人的国家意识和民族自尊,有利殖民统治。但另一方面,此等学校又培训出不少高瞻远瞩的毕业生,有助东西交流。所以,香港成为殖民地短短数十年后,便发展为一个相对开放、相当洋化、面向世界的社会,这在很大程度是基督教传教士翻译者的政策使然,当然还有其他众多复杂的因素。我们可不要忘记,中国的科举制度于1905年正式废除后,西式教育才正式引入中国,考虑到这一点,这些基督教传教士翻译者在香港遗留下来的影响就更为明显。[②] 影响是好是坏,一直众说纷纭,全视论者的观点、角度与立场而异,过去如此,现在如此,将来大概也是如此。不过,综观上述分析,这些基督教传教士翻译者很会把握机会,利用翻译活动所得到的方便、优势,令自己成为殖民政府权力架构的栋梁;不但这样,他们还借助教育政策,在身份重塑的计划当中担当领导角色,以"自我"形象铸造"他者"(the Other),而这正是殖民主义权力政治的基石。换言之,他们协力把香港变为英国的一个译本、一个复本,尽管只是素质"低劣"的复本,神韵俱异的译本。

二、译者——意识形态传播者

每个传教士都致力传播基督教的信念/意识形态,但担当关键

---

① 香港于1997年回归中国后,特区政府推出"两文三语"的教学政策,要求全港学校推行母语教育。只有100所中学得到豁免。家长对此计划大加抨击,不获豁免的中学校长提出上诉,社会人士为此事争论不休,可见重英轻中的心态仍普遍存在。

② 笔者在另一篇文章详细记录了这四位基督教传教士兼翻译家透过翻译活动而得以掌权的过程、在香港政府曾经担任的职务、曾列席的委员会,以及制定及实行的政策详情。文章亦探讨了何以他们有些政策未必对香港有长远利益但又可以长久施行,而一些有远见、真正开明的政策却遭修改。参见张佩瑶有关著作(即将出版)。

角色的都是那些传教士翻译者，因为他们有能力把基督教最神圣的训条《圣经》翻译成中文。自 1842 年至 19 世纪末，《圣经》经过多次翻译，多番修改，很多的传教士翻译者都参与其中，但论到最具争议，又把传教事业发展得最具规模的一个人物，要算是郭士立了。太平天国起义(1850—1864)时，获得采纳为太平天国的圣书的是郭士立 1840 年的《圣经》译本，[①] 而非当时其他的《圣经》中译本。[②] 虽然委办译本不久后便问世(新约—1852 年；旧约—1854 年)，而且成为权威译本，但始终未能取代郭士立译本而成为后来太平天国圣书取材的版本。

洪秀全建立的"太平天国"，其中的"天国"两个字，就是采用了郭士立《圣经》译本马太福音中"天国"(the Kingdom of Heaven)一词(Boardman 1952:86)；这令众多传教士以及很多西方国家兴奋万分，以为整个中国不久便会成为信奉基督教的国家。郭士立的《圣经》译本到底是怎样传到太平天国领袖洪秀全的手中呢？这

---

① 郭士立在早期中译《圣经》的历史上十分重要。各个差会决定了应该修改马礼逊于 1823 年出版的中文《圣经》译本后，郭士立连同麦都思、裨治文(Elijah Coleman Bridgman)、马儒翰便被委任当此工作。郭士立负责旧约大部分的修改工作，也参与修改新约(多为麦都思所修改)，完成后，他自己又继续翻译新约，约于 1840 年完稿。这个译本名为《救世主耶稣新遗诏书》，由郭士立私人斥资出版。在香港工作的那几年，郭士立把全本《圣经》重复修改，并得到西方圣经公会的支持，出版这个译本，其后再版多次。郭士立死后，罗存德(William Lobscheid)把这个译本修改，而这本"修改版郭士立译本"于 1855 年出版，新旧两约分别为《旧遗诏圣书由希伯来音翻译汉字》(*Old Testament, translated into Chinese from Hebrew*)和《救世主耶稣新遗诏书》(*New Testament of the Saviour Jesus*)。要注意的是，太平天国虽然到了 1864 年才覆亡，但却不是采用这个 1855 年译本。详细资料参见 Boardman 1952:143。

② 太平天国圣书于 1853 年首次出版时，经卷不全。Broomhall(1934:74)指出，1853 年面世的经卷只有《创世纪》、《出埃及记》、《民数记》、《马太福音》。Boardman(1952:143)经过详细的文本分析，找出郭士立译本与太平天国圣书版本的关系："就看过的章节而言，我相信这个版本应该是出于 1840 年在中国流传的郭士立《圣经》译本，因为两者差不多是字字相同的。"Boardman 的研究发现，后来的历史学家都普遍接受，公认为极具权威。

是郭士立用来宣扬福音的策略奏效所致。郭士立是独立的传教士,没有接受教会或其他差会的资助,好处是可以按照他认为合适的方式自由拓展传教事业,无须向任何权力机关述职,只需对上主或甚至只是自己负责;换言之,基本上不受任何制肘,可以自主自为。[①] 他想尽快进入中国内地传教,认为最有效的途径就是加速对人群宣扬福音,分派《圣经》和其他传教单张,与志同道合的传教士合作,聘用当地华人为助手。而洪秀全就是从郭士立在当地聘用的华人助手或从罗孝全[②]手中,得到郭士立的译本。[③]由于郭士立这个《圣经》译本被洪秀全钦定为太平天国圣书,这使不少传教士,甚至是西方的政客及商人都深信,基督教已经传遍中国,并有可能直接影响中国的政治形势。

透过翻译《圣经》,郭士立成功建立起一套词汇,使基督教的信念/意识形态准则能在中国宣之于口,传之于文字。不但如此,郭士立还透过他的翻译而找到在华传教的经济资源。鸦片战争前和战争期间,郭士立担任英国翻译和传译工作;马儒翰死后,他顺理成章成为港督的中文秘书。担任这个职位的好处甚多,最明显的莫过于丰厚的薪金,郭士立不但不用担心生计,更可以利用这份稳定的收入,资助一个由华人和华人基督徒组成的传道组织——福汉会(The

① 为郭士立撰写生平的 Herman Schlyter(1946:291—299)仔细分析了三种支配现代基督教教会历史的传教组织,并解释了为何郭士立决定成为独立传教士,仅以上主的旨意作主。

② 罗孝全(1802—1871)是美国浸礼会传教士,因应郭士立的呼吁,前来中国传教。他是郭士立在香港的助手,到 1844 年,才被派往广东。1847 年春天,罗孝全遇见洪秀全和他的表弟洪仁玕,教授他们基督教知识达两个月时间。(Boardman 1952:43)

③ 史学家对于太平天国所用的《圣经》版本是从郭士立在当地聘用的助手手中抑或从罗孝全(Issachar Jacox Roberts)手中交给洪秀全,意见不一。Boardman 支持后者。他仔细研究太平天国的历史文献和洪秀全的手稿,然后作出总结:"没有纪录显示洪秀全在 1847 年前亲眼看过《圣经》",但是"洪秀全于 1848 年的手稿中曾确实提及他与罗孝全一起的时候,见过《圣经》的新旧约"。(Boardman 1952:43—44)

Chinese Union),在中国传播福音/基督教意识形态。郭士立相信中国会在华人的引领下成为信奉基督教的国家,而不是由外籍传教士所领导,他认为外籍传教士只应作为导师和监督。[①]

福汉会的迅速扩展,[②] 大大加快了基督教意识形态在中国的传播。根据郭士立的报告,福汉会派传道员深入中国内地传道,分派郭士立的《圣经》译本,宣讲《圣经》经文以及多由郭士立撰写的基督教单张内容。到了1848年,传道员已在中国全国18个省份之中的12个展开工作(Lutz and Lutz 1996:273)。当时,郭士立极有信心实现他的宏愿,希望在自己有生之年能把中国变为基督教国家。郭士立身为这个大有可为的传教事业的主脑,同时成为甚有权势的人。

郭士立深谙权力衍生权力这个游戏规则,于是尽量充分利用手上的筹码:传教次数和信徒人数的统计数字,自己在香港政府的显赫地位,自己翻译的《圣经》译本在中国广泛流传所建立的名声等,于1849年到欧洲宣扬他的传教成果,并筹集资助。这次行程相当成功,[③] 郭士立被誉为"上帝的选民",差会纷纷表示支持,提供资金印刷他翻译的《圣经》版本,又支持他的福汉会,并派遣西方的福音报道者作为他的助手。在郭士立的策划下,一个分工精细的宣扬福音计划亦准备就绪,由特定的差会负责特定省份的传教工作。这样,中国可说是给欧洲的传教会瓜分了。[④] 不论是在即将有望成为信奉基督教的中国,还是西方的传教圈子里,郭士立都

① "福汉会"这个名字表明郭士立希望中国人联合起来传播福音,担当宣讲福音的工作,甚至自己担当统筹。

② 1844年福汉会成立时,成员只得20人。四年后,即1848年,成员人数高达1000,包括100位传道员,而到了1849年,单是传导员便已有130位。参见Lutz and Lutz 1996:272—276,此书作者核对过多份资料,得出这些数据。

③ 有关郭士立欧洲之行的详细资料,参见Lutz and Lutz 1996:272—276。

④ 有关这个计划的详细资料,参见李志刚1992:76—77。

大有可能成为权重一时的宗教领袖。

历史告诉我们，郭士立并未能完成他的宏愿：他于 1851 年 8 月 9 日去世，由欧洲返回香港还不到一年的时间。他组织的福汉会的成员也未能达成他的愿望，而事实上，这些成员在人格、对传教的热诚、能力等各方面长期以来都受到香港其他传教士的诟病，即使是在郭士立在生之年也如是。[①] 尽管如此，郭士立毫无疑问是传教士翻译者中传播意识形态的先驱者。至于他的传教手法是否得宜，传教士的意见则莫衷一是，直到 19 世纪 50 年代中期才开始达成一致的看法，认为郭士立为基督教传教事业带来的影响，坏多于好。可是，他引起的震荡，正好展示了香港早期殖民时代，权力对于传教士翻译者来说可谓伸手可及，运用得宜或滥用不当，可以带来千变万化的后果。

三、译者——知识斗士和意识形态把关者

正如笔者在前面所强调，本文研究的对象既是译者也是传教士，不论他们在政府担任什么职位，他们说到底也是传教士，担起的也是传教士的使命，所以他们翻译《圣经》一类的基督教教规文本时，就理所当然地把自己视为意识形态的把关者，运用译者的权力，挑选或摒弃某些字、用语、词句、说法，就像是把守一个关口一

---

① 比方说，克莱兰(J. F. Cleland)和理雅各就很怀疑郭士立在中国的传教工作是否像他所说那么成功，他们亦不满福汉会成员的道德操守。曾担任郭士立助手的西方教士，也批评郭士立管理福汉会手法过于宽松。郭士立往欧洲期间，韩山明(Theodore Hamberg)暂管福汉会，他引入彻底改革，重新组织福汉会。理雅各得到伦敦传道会的允许，在香港进行了调查福汉会活动的工作，由 13 位传教士组成的委员会召见福汉会传道员查问，韩山明也参与查问的过程，后便出版分发一本名为“各差会传教士会议的议定条款，20—26/2/1850 于香港举行(Protocol of a Conference of Missionaries of Various Societies. Held at Hong Kong. Feb. 20—26, 1850)”的会议记录，对郭士立造成相当负面的影响。参见 Lutz and Lutz 1996:275—277。

样。意见出现分歧时，他们就会以广博的知识和有力的神学观点为理据，像斗士般坚定地捍卫他们在翻译时所作的选择，甚至否定其他人的翻译，有时争持不下，唇枪舌剑便会变为公开的论争。论争的激烈可从其中一个斗士的表白略知一二："一个传教士认为上主的话有可能在异教徒群中严重错误流传的话，他有责任尽自己所能，阻止这件邪恶的事发生。"(Legge 1852:2；重点为笔者后加)

"译词"(Term Question)的论争就是一个好例子。这场论争说不定是世界翻译史上最耐人寻味、最持久的翻译论争。争论的焦点主要是关于怎样把《圣经》里的一些名词(例如："God"、"Spirit"、"baptism"等等)翻译成为中文。[①] 篇幅所限，本文不会复述整个争论的过程，仅把焦点集中在香港一位最难以应付的知识斗士——理雅各，讨论他怎样处理最具争议的一个用字"God"。

从某方面来说，理雅各可以说是基督教传教士内挑起"译词"争论的人。1843 年，南京条约签订后不久，传教士对未来在华的传教工作充满憧憬，于是决定重新翻译《圣经》，准备一个"应'比其他以前出版的译本更能广为流传'"[②] 的《圣经》新译本，并在香港举行第一次筹备会议。会上，理雅各跟麦都思(又译麦华佗 Walter Henry Medhurst)一同获委任，研究"God"一字应译成"上帝"还是"神"的问题；麦都思赞同"上帝"的译法，而理雅各却偏向"神"的译法，两人各执己见。结果，1847 年译委会在上海开会进行实

---

① 天主教和基督教传教士在不同的时期都曾参与"译词"的论争。根据利连加德(George O. Lillegard)所说，1847 年至 1852 年期间，即筹备委办译本时，基督教传教士就"译词"的辩论，最为激烈；后来，于 1875 年至 1878 年及 1902 年至 1905 年期间，传教士为此又再起争执，参见 Lillegard [1935]:26。一年后，即 1901 年，中国出版的传教期刊《中国圣教书会月报》(*The Chinese Recorder and Missionary Journal*)刊登了一系列九篇文章，全都认为"神"是翻译《圣经》中"God"的正确用字，于是论争再转激烈。

② 这个会议的详情，参见 Wherry 1890:50—51。在此感谢我的博士生王剑凡，给我复印这篇文章。

际修改工作时,这个问题需要提交大会讨论。理雅各当时并不在场,[①] 但讨论依然激烈,需要投票解决,但两派的支持者票数相同,事情因此陷入僵局。从那时起,两派的分歧更趋白热化,甚至发展成为公开的辩论。支持译为"神"的人认为汉语中没有一个字同时带有"God"和"gods"的含意,而"神"正是最好的选择,这也是马礼逊(Robert Morrison)和马殊曼(Joshua Marshman)所用的字。反对译作"神"的人则指出,中国人以"神"字指亡者的灵魂和中国众多的神灵(例如神像),所以这个字带有贬义,绝不应该使用,而应选用"上帝"一词。无论是赞同或是反对,两派的人都纷纷在当时一本甚具影响力的期刊《中国丛报》(*The Chinese Repository*)发表意见;其他在香港、广东、上海出版的多种刊物和书籍,也讨论到这个问题。

那时,理雅各改变初衷,转而支持"上帝"这个译法。[②] 但他却不是毫无立场,重复麦都思的论点,而是以独当一面的斗士的姿态,重返战团,与麦都思平起平坐,从截然不同的角度立论辩证,结果,支持"上帝"这个译法的一派顿占上风。他的论点概述如下:[③]

---

① 1843年的会议当中,同意香港和广东结合为一个单位,以广东的禅治文当代表。在此感谢研究理雅各的专家费乐仁博士,告诉我这个资料。

② 他参与研究"God"一字应译为"上帝"还是"神"后不久,便病倒了,并于1845年返回英国,到了1847年才回到香港,再次开始认真思考这个问题,仔细全面研究中国经典和现代作品。之后,他成为麦都思的亲密战友,对抗"神"一派的支持者。参见Spelman 1969:36。

③ 这个摘要取材自理雅各的两部作品(*An Argument for* Shang-te *as the Proper Rendering of the Words* Elohim *and* Theos, *in the Chinese Language: with Strictures on the Essay of Bishop Boone in Favour of the Term* Shin, *&c. &c.* 及 *The Notions of the Chinese Concerning God and Spirits: with an Examination of the Defense of an Essay, on the Proper Rendering of the Words* Elohim *and* Theos, *into the Chinese Language, by William J. Boone, Missionary Bishop of the Protestant Episcopal Church of the United States to China.*)。

(1) “God”一字意指“上帝”、“天帝”、“至高无上者”,即惟一的“God”。这个字的正确意思本是如此,只是后来才误用于指“假神”或“偶像”。汉语确实有“God”一字正确无误的对等词,就是“上帝”,中国古典文学内此词的用法可以佐证。“上帝”比“神”的译法可取,原因在于“上帝”一词最初的用法没有丝毫泛神论和多神论的含意,反而“神”一字倒有这些负面的含意。至于“上帝”是否“gods”的合适译法,理雅各予以肯定,他还从儒家、佛教、道家等经典的文章举出大量例证,指“帝”这字涵盖神的名字的意思。

(2) “God”一字是相对概念字,尽管两派的拥护者普遍都认为这是一个类概念字,只是不同意究竟应以哪个字或词指涉中国人敬拜如神的灵体。换言之,他们只是在汉语哪一个类概念字可以作为“gods”的问题上,出现分歧。理雅各为了解释这个与众不同的观点,用“父”、“子”、“夫”、“妻”;“皇帝”、“子民”等指涉关系字,作为他所说的相对概念字的例子。“god”作为相对概念字,与“受造物”(creatures)成对,有统治、管辖之意。“上帝”也涵有统治、管辖的意思,中国古典文学就有不少故事情节,让人感到世事就是上天冥冥中有安排的,是“上帝”的意旨。

理雅各辩才出众,见解独到,而且学识渊博,能够直接引述中国典籍而非依赖二手资料作为佐证。他更能从文坛、语言惯用法、逻辑、比较宗教的角度作出严谨的分析和论证。支持“上帝”译法的一派因为理雅各的介入而声势大振。尽管如此,论争的结果却不是取决于个人的辩才或说服力,而是受制于别的因素。按译学理论家勒费维尔(Andre Lefevere)的分析,这个因素是所谓的“资助单位”(patronage)。以“译词”论争这个史实来说,资助单位就是付钱印刷《圣经》的圣经公会。换言之,圣经公会的决定才是最终的决定,结果却相当出人意料。美国圣经公会(American Bible Society)支持用“神”这个字,于是这个公会所资助的差会所出版的《圣经》译本便只能用“神”

一字。[①] 英国圣经公会(British and Foreign Bible Society)则选用了"上帝"一词来翻译英语的"God",即麦都思和他的支持者所选的译法,却容许出版委办译本的各个差会自行决定选用"上帝"还是"神",并一并予以资助。[②] 结果,伦敦传道会由于理雅各的影响,翻译《圣经》时就选用了"上帝"的译法。[③]

因此,尽管当时在香港地区和中国的基督教传教士翻译者是功夫了得的意识形态把关者,尽管他们能把很多自己认为不应用来翻译"God"的字眼,例如天主、神主、神天、天神、天、上天、帝等摒诸门外,但最后亦不得不容许两个字眼通关。更讽刺的是,直至今天,"译词"的论争还未彻底解决。至今仍是世界各地华人基督教团体常用的《圣经》译本,即国语和合译本(新约于1906年出版,旧约则于1919年出版),到今时今日仍然有"神"和"上帝"两个版本。

四、总 结

以上的分析只能让读者约略地看到基督教传教士翻译者怎样凭着翻译这种活动建立信誉,争取优势,加强影响力,以及他们怎样运用他们所获得的权力。虽然这只是香港历史上一个短短的时期,但已足以显示由1842年至19世纪末期间,这些基督教传教士

---

① 美国圣经公会刊印了一本书册,详细解释他们的决定,书册的内容复本刊于Williams 1851:216-220。

② *The Forty-seventh Annual Report of the British and Foreign Bible Society, 1851*, 1851:xc。

③ William 1851:223-224。这个注释和前两个注释的出处资料来自Spelman(1969:51-52),出处经已核对,资料是正确的。Spelman的文章中,概述了"译词"论争(1847—1853)的讨论者在神学观点、知识方面的不同见解,是笔者迄今看过的资料中,最简洁、最明晰的。

翻译者可谓"位高权重"。他们差不多控制了香港的教育发展，而引用尼兰詹纳(Tejaswini Niranjana)的说法，教育是"殖民地的统治工具"的一部分(Niranjana 1992:21)。他们更透过翻译《圣经》和其他传教宣传单，直接制造意识形态的武器，成为改造思想的主力部队，而基督教正是有意藉此抗衡中国的主流意识形态——儒家思想，希望不费半点武力便取得中国。他们的权力只受到所属的差会，即他们的资助者所规限，或其他在华传教的同侪的制肘。但他们从未因此而变得无足轻重，从没有沦落为不能左右大局的旁观者。

有人可能认为时代已经改变，历史不会重演，又或认为译者在现今的社会绝不能抓到那么大的权力。不错，时移世易，现时的学术风气转而注重译者的道德操守，更加注意意识形态与翻译之间千丝万缕的关系。不过，回顾香港的翻译史，看看某些译者如何运用、滥用、巧用、利用权力，我们可以更清楚了解翻译或翻译活动整个过程中所涉及的责任和权利，其中的局限和机会，以及可以带来的祸害和裨益，而这正是翻译与权力两者关系的要义，也是研究这个课题的价值所在。

〔参考书目〕

Álvarez, Román & M. Carmen-África Vidal (Eds). *Translation, Power, Subversion*. Clevedon & Philadelphia: Multilingual Matters, 1996.

Bassnett, Susan. "The Meek or the Mighty: Reappraising the Role of the Translator." In: Álvarez & Vidal (Eds). 1996. 10－24.

Bassnett, Susan & Harish Trivedi (Eds). *Postcolonial Translation: Theory & Practice*. London & New York: Routledge, 1999.

Boardman, Eugene Powers. *Christian Influence upon the Ideology of the Taiping Rebellion (1851－1864)*. Madison: University of Wisconsin Press, 1952.

Broomhall, Marshall. *The Bible in China*. London: British & Foreign Bible Society, 1934.

Delisle, Jean & Judith Woodsworth (Eds). *Translators through History*. Amsterdam: John Benjamins Publishing Company, 1995.

Endacott, G.B. "A Hong Kong History: Europe in China" / by E.J. Eitel — "The man and the book." *Journal of Oriental Studies*, 1957, 4.41 - 63.

Endacott, G.B. *A Biographical Sketch-book of Early Hong Kong*. Singapore: D. Moore for Eastern Universities Press, 1962.

Hermans, Theo. "Norms and the determination of translation. A theoretical framework." in: Álvarez & Vidal (Eds), 1996, 25 - 52.

Legge, James. "An Argument for Shang-te as the Proper Rendering of the Words Elohim and Theos", in *The Chinese Language: with Structures on the Essay of Bishop Boone in Favour of the Term* Shin, Hong Kong Register Office, 1850.

Legge, James. "The Notions of the Chinese Concerning God and Spirits: With an Examination of the Defense of an Essay, on the Proper Rendering of the Words Elohim and Theos, into the Chinese Language," *by William J. Boone*, in *Missionary Bishop of the Protestant Episcopal Church of the United States to China*. Hong Kong: Hong Kong Register Office, 1852.

Lillegard, George O. *The Chinese Term Question: An Analysis of the Problem and Historical Sketch of the Controversy*. Shanghai: The Christian Book Room, 1935.

Lutz, Jessie G. & R. Ray Lutz. "Karl Gützlaff's Approach to Indigenization: The Chinese Union." Bays Daniel H. (Ed.). in *Christianity in China: from the Eighteenth Century to the Present*. Stanford: Stanford University Press. 1996, 269 - 291.

Ng, Lun Ngai-ha. *Interactions of East and West: Development of Public Education in Early Hong Kong*. Hong Kong: Chinese University Press, 1984.

Niranjana, Tejaswini. *Siting Translation*. Berkeley & Los Angeles & Oxford: University of California Press, 1992.

Pfister, Lauren F. "The 'failure' of James Legge's fruitful life for China." in *Ching Feng*. 1988, 31.4.246 - 271.

Pfister, Lauren F. [orig. 1990]. "Clues to the life and Academic Achievements of One of the Most Famous Nineteenth Century European Sinologists—James Legge" (AD 1815 - 1879). *Journal of Hong Kong Branch Royal Asiatic Society*. 1993,30. 180 - 218.

Schlyter, Herman. *Karl Gützlaff: As Missionar in China*. Lund: Hakan Ohlssons Boktryckeri. (English Summary),1946, 291 - 299.

Spelman, Douglas G. "Christianity in Chinese: the Protestant term question." *Papers on China*. Harvard University: East Asian Research Centre. 1969, 22a. 25 - 52.

The Forty-seventh Annual Report of the British and Foreign Bible Society, London:Philanthropic Society, 1851.

Wherry, John. 1890. Historical summary of the different versions of the Scriptures. in *Records of the General Conference of the Protestant Missionaries of China Held at Shanghai, May 7 - 20*, Shanghai: American Presbyterian Mission Press, 1890, 45 - 58.

Williams, S. Wells. "Proceedings Relating to the Chinese version of the Bible: Report of the Committee of the American Bible Society on the word for God; Resolutions Passed in London; Progress of the revision of the Old Testament." in *The Chinese Repository*. 1851,20.4.216 - 220.

Wong, Man Kong. *James Legge: A Pioneer at Crossroads of East and West*. Hong Kong: Hong Kong Educational Publishing Co,1996.

Wylie, Alexander. [orig. 1867]. *Memorials of Protestant Missionaries to the Chinese: Giving a List of Their Publications, Obituary Notices of the Deceased*. Taipei: Cheng-wen Publishing Co,1967.

李志刚:《基督教与近代中国文化论文集》,台湾:宇宙光出版社,1992 年。

张佩瑶:"翻译活动在香港教育及社会演变中的角色",载孔慧怡、杨承淑编:《亚洲翻译传统与现代动向学术研讨会》,即将出版:北京大学出版社。

顾长声:《从马礼逊到司徒雷登——来华新教传教士评传》,上海人民出版社,1985 年。

第二节　公共口译：一种正在争取承认的职业

[加拿大]罗德·罗伯茨

前　言

口译通常被定义为把一种语言的信息用另一种语言口头表达出来。按不同的表达场合，口译可以分为不同类型。目前，口译主要有三大类：会议口译(conference interpreting，包括各类会议，不论其规模大小)、法庭口译(court interpreting，即在法庭上进行的口译)和公共口译(community interpreting)。这三类口译中，公共口译最不成熟，亦少为人知。

从广义上看，公共口译就是为生活在社区中的人提供口译。这样看来，只要讲不同语言的人需要交流，公共口译就会发生。可以说，公共口译的出现可追溯到第一批讲不同语言的人聚集在一起且需要交流的时代。从那时起公共口译就以不同形式存在了。譬如说，在加拿大，有史可查的公共口译于1534年就出现了。当时法国探险者杰克·戈蒂埃绑架了两名易洛魁人，把他们送到法国学习法语，八个月后将他们带回加拿大。在法国人与易洛魁人交往时，让他们充任口译人员。

尽管公共口译久而有之——事实上，要比会议口译和法庭口译出现得早，但在三种口译之中，公共口译最不被重视。在本世纪

50年代,会议口译开始成为专门职业;70年代,法庭口译也成为专门职业;而公共口译只是在过去十年才开始争取成为一种专门职业。因此,对它来说,如何定义自己,如何确立标准,如何赢得社会的认可,都将有一段艰苦的过程。本文将提出的就是公共口译在现阶段所面临的几个问题。

一、公共口译的名与实

公共口译面临的首要问题是其名称和定义。基于不同的前提,它有不同的名称:“公共口译”、“公共事务口译”(public service interpreting)、“文化口译”(cultural interpreting)、“对话口译”(dialogue interpreting)、“联络口译”(liaison interpreting)等等。这表明,这种口译活动本身,它的范围和基本特征,包括它的名称都需要仔细地考察。

(1) 不同的名称和定义

采用“公共口译”这一名称的人将它定义为:

> 公共口译是一种为那些不能顺畅表达一国官方语言的人们所提供的口译,使他们在同各种公共事务机构的工作人员打交道时能得到法律、卫生、教育、政府和社会事务方面的完全的服务。(第一届法律、卫生和社会事务口译国际会议声明,1994)

这一定义指出了这类口译的三个主要特征:

① 口译的对象:一方是不能流利讲所在国官方语言的人(通常是难民和移民);一方是公共事务机构的工作人员(如福利官员、医生、律师、学校行政人员等)。

② 口译的目的:使那些不能讲目前所在国官方语言的人能得

到在他们能流利讲这一官方语言的前提下所能得到的各种公共事务方面的服务。

③ 口译的场合:法律、卫生、教育、政府和社会事务等场合。

这一定义是第一届法律、卫生和社会事务口译国际会议组委会(1995)多次讨论的结果。它等同于英国的"公共事务口译"。事实上,正如安·科斯丽丝(Ann Corsellis)指出(1997:80),在英国从80年代初到90年代的前期,公共场合的口译还被称为"公共口译"。但是,

> ……为了避免术语上的难题……我们最近不再采用"公共"("community")口译者这一提法,因为它易与欧共体(European Community)混淆,给人以仅仅是欧洲语言间的口译的错觉,而事实并非如此。"公共事务"这种说法尽管可能使人误解,但对我们来说,它是一种总称,包括卫生、法律和地方政府等方面的服务,后者还包括社交、住房、环境卫生和教育福利等方面的服务。

如此看来,公共事务口译的定义与公共口译的定义其实是一样的,而那些使用"文化口译"这一术语的人则赋予这一口译活动以新的特点:

我们认为口译活动应包括与语言转换过程中特定的相互影响相关的概念和文化意义上的交流……这一口译活动的形成正是基于这样一种认识:口译沟通因为对交流,尤其是正式的沟通的内容和方式中的文化因素缺乏认知而严重受阻。(Giovannini 1992a)

因此,依照"文化口译"的这一定义,口译者应向那些不能讲述官方语言的人解释文化差异和可能出现的误解,使他们清楚每一回答或决定可能产生的后果,因而保证他们能得到平等和完全的公共服务。

如果说使用“文化口译”这一术语的人强调的是文化因素妨碍了公务人员和非官方语言者之间的沟通，因而重视口译中的文化因素，那么那些使用“对话口译”的人（主要是北欧国家，特别是瑞典人）强调的主要是其他方面，这里引用的是瓦登索（Cecilia Wadensjo, 1992:48）的阐述：

> 说到对话口译这一概念，它必须包括以下几点：
>
> ——口译内容是对话形式的（不是个人演讲）；
>
> ——口译者与口译对象是面对面的交流（不是隔有一段距离，譬如说，口译者在隔离的小房间提供口译）；
>
> ——口译者用两种语言交换口译（即不是单向的、只是从一种语言到另一种语言）；
>
> ——口译发生的场合是公共事务机构——即发生在不懂官方语言者和公务员之间；

可以看出，对话口译的定义强调的是口译的条件和要求（对话形式、面对面的交流、双向口译）、口译的场合（公共事务机构）、口译的对象（不懂官方语言者和公务员）。

最后，我要提及的是以“联络口译”（Hatim & Mason 1997, Gentile, Ozolins & Vasilakakos, 1996）作为这类口译活动的名称的人给出的定义。他们的定义更为宽泛。Gentile, Ozolins & Vasilakakos（1996:1）的观点是：

> 我们用“联络口译”这一术语来指目前世界上不断增多的口译领域：来自不同语言和文化背景的经营管理者在商界谋面；讲不同语言的移民和社会上的法律、医疗、教育和福利机构之间的面谈；社会主要民族和讲不同语言的土著民族共同相处以及与旅游、教育和文化交往相关的所有非正式场合的

交流。

联络口译是这些不同口译场合所采用的形式——口译者必须亲临面谈或会见，且常采用接续翻译的模式。

这一定义中有两点值得注意：第一，联络口译包括了商务和旅游方面的口译，而公共口译（或公共事务口译、文化口译、对话口译）不包含这方面的内容；第二，联络口译不仅与口译的场合相关，而且与除会议场合之外的一些口译场合所采用的形式相关。

联络口译代表了一种不同的形式风格，这一点，哈蒂姆（Hatim）和马森（Mason）已经论述得非常清楚：他们认为它是三种主要的口译形式之一；另两种形式是接续口译和同声传译（Hatim & Mason 1997:36）。在他们看来，联络口译是“口译的一种形式，通常是发生在即兴谈话的场合，两位语言不通的交谈者通过口译者进行交流”；如果主要从技巧的角度来看，联络口译与接续口译和同声传译是相反的。

综上所述，公共口译在名称和定义方面都存在问题，这是显而易见的。至此，我将为此类口译提出另一种名称，并在下文中采用这名称。

既然要与会议口译和法庭口译区分开来，而会议口译和法庭口译又都是以口译发生的场合来命名，因此，明智的做法应该也是按口译发生的场合来命名这种新的口译。尽管这种新的口译发生的场合不定，可能是律师事务所、诊所、医院、政府机关或学校，它们都是社会上的服务性场合。这样看来，在上述名称中，“公共口译”和“公共事务口译”要比其他命名适合，但考虑到“公共口译”可能引起误解（上文已提及），而“公共事务口译”也可能引起混淆（因为在有些国家，如加拿大，公共事务专指与政府相关的事务），如果采用“公共性口译”（community-based interpreting）这一术语，可能更易得到认同，因为这一术语不仅避免了任何的意义上的模糊性，而且，在学术圈内时有所闻，这也是我所要采用的术语。

上文所给出的公共口译的定义基本上可以用来定义公共性口译：

> 公共口译旨在帮助那些对一国官方语言不能顺畅表达的人们，为他们提供口译，使他们在同各种公共事务机构的工作人员打交道时能得到法律、卫生、教育、政府和社会事务方面的完全的服务。

(2) 公共性口译的主要特征

我主要想从口译特征方面而不是口译发生的场合来将公共性口译和会议口译、法庭口译区分开来：

① 公共性口译的目的：让那些不会讲官方语言的人能得到平等且完全的公共事务方面的服务。这一点与会议口译和法庭口译不一样，会议口译的目的是让那些操不同语言的人能在信息和观念上沟通；而法庭口译则是让不讲官方语言的被告人明白法庭上发生的一切并为自己辩护(或让别的不讲官方语言的人为自己作证)，同时也让法庭审判人员明白辩护人及其证人所做的申述。

② 公共性口译服务的对象：一方是讲非官方语言者(常常是避难者和新移民)，一方是公共事务机构的工作人员(如福利官员、医生、学校官员等)。公共性口译服务的对象间通常有着地位和权力上的差别，而会议口译的情形而不同：参加会议的所有成员的地位和权力都比较相近，在法庭口译中，尽管被告人和法庭工作人员之间确有地位和权力上的区别，但法庭工作人员是一个庞杂的整体，它可能包括法官、陪审团、形形色色的律师和工作人员，这与公共性口译中作为口译服务对象的一方的公共事务机构中特定某一官员是有区别的。

③ 公共性口译服务对象的数目：通常是两方，即讲非官方语

言者和提供服务者，而且在这过程中口译者直接与任一方沟通，并且在保证交流的连续性上有着关键的作用；在交流中口译者不仅仅是语言中介，而且是积极参与的一方，“促成一致，引发话题，并参与话题”(Roy 1990:85)；而会议口译中，口译者是为不懂会议语言的一群人提供口译；法庭口译的一方虽是被告人一人，但另一方却是法庭上所有的不懂辩护人的或证人语言的人。考虑到法庭口译和会议口译中涉及的人要多得多，因而口译者要相对超脱，其主要作用是语言传译。

④ 公共性口译的话语模式，主要是对话，由提问和回答组成。在会议口译中，虽有对话，但以独白居多，在法庭口译中，对话和独白兼而有之。

⑤ 公共性口译中口译者采取的口译模式：主要是短的、接续性口译。而会议口译中，口译者采用同声传译或长的、接续性口译；法庭口译中，口译者除使用短的、接续口译外，还使用同声传译。

⑥ 公共性口译的口译方向：是双向的，既从官方语言到外语，亦从外语到官方语言。在会议口译中，口译基本上是单向的；在法庭口译中，尽管口译者也采用双向的、接续口译，但也有单向的(从外语到官方语言)同声传译。

上述的公共性口译的典型特征不仅能确定它是一种新的口译形式，而且有助于我们探求其特定的标准和训练方式。

二、对公共性口译的标准的探讨

在世界上很多地方，衡量公共性口译的惟一标准是口译者的双语能力，这样看来，确立公共性口译的标准尤为重要和紧迫。目前这样的口译标准的形成在很大程度上是因为公共性口译往往发生在人们急需语言上的沟通且别无选择的场合，这时人们很少会仔细去考虑他人所提供的口译的效果或后果。譬如说，医院里来了一名不讲官方语言的急诊病人，显然，没有口译者，诊断和治疗无法进行。如何解决这一问题呢？情形往往是一位亲戚、医务人员，或者甚至可能是医院里的一位工人——只要他懂一点外语或官方语言，哪怕仅仅是一丁点——出面来进行口译。

(1) 公共性口译从业者的差异性

事实上，公共性口译从业者的类型很多，各自背景不同，其口译标准也各不相同。按照其成员的共性，他们可分为以下几大类：

① 第一类(出现最早，人数最多)包括所有志愿口译者，他们觉得自己具备双语能力，且愿意为特定机构(如医院)或为这些特定机构提供口译服务的机构进行口译。这类口译者的惟一共同之处就是他们愿意帮助那些处于困境中的人，在教育背景、语言技能、口译技巧和接受训练以提高口译能力的意愿等方面，他们都存在较大的差异。因此，这类口译者所提供的服务在质量上悬殊极大。

② 第二类包括各种公共服务机构里的工作人员，他们受雇主指派，除完成本职工作外，还做一些与各自工作相关的口译工作。他们可分为以下两组：

a. 非专业人员(如秘书、勤杂人员)

b. 专业人员(如医生、护士、工作人员等)

在口译中，对口译内容及其中的专业术语的了解，专业人员通常要比非专业人员强，尽管如此，出于这样或那样的原因，这两组人员提供的口译在质量上也是参差不齐的，专业人员无暇参加口译培训，而非专业人员却得不到足够的、能使其成为优秀口译者的培训。

③ 第三类包括口译领域外的专业人员，但又选择了口译工作。他们通常是自由口译者。这类人往往是受过良好教育的新的移民，尽管他们靠从事公共性口译来谋生，但他们还是期望其专业

特长能在移民后的国家得到认可。这类人员常愿意参加培训,而且他们所受的教育也使他们适合从事口译工作,但他们对官方语言的掌握尚不自如,对新的环境里的公共机构的运作亦欠了解,这在一定程度上影响了他们的口译质量。

④ 第四类人数最少,他们是专业的口译人员,也就是说,他们是以口译谋生。他们当中,有一小部分为大的机构(如医院)所雇佣,是这些机构的正式职员,但大部分是自由职业者,且口译形式不拘于公共性口译,也从事法庭口译和会议口译。这些"专业"口译者,尽管他们的口译也有不尽如人意之处,但他们更了解口译的职业规范,并遵守这些规范。在接受培训方面他们也有更多的机会。任何时候,他们的口译质量至少是可以接受的。

(2) 标准的不定性

公共性口译者可分为这么多的不同的类型,我们能以什么样的标准来要求他们呢?这是一个由来已久且颇惹争议的问题。原因是多方面的:①不同类型的译者对"标准"的理解不一:有的认为应指职业标准(即职业规范);有的认为是口译表现(即对口译的质量的要求;还有人认为应是两者结合。②公共性口译是应在全国范围内坚持同一标准,还是每一社区,乃至每一小类公共性口译都应有自己的标准?对这些问题尚无定论。这样造成的直接后果便是不同的标准满天飞,而要适应每一标准得花不少的时间和精力。

为了进一步弄清公共性口译的标准,这里我将温哥华卫生保健系统口译者协会 1996 年为卫生保健系统口译者制订的标准同英国语言学院 1995 年为各类公共性口译所制订的标准进行了比较。前一标准的全称是"国家注册公共事务口译者行为规范"(以下称作 PSI 标准),这是一种权威规范,具有纪律性和惩戒性;而后一标准,即"卫生保健口译标准"(以下称作 HCI 标准),"没有任何政府因素"(参见"1996 口译标准"和"1998 翻译准则",第二部分,第 1 页),因而并不具备法律约束力。

乍一看,这两个标准的区别显而易见,至少从字面上看是这样的。PSI 标准还附有一个不太"官方"的"优良口译指导",对口译者能力、口译步骤、职业道德和纪律要求均有专节说明。以下列出的是关于职业道德问题的专节(行为规范,1995):

4. 职业道德问题

(1) 口译者应始终尊重隐私,不得滥用工作期间所了解到的任何信息;

(2) 应忠于职守,保持中立;

(3) 不能因种族、肤色、少数民族、年龄、国籍、宗教、性别和残疾等因素而对口译对象的任一方有直接或间接的歧视;

(4) 坦诚公开任何与自己相关的可能影响口译工作的信息,包括曾有的犯罪记录;

(5) 如认识任一方(或其直系亲属)或与其有关连,应立即予以申明;

(6) 如在生意、财务、家庭或其他方面与所从事的口译工作存有利害关系,应予以申明;

(7) 除领取工作所得外,不得收受现金或其他任何形式的额外所得;

HCI 标准明显可分为两大部分:口译表现标准和口译服务标准,前者主要针对口译员,后者主要针对口译服务机构。口译表现标准规定了一些必须做到的方面(秘密性、尊重对方、准确性、水准、客观/公正性、权责分明、文化敏感性和标准的口译格式),每一方面又包括两部分,一部分提出评估标准,一部分则规定口译中应达到的要求,以下以客观/公正性为例("1996 口译标准 1998 翻译指南",1998,第二部分,第 3 页)

5. 客观/公正性

评估标准

客观性对保证口译信息的准确传递有着至关重要的作用

口译要求

(1) 口译员对任一方都不表现出好恶;

(2) 如果口译员和任一方有矛盾,或在利益上稍有冲突,或因信仰或某一方面的因素可能影响其客观立场,口译员应谢绝口译;

(3) 口译员应告诉医护人员他与病人的先前的交往;

(4) 口译员应保持镇定;

(5) 口译员不应收受任一方的小费、好处或贿赂;

从表面上看,HCI 标准是针对卫生保健系统的口译者,而 PSI 标准可应用于所有公共性口译译员,但实际上,它们在内容上极为相似。事实上,前一标准也只不过有一项是专门针对卫生保健系统的口译员的,即"对医疗术语的了解"。在 HCI 标准中随处可见的"卫生保健系统的口译者"和"医护专业人员"这两个指称均可很容易地以"公共性口译译员"和"专业服务人员"来取代。对于公共性口译的任一类型,情形都是如此。

从上文的比较可以看出,公共性口译的各类标准(包括其他一些本文中未提及的标准)有很多相像之处,那么,为什么公共性口译的各种类型的口译一直在不断地重新设立标准,而不是去采用,或(如确有必要)部分采用已有的标准呢?对这一问题的一个解释是,直到最近,公共性口译的从业人员间仍然很少交流。第一次公共性口译的国际会议迟至 1995 年才召开,而且从那时起,才有与公共性口译方面的国内的和国际上的交流。考虑到不少人对公共性口译感兴趣,一个专门的网站已经建起了。其网址是:http://www.delphi.com/criticallink/. 这样,标准的重设在将来大体上应可避免了。

这样,我们可以省下一些精力来完善已有的标准。现有的标准中对能力和熟练程度的规定尤为含糊,以PSI和HCI标准为例:

> (口译者应)2.1 能讲两种语言并能用两种语言写作,熟悉专门术语、方言和时尚用语……2.3 继续学习和提高使用英语和另一种语言的能力。
>
> (行为规范,1995)

1)卫生保健系统的口译员应通过相应的英语水平测试和专业语言测试。

2)卫生保健口译应能正确传译医学专门术语。("1996 口译标准"和"1998 翻译指南",第二部分,第3页)

语言能力应达到什么程度呢?这在上面两个标准中都没有规定。对文化知识的掌握程度和对专业术语的熟练程度亦无规定。换句话说,这些标准是建立在没有清楚界定的能力要求之上的。这样看来,对公共性口译研究者来说,当务之急是开始制订一个明确的、可测评口译能力的标准,而不是去重复提出新的含糊的标准。

(3)标准和测评

有了明确的、可测评的标准,还应保证这一标准能得以实施。这就需要①有一个机构来监督标准的执行,②一套测评公共性口译译员等级的方法。在有些国家其实已有制定和推行标准的机构,如澳大利亚的全国翻译和口译者资格审评机构(NAATI),英国的语言学家协会。其他的已有公共性口译标准的地区,这一工作往往由地方资助的、多少带有官方色彩的社团组织来负责,如安大略的地方资助的口译服务中心,温哥华的卫生保健机构等。

制定并实施口译标准的机构的权威性取决于其自身的地位。正因为如此,温哥华卫生保健系统口译者协会对此有清醒的认识,他们并不认为自己具有强制实施自己制定的标准或以其标准评测他人的权力;而英国语言家协会则可以要求那些想成为英国公共事务注册口译员的人必须具备一定的资格。

判断一个人是否具有一定的资格的最常用的方式就是考试 。事实上,尽管为数不多,但一些国家和地区已经有了一些正规的公共性口译从业资格考试。这些考试考测的主要是口译技能,至少包括接续翻译和视阅翻译。

CILISAT 就是这种类型的考试,它由渥太华—加里顿文化口译服务中心主持。如今,在安大略省,那些希望成为公共性口译译员的人都得参加这一考试。该考试既可考察那些参加了公共性口译培训的考生的能力,也可用来评定那些已经在从事公共性口译的从业者的业务能力。一开始,该考试仅有两个语种(西班牙语和阿拉伯语),现在,它包含的语种更多了。考试包括视阅翻译和接续翻译两部分,这其实也是公共性口译的两大主要任务。考试内容均与实际工作中的场景相关,如在接续翻译部分采用一段发生在医院的对话,在视阅翻译部分则要求翻译一份出生证明。

我在最近的一篇论文中从考试的目的、地方的需要、试题的选材、考试的内容、考试的评分和考试的最初效果等不同的角度比较了 CILISAT 考试和萨里·德尔塔考试(Surrey Delta assessment tool),经分析,我得出了如下结论:

设计一种考试的准备工作是极为艰苦且费时的。正因为如此,现有的公共性口译的考试很少。从我对上述两种考试的分析比较的结果来看,这类考试有许多共性,因此设计很多的这样的考试并无必要。换句话来说,只要对现有的考试在评测标准上略作改动或在考分权衡方面稍稍照顾一点地区因素,现有的考试完全适用于不同类型的公共性口译。

现在,公共性口译考试已扩展到 15 种语言,对此,CISOC 和萨里·德尔塔移民服务机构功不可没。尽管如此,在加拿大,多数公共口译服务机构遇到的口译语言都超过 50 多种，因而，其他的公共口译机构与其重新设计新的考试，倒不如在已有的，且在近几年已被证明行之有效的考试的基础之上，再努力设计出另外 35 或 40 种语言的考试，使口译的考试系统更为完备。

换句话说，在口译标准方面，重点应放在扩展和改进已有的考试系统，而不是对已有的考试进行重新设计。

三、公共性口译从业者的培训

公共性口译的测试对语言和口译技巧都有很高的要求，这一点从参加测试的学员的不及格的比例可以看出。对于一些小语种来说，还找不到通过了测试而获任职资格的口译者。毋庸置疑，这是一个问题，但其症结不应归于因测试的标准过高。高标准是必须的，因为在医疗或法律方面的公共性口译中一旦出错，其后果是相当严重的。应该说，问题的症结出在公共性口译从业者的培训上，更确切地说，他们缺少足够的训练。

(1) 大学培训

在公共性口译方面，只有为数不多的培训项目可以授予学位。这些培训项目还仅局限于为数不多的几个国家。澳大利亚仍“在公共性口译和笔译服务及对其从业人员进行规范和培训方面居于领先地位”(Blewett 1988)NAATI，澳大利亚的权威测评机构，向准备进行这方面培训的高等院校提供课程内容上的咨询。一旦培训项目得到其认可，这些项目的毕业生亦即得到其认可(Bell 1997:97)。在瑞典，一些大学的口译培训时间有三或四个学期；自 1986 年起，口译培训统一由斯得哥尔摩大学附属的专门的翻译学院负责进行(Wadensjo 1992:52)。在加拿大，渥太华和伊加路特(Iqaluit)各有一所大学开设了为期两年培训项目，但在很多高等院校，公共性口译并未赢得能授予学位的独立学科的地位，其学习期限也并不长。尽管确有少数中等教育后的教育项目,但通常又被视为"继续教育"。这些培训有的仅仅是一门课程,有的是三到四门系列课程,修完后最多只能得到一张证书。

(2) 由聘用公共性口译译员的机构提供的培训

至少是多数的公共性口译的培训是由那些聘用公共性口译译员的机构提供的。这些机构可分两大类:一类是区域性公共性口译服务机构,它们负责或承包一个区域的全部的公共性口译任务;一类是使用机构(如医院),它们需要公共性口译译员。

这些机构提供的培训无论是在培训期限上还是在培训内容上都存在着极大的差异。时间上,从不足10小时到60小时以上不等;内容上,从仅仅讨论口译者的作用到训练语言能力和口译技巧而各异。对这些机构的培训,我们尚难作出总体评价,但有一点是可以肯定的,这些机构已越来越清楚地意识到译员应具备的能力、训练中加大技巧学习和增加总学时的重要性。

这些机构的学员都是经过预选的,有可能参加过预选考试,因此,对那些想从事公共性口译或已非正式地作过口译但没有受过训练的人来说,可能还要准备预选考试。

(3) 远距离教育适合于公共性口译的培训吗

温哥华社区大学和开放学习学院(Open Learning Agency)新近开发了一个远距离教育项目:口译入门,对公共性口译教学来说,这无疑是教学方法上的一次大变革,对那些有志于公共性口译的人来说,这也无疑是一个好的开端。

该项目分为四大部分:

第一部分:口译概念

第一单元:什么是口译

第二单元:口译的职业规范

第三单元:口译的职业规划

第二部分:口译技巧

第一单元:语言技巧

第二单元:调研技巧

第三单元:准备技巧

第三部分:口译者法律常识

第一单元:法律程序

第二单元:法律术语

第三单元:法庭口译者行为规范

第四单元:法庭观察力

第四部分:双语口译

第一单元:视阅翻译

第二单元:接续翻译

第三单元:同声传译

每一部分及每一单元都有明确的学习目的,授课材料包括书面材料(阅读材料、练习、答案等)和磁带。学员通过电子信函和电话与教师交流。另外,该项目还包括两场会议口译录像材料。

这一远距离教育项目正处于试点阶段,现有学员23名。项目为期六个月,每周8—10学时,一些院校,如查尔斯顿大学,非常关注这一项目的结果,它们也想了解公共性口译的远距离教育的可行性。

很多潜在的口译者都在小社区或机构,在那里,他们根本不可能得到培训,而由于个人的、工作上的或财力上的限制,他们又不能调往别的社区或机构,因此,远距离教育在一定程度上能解决他们接受培训的困难。总之,远距离教育提供了核心课程的教学,它还可辅以高校提供的周末小班讨论以及公共性口译机构提供的口译实践。

四、公共性口译:会是一种独立的职业吗?

从上文可以看出,在通往职业化的道路上,公共性口译的进展很慢，更为糟糕的是，即便是从事公共性口译的从业者和研究者，对这一口译活动的名称或对译者的作用仍未达成共识。在1995年召开的第一届公共性口译国际会议上，与会者对此非常关注，并围绕着公共性口译译员到底是语言中介还是文化的沟通和促进者展开了热烈的讨论。与会者还提出了不少的有助于公共性口译职业化的建议。这次会议之后，尽管开展了一些工作，但在1998年召开的第二届国际会议上，与会者发现进展其实是微乎其微。荷里·密克尔森新近还撰文指出，同会议口译和法庭口译相比，1995年提出的许多推进公共性口译的建议，尽管意义重大，但仍未能引起人们的重视。

情形如此，我们不得不静下来重新考虑阿道尔弗·吉恩泰尔(Adolfo Gentile)早在1995年提出的简短而让人吃不透的问题："究竟有没有公共口译?"吉恩泰尔是从根本上对"公共口译"进行质疑。他认为公共口译和其他口译，尤其是会议口译之间的区别并没有大到必须将它们分为不同口译活动的程度，因而，也没有必要将它们视为不同的职业。针对这一观点，1998年在美国翻译家协会年会上，我提交了一篇论文，题目是"不同口译的名与实"，非常详尽地探究了会议口译、法庭口译和公共口译间的异同。

通过分析，我发现不论场合，口译的基本功能是一样的，即把一个人用一种语言表达的信息用另一种语言传达给另一人(或另一群人)，因此，口译的功能就是语言沟通；同时，因为语言和说话人不可避免地要受到自身文化的影响，所以口译的功能还应包括跨文化的沟通。

那么，我们如何解释第一部分第二节中所提到的公共性口译的特征呢？在不同的场合口译的功能是不是并没有本质的差别呢？我从口译的模式、口译话语的模式、口译类型、评测标准及职业原则等方面分析后得出结论是，各种口译的功能相同之处多，而不同之处少。譬如说，法庭口译的职业原则包括以下方面：

——保密

——公正

——准确

——了解必须的与专业相关的知识

——有自己的判断

这些方面在第三节中所讨论的公共口译的标准中同样能找到。基于前面的分析,我得出以下结论:

① 各类口译都要求具备同样的基本技能:听力、记忆力、速记能力和语言转换能力;

② 各类口译都要求同样的职业原则;

③ 各类口译都要求具有高的标准;

④ 口译场合的不同至多是在口译技巧,有时也会在态度方面略有不同;

因此,无论从逻辑上、实践上还是从理论上来看,按照场合的不同来区分口译间的差异,其意义不大,更何况在实际工作中,口译者必须能在各种场合应对自如方可谋得生路。

五、结 语

反对将公共性口译视为一种独立职业而意欲将各种口译都归于一种职业,这种想法忽视了一个事实,那就是会议口译、法庭口译和公共口译正处于职业化进程的不同阶段,这会导致这三类口译者之间的相互抵触的情绪。

麦克尔逊(Mikkelson, 1998:16—19)引用了约瑟夫·陈(Joseph Chen)将职业化进程分为四个阶段的观点。1992 年陈在台湾地区攻读硕士学位,在其硕士论文(并未发表)中,他将职业化进程分为四个阶段:在第一阶段,从业者良莠不齐,彼此间的竞争异常激烈,而雇主主要是从所付工资的多少来决定雇佣何人,而不太在意他们的服务质量。但是,随着竞争的日趋激烈,从业者开始把接受培训视为竞争的优势,这样,各种职业培训项目应运而生。部分从业者完成了他们的培训,职业化进程也就进入第二阶段:从业者开始形成职业意识,并在一定程度上就共同的目标达成一致,服务质量亦开始被重视。第二阶段发展到最后就进入了第三阶段:从业者有了自己的职业组织或协会,他们开始共同努力,改善工作条件,制订职业标准,限制行业人数,并且争取雇主和社会对他们所从事的职业的认同。职业化进程的第四阶段的标志是从业者所从事的职业不仅得到了雇主和社会的承认,而且得到了司法机构的认可。

用约瑟夫·陈的观点来比照一下,我们可以这么说,会议口译和法庭口译毫无疑问已进入了职业化的第三阶段,在有些国家或地区甚至已步入了第四阶段,而公共性口译在大多数国家还处于第一阶段,最多也不过第二阶段。这说明了会议口译和法庭口译的从业者已不再担心自身的地位,因而极不乐意让公共性口译的从业者加入他们的行列(或组织),而公共性口译的从业者担心被会议口译和法庭口译的从业者看低,正努力地推进自身的职业化进程。

这样看来,现在奢谈把会议口译、法庭口译和公共性口译合并为一种职业,把所有的从业者纳入同一职业组织恐怕为时尚早。但从长远来看,将来比这更多的口译类型的合并也是有可能的。现在要紧的是公共性口译的从业者应汲取会议口译和法庭口译的从业者在他们职业化进程中的经验和教训,找出自己与他们的共同之处,借鉴一切可借鉴的东西(如标准、测试、培训课程等),而不是盲目单干。只有这样,公共性口译才会在尽可能短的时间内进入口译者必需的职业化的阶段。

(南治国译)

第三节　论译者的风格

上海外国语大学　冯庆华

译者是不是可以有自己的风格,对此在翻译理论界一直有着不同的意见。有的人认为,原文固然有自己的风格,但译者的任务是再现原文的风格。译文的风格应该完全同原文保持一致,译文所展现给读者的风格应该是原文作者的,而不应该是译者的。如果译者可以选择自己的风格的话,那么也就允许译文的风格与原文的风格不一致。其实这是对译者风格的误解。探讨译者的风格并不等于允许译文风格可以超然于原文风格之上。在忠实于原文风格的前提下,不同的译者之间对同一原文常常会体现出彼此互不相同的翻译风格。造成译者彼此之间互不相同的翻译风格有着各种各样的原因,不同的翻译风格也未必能分出个高低来,而且这也不是我们研究翻译风格的目的。我们研究一个或几个翻译家的翻译风格,是为了帮助大家找到最适合自己的翻译风格。本文将对著名翻译家杨宪益夫妇和大卫·霍克斯所翻译的两个《红楼梦》英译本进行译文风格上的比较研究,侧重点将放在译者对其中的习语处理上。对名著名译的风格研究,必将有利于我们树立起最适合于自己的翻译风格。

凡是认真研究过《红楼梦》英译本的读者一定会发现,杨宪益、戴乃迭的译本和大卫·霍克斯的译本在翻译风格上有着较明显的区别。其最基本的特征是:杨译根基于原文作者,忠实于原文的文化形式,而霍译着眼于译文读者,充分考虑到译文的文化形式。

我们先来看一看两位翻译大师对《红楼梦》中惊叹语和成语的处理方式。

例一:

原文:"姥姥既如此说,况且当年你又见过这姑太太一次,何不你老人家明日就走一趟,先试试风头再说。"刘姥姥道:"*嗳哟哟!* 可是说的,'侯门深似海',我是个什么东西,他家人又不认得我,我去了也是白去的。"(第 6 回)

杨宪益译文:"Since this is your idea, mother, and you've called on the lady before, why not go there tomorrow and see how the wind blows?" "*Aiya!* 'The threshold of a noble house is deeper than the sea.' And who am I? The servants there don't know me, it's no use my going."

霍克斯译文:"Well, if it's as you say, Grannie, and being as you've already seen this lady, why not go there yourself and spy out the land for us?" "*Bless us and save us!*" said Grannie Liu. "You know what they say: 'A prince's door is like the deep sea.' What sort of creature do you take me for? The servants there don't know me; it would be a journey wasted."

例二:

原文:周瑞家的听了笑道:"*阿弥陀佛*,真坑死人的事儿!等十年未必都这样巧的呢。"(第 7 回)

杨宪益译文:"*Gracious Buddha!*" Mrs. Chou chuckled. "How terribly chancy! You might wait for ten years without such a run of luck."

霍克斯译文:'*God bless my soul!*' Zhou Rui's wife exclaimed. 'You would certainly need some patience! Why, you might wait ten years before getting all those things at the proper times!'

上面两个例子都是感叹语的翻译实例,例一中的"哎哟哟"和例二中的"阿弥陀佛"都表示惊讶,杨译忠实于原文的文化形式,把"哎哟哟"译成"Aiya",把"阿弥陀佛"译成"Gracious Buddha",而霍译着眼于译文的读者,因此把这两个惊叹语用译文文化形式来处理:"Bless us and save us!""God save my soul!"

例三:

原文:*盛筵必散*。(第13回)

杨宪益译文:*Even the grandest feast must have an end.*

霍克斯译文:*Even the best party must have an end.*

例四:

原文:那薛老大也是"*吃着碗里看着锅里*"的……(第16回)

杨宪益译文:Hsueh Pan is another of those greedyguts who *keep* "*one eye on the bowl and the other on the pan.*"

霍克斯译文:You know what Cousin Xue is like: *always* "*one eye on the dish and the other on the saucepan*".

例五:

原文:*巧媳妇做不出没米的粥来*。(第24回)

杨宪益译文:*Even the cleverest housewife can't cook a meal without rice.*

霍克斯译文:*Even the cleverest housewife can't make bread without flour!*

例三、例四和例五中的汉语习语都涉及中国的食文化，杨宪益和霍克斯又根据他们不同的出发点，对习语中的中国食文化部分采取了不同的处理。

在例三中，杨宪益把"宴"直译成"feast"（Longman Dictionary of Contempory English: a specially good or grand meal）；霍克斯把"宴"意译成"party"（Longman Dictionary of Contempory English: a gathering of people, usually by invitation, for food and amusement）。说 feast 是直译，因为它和原文一样是指"美味佳肴"，强调"吃"和"盛宴"，与中国的食文化是一致的；说 party 是意译，因为它是指"为吃和娱乐的聚会"，强调"相聚"和"娱乐"，这与西方的娱乐文化是一致的。

在例四中，"碗"和"锅"更显中国文化的特征，两个译文中，杨宪益的更接近于原文的文化形式："吃着碗里看着平底锅里"；而霍克斯的译文显得更西化："吃着碟子里看着带长柄的锅里"。

在例五中，原文为"巧媳妇做不出没米的粥来。""粥"自然是中国食文化的特征之一。这句习语另一个形式为"巧妇难为无米之炊"。杨宪益采取了直译，其中"粥"译成了"meal"，"米"译成了"rice"；而霍克斯采取了意译，把整个形式西化了："巧媳妇做不出没面粉的面包来。"

杨宪益和霍克斯在翻译专用名词时，更是各具特色。请看以下例子：

原文	杨宪益译文	霍克斯译文
大观园	the Grand View Garden	Prospect Garden
有凤来仪	Where the Phoenix Alights	The Phoenix Dance

(续表)

原文	杨宪益译文	霍克斯译文
潇湘馆	Bamboo Lodge	The Naiad's House
红香绿玉	Crimson Fragrance and Green Jade	Fragrant Red and Lucent Green
怡红快绿	Happy Red and Delightful Green	Crimson Joys and Green Delights
怡红院	Happy Red Court	The House of Green Delights
蘅芷清芬	Pure Scent of Alpinia and Iris	The Garden of Spices
蘅芜苑	Alpinia Park	All-spice Court
杏帘在望	Approach to Apricot Tavern	Hopeful Sign
浣葛山庄	Hemp-Washing Cottage	Washbrook Farm
稻香村	Paddy-Sweet Cottage	Sweet-rice Village
大观楼	Grand View Pavilion	Prospect Hall
缀锦阁	Variegated Splendour Tower	The Painted Chamber
含芳阁	Fragrant Tower	The Fragrance Gallery
蓼风轩	Smartweed Breeze Cot	The Smartweed Loggia
藕香榭	Lotus Fragrance Anchorage	The Lotus Pavilion
紫菱洲	Purple Caltrop Isle	Amaryllis Eyot
荇叶渚	Watercress Isle	Duckweed Island
梨花春雨	Pear Blossom in Spring Rain	Pear-tree blossom in spring-time rain

（续表）

原文	杨宪益译文	霍克斯译文
桐剪秋风	Plane Trees in Autumn Wind	Paulownia leaves in autumn wind
荻芦夜雪	Artemisia in Evening Snow	Rushes in the winter snow
怡红公子（贾宝玉）	The Happy Red Prince	Green Boy
蘅芜君（薛宝钗）	The Lady of the Alpinia	Lady Allspice
潇湘妃子（林黛玉）	The Queen of Bamboos	River Queen
蕉下客（贾探春）	The Stranger Under the Plantain	Plantain Lover
枕霞旧友（史湘云）	Old Friend of Pillowed Iridescence	Cloud Maiden
稻香老农（李纨）	The Old Peasant of Sweet Paddy	Farmer Sweet-rice

上面的例子为大观园内园林建筑的名称以及第 37 回中海棠诗社成员的别号，很显然，杨宪益译文直译是绝对占主导地位的，保持了原文的形象与风貌，而霍克斯译文意译的成分更多一些，语言形式和比喻形象更接近译文文化，而语言居然一反常态，比杨宪益译文更简洁。杨宪益译文总计单词数为 101 个，而霍克斯译文总计单词数为 80 个，后者比前者足足少用了 21 个英文单词。

上面 21 个词条中，杨宪益的译文基本上都是直译的，大多数词条连词的顺序也同原文完全一样；而霍克斯的译文许多处采用了意译，突破了原文的形式，如“红香绿玉（Fragrant Red and Lucent Green）”和“怡红快绿（Crimson Joys and Green Delights）”，霍克斯这两个译文都改换了原文的词序，“红香绿玉”变成了“香红玉绿”，“怡红快绿”变成了“红怡绿快”。霍克斯还把“蘅芜君（薛宝钗的别号）”和“稻香老农（李纨的别号）”按照英语的习惯分别处理成“Lady Allspice”和“Farmer Sweet-rice”，其中 Lady 和 Farmer 都提到了前面。

更值得一提的是，“怡红院（贾宝玉的寓所）”和“怡红公子（贾宝玉的别号）”在英译处理时，杨宪益和霍克斯采用了截然不同的形式，杨宪益的译文为“Happy Red Court”和“The Happy Red Prince”，同原文的形式保持一致，而霍克斯的译文为“The House of Green Delights”和“Green Boy”，把原文中的“红”字改成了“绿”字。

这个译例充分说明杨宪益和霍克斯的翻译出发点是完全不同的。杨宪益保留了原文中的“红”字，是因为他忠实于原文和原文的文化。在中国传统文化中，红色是七彩之首，融注着喜庆、富贵、兴旺等内涵。红色的春联、红双喜字、红色的衣饰与寿桃等等，都内涵着吉祥和喜庆之意。相反，霍克斯把原文中的“红”字处理成了“绿”字，他考虑的是译文读者的文化形式：红色在西方文化中往往同流血联系在一起，象征着危险和死亡；而绿色则表示快乐和健康之意。应该说，霍克斯保持了对原文精神的忠实。

杨宪益和霍克斯在处理《红楼梦》人名时，也采用了不同的手法，杨宪益对所有人名采用了音译（transliteration），而霍克斯对其中的丫环和小厮采用了意译，如：袭人（Aroma）、晴雯（Skybright）、平儿（Patience）、紫鹃（Nightingale）、雪雁（Snowgoose）、茗烟（Tealeaf）、彩云（Suncloud）、彩霞（Sunset）等等，霍克斯这种处理方式也是为了方便译文读者进行形象的记忆。

从上面的众多例子中可以看出，杨宪益忠实于原文作者，是

author-based，因此竭力在译文中保持原文的中国文化的形式；霍克斯忠实于译文读者，是 reader-based，因此竭力使译文同译文读者的文化形式一致起来。但他并没有背叛原文作者，相反，他的译文更好地传达了原文的精神。

杨宪益译本和霍克斯译本风格上区别的另一个特征是：杨译简洁，口语化；霍译详实，正规化。

我们仅用一例，便可说明问题。

《红楼梦》第 13 回有一个秦可卿托梦于王熙凤的情节。

原文：秦氏道："婶婶，你是个脂粉队里的英雄，连那些束带顶冠的男子也不能过你，你如何连两句俗语也不晓得？常言'月满则亏，水满则溢'，又道是'登高必跌重'。如今我们家赫赫扬扬，已将百载，一日倘或乐极悲生，若应了那句'树倒猢狲散'的俗语，岂不虚称了一世的诗书旧族了！"

杨宪益译文："You're such an exceptional woman, aunt, that even men in official belts and caps are no match for you. Is it possible you don't know the sayings that 'the moon waxes only to wane, water brims only to overflow,' and 'the higher the climb the harder the fall'? Our house has prospered for nearly a hundred years. If one day it happens that at the height of good fortune the 'tree falls and the monkeys scatter' as the old saying has it, then what will become of our cultured old family?" (91 words)

霍克斯译文：'Tell me, Auntie,' said Qin-shi, 'how is it that you who are such a <u>paragon</u> among women that even strong men find more than their match in you can yet be ignorant of the simple truths expressed in homely proverbs? Take this one:

The full moon smaller grows,

Full water overflows.

Or this:

The higher the climb, the harder the fall.

Our house has now enjoyed nearly a century of dazzling success. Suppose one day "joy at its height engenders sorrow". And suppose that, in the word of another proverb, "when the tree falls, the monkeys scatter". Will not our reputation as one of the great, cultured households of the age then turn into a hollow mockery?' (117 words)

原文中"你是个脂粉队里的英雄",杨宪益译成 you're such an exceptional woman, 而霍克斯译成 you are such a paragon among women, 其中 paragon 意为"杰出典范,完美之物",的确是一个较为正规而又偏僻的词。"paragon"一词使整个句子显得非常正规。在接下来的译文里,霍克斯又连着使用了"ignorant"、"homely"、"dazzling"、"endanger"、"reputation"、"cultured"、"hollow"、"mockery"等较正规的词语,还使用了几个长句和复合句,使得整个译文不同寻常,让人感到霍克斯译文中的秦可卿要比杨宪益译文中的秦可卿显得更具文采。

我们应该学习哪一位译者的翻译风格,一方面要看译文的主要对象是谁,是汉语为母语的英语学习者,还是英语为母语的读者,是英美高层次的读者,还是英美大众读者,我们应该学习哪一位译者的翻译风格,另一方面要看我们本身的优势何在,在汉译英时要做到 reader-based，译者必须在对汉语原文及其文化理解透彻的同时，还要对英语运用自如，并对英语国家的文化和西方风俗有一个全面的了解。

第四节 译者的身份

安徽大学 田德蓓

任何一种翻译活动，都离不开在翻译主体中起决定作用的译者，都离不开译者对原作者所认识的事物的再认识与再表达，译者在其中兼有独特的身份。一部好的翻译作品，不仅是这种再认识与再表达的结晶，更是译者独具特色的身份证明。在整个翻译过程中，译者到底应该充当什么样的角色，具有什么样的身份？明确这一点，无疑会对整个翻译活动产生积极的影响，从而促进翻译作品更准确、更完美地传达原作的信息。

玛丽·斯内尔·霍恩比(Mary Snell-Hornby)认为："(文本是)译者以读者的身份理解作者的意图，并将这些意图再创造地传达给另一文化的读者群的语言表现。"①"译者作为读者所起的作用应是积极的、创造性的，理解决不等同于对文本的被动'接受'。"②玛丽·斯内尔·霍恩比强调译者以读者的身份理解文本、理解作者，强调译者以读者的身份创造性地理解和传达原作的信息，这对增强翻译作品在读者中的接受程度自然不无裨益，但是过于强调译者的主观性，而忽视原作者与原作的独立性与完整性，将会给翻译活动带来负面影响。其实，翻译是一个非常复杂的过程，它不仅仅是一种语言的转换，更是一种跨文化的活

---

① ②Mary Snell-Hornby, Translation Studies an Integrated Approach John Benjamins Publishing Company Intro, 1988, P.2, P.42。

动。译者在翻译过程中,不能简单地站在读者的立场上,或是简单地站在作者的立场上从事翻译活动。笔者认为,在翻译过程中,译者的身份应是多重的,他既是读者、作者,同时又是创造者、研究者。本文拟就文学作品的翻译,谈一谈译者在翻译过程中的身份问题。

一、译者的读者身份

当代接受美学的主要代表人物尧斯(Hans Robert Jauss)认为:文学作品不经阅读就没有任何意义,也没有生命力,正是读者的阅读理解才赋予了作品以无穷的意义。翻译活动像一条红线,始终维系着原作者、原作、译者、译本及其读者。对于原作来说,译者也是读者,但又不是一般的读者。一般读者往往只求对作品有个大致的了解和把握,而不像译者那样,为达到特定的目标而对作品理解得那么透彻,那么完整和深刻。一般读者,由于对作品没有传达的义务和责任,因此阅读理解的随意性比较大,往往带有很大程度的主观性。一般读者欣赏一部文学作品,不仅可以自由添加、删节,而且还可以一目十行,不求甚解。一般来说,对作品的理解、领悟,随读者个人的文化修养、生活阅历、艺术鉴赏力以及审美情趣等不同而有所不同。就科幻小说来说,一个对外星人感兴趣的中学生,他可能对外星人的描写具有一种特别的想象力,因此,他对作品的理解很可能超出作者所写的内容;而一个对科学技术感兴趣的大学生,他可能对书中的科学技术的描写具有特别的想象力,而忽略作者对外星人的描写所着的笔墨。未来他很可能会致力于这种科学技术的研究,努力使其成为现实。同样,史学家和哲学家,由于看问题的角度不同,对作品理解方面的增删也可能有所不同。鲁迅说过,一部《红楼梦》"单是命题,就因读者的眼光而有种种:经学家看见《易》,道学家看见淫,才子看见缠绵,革命家看见排满,流言家看见宫闱秘事……”① 鲁迅先生的这段话足以说明这个问题。

译者不同于一般读者，他承担着对原作进行传达的责任和义务。他不仅要读透原文，更要读懂、读透文字背后的蕴意，因此译者的难度大于一般的读者。我国著名翻译家傅雷先生曾经说过：“译事虽近舌人，要以艺术修养为根本：无敏感之心灵，无热烈之同情，无适当之鉴赏能力，无相当之社会经验，无充分之常识（即所谓杂学），势难彻底理解原作，即或理解，亦未必能深切领悟。”② 译者与一般读者有着不同的素质要求，译者不仅需要精通两种语言、两种文化，对作者、作品所属时代的社会、历史、文化乃至风尚习俗等，都要尽可能广泛地了解和把握，而且还需要对作者的生活观念、艺术观点、艺术特色和语言风格等，进行尽可能深入细致的理解和研究。只有这样，翻译出来的作品才能准确地传达原作者所表达的意思。

另外，译者与一般读者阅读时的心理背景不同。读者由于不担负传达的责任，其想象可以不受社会环境的制约，而译者从事的翻译活动是艺术的再创作，其再创作的作品必然要受制于原作内容、作者风格和社会环境以及读者的接受程度等因素，不可妄加自己的想象和评论。

由此可见，具有读者身份的译者，阅读时在保全原作完整性的前提下，会想方设法挖掘和传达作品的潜在意义。这种阅读就其本质而言，是文艺学里所说的“解读”，是比一般阅读要认真得多的“解读”。

二、译者的作者身份

译者不仅是原作的读者，而且还是原作生命的外延形式——译本的作者。作为译本的作者，译者虽然不需要像原作者那样选

① 《鲁迅全集》，《集外集拾遗补编·〈绛洞花主〉小引》。
② 傅雷：“论文学翻译书”，载《读书》1979 年第 3 期。

取素材，谋篇布局和进行构思，但他所思考的问题，所描述的对象应该与原作者的毫无二致。此时的译者，必须放弃自己的思想，服从原作者的意愿，与原作者完全融为一体，成为原作者另一种语言的传声筒。“译者和作者只是名目上相异而已。”（俄国诗人特列吉亚科夫斯基语）

作为文学翻译的译者，除了要精通两种或两种以上的语言外，同时还要具有作家的文学修养、作家的语言感觉、作家的文字表达能力、作家的洞察力和形象思维能力。只有这样，才能深刻理解原作，把握原作精神实质，把原作内容与形式浑然一体的艺术意境传达出来。在翻译过程中，译者实际上是充当了作者的角色，拥有了作者的身份，当“作品在译者心里唤起的回响是那么深沉和清澈，反映在作品里的作者和译者的心灵那么融洽无间，两者的艺术手腕又那么旗鼓相当，译者简直觉得作者是自己前身，自己是作者再世，因而用上了无上的热忱、挚爱和虔诚去竭力追摹和活现原作的神采。这时候翻译就等于两颗伟大的灵魂遥隔着世纪和国界携手合作，那收获是文艺史上罕见的佳话与奇迹。”（梁宗岱语）

巫宁坤先生具有很深的文学造诣，既精通英语，又对汉语语言文字有娴熟的驾驭能力。菲茨杰拉德的小说《了不起的盖茨比》中有一段文字：

> The only completely stationary object in the room was an enormous couch on which two young women were buoyed up as though upon an anchored balloon. They were both in white, and their dresses were rippling and fluttering as if they had just been blown back in after a short flight around the house. I must have stood for a few moments listening to the whip and snap of the curtains and the groan of a picture on the wall. Then there was a boom as Tom Buchanan shut

the rear windows and the caught wind died out about the room, and the curtains and the rugs and the two young women ballooned slowly to the floor.（The Great Gatsby p. 13, F. Scott Fitzgerald）

巫宁坤先生是这样译的：

屋子里惟一完全静止的东西是一张庞大的长沙发椅，上面两个年轻的女人，活像浮在一个停泊在地面的大气球上。她俩都身穿白衣，衣裙在风中飘荡，好像她们乘气球绕着房子飞了一圈刚被风吹回来似的。我准是站了好一会，倾听窗帘刮动的劈啪声和墙上一幅挂像嘎吱嘎吱的响声。忽然砰然一声，汤姆布坎农关上了后面的落地窗，室内的余风才渐渐平息，窗帘、地毯和两位少妇也都慢慢地降落地面

这段如行云流水般的译文，使我们根本没有那种阅读域外文学作品的隔膜。这是从译者心田里流淌出来的文字，更是从作者心田里流淌出来的文字。从这段文字中我们可以看出，译者如若没有作家的文学修养和笔力，没有作家一样对人生的体验，对艺术的敏感，没有较高的审美鉴赏力和形象思维能力，是绝对不可能创作出这样的译文来的。正如我国文学大师茅盾所说："这样的翻译，自然不是单纯技术性的语言外形变易，而是要求译者通过原作的语言外形，深刻地体会原作者的艺术过程，把握原作的精神，在自己的思想、感情、生活体验中找到最适合的印证，然后运用适合于原作的文学语言，把原作的内容与形式正确无疑地再现出来。这样的翻译过程，是把译者和原作者合二为一，好像原作者用另外一国文字写自己的作品。"① 由此可见，译者在

① 茅盾："为发展文学翻译事业和提高翻译质量而奋斗"，载《翻译研究论文集》(1949—1983)，外语教学与研究出版社，1984 年。

翻译过程中其作者的身份是十分明显的。

三、译者的创造者身份

上面所说,译者在翻译过程中,要服从原作者的意愿,与原作者完全融为一体,成为原作者另一种语言的传声筒,这只是问题的一个方面。译者不仅仅是原作者的传声筒,因为翻译不仅仅是两种语言的转换,而且是两种文化的转换,其中蕴含着译者富有创造性的劳动。

从某种意义上讲,译者的这种创造性的劳动并不亚于原作者的创造性劳动。有时甚至高于原作者的创造性劳动,这主要表现在两个方面:首先是原作者只是自己的写作方法,只按自己的口味选择素材,只拥有自己的世界观,自己的风格。而译者却能翻译不同时代不同作家的作品,也就是接触不同的内容,不同的材料,不同的时代,不同的世界观,不同的风格。译者既可以译巴尔扎克作品,又可以译罗曼·罗兰的作品,还可以译伏尔泰的作品,译者可以时而是巴尔扎克,时而是罗曼·罗兰,时而又是伏尔泰。其次,译者又是不同文化的中介人。译者能够将两种或两种以上文化结合于一己之身。译者在翻译时,不但要考虑篇章词句和狭义的上下文的联系以及原作的文化精神,而且还要考虑本时代、本民族、本阶级文化背景和读者的需要,考虑作品的思想、风格和具体历史环境,作者的世界观、创作意图、艺术手法和总的艺术风格,以及译文所可能产生的艺术效果和社会作用等等。正因为如此,翻译不是原作的简单翻版,而是译者的一种创作,不过是另一种创作。它渗透了译者对于文本中文化、艺术、历史等种种人文内容的理解、阐释和传达。

文学翻译既受原文本约束又富有创造性。其要旨在于要跳出语言层面的束缚,传达出原文的内容含义与文化精神。只有当译者既能够尽量地保持与原作者同样的创作心态，又能够结合本民族的文化背景对原作的内容含义与文化精神进行再创作时，才有可能翻译出既与原作者达到心灵上的契合，又为译语读者所接受的好译本。我们可以看一下王佐良先生译的英国诗人雪莱的《哀歌》(A Dirge)：

Rough wing, that moanest loud
  Grief too sad for song;
Wild wind, when sullen cloud
  Knells all the night long;
Sad storm, whose tears are vain,
Bare woods, whose branches strain,
Deep caves and dreary main,—
  Wail, for the world's wrong!

嚎啕大哭的粗暴的风，
  悲痛得失去了声音；
横扫阴云的狂野的风；
  彻夜将丧钟打个不停；
暴风雨空把泪水流，
  树林里枯枝摇个不停，
洞深，海冷，处处愁——
  哭嚎吧，来为天下鸣不平！

从王佐良先生的译诗中可以发现，译者在立足于传达原作思想内容的同时，还进行了再创作。具体表现在：①译诗与原诗一样，诗句机理丰满，用词凝练，铿锵有力；②译诗充分再现了原作的艺术特色和严格的韵律，不只是外观的相似，而且是风格的再现；

③译诗准确传达了原作者要求伸张社会正义的强烈愿望，并创造了深沉雄宏的意境，使译语读者获得了一种如同阅读本国诗歌的艺术享受。俄国伟大的批评家别林斯基、杜勃罗留波夫也曾认为，翻译的目的是为读者服务。因此，译者的创作天才往往表现在有使读者容易感受，并富有诗意地再现原诗印象的那种才能。正是译者的这种再创作才赋予了原作以新的形式、新的生命。译者具有创造者的身份，道理就在于此。

当然，译者的创作毕竟不同于原作者的创作。译者的创作必须受到一定的限制，必须以忠实于原作为前提条件，否则就是对原作的毁坏。以林纾为例，他一生译作颇丰，从四十四五岁开始翻译到去世近30年时间里，译书多达170多部，其中包括40多种世界名著，为中国近代译界所罕见。然而，林译的最大特点就是，他不是以译者的身份而是"以读者的身份理解作者的意图"，或多或少地脱离了原作进行创作。现在我们来看看林译的《滑稽外史》第33章：

(Chapter 34) ... Mr. Squeers. ... said Squeers, addressing himself to Newman. "Oh, he's lifted his-self off. My son, sir, little Wackford. What do you think of him, sir, for a specimen of the Dotheboys Hall feeding? Ain't he fit to bust out of his clothes, and start the seams, and make the very buttons fly off with his fatness. Here's flesh!" cried Squeers, turning the boy about, and indenting the plumpest parts of his figure with divers pokes and punches, to the great discomposure of his son and heir. "Here's firmness, here's solidness! why you can hardly get up enough of him between your finger and thumb to pinch him anywheres."

In however good condition Master Squeers might have

been, he certainly did not present this remarkable compactness of person, for on his father's closing his finger and thumb in illustration of his remark, he uttered a sharp cry, and rubbed the place in the most natural manner possible.

"Well," remarked Squeers, a little disconcerted, "I had him there; but that's because we breakfasted early this morning, and he hasn't had his lunch yet. Why you couldn't shut a bit of him in a door, when he's had his dinner. Look at them tears, sir," ... "there's oiliness!"

司圭尔先生……顾老夫而曰:"此为吾子小瓦克福……君但观其肥硕,至于莫能容其衣。其肥乃日甚,至于衣缝裂而铜钮断。"乃按其子之首,处处以指戟其身,曰:"此肉也。"又戟之曰:"此亦肉,肉韧而坚。今吾试引其皮,乃附肉不能起。"方司圭尔引其皮时,而小瓦克福已大哭,摩其肌曰:"翁乃苦我!"司圭尔先生曰:"彼尚未饱。若饱食者,则力聚而气张,虽有瓦屋,乃不能闭其身……君试观其泪中乃有牛羊之脂,由食足也。"

对于这一章节的译文,钱钟书先生曾指出:迭更司只说司圭尔"处处戟其身",只说那胖小子若吃了午饭,屋子休想关得上门,只说他眼泪里是脂肪(oiliness);什么"按其子之首"、"力聚而气张"、"牛羊之脂,由食足也"等等都出于林纾的锦上添花。更值得注意的是,迭更司笔下的小瓦克福只"大哭摩肌",并没有讲话。"翁乃苦我"这句怨言是林纾凭空穿插进去的。梁启超先生在《翻译文学与佛典》一文中一针见血地指出:"盖译家之大患莫过于羼杂主观的理想,潜移原著之精神。"① 尽管林纾的译文笔润墨饱,使我国

① 钱钟书:"林纾的翻译",载《文学研究集刊》,人民文学出版社,1964年。

读者读起来感到淋漓酣畅，但它毕竟太脱离原作，为现代翻译所不取。

文学翻译的创造性来自译者的主体性。译者既要竭力将全文精神融会于心，在心理认识的过程中尽量缩短与原作者的距离，尽量与原作者在心灵上产生共鸣，又要考虑到译语读者的文化背景和接受程度，把自己对原作的理解、感受进行再创作，使其成为译语文学的一部分，为译语读者所普遍接受，使自己的再创作扩张为社会活动，与时代、社会等产生共鸣。

四、译者的研究者身份

除了以上所讲的三种身份之外，译者的研究者身份也不容忽视。文学翻译离不开文学研究，文学研究是文学翻译的前提。译者即使具有很强的双语能力，但若不对原作者及其作品进行研究，不了解同所译作品的材料和题材有关的事物，不研究作品所描写的生活的那一段历史，就无法透彻理解原作。在动笔翻译之前以及在翻译的过程中，译者如若不下一番寻根问底的工夫，弄清原文文字背后的底蕴，翻译的质量势必得不到保障。

译者对原作的理解和把握应该包括两个方面：一是对原作语言涵义的理解，二是对原作文字以外知识的掌握。一般来说，译者在翻译一部文学作品之前，需要读遍所译作家的主要作品并研究各书的特点以及该作家的传记等。由于文学作品中的内容涵盖面极广，涉及到文化、社会的方方面面，涉及到哲学、美学等学科，因此，一个称职的译者还应该尽可能多地掌握丰富的历史、地理、社会文化史、风尚习俗乃至音乐、美术等方面的知识，具有深厚的文化修养，具有广博的文化知识，否则，便会在翻译中功亏一篑。

下面请看飞白先生所译惠特曼《草叶集》中的“I Saw in Louisiana a Live-oak Growing”：

I saw in Louisiana a live-oak growing,
All alone stood it and the moss hung down from the branches,
Without any companion it grew there uttering joyous leaves of dark green,
And its look, rude, unbending, lustry, made me think of myself,
But I wonder'd how it could utter joyous leaves standing alone there without its friend near, for I knew I could mot,

And I broke off a twig with a certain number of leaves upon it, and twined around it a little moss,
And brought it away, and I have placed it in sight in my room,
It is not needed to remind me as of my own dear friends
(For I believe lately I think of little else than of them,)
Yet it remains to me a curious token, it makes me think of manly love;
For all that, and though the live-oak glistens there in Louisiana solitary in a wide flat space,
Uttering joyous leaves all its life without a friend a lover near,
I know very well I could not.

我在路易斯安那看见一棵栎树在生长,
它独自屹立着,树枝上垂着苔藓,

没有任何伴侣,它在那儿长着,迸发出暗绿色的欢乐的树叶,
它的气度粗鲁,刚直,健壮,使我联想起自己,
但我惊讶于它如何能孤独屹立附近没有一个朋友而仍能迸发
　出欢乐的树叶,
因为我明知我做不到,

于是我折下一根小枝上面带有若干叶子,并给它缠上一点苔
　藓,
带走了它,插在我房间里在我眼界内,
我对我亲爱的朋友们的思念并不需要提醒,
(因为我相信近来我对他们的思念压倒了一切,)
但这树枝对我仍然是一个奇妙的象征,它使我想到男子气概
　的爱;
尽管啊,尽管这棵栎树在路易斯安那孤独屹立在一片辽阔中
　　闪烁发光,
附近没有一个朋友一个情侣而一辈子不停地发出欢乐的树
　叶,
而我明知我做不到。

飞白先生是我国著名的诗歌翻译家、评论家,从他的《诗海》(漓江出版社,1989年)一书中,我们不仅可以看出译者生动活泼的文笔,翻译诗的深厚功力,传达诗歌风貌神韵的准确,而且还可看出译者对诗歌研究所下的功夫。如在惠特曼《草叶集》的译文前,飞白先生不仅对诗集出版之初的历史背景作了介绍,而且还对诗集作者的生平、诗集的总体思想以及诗集名的深刻涵义等一一作了介绍。以上面一首诗为例,译者评论道"在惠特曼的一生中,他的'草叶'不断萌发,从最初的12首增加到临终版的近400百首。他的诗中到处洋溢着蓬蓬勃勃的生命力","民主思想贯串他

的诗集，与草叶的意象合而为一”，译者还评论道“他的民主理想毕竟比资产阶级政治家更为彻底，但也带有浓厚的空想的乐观主义色彩”。不仅如此，译者还对具体的文字作了补充说明：“诗中说的栎树原文名 live-oak，是山毛榉科栎属的北美南方活栎，这种树常绿而枝繁叶茂，雄伟茁壮，如被砍伤，会萌发出更多的新枝，其富有生命力正与草叶相同”。惠特曼一般作的是自由诗，这很容易引起人们的误解，因此译者解释道：“惠特曼的自由诗并不是完全不要音律的。他的诗不拘音步，但仍以扬抑格为主要动力；虽然多数不押韵，但有大量的头韵，也有行中韵；诗句的节奏感很强，有起伏，有停顿，有倒装；而特别显著的是他惯用平行、并列、排比、重复的手法，特别喜欢在一个主题统领下，连用同样语法结构，以同一个词或词组开头的句子或从句”，“惠特曼之成为豪放派，除了思想的极端开朗坦率外，与他这种特有的诗体也是分不开的”。这不仅反映了译者严谨的治学态度、广博的知识以及对诗集的深刻研究，而且也为译者更准确地把握原作者的字面意义和深沉的内涵提供了保障。由此可见，译者在翻译过程中的研究者身份是不容忽视的。

必须强调的是，译者的读者身份、作者身份、创造者身份、研究者身份，在翻译过程中是一个相互交融的、完整的统一体，它们之间彼此不可隔离、相互独立。译者在翻译过程中应当兼顾上述四种身份的不同作用，否则，很可能导致翻译的失败。因此，译者必须始终明确自己的多重身份，惟有如此，才能保证译本的高质量、高品位。

〔参考书目〕

谢天振：《译介学》，上海外语教育出版社，1999 年。

罗里·赖安，苏珊·范·齐尔编：《当代西方文学理论导引》，四川文艺出版社，1986

年。
许　钧主编:《翻译思考录》,湖北教育出版社,1998 年。
中国对外翻译出版公司选编:《外国翻译理论译介文集》,1983 年。
费道罗夫:《翻译理论概要》,李流等译,中华书局股份有限公司,1955 年。
贺　微:“翻译:文本与译者的对话”,《外国语》,1999 年第 1 期。
彭保良:“从文化差异的角度看英汉翻译中词义的确立”,《中国翻译》,1998 年第 1 期。
张　今:《文学翻译理论》,河南大学出版社,1987 年。
吕志鲁:“翻译艺术中的概念化技巧”,《中国翻译》,1997 年第 5 期。

第五节 徐迟与美国文学翻译

上海外国语大学 姚君伟

徐迟的名字通常是与诗人或作家而不是与翻译家联系在一起的。人们想到徐迟,一般会想起他当年闻名中外的报告文学《哥德巴赫猜想》,或许还有他早年的诗集,如《二十岁人》(1936)和《明丽之歌》(1937)等,可是,在翻译界,学者们对作为翻译家的徐迟的认识似乎也尚不充分,他与外国文学的关系方面迄今为止还鲜有专题研究。

实际上,徐迟的文学生涯始于外国文学作品的译介,他一生出书近50种,这其中不只是包括创作,也有译作。他不仅是多产而著名的作家,而且还是卓有成就的翻译家,他译笔不辍,翻译出版了大量外国文学作品;不仅如此,在翻译的同时,他还介绍、研究外国文艺思潮和外国作家作品,实在是为外国文学在中国的传播作出了极大的贡献;他译介的作家作品涵盖的国别多,文学类别也多,他的译作中许多已成为名译,至今仍然不失其学术参考价值。徐迟的翻译活动和翻译成就是我们今天客观研究他、全面理解他的一个不可或缺的重要方面,我们理应充分估价他在译介外国文学方面的劳绩。

据目前所掌握的材料看,徐迟接触美国文学,最早是杰克·伦敦的《野性的呼唤》。当时,为了学习英语,他便阅读了这部作品。但是,中学时代的浏览对他考入东吴大学文学院攻读外国文学,是否起到了一种帮助乃至诱导的作用呢?不管怎样,进大学后又借读于燕京大学，并有幸受业于冰心女士，这一切使徐迟与外国文学(包括美国文学)结下了一生的不解之缘。他译过的美国作家就有塞珍珠、林赛(Vachel Lindsay)、弗兰克(Waldo Frank)、海明威、萨洛扬、H.D.帕艾尔、杰克·伦敦、斯坦因、惠特曼、梭罗、T.S.艾略特、迈克尔·高尔德，等等。

徐迟译赛珍珠、译林赛均在1933年，两者孰先孰后，恐已难以区分。是年秋天，徐迟在美国《亚细亚》(Asia)杂志上，读到赛珍珠的小说《二妇人》，感觉很动人，因为小说写了东西方两位妇女，一个保守，一个开放，完全是两个模式。这引发了他对东西方文化的思考。同年，他将译出的小说寄给了沈从文主编的天津大公报社《国闻周报》文艺栏。译文分两期登完，署名"龙八"。当年年底，他给赛珍珠寄去刊物，并附信一件。次年年初，徐迟在苏州收到了赛珍珠很客气的回信。徐迟的这次翻译经历及由此与赛珍珠结下的文字缘给他留下了终生美好的回忆，近60年后，他还在《纪念赛珍珠》一文中作了追忆。

兴许是徐迟的出生地——南浔这座典型的江南小镇那特有的诗韵乐韵对他起了作用，再加上听了冰心女士"诗"这门课的缘故，更因为冰心女士讲解英诗时的动人情景，在她的启发诱导下，徐迟开始了诗而非别的文类的创作。但一开始，投出的诗稿并未被采用，最早采用的诗倒是一首译诗——维琪·林德赛(现译林赛)的《圣达飞之旅程》(The Santa Fe Trail)。徐迟认为林赛是继承惠特曼传统的诗人。这首300行的长诗分为两部分，即"一辆跑车从东方驶来"和"许多汽车经过了，向西而去"。该诗歌颂了圣达飞公路，描绘了美国资本主义经济发展"如何穿过幽静的、美丽的田园，通到了许多新兴的发达的大城市"。[①]

---

① 徐迟："外国文学之于我"，王凤伯、孙露茜编《徐迟研究专集》，浙江文艺出版社，1985年，第41页。

徐迟的译诗发表在施蛰存主编的《现代》杂志等4卷第2期上，同期还刊登了译者的第一篇评论文章——《诗人 Vachel Lindsay》。编者别致地将评论登在页面的上半部分，同页下半段就是译诗。在这篇徐迟后来认为"写得很美的文论文章"里，他为我们介绍了林赛的创作情况，分析了他的包括这首长诗在内的作品的艺术特征，对诗的音律和遣字造句尤其是前者作了特别的强调，并援引诗行说明音律是林赛诗作的一个主要特征，他的诗是"强有力的音的结构"，他的音律是"纵跃，翻身，移转，旋涡的技巧"。可贵的是，徐迟都能联系中国诗坛的现状作出自己的思考，通过林赛作品中的音律及其创造的音乐性，不无感慨地说"西洋的文字已经能直接传出音乐来了。这不是自林德赛开始的。在中国，一般人争执着诗的音乐性的不可少。殊不知中国的今日是连可唱的歌曲也没有，更何用谈歌咏的诗的试验了。音的试验是终当让歌(歌不是诗)来担任的。这是说中国的文字还不能翻译音乐呢?"徐迟不仅分析诗的艺术性，还指出也许正是艺术性妨碍了其在中国的译介，竟使徐迟就此成为中国译介林赛的第一人。

这里对徐迟译介林赛的情况作一详析，主旨在于：第一，徐迟既译又评一篇外国作品的做法是可取的、必要的。这"评"的形式当然是多种多样的，包括译文序跋、译文注解，当然也可以是单独的论文。目前，比较文学界、翻译界在理论上已经达成共识，认为译者也应该是学者。余光中认为："译者其实是不写论文的学者，没有创作的作家"；他还说："其实，一本译书只要够分量，前面竟然没有译者的序言交待，总让人觉得唐突无凭。译者如果通不过学者这一关，终难服人。"① 杨武能则更具体地指出，一个译者"处于他活动的第一个阶段(指对原著的理解和接受阶段——引者)，做的是一种学术性很强的工作"，译者必须"研究作者的生平、著作和

① 余光中："作者、学者、译者"，《外国文学研究》1995年第1期。

思想,研究作品产生的时代,研究他们的民族文化传统……"① 确实,文学翻译的根本前提就是文学研究。当然,这一研究不一定非由某种限定的形式来体现不可,独立成篇的评论文字的写作也不妨不拘一格。译者的评论完全可以有别于学院派文章,而更多地也给读者以阅读的乐趣,从而也能更好地帮助读者接受所论及的作品。

详述徐迟译介林赛情况的第二个目的在于说明,译者在研究选择他所译介的外国作家作品的同时,也要对自己作一番研究,最为理想的是找到与自己性之所近的作家作品加以翻译,这样才能与该作家及其作品产生更多的共鸣,才能更好地再现出原作者的风格。译者与作者如能心神交融,合为一体,而达到心灵上的契合,那么,翻译成功的可能性就要大得多。徐迟译林赛,后来译惠特曼,译梭罗,完全可以说是找准了对象,他译这些作家的作品,虽然是翻译,但在相当的程度上也是通过翻译表达自己的情感和思想。正是在这个意义上,由于融入了译者的主体意识,因此,翻译、创作、研究三者有机地化为一体。

把翻译和研究结合起来,并选择与自己性之所近、自己特别喜爱、能打动自己的美国作家作品,这些特点大致都体现在徐迟的翻译活动中。三四十年代,在美国文学方面,徐迟除开译介赛珍珠和林赛,他译的作品比较重要的还大致有:弗兰克的小说"一枕之安"(《文饭小品》第 4 期,1935 年 5 月 30 日),威廉·少洛扬(即萨洛扬)的小说"战争"(香港《大风》第 36 期,1939 年 5 月 5 日),惠特曼的"芦笛之歌"(重庆《文艺阵地》第 6 卷第 1 期,1941 年 1 月 10 日),恩尼·帕艾尔的"在掩壕里——美国兵是这样的(战地报告)"(重庆《文哨》创刊号,1945 年 5 月 4 日),劳逊队长《我轰炸东京》,

① 杨武能:"翻译、接受与再创造的循环——文字翻译断想之一",《中国翻译》1987 年第 6 期。

重庆时代生活出版社1945年出版，系《时代生活丛书》第5种，斯坦因的《解放，是荣耀的》(报告文学)，重庆新群出版社1945年6月初版，新知书店、读书出版社、生活书店1945年10月上海联合再版。徐迟的杰克·伦敦的"生命对我有什么意义?"中译文则于1956年8月25日、29日连载于上海《文汇报》副刊《世纪风》；最后同时也是徐迟最重要的美国文学译作《华尔腾》这部散文集收入《美国文学丛书》，由上海晨光出版公司于1949年3月推出初版。

在徐迟所译过的美国诗人中，他最为推重的是惠特曼。1941年元月，他从《芦笛之歌》中选择六章，发表出来。这6章在主题上是一致的，都是抒发对爱和民主的渴望，追求一种同志之间的交流和互爱，诗人怀着热切的梦想，期盼着建立起"朋友的城市"。刊于《译文》杂志1955年第9期的《草叶集》选译诗仍出自《芦笛之歌》，一次推出15首，它们与徐迟1941年选择的诗作在数量上虽翻了一倍多，其主题却是一致的，仍是惠特曼一再鼓吹的"同志爱"，以及其他各种形式的爱，诗人认为爱是"一切哲学的基础"：而在苏格拉底的背后我看见，在神圣基督的背后我看见/人对他的同志的亲密的爱，朋友对朋友的吸引力，/以及恩爱的丈夫对妻子的、孩子对父母的，/城市对城市的，和国家对国家的/那种爱与吸引力(《一切哲学的基础》)。1955年，徐迟又译出惠特曼的诗四首，发表在《人民文学》当年第十期上。译者给每首诗都写下了题解和自己的感想，如在"致政府"(1860)"译者注"中，徐迟认为该诗批评了美国政治制度，预言暴风雨(内战)即将来临。惠特曼的这四首诗是对美国种族歧视的抨击，也是对民主精神的呼唤。这样的抨击和呼唤通过徐迟的译本和译注使得中国的读者得以了解美国当时社会情况，也使读者加深了对惠特曼这位自由歌手和民主主义的先驱的认识。在1955年11月26日的《光明日报·文艺生活》栏，徐迟又发表了惠特曼歌颂法国大革命的"法兰西——美国的第十八年"

的译文，诗中有这样的诗行：自由啊！我的伙伴啊！……我好像听到东风正吹来了胜利的，自由的进行曲，/它已经到达这里，使我充满了狂喜，/我要把它解释在文字中，证实它，/我要为你高歌，法兰西。

从这里，不难看出徐迟对惠特曼及其《草叶集》的偏爱。早在1943年6月，徐迟就在《美国诗歌的传统》的论文中开门见山地指出："美国诗歌的传统——亦即是窝尔脱惠特曼(Walt Whitman)的传统——亦即是美国民主主义底诗歌的一贯的传统——不能有其他的传统，并事实上没有其他的传统，存在。"[①] 徐迟认为惠特曼是歌唱未来的胜利的诗人，惠特曼，林赛，桑德堡，玛斯脱斯，休士，纽加斯，麦克莱许，"这一串不受时光的干扰，他们自成为美国诗歌的'传统'……惠特曼传统的诗人们的读者是'人民'。"在"关于美国文学"一文中，徐迟更是充分肯定惠特曼："在代表着美国这一个国家的精神，像长明的火焰一样照耀着的，乃是三位一体的林肯，惠特曼和马克·吐温。"[②] 而在《惠特曼的"草叶集"》这篇纪念《草叶集》初版一百周年的专论中，徐迟结合对《草叶集》第一首歌"我歌唱自己"的分析，认为正是诗作鲜明的人民性和高度的艺术性，正是他反对人奴役人的斗争精神和民主理解，以及他为世界和平和人类最后胜利的歌唱，才使得惠特曼成为美国的大诗人，也是世界的大诗人之一。[③]

从徐迟对惠特曼十余年满怀热情的译介中，我们有理由认为，徐迟对诗人惠特曼其人其诗是烂熟于心的，他不仅是惠特曼的一个成功的译者，而且是一位惠特曼研究者。诗人与诗人相遇，灵魂拥抱在一起。徐迟对惠特曼作出阐释和研究，他的阐释中包含了

① 郭沫若主编《中原》创刊号。

② 《文联》1946年2月6日。

③ 《光明日报》1955年11月25日。

对自己阅读惠特曼的诗作的切肤之感的体验，他的研究中摒弃了那种悬置诗作本身，去作空泛的夸夸其谈的评论路数，而与原作者作心灵上的交流。中国读者得以结识惠特曼这位伟大的民主诗人，其中自有徐迟的一份功劳。

徐迟不仅身体力行地研究、翻译美国文学，还大声疾呼出版界、翻译界有系统地把美国文学介绍到中国来。1946 年，他在阅读了几部文学史之后，惊讶地发现“我们的出版家对于西洋文学的介绍是那样的杂乱，毫无章则，毫无计划”。他认为造成这一状况固然有若干原因，但是，无论如何，缺乏一个系统的译介计划肯定是一个重要原因。正是因为这一原因，截止当时已被译入中文的美国文学作品显得“如何的杂乱”，使读者对美国文学尚且缺乏一个“整体的较明确的概念”。他感叹似乎还没有哪位编辑希望策划一套系统的《美国文学丛书》，而他认为，其实，就美国文学不长的历史来看，要做成此事并无多大困难，这就对系统译介美国文学的可能性作了论证。对如何系统译介美国文学，徐迟是胸有成竹的。他认为，这些作家作品应当包括爱默生的论文集，梭罗的《林居》(即《瓦尔登湖》)，霍桑、爱伦坡的故事集，梅尔维尔的《毛倍·狄克》(即《白鲸》)，特别是惠特曼的《草叶集》和马克·吐温的《赫克·富英》(即《哈克贝里·费恩历险记》)，徐迟还希望出版界编出一套《德莱塞选集》，以便向读书界全面展示这位自然主义大师的风采。从这里的介绍来看，徐迟在美国文学的译介方面的思考和构想是细致而全面的，并且也不难发现他对美国文学如数家珍的熟稔程度。

徐迟的这一构想终于随着《美国文学丛书》的出版而变为现实。这套标志着中美文化交流的丛书计 18 种，20 卷在 1949 年一次出齐。据丛书出版者赵家璧的回忆，当年出版时，他临时将它改用《晨光世界文学丛书》的总名，雄心勃勃地打算以后一个国家一个国家地出下去，而“以美国之部开其端”。徐迟自始至终地参与了丛书的有关工作。是他和冯亦代拟订一个初步选题计划送给郑振铎,因为他们对现代美国文学既感兴趣,且有研究。[①]这套丛书是由中美双方合作酝酿、计划的,是徐迟担任了双方最初的联络工作,又是徐迟拟定的约稿合同(尽管后来未签),而丛书中惟一一本散文集——《华尔腾》——又是由徐迟译出的。

徐迟译《华尔腾》,是在1949年夏。但是,早在1946年,他心里就已经希望有人来译出这部作品了。现在看来,徐迟是译这部他"异常喜爱"的书的理想人选。由于徐迟对美国文学所具备的很高的修养,也由于徐迟那流畅传神的译笔,中国读者才有幸结识梭罗这位特立独行的思想者和实践家的这本"光明的书",这本"启示录"。

为了译好这本散文名著,徐迟是花了许多心血的。他在译后记中写道:"这是一本寂寞的书,恬静的书,智慧的书。其分析生活,批判习俗,有独到处,但颇有一些难懂的地方,"那年夏天,徐迟全身心地投入这本书的研读和翻译之中。他发现,这部书中有许多篇幅形象描绘,优美细致,有如湖水的纯洁透明,山林的茂密翠绿;也有一些篇幅说理透彻,十分精辟,能给人以启发。在翻译的第一阶段,徐迟努力去体会原作的意蕴,希望能够对原作做到"体贴入微"而尽窥其妙,但他坦陈,这是一本十分精深的读物,在白天的繁忙生活中,他有时读不进去,似乎他异常喜爱的这本书忽然又并不那么让人喜爱了,似乎觉得它什么好处也没有,但是,他发现,"黄昏以后,心情渐渐寂寞和恬静下去,再读此书,则忽然又颇有味,而看的就是白天看不出好处辨不出味的章节,语语惊人,字字闪光,沁人肺腑,动我衷肠,到了夜深人静,万籁无声之时,这《瓦尔

① 赵家璧:《出版〈美国文学丛书〉的前前后后——一套标志中美文化交流的丛书》中摘录了徐迟的回忆,其中徐迟不无自豪地说:"在重庆,我算是一个研究外国文学的人,龚澎他们在和美国人接触谈美国文学时,是把我作为谘询人的。"

登湖》毫不晦涩，清澄见底，吟诵之下，不禁为之神往了。”① 这是译者在用心灵面对原作后作出的理解、阐释和接受。缘此，我们现在读到的这本译作不仅成功地让人看到了梭罗不同凡俗之处，让人看到了他那独立不羁的精神，而且阅读译本，也能让人获得一种美的享受，译本本身不啻为完美的文学作品。傅雷曾提出“理想的译文仿佛是原作者的中文写作。”这一理想在徐译《瓦尔登湖》这里大致得到了具体的实现。

《瓦尔登湖》1949 年收入《美国文学丛书》时，译名为《华尔腾》。这套书出版的时候，正值上海解放前夕，出书后，又逢全国人民迎接新中国的诞生，所以，正如赵家璧所说的那样，这套书有些“不合时宜”，但它的翻译出版是“得到党的支持的”，它的顺利出版，是中国外国文学翻译史上的“一大盛举”，凝结着我国文坛上一批进步的知名人士和有经验的翻译家的心血。作为参与其中的徐迟对这套丛书及自己的这部译作是有着怀念的心情的。1982 年，译者又将它校译一遍，交上海译文出版社出版。后来，《外国文学名著丛书》编委会又将《瓦尔登湖》收入此套丛书。当时徐迟正好要去美国参加一个“国际写作计划”，他在美国访问了梭罗的出生地马萨诸塞州的康科德，也游览了瓦尔登湖，又与许多教授讨论《瓦尔登湖》这本书，获益良多。徐迟的这些努力，使得他译的《瓦尔登湖》迄今为止仍是该名著的一个优秀的译本而在读者中广泛流传。

徐迟是热心于包括美国文学在内的外国文学翻译、介绍和研究的，他和许多中国现当代作家一样，在自己的文学生涯中，既有译作，也有创作，还有研究之作流传于世，说他集学者、作家和译家于一身，当非溢美之辞。事实上，他的译与作，可以说也是互相促进、互相受益的。他以译作走上文坛，其创作往往受到译作的影

---

① 亨利·戴维·梭罗：《瓦尔登湖》，上海译文出版社，1983 年，第 312—313 页。

响。翻译对于他日后的创作来说无疑是一种激发,一种"锻炼",如在徐迟的散文写作风格上,就不无海明威和梭罗的影响在。他很喜欢海明威,一度着迷于他,在他看来,海明威对他的影响,多半还在他的散文风格上,他认为海明威的散文写得"很漂亮,别有风味"。至于梭罗,人们一般认为,徐迟作为一个散文作家,来译梭罗的作品,正是合适的人选,可是,徐迟在给赵家璧的信中说"……其实我正是在译了梭罗之后,受到影响,这才使我有可能写散文写得好一些的呢。"① 与中国当代有些作家不愿承认受他人或他国作家的影响,以为一受影响就缺少了独创性的做法不一样,徐迟在这里是承认影响的存在,他和优秀的中国现当代作家一样,有着明确的借鉴意识,他自信从来不让外来影响整个将他占有,只能他占有它们而不是相反。

徐迟重视外国文学翻译和研究,他译美国文学、英国文学、德国文学、俄国文学、希腊文学、法国文学,等等②,他译诗(包括史诗)、小说、散文、战地报告、报告文学、文论、无线电诗剧。关于翻译,他认为翻译本身就是学习,"或者竟是最好的学习方法之一,"他赞赏"五四"运动前后的翻译工作做得很好,并举例说鲁迅、郭沫若、茅盾、巴金、周扬、夏衍等大作家都翻译过不少外国文学作品。他坚持认为拒绝借鉴,就是自我封闭,在连窗子都不愿打开的空气里生活的人,必定是个神经衰弱的人。徐迟充分肯定外国文学的影响对中国新文学的发展所发挥的作用。他还担任《外国文学研究》杂志首任主编,而他为创刊号赶写了"吸收外国文艺精华总和",其中表明了他对待外国文学和翻译文学的态度。

徐迟在生前编定的《网思想的小鱼》"自序"中,曾自称是个"幻

---

① 赵家璧:"出版〈美国文学丛书〉的前前后后——一套标志中美文化交流的丛书"。

② 有些是从英文转译的,如《依利阿德》、《帕尔玛宫闱秘史》等。

梦家”。他说“幻梦是多么的美丽，多么的迷人。”考察徐迟一生所从事的美国文学译介活动及他所取得的翻译成就，我们可否认为，把包括美国文学在内的外国优秀文学作品介绍到中国来也是徐迟的一个“幻梦”呢？我想，回答是肯定的。如今斯人已逝，但文章却长留人间，他的佳译将鼓舞着后来人怀着敬业精神，去将一个个外国文学翻译之梦化为现实。

第七章　口笔译教学研究

第一节　口译教学如何应承电视口译的需求

台湾辅仁大学　杨承淑

一、电视口译的定义与分类

电视透过影像与声音，因跨国传播讯息，而产生口笔译的需求。在口译目的上，为了即时、迅速地传递新闻，而需要同步口译。笔译能达到内容较为准确，但效率却偏低；而口译虽不及笔译准确，但是讯息产能较高。①

依照电视口译的工作特性与口笔译形态，可加以分类及定义如下：

(1) 常态播出的“定时新闻口译”：联合笔译+口译员读稿(+同步口译)。这是将每天固定时段播出的新闻节目，大部分事先完成笔译，播出时针对紧急的新闻，进行同步口译，其余则以配合画

---

① 根据香港传讯电视台日语中心的统计，笔译一则300字(中文)的新闻最快约需20分钟，每分钟平均为15字；而口译每分钟约可译出150-200字。因此，口译的产能是笔译的十倍以上。

面读稿的方式播出。具体实例有香港传讯电视台(Chinese Television Network,CTN),每晚对日本卫星播出的晚间新闻。或是日本NHK电视台每周播出数次中国中央电视台的晚间新闻。[①]

(2) 深入报导的"专辑影片口译":联合笔译+口译员读稿。针对特定新闻主题的报导,先行笔译,再以口语配合画面读稿播出。例如,目前香港传讯电视台正在播送的"香港传真"、"北京观察"等节目。

(3) 主题导向的"实况转播口译":同步口译。事先规划新闻主题,届时全程实况转播。口译员可以事先准备资料,临场则以同步口译的方式译出。具体的例子有:香港回归大典、美国总统就职典礼、美国奥斯卡金像奖颁奖典礼等。

(4) 突发事件的"紧急新闻口译":同步口译。针对某一突发新闻,全程同步口译。口译员无法充分准备,临场需要相当的应变能力。此类新闻多与天灾人祸有关,例如,波斯湾战争、日本神户震灾、印尼暴动等新闻。

从上文的分类与叙述,归纳电视口译所需要的职业技能,依其频用程度分别为:笔译、读稿、同步口译。

所谓"联合笔译"是指读稿的口译员与不读稿的笔译员,共同针对同一节目,在播出之前联合笔译。到了节目播出20—30分钟之前(以30分钟的节目为准),口笔译员开始分途;笔译员继续笔译,口译员则进入读稿练习阶段。一般30分钟的节目,需要口、笔译员各两名。超过30分钟,口译员开始轮换,笔译员继续工作,或是由轮替下来的口译员,接着做笔译工作。

其次,既然口译员能够做同步口译,又何必事先笔译再行读稿

① NHK电视台的做法是将当天7点钟的中央台晚间新闻,挪到夜间11点播出,其间共有4小时的时间落差。而传讯电视的做法则采取,中日语版完全零时差(real time)的播送形态。

呢。这是因为新闻报导的口语速度过快,以及语体风格偏向半画面、半口语的方式之故。如中国中央电视台是336字。[①] 这种语速,无法视为正常的说话速度,而是读稿的速度。所以,当然不能要求口译员在这样的语速下进行同步口译。因此,口译员必须采取先笔译,再读稿的方式,才有可能达到语速流畅、自然的程度。

至于,"逐步口译"不纳入电视口译的范畴,是因为本文不把口译员上电视做口译,纳入电视口译的定义。因为,口译员在电视节目中,以参与者的身份介入(例如,进行逐步口译)时,本质上,口译员是节目的一部分;而针对已经制成的电视节目,为节目再创另一语言版本才属翻译工作。因此,依循上述定义,就只有同步口译才有可能应用于电视口译上。

二、电视口译的特点

透过从实务上的观察,以下就电视口译的工作形态、目的与流程管理,进一步分析口笔译技能在临场上的具体应用方式。

谈到电视口译的工作形态,究竟这项工作是笔译,还是口译,至今仍然颇有争议。依照前节的分类,除了现场同步口译之外,固定播出的电视新闻节目,几乎都是以"联合笔译+口译员读稿"的方式完成的。因此,有人质疑这种以笔译为基础的配音工作,是否能够称之为"口译"。而事实上,前节所列举的电视节目,无一不用口译员担任此职,而并不派播音员担任读稿的工作。原因有二:第一,播音员无法理解原文,也无从了解影像或画面的讯息与讲稿是否相符;第二,播音员无法因应突发新闻,从事同步口译的工作。

---

① 何月华(1997)曾针对1996年3月台湾地区"台视"、"中视"、"华视"新闻报导,各抽取3段,每段10秒钟,并将各电视台新闻主播的语速加以平均。中央电视台的统计方式亦同,调查时间则为1995年7月。

然而，面临实况转播或紧急新闻的时候，由于主播手上并没有书面稿，而是以一般口语的速度说话，口译员就有条件胜任同步口译的工作了。此时，笔译员可以针对外电的文稿译出，帮助口译员适时译出法条、经典等，既是画面又是有固定译法的讯息内容[①]。可以说，电视口译需要口笔译者有效的团队分工，两者相辅相成，共同努力完成。

在工作目的方面，电视口译以新闻为主题，因此，口译必须配合新闻的诉求与节奏。例如，对于新闻报导的内容——人(who)、事(what/which)、时(when)、地(where)、物(what/which)、原因(why)、过程(how)，应当准确地译出。此外，应当配合不同角度的新闻传达方式(如主播、记者、主持人、受访人等)，充分反应其谈话风格、立场与话题特色。同时，还要即时针对新闻画面，传达与影像或图示有关的讯息。换句话说，必须配合讲者与画面的转换，调整说话的风格、用词、速度等。口译员的口语，也应该尽量达到等同于专业播音员的表现，做到字正腔圆、流畅自然的水平。

至于所谓的流程管理，就是在新闻与翻译部门之间，藉着周延的事前规划、良好的时间管理，以及协调两者之间的矛盾，顺利完成工作任务。

从实质面分析，新闻报导与另一语言版本的播出，要达成零时差的播送形态，其间有着本质上的矛盾。新闻报导上，越晚完成的新闻(几经修改或最后一刻才采访到的新闻)，往往正是较重要的新闻，越可能排在头条播出，也就不会有时间通知翻译部门。最后，口译员可能在重要的头条新闻上，表现得较差；而在次要的新闻上，有了充分的准备，效果与原来的新闻较为接近。这意味着，

---

① 1997年8月英国戴安娜王妃葬礼之前，外电就已将文稿传出，因此，口译员对于典礼中提到的圣经经文或王室成员的正式头衔都能事先掌握，有助于口译临场的表现。

另一语言的观众,在重要的新闻上,得到的讯息质量有可能是不充足的。原因是由于第二语言的新闻,没有足够的时间处理讯息,以致造成落差。然而,当时间的紧迫到了根本无法处理讯息的地步时,就只有考虑是否应该提供电视口译,或者在新闻与翻译部门之间,进行有效的流程管理。

而"有效的流程管理",就是指时间流程与工作程序的管理。在时间管理上,首先应彻底检视新闻与翻译部门所需的最短时间,并从中争取到足以解决问题的时间。根据笔者自 1996 年 12 月到 1997 年 6 月之间在香港传讯电视的实务经验[①] 大多数的新闻都在一分钟左右。主播与影带的平均语速大约每分钟 300 字。台内老练的译者,每则新闻约可在 20 分钟译妥。后来,为了争取时效,曾采行两种方式因应:一是两人合译一则新闻,另一方法则是将新闻稿印出,送入播音间,让口译员做"带稿同步口译"(simultaneous interpreting with text)。这些方法,固然缩短了一倍的时间,但是,如果没有人发现新闻稿已经抽换或修正的话,译语版照样要开天窗。釜底抽薪之计,惟有让新闻部编辑人员在电脑上加上暗号提示翻译人员,不过,也为了万全起见,翻译部门也由助理自行确认。

在新闻编辑程序上,应避免造成翻译出错,或读稿时对不上画面。例如,针对新闻采访的提问与答复,应在稿件上明确地加以区隔。此外,目前各电视台新闻部常用的 BASYS 系统几乎没有标点,中文断句(segmentation)有时会有困难,此时,应该采取换行书写的方式。此外,对于特殊的专有名词都应附上原文与读音。至于,偶尔出现书写手稿时,应注意页数,以免遗漏,字迹也须易于辨识(毕竟译者多数是译入语的母语者,辨识外文手稿比较吃力。)

---

① 当时,由于电视口译在台内尚属"新生事物",为求周延,翻译部门的助理在收发新闻给译者时,都将每则新闻的翻译时间完整地记录下来,共四个月之久。上项数字,即其平均值。

此外,在真正需要同步口译配合的情况下,新闻部门如果能够提供充分的背景资料给口译员(就像给主播一样),如外电稿、相关新闻档案资料、同一时间的国外电视新闻频道等,都有助于口译员的口译表现。特别是针对特定主题的口译,无论典礼或是记者招待会,如果能够事前将转播的流程、时间、主播的报导策略等,预先让口译员得知,并提供相关资料,必须有助于口译的正确与完整。

从上述的实务描述可以理解,如果电视台有意采行双语新闻同步播出的话,事实上,必须付出相当的代价。第一,新闻编辑的作业方式与流程必须配合;第二,必须雇用有同步口译能力的全职口译员(兼做笔译),才能因应紧急新闻。第三,新闻与翻译部门之间取得良好的协调。

三、口译教学如何应承电视口译的需求

影响口译表现的关键有三:就是语言、知识与技巧。电视口译在语言能力方面的要求是,口译员要把主播、记者、主持人、受访者等不同言谈风格、立场、话题的讲话内容,以另一种语言,同时(real time)传达出来。传达的过程中,不但要受到时间上的严格限制,同时还要配合影像传达讯息。所以,口译员无论读稿或口译的同时,无法脱离时空上的双重限制。此外,还必须口语流畅、自然、语意明确。

试从下列不同工作目的与口译水平的言谈中,分析电视口译的语言特质。[①]

---

① 此处是根据南不二男(1983)在下述文章中所提示的言谈项目制成的对照表。"谈话の单位",《谈话の研究と教育 II》,日本大藏省印刷局,p104。

口译的言谈要素	电视口译	会议口译	导览口译
1. 言谈的形式	公众讲话	公众演说	私人或小众谈话
2. 言谈的参与者	讲者、记者、关系人	讲者、听众、关系人	讲者、听者(众)
3. 言谈的话题	首尾一贯/话题常变	首尾一贯	话题常转变
4. 言谈的功能	单向长讯息/或问答	单向长讯息传输	变向短讯息沟通
5. 言谈的表现态度	言谈立场主客观兼有	言谈立场明确	言谈立场无需明确
6. 言谈的使用语言	输出单一语言	输出两种语言	输出两种语言
7. 言谈的媒体	麦克风(电视影像)	麦克风或耳机	口传为主
8. 言谈的结构	陈述、评论、问答	起承转合	问与答

由上表可以归纳出电视口译的言谈特征：

(1) 言谈的话题丰富、形式多样、结构不同，参与者众、立场各异。包括，主播的带稿公众讲话、新闻人物演说、记者当面采访、受访者临场答问等。

(2) 言谈的功能为新闻真相的呈现与即时传输。为了呈现新闻的真相、平衡报导的需要，电视口译的言谈功能或属陈述、或属问答，不同功能的言谈并陈不悖。而主播也会为了涵盖讯息的5wlh，在每则新闻的导言(head)，约100字之间，一气播完，形成一段单向、较长的讯息传输方式。

(3) 电视口译仅译入单一语言方向。由于电视并非双向沟通的媒体,所以,一般仅译成观众熟知的语言。为求口语流畅、词汇丰富,应以译入母语为教学目标,而不应像会议口译(conference interpreting),采取中译外、外译中的双向口译教学。

(4) 电视口译为影像与语音并行的媒体。口译必须配合影像传输讯息,因此,口译的起讫时间,必须在影像播完之前结束。在剪接较多的地方,更须预留转换话题的时间,以便加入补充讯息。①

总结上述言谈特质,电视口译的要求可说是:语言讯息密集(如主播的导言),口齿清晰流畅,配合风格、立场各异的言谈内容。因此,口译教学上,应注意配合影片中画面的转换以及编辑手法、说话方式的不同,准确地传达话题的转换、言谈立场的差异以及语言风格的不同。在口语传达的技巧上,更应注重易于耳听口说、顺畅悦耳的表达技巧,以配合电视的媒体特性。必要时可安排专业播音员传授播音技巧。

在文字方面,由于电视新闻分秒必争,因此在训练上应要求做到译笔迅速。此外,也因为译文的字数不宜超过原文过多,故应训练掌握讯息重点,扼要地传达讯息的内涵,避免赘词。再者,由于译文的用途是读稿,所以,语意明确、避免同音异义词,适合口语的表达方式是最理想的翻译。例如,数字一律用阿拉伯字,星期一律改为日期,度量衡应以译语习用的单位为准。

此外,在知识领域方面,电视口译工作者,必须熟知时事要闻、各国国情、国际财经,掌握相关的专有名词,甚至还要有预测新闻的能力,以加速笔译的流程,并培养因应紧急新闻的能力。教材上,应加强新闻词汇与时事要闻的编选,如针对国名、地名、组织名

---

① 例如,画面上突然出现的受访者,原版虽有字幕辅助介绍其职衔与姓名,但是对于译语观众无效。此时,就必须由口译员在口译的时候,加入受访者姓名与职衔,以便衔接相应的画面。

称、政治人物(姓名与职衔)、国际要闻、企业名称、财经词汇等,编出各领域双语词汇对照表。

至于口笔译技巧,则以第一节中所描述的笔译、读稿与同步口译为基础之外,加上时事等知识领域,再加上同步口译技能。也就是说,三者的综合运用。而口笔译混合的工作形态,是电视口译的常态要求,因此,训练口笔译皆精的好手,是未来教学上的重要趋势。

教材上,应编选各类影片,涵盖各类话题、各种言谈的参与者、不同的谈话立场、言谈形式(如访谈、演讲、座谈、记者招待会、专题报导等),以及各类言谈结构,如条列式陈述、归纳式的论述、起承转合、问答等。

毕竟,新闻的属性就是"新生事物",所以教学上根本无法教齐所有新闻现场将要发生的事物,惟有鼓励前瞻的思维,创新的方法,每位译者能够发展出因应口笔译目的与特点的技术方法,才能使口笔译的应用更广泛、更灵活。

四、结 语

从口译发展的历史观察,电视口译是非常特异的工作方式。因为,口译员失去了直接与讲者和听者沟通的机会。讲者透过影像传送讯息给观众时,讲者几乎是感觉不到口译员在工作的。口译员只是被动地成为电视影音讯号的传递者与转码人。而电波发出的影音讯号,成为另一种辅助语码,与口译员的口语同时播送给不特定的大众。

随着多媒体时代的来临,这种人机共存、语文与符码并行的翻译形态,未来在电脑的网际网络上必将实现(如,线上翻译)。因此,译者的工作语言(working language),将不仅是自然语言,也应包含机器语言与影音符码。

随着电视、电脑等媒体的兴起,未来口笔译工作的目的、讯息的内容、讯息传输的方式、传媒符码的意义、传播的速度,都将产生明显的改变。任何现行的口笔译教学课程,都将因为上述变化,而必须添加新的教学素材与概念,过去以会议口译为目标的口译教学传统,势将面临重大的转型。而改变的力量,来自翻译的目的、传递讯息的媒体、讯息符码的加入、传讯速度提升,所带来的巨大变化。

〔参考书目〕

Ho,Yueh-hua 何月华:《电视新闻口译讯息处理之探讨》辅仁大学翻译学研究所硕士论文,1997 年。

Kisa,keiji 木佐敬久 "'放送通訳の日本语'受け手调査と话す速度の研究"日本文部省创成的基础研究:国际社会における日本语についての総合的研究报告书,日本,東京,1997 年。

Mimami, Hujio 南不二男,"谈话の单位",《談话の研究と教育Ⅱ》,大藏省印刷局,日本,東京,1983,

Nagada, Sae 永田小絵,"同時通訳·訳出の比较—香港返还式典のスピーチから",《通讯埋论研究》13 号,pp4—23 通訳理論研究会,日本,東京,1997。

Yang, Cheng-shu 杨承淑:"台湾口译发展的趋向与特征",1998 年 4 月 12 日于台湾辅仁大学举行之"亚洲翻译传统与现代动向学术研讨会"中报告。

第二节 口译在谈判中的作用

[美国] 鲍川运

尽管同声传译在国际会议中的使用日趋普遍,但是交替传译,由于具有同声传译无法替代的优势,如不受时间、地点、设备、场地等的限制,因此仍然是谈判,特别是双边谈判或会谈使用最多的一种口译形式。在我们的日常生活中,每天进行着大量的不同层次,不同形式的涉外交谈、会谈和谈判,每天也有大量的人从事口译工作,无论是业余、专职或专业口译。本文以较为正式的谈判和会谈为例,分析口译的作用、困难或口译教学中易忽视的地方。

一

较为正式的涉外双边谈判或会谈,无论是在国内还是在境外进行,大多使用口译。总的来说,使用口译的情况可以分为三大类(为了便于讨论,本文中设想的翻译语言为中英文):

(1) 第一种情况是谈判双方均不懂外语,交流完全依赖于译员。在这种情况下,译员的作用最为重要,需要提供准确流畅的英、中和中、英双向口译,确保交流的进行。

(2) 第二种情况是,谈判一方有些成员具有一定程度的外语能力,对对方谈话内容基本理解,但外语表达有一定的困难;另一方则无一人懂外语,完全依赖口译。最常见的情况是中方懂英文,而外方不懂中文;外方懂中文而中方不懂英文的情况极为少见。

在这种情况下，英译中往往作为一种辅助交流的工具，为中方自己对原文的理解提供一个核实的方式，但是中译英则是保证交流的重要手段。目前，中国到美国进行考察、访问、谈判的各种代表团，大多属于第二种情况，甚至在国内，这种情况也越来越多。

（3）第三种情况是，中外双方都有人懂英文和中文，特别是首席谈判代表，但是因为双方其他一些成员语言上可能还有些困难或其他原因，谈判中还是选择使用口译服务。

总的来说，谈判中使用口译服务的目的解决双方语言交流的困难，但是使用翻译有时并非完全出于语言上的考虑。主要的非语言因素之一是出于形象和地位的考虑或外交上的需要。目前从事外交工作的官员，甚至国家及各部委领导人，精通外语者大有人在，中国驻联合国代表团的外交官绝大多数能口操熟练的英语，有的自己原来就做过译员。但是在正式场合，中国代表一般仍然坚持用中文发言，以维护国家的形象和中文的地位。世界上努力维护本民族语言地位的国家不在少数。在联合国的会议上，一些成员国会因为某一正式语言的口译或笔译服务没有到位，而拒绝开会。加拿大政府的官员在正式场合的发言中，无论长短，其中必须有一段使用法文，以体现国家两种正式语文的地位。法国人维护法语地位的故事更是举不胜举。出于这种考虑，官方会谈或谈判中无论双方语言能力如何，绝大多数仍然使用翻译。甚至在一般性的商务谈判中亦是如此。如果在谈判中扬短避长，屈就而使用对方的语言表达自己的思想，首先在气势上逊人一筹，再者在语言表达上也处于不利的地位。

在谈判中使用译员的另一个经常考虑的非语言因素是，译员能为谈判者提供一个缓冲。谈判者讲话时，可以利用译员为自己翻译的时间，去思考和组织下一段话，或者在听对方讲话时，听了一遍原文，再听一遍译文，有更多的时间去理解、体会对方的意思，为及时作出反应作好准备。

使用译员有时还能缓和气氛。例如某一公司召开董事会,主要负责人均为英美人士,在座个别中方董事也略通英文,会上交流本无问题,但是会议还是安排了中英文译员,目的是担心某位美籍董事性情过于急躁,如让其不中断连续讲话,则有可能越讲越激动,而使会议气氛过于紧张。安排译员,不时地打断一下他的节奏,缓和会议的气氛。

另外,使用译员不仅能给讲话者提供时间上的缓冲和气氛上的缓解,而且还能使讲话者在表达立场时有进退的余地,也就是我们常说的,译员当"替罪羊"的角色。1996 年亚特兰大奥运会期间,亚特兰大主要比赛场地附近的一个地铁站有一张很有意思的海报。上面画的是身着运动服的中国著名女篮运动员郑海霞,海报右上方印了一句话:"If they say I am not thrilled, blame my interpreter"。这虽然是个幽默,但是某种程度上确实反映了译员的这一角色。

二

译员的作用总的来说是确保双方交流的顺利进行,具体地说,就是要翻译流畅、准确。译员的胜任与否,直接影响谈判的进行。我们可以看看以下几种情况:

(1) 译员胜任,处理当时的场面游刃有余,使双方感觉不到语言障碍,交流中没有或者极少波折,交流过程几乎像一条直线,顺利进行。

(2) 译员疲于应付,不能完全把握双方交流的脉搏,翻译过程中常常局限于语言表面现象,消化、处理、再组织能力较弱。虽然没有严重的错译,但由于翻译的重点不突出,意思不明确,使双方交流的过程中不时出现一些磕磕绊绊,双方交流可以进行下去,但是可能会浪费一些时间。

(3) 译员完全不能胜任,错译、漏译情况严重,给双方交流造成较大的障碍。

由此可见,译员如果不能胜任,不但不能成为双方交流的桥梁,而且可能成为障碍。当然,需要指出的是,译员的胜任与否也是一个相对的概念,其中会受到许多因素的影响,如讲话人的速度、口音、会谈的内容和主题、译员当时的精神状况等等。一个译员对某一场会谈可能胜任自如,但是换一个会议,遇上一个生疏的主题,再加上其他各方面的困难,翻译起来便会感到颇有些捉襟见肘。这是译员本身素质问题。但总的来说,翻译的质量对双方交流的效果会产生重大的影响。如果双方百分之百地依赖翻译进行交流,那么对翻译的质量似乎只有听天由命了,译员说一是一,说二是二,虽然可能有些怀疑,但是又无从检查或纠正。如果双方的交流属于上述第二种和第三种情况,即一方或双方都有些成员具有用外语交流的能力,这时,他们对译员的工作可能进行监督,对译员出现的明显错译和漏译的情况,特别是专业词汇翻译的错误,会及时纠正。专业词汇和基本概念的错译基本上属于较明显的错误,容易发现而及时纠正,但是翻译过程中还有些不太明显,难以发现的错误,给交流的过程造成一些困难,口译服务的对象难以察觉,甚至译员本身也常常注意不到。这时总的感觉是,翻译该翻的都翻了,但是总觉得有点隔靴搔痒,不能一针见血。讲话人的感觉是,用翻译还不如自己直接讲痛快,即"翻译没有译清楚"。另一个感觉是,本来一两句话就可以说清楚的事情,有时好像需要好几个回合才能说明白,即"用翻译挺费事"。

三

"翻译没有译清楚"或"用翻译挺费事"只是一种感觉上的笼统的说法,一些是因为基本语言单位如词汇、短语等方面的问题,这些问题相对比较容易发现;但是另一方面,较难以具体指出的问题是译员重点不突出,只见木不见林,忽视了前后呼应而产生的问题。这些问题会引起误解或理解不清楚,从而再引起进一步的解释和澄清,而延长了交流和谈判所需要的时间。这种情况的产生,有时确实是因为讲话者表达不清,但是许多情况下也是由于译员造成的。译员忽视了语言的交际功能,没有把握交流或谈判的脉搏,只注意到自己或自己如何将一句话翻译过去,但往往没有考虑到听众是否听得懂或听得清楚。贾尔(Daniel Gile)在其所著《翻译的基本概念和模型》一书中指出,经过训练的专业翻译和未经过训练的翻译之间的区别是,经过训练的翻译考虑的重点是读者或者听众,而不是翻译本身;没有经过训练的或经验不足的口译,在听到原文之后,首先考虑到的是自己是否听懂,是否有足够的词汇,能否将这句话译过去,主要是以一种完成任务的心理去应付局面。这句话或这段话能译过去,在语言上没有什么差错,就算是完成了任务。至于语气,前后的呼应,重点的突出等等,便无暇顾及。这就是我们以上所描述的疲于应付的翻译。

在会谈或谈判中,讲话人每讲的一段话都是一段语义完整的话语(discourse),但是由于使用口译,讲话者不时要停下来,让译员翻译。这样,讲话人要表达的想法又可能要分成数个语言结构完成,每个小段由一句话或几句话组成。所以交替传译的进行,无论是逐句翻译,还是逐段翻译,都存在一个前后呼应的问题。译员如果不根据上下文作必要的调整,则会出现预想不到的情况,人为地给谈判的进行造成曲折。就拿我校翻译学院中文系与商学院联合举行的一次模拟的中美贸易谈判为例,选修这门课的学生分为中美双方,中方由中国学生组成,既懂中文,也懂英文,美方完全由不懂中文的其他国籍学生(包括美籍学生)组成。美方完全依赖翻译进行交流,因此中译英成为重要的交流工具。双方就纺织品配额已经进行了一轮谈判,中方要求将纺织品配额增加 20%,美方提出一些条件,但也基本同意。休息之后,中方首先发言,准备提出另外一个问题,但是之前先对前一阶段的谈判作一个总结,说道:"我们要求在纺织品配额方面进一步放宽,另外在其他一些产品领域也减少一些限制。"接下去他准备接着讲原因和提出新问题,但是先停下来让译员把这句话译过去。担任译员的学生不知是忘了前一段谈判的内容还是休息之后还没有进入状况,直接就按照讲话人的表面意思译了出去:

We would like to see a further increase in the quota for textile products, and fewer restrictions in some other products as well."

如果不看上下文,只从单句的角度来看,这句话并没有译错。但是问题是译员没有把握讨论的脉搏,忽视了上下文,忘了这个问题刚才已经讨论过并且已经达成一致。中方再次提及,只是稍作总结,以此引出新的问题。译员因此按照字面译出,结果听起来好像中方又要重新提出这个问题。果然这句话译出之后立即引起了对方的反弹。对方以为中方对这个问题还有疑问,因此立即插话解释,将原来双方已经达成的一致以及美方提出的条件再重复一遍。谈判转了一个圈,才又回到新的问题上。这段曲折虽然讲话人也应负一定的责任,但是如果译员时刻把握谈判进行的情况,在翻译时稍作调整,增加一两个字,则完全可以避免,如可以说:

"As we discussed in our earlier session, we would like to see..."

或者"In our earlier discussions, we agreed to..."

或者就使用现在完成时来表达:"We have asked for an increase in..."。

在语言上这样稍作处理,即可避免对方产生不必要的误解。

在双方讨论比较活跃，双方反应较快的情况下，经常会因为翻译，使会谈出现一点小的插曲或曲折。例如有一次中国和加拿大在北京联合举办法制方面的研讨会，期间，中加双方负责人会面讨论与本届和下届研讨会有关的事务问题。会上加方代表提出要为参加研讨会的中方学员举行一次招待会。中方代表欣然同意，并表示费用中方可以承担。加方谢绝，表示既然是加方提出来的，当然要由加方承担费用。这时中方代表开了个玩笑，说："这个招待会花不了多少钱，所以我才自告奋勇，"准备以此结束关于这个问题的讨论。译员未加思索，立即按照原文的顺序将话译出，但是译员刚刚把头半句话译出："It does not cost much, ...",加方有了点误解，立即把话接了过去，又从头到尾地作了些解释。如果译员调整一下顺序，译为："I am offering to pay because it does not cost much"，恐怕加方就会听完，知道是个笑话，大家便一笑了之，接着谈下一个问题了。这里当然不是批评译员译错了，因为这种情况下即使最有经验的译员也难以预料对方会把半截话接过去。用这个例子，只是说明翻译客观可能给会谈的进行造成的影响。

谈判中双方经常要根据对方的立场作出反应，一场演讲结束后，演讲人又要根据听众提出的问题作出答复。如何保证反应适当，有问有答，而不是所答非所问，译员在其中又要扮演重要的角色。最重要并且最容易出差错的是对问题的翻译。提问者一般是即席提问，边说边组织句子，有时思路可能不太清楚，有时提问者则喜欢在问题之前加一些评论。如果译员在翻译时不加分析，不加处理，不分重点的像一锅浆糊似地将原文译出，听话者则抓不住问题的要点，回答问题自然也难做到有的放矢。最常见的情况是，提问者提出一个问题后，可能因为翻译的问题，要经过两三轮的问答，问题才能回答清楚。如果译员译得重点明确、内容清晰，使听者容易抓住问题的要点，作出适当的反应和回答，谈判或交流中也就会避免出现曲折和浪费时间的情况。

译员除了做语言转换的工作,还应注意协调语言文化方面的差异。口译与笔译不同的是,口译工作的环境是动态的。口译需要在这种不断变化的情况下切实把握双方交流的脉搏和气氛,翻译时掌握适当的语气。比如在中译英的过程中,如何使用英文的委婉语或委婉表达方式,是可能影响到双方交流气氛的一个不可忽视的因素。例如"应该"这一词,在中文中的使用频率极高。如果不考虑场合,字对字地翻译,往往会显得过于生硬,有时甚至会引起误解。例如双方对某一协议某一条款的措辞进行讨论,中方提出:"我们觉得这一条应该这样改一下……"这里实际上是一个建议,不一定必须用"should"或"must"。在本来比较轻松友好的气氛下,如果译员每当听到"应该",便条件反射似地译为"should"或者"must",则会产生不好的效果,使对方听起来感到不舒服。美国蒙特瑞国际研究学院下属的翻译学院有不少亚洲学生(中国大陆、中国台湾、日本、韩国)攻读口笔译硕士学位。以英语为母语的一些老师,对亚洲学生的一个普遍印象是,这些学生经常面带笑容,和蔼可亲,但是说起话来似乎有些唐突。一位老师看了学生填写的问卷调查,感到学生说话好像有一种命令似的口气。原因就是学生表达意见基本上还是按照本族语言的习惯,提出"应该"做这,"应该"做那,委婉表达方式掌握不好。

四

以上提出的几个方面的问题,有的是翻译过程中难以避免的,有些则是可以避免的,但是所有这些问题对谈判或交流的进程都产生了影响,由此可见翻译在交流中的作用。译员的作用是在两种语言文化之间架起一座桥梁,但是有时候由于翻译的问题,这座桥梁上增加了几个路障,过桥便不是那么畅通,要多费点时间和口舌。这些问题在平常的口译教学中都是极少遇到的。原因之一是许多外语院校的口译课中教学的重点仍然围绕语言的基本单位进行,在词汇和句子的层次上下功夫,对口译的交流功能探讨不够,或者是因为课时的限制,没有足够的时间进行这方面的训练。原因之二是,连续性口译课为学生提供的练习机会通常是模拟的,由学生或者老师分别扮演角色,没有人真正地完全依赖翻译进行交流,自然也不会出现实际会议中可能出现的一些情况。

笔者认为,词汇和句子作为语言的基本单位,仍然应该是口译教学中首先要解决的重要的基本功,但此外也应该加强对语言的交际功能的研究,对语言文化差异的分析,加强口译在实际应用中的训练。这样势必需要增加口译的课时,在有条件的情况下组织一些与实际情况较为接近的模拟谈判,如谈判双方中至少有一方完全依靠译员进行交流,这样才能暴露出一些平常教学中看不到的问题。

〔参考书目〕

Gile, Daniel, *Basic Concepts and Models for Interpreter and Translator Training*, John Benjamins Publishing Co., Amsterdam, 1995.

Seleskovitch, Danica & Lederer, Marianne, *A Systematic Approach to Teaching Interpretation*, Didier Erudition, Paris, 1989.

第三节 文学翻译教学：理论与实践的结合

［加拿大］ 朱迪思·伍兹沃丝

本文是根据我在加拿大一所大学几年的文学翻译教学经验写成的。我在文中将要描述的是一门具体的“科目”。在加拿大，“科目”即指某一门三到四年的学习课程或学位课程，我们称之为“程序教学”(programme)。该课程授课时间为 13 周，主要由大学本科生在最后一学期修学。

一、加拿大背景：加拿大翻译职业概述

加拿大是使用英语和法语的双语国家。所有的政府公文必须同时用这两种语言颁布，议会及政府各部门的工作必须用这两种语言处理，其他的国家事务也大多如此。这就为翻译创造了巨大的市场。翻译作为一种职业被妥善地组织了起来，而译员的报酬也相对丰厚。

在语言工作这一行当里，文学翻译扮演了一个较小的角色。文学译作在大量的译文中只占据了小小的比例，并且所受重视程度也相对较低。加拿大的文学翻译出版数量只有荷兰的十一分之一，瑞典的六分之一，芬兰、葡萄牙的二分之一(Delisle，1997：362)。文学译员的报酬仅为非文学译员的一半左右。他们很少直

接从出版社领取酬金,而是由加拿大文科顾问委员会设立的专项翻译出版基金支付报酬。一旦有出版商收到文稿,顾问委员会就将对其进行评估。如果受到基金资助,则该译员将得到每字十分的酬劳,而通常一位商业或科技翻译工作者能够得到每字 20 分的报酬(大约每页 60 加元或 40 美元)。受资助的译作大约只占总图书出版数的百分之一,几乎没有出版商愿意出版未获顾问委员会资助的译作。这便是加拿大文学译作少,文学译员工资较低的原因。事实上,他们仅靠翻译文学作品是不足以谋生的,大多数人需要从事非文学的翻译、写作或教学等工作。

由于总的劳工制度已属于省级管辖范围,翻译职业便由省统一组织。加拿大共有九个翻译家协会——几乎遍及十个省及两个领地。最大的有魁北克翻译家协会(OTIAQ)和安大略翻译家协会(ATIO)。各省的协会又统属于加拿大翻译家委员会(CTIC)。该委员会是国际翻译家联合会(FIT)的一个成员组织。1975 年,文学翻译家形成了自己的泛加协会,即加拿大文学翻译家协会(LTAC),该协会已于近期加盟国际翻译家联合会。文学翻译家协会大约有 100 名成员,而专职的非文学翻译家则有 6000 人。

二、翻译领域中文学翻译的地位

基于以上情况,也许人们就因此认为文学翻译为人忽视,因而对为什么还要开设文学翻译课产生了疑问。然而,自从 60 年代后期到 80 年代早期以来,加拿大对全国的专业翻译进行了项目规划。文学翻译纳入了其中,其形式是一两门文学翻译课程。

我曾参与制定蒙特利尔协和大学为培养职业翻译而开设的三年制本科翻译课程计划,其中有两门是文学翻译课程:初级课程和高级课程。文学翻译的初级课程作为翻译艺术的入门。主要是解决非科技、非商业文本翻译文体上的问题。而文学翻译的高级课程则让学生更全面地面对真正文学作品翻译的挑战。

(1) 课程目标

我将谈到的"法译英高级文学翻译课程"是为以英语作为最初工作语言、并已修学了文学翻译初级课程的学生开设的。它让学生了解历史,学习文学翻译的理论,并进行翻译实践。通过具体的翻译练习,让学生们逐渐了解法译英不同文学体裁的难点。而对文学翻译的复杂性及该职业的不利因素作的了解则有助于他们在具备了一定的动力和能力后独立思考并开展工作。

学习该课程还有其他益处,这也是我们的第二教学目标。文学或类文学风格被广泛运用于各种形式的作品中。就翻译家而言,对这些作品的翻译风格把握与准确措辞同样重要。不管一个人是否从事文学翻译,文学翻译的课程都可以帮助他培养对风格、语法、句法及词汇的判断能力,并最终培养他的写作技巧。

(2) 文学翻译的定义

文学翻译如何界定?我们看到,通常人们把它与其他类型的翻译,如:技术、科学、行政、商务等翻译进行对比而加以界定。因此,文学翻译被视为"非实用"翻译,而所谓"实用"翻译是为某一目的而译的,如:某委托人需要了解文本,或需要向不能阅读原文的听众讲授某一文本。另一种界定方法就是运用"功能"理论将文学翻译与其他翻译进行对比。当人们认识到某一文本有一种以上的功能,则将其分为信息类、劝导类及带有文学性质的表述类,这是有助于翻译的。从另一角度来看,文学文本与科技文本的不同之处,不在于具体的词汇或术语,而在于其总体的特征。

事实上,文学文本与非文学文本的定义并不是人们所认为的那样界限分明。我在课堂教学中尝试着下种种定义,然后又用一些例子来否定该定义。在许多文学作品中都会有一些章节包含着科技信息,这一点从加拿大作家卡罗尔·希尔兹(Carol Shields)的《石头日记》(*The Stone Diaries*)可见一斑。另一方面,我们也日益清楚地看到，带有创造性特点的杂志或文学期刊中，作者想要传达的信息具有特殊的文体效果，如《加拿大地理》(*Canadian Geographic*)上的某些文章就是如此。事实上，如果我举出这些例子而不说明其出处，学生们并不能够立刻说出它们属于文学还是非文学作品。

(3) 理论基础

该课程力求将理论与实践相结合。尽管学生们需要学习语言学、翻译理论及翻译历史等其他课程，我认为在本课程上强调一下与文学翻译直接有关的理论概念很有作用。我选了一些可以在图书馆找到的最主要的理论专著以丰富课堂教学的内容。

《历史上的翻译家》(*Translators through History*)一书是其中之一。该书有一章节是论述“翻译家与民族文学的产生”(Delisle and Woodsworth, 1995)。这一节追溯到翻译与创作合而为一的时代。那时的作家，比如乔叟(Chaucer)既是作家、编纂家又是翻译家。该节说明，外国作品的翻译在历史上是如何促进了民族文学的发展，特别是在近现代，外国文学翻译又是如何促进了后殖民地文化的发展的。我认为介绍加拿大文学翻译史上的一些关键性的东西很有必要，尽管文学翻译在加拿大翻译史上出现的时间还不长。学生们读过我的一篇关于加拿大诗歌翻译的文章(Woodsworth, 1994)，我在文中探讨了文化政治如何影响了英、法翻译家对艺术及忠实性问题的看法，甚至影响了他们翻译异质文化作品的热情程度。

功能主义理论家的理论——从比勒(Bühler)的语言功能理论到最近的斯科坡思学派(Skopos)的翻译功能理论，有助于文学翻译的界定。同样，区分不同的文体、辨别不同文体中的具体问题也很有益处。长篇小说或短篇小说通常被认为相对容易理解，因为它们使用的是叙述文体。然而，术语经常带来问题，如前文提到的关于仿科学文体的章节。对话在小说中可以说往往是一个棘手的问题,因为叙事可以用规范的文学语言来表达,而对话用的是各种各样的不规范语言,如沃尔特·司各特、福克纳作品中的对话就是如此。戏剧翻译则又有其特殊的困难之处。由于剧本是用于舞台演出,要在听众中产生即刻的效果,所以其语言必须朗朗上口,具有感染力。诗歌自然是最难翻译的文学形式,因为诗歌主要不是传达信息的。诗歌中的音韵、节奏等因素,为了译出相对应的形式常常是以牺牲词语本身的意义为代价的,尽管诗歌形式也以它们特有的方式负载着"意义"。

雪莉·西蒙(Sherry Simon, 1995)编辑的《转型时期的文化》(*Culture in Transit*)是一本英籍加拿大翻译家们撰写的论文集,这对学生是一份颇有价值的资料。文集中作者们提出了各种不同的问题,涉及了文体翻译,如琳达·盖博里欧(Linda Gaboriau, 1995)探讨戏剧的文章就是其中的一篇。其他人,如冯·弗洛托(Von Flotow, 1995)和霍梅尔(Homel, 1995)提出了翻译中的性别和种族问题。所有这些文章都旨在帮助学生批评地、分析地思考关于翻译艺术、职业及最终将在他们工作中遇到的种种实际困难,以及解决问题的办法及策略。

三、实践:我的切身体会

在过去的三年中,我教授该课,同时艰苦地翻译着一部魁北克小说。这是我首次翻译文学作品。我想,如果把自己在译书过程中的感受和思考穿插进课程教学之中,对学生将不无裨益。就像我的初学翻译的学生一样,我初次尝试翻译碰到了许多问题:在加拿大出版文学译作的困难,某些作品翻译出版上的主观随意方式,以及理论与现实之间的差距。

我从事了几年的技术与商业文本的翻译工作,担任了几年专职翻译人员培训的教师以后,决定开始着手小说的翻译。我有幸在一次会议上遇到了魁北克作家皮埃尔·内普夫(Pierrie Nepveu)。他的一些诗歌已经被译成英语,然而他的两部小说却还未被人翻译过。他说他的第一部以温哥华——加拿大最偏远的英语地区——为背景的小说会吸引很多英语读者。我随后在一家书店寻找这本小说,没找到,却找到了他另一部近期出版的小说《荒无人烟的世界》(*Des Mondes peu Habités*)。

这是一部以诗人的敏感和激情创作的扣人心弦的小说。于我而言,翻译这样的作品不啻是一种享受。第一稿刚完成,我便把样本送到一个出版商处,他立即表示很感兴趣。然而几个月后,他又变卦了。他解释说出版翻译小说在经济上是件冒险的事。我又与其他几个出版商联系,始终没有结果。被拒绝总是让人难以接受的,然而,至少这种情况下的拒绝信是有趣的。我也能够总结自己的经验,借此告诉学生文学翻译的职业是多么让人气馁。我给至少 25 个出版商,包括一些国外的出版商,寄上了部分译稿或完整译稿,他们大多回了信,无非说些作品与他们出版计划或需求不符等套话。其中有些回信措辞委婉,还带点鼓励的味道:"我很喜欢该章节的抒情风格及其生动流畅,但是考虑到销路问题只好对该书忍痛割爱……"而其他有些信措辞傲慢、生硬,令人感到沮丧:"根据一两位编辑的观点,大多数译稿被退稿的原因是原作本身不够精彩,即该作者并未获得其想要得到的效果……"

一段时间以后,一位出版商对该小说产生了相当的兴趣,然而那是有条件的:我必须通篇检查译文,缩短所有带有法语特色的长句,同样,还要将大段的法文段落分割成许多小段。"使它成为英语作品",他建议道。"难道翻译不是重新创作吗?"(从电影的角度来解释)他强调"翻译是重写"这一理论,但又反对其他一些有影响的翻译理论家如安托万·伯曼(Antoine Berman)、劳伦斯·文努提(Lawrence Venuti)所提倡的保留原文的"外国味"(foreignness)的观点。但这位特别的出版商最终还是因种种莫名其妙的原因放弃了这部作品的出版计划。

当我接到一家名为“云”的小出版社热情洋溢的电话时，我感到决不能放弃。原作者对我这个译者表现了少有的尊重，在他的帮助下，我又修改了一遍。该译作于1997年12月以《寂静的生命》书名出版。尽管它更像是一部英语小说而非译作，它仍受到广泛的欢迎。加拿大最大的日报《环球邮报》刊载了一篇评论，称这部小说“生动流畅”、“文笔优美”，然而他们却未看出这是一部译作。这毫不奇怪，加拿大翻译家们在持续不断的追求认同的过程中，一直呼吁评论界对他们的译作给予重视。然而他们还需为此进行长期的努力。

四、实践：学生的翻译

最为重要的，当然是让学生们开始翻译练习。尽管从逻辑来讲，在开始翻译实践之前应该讲解历史背景，让学生具有一定的理论基础，然而学生确实必须在课程开始不久就进行文本翻译练习，否则他们将会失去耐心。我让他们从翻译较短的节选文章着手，同时，我继续给他们打理论基础。

在这门课程中，所有翻译都是法译英（在加拿大，职业翻译家们通常只做单向翻译，并且往往是把外语译成母语）。刚开始做练习时，我所选的翻译材料的篇幅一般不超过一页（大约300到400字）。翻译练习材料都摘自魁北克和法国的文学作品，男、女作家的作品各占一半，每部作品的体裁各不相同。翻译练习材料主要节选自长篇或短篇小说，然而都有不同的风格，富有挑战性。我常常选一首诗，一个戏剧片段，或一节文学评论文字让学生翻译。

我把学生的翻译练习收起来进行批阅，并在下一节课时发回给他们。上课时，我就他们译文中的错误进行评讲，同时也对不同翻译难点的处理方法进行评析。我把自己所有的讲评集中起来，写成总结，分发给学生，而不是只选某几位学生的译文进行批阅或评价。在这一两页的总结中，我分门别类地强调不同的问题，如措辞，习惯表达法，语法，文体或语体，以及技术性问题，如标点，引号等。在课堂上，我会把翻译难点处理得特别好的译文读出来，对其译者进行表扬，试图以此找到令全体学生产生积极反馈信息的途径。

我也尽可能为学生提供已发表的译本，或者同一作品的几个译本，以便对不同译者的译本进行比较分析。有趣的是，有时候学生们译得比那些已发表的译文好。有一篇翻译材料，我采用的是著名加拿大女作家盖博里耶·罗伊(Gabrielle Roy)1945 年出版的小说《廉价的幸福》(*Bonheur D'occasion*)中的一段描述性文字。这部小说有两个译本：汉纳·约瑟夫森(Hannah Josephson)1947 年在美国出版的译本《锡笛》(The Tin Flute)和艾伦·布朗(Alan Brown)1982 年在加拿大出版的同名译本。第二个译本，至少是我们曾研读过的那部分节选，更多地保留了法文原作中描述从乡村到都市痛苦迁移的细节。这种练习使学生在完成翻译练习后，可以与其他同学的、以及两种出版的译本进行对照分析。

我曾给过学生许多魁北克小说家，如雅克·戈德布特(Jacques Godbout)、安妮·赫伯特(Anne Hebert)、雅克·费隆(Jacques Ferron)、玛丽－克莱尔·布莱斯(Marrie－Clair Blais)等人的作品节选，以及法国一些作家，如维克多·雨果、阿伯特·加缪、玛格丽特·杜拉斯等人的作品选。节选带来的问题是，除非学生们花时间去读整部小说，否则对语境没有足够的了解就翻译不好。因此，我也采用短篇小说作为翻译练习材料。学生们手上就有完整的文章，从而有望完成具体的某一两页的翻译。

至于诗歌翻译，我倾向于选一首魏尔伦(Verlaine)的著名诗篇，如《秋之歌》(*Chanson d'automne*)("小提琴绵长的呻吟/触动着我受伤的心灵……")。在这首诗中，内容的理解是不存在问题的，每个人都可以轻易读懂，并与诗中表达的感伤情绪产生共鸣。难点在于如何用英语传达这些感伤情绪，并且具有与原诗同样的音乐性，同样的动人效果。学生们可以任意保留其音韵与节奏，并采用任何可能的创造性解决办法，如某一页词的版面安排等。只要学生愿意，我会提供不同的译文，让他们知道诗歌翻译也可以有多种方法。

这几年中，最受欢迎的戏剧翻译练习无疑是翻译米歇尔·特伦布莱(Michel Tremblay)的名剧《嫂子》(*Les Belles-Soeurs*)中的片段。该剧用魁北克方言写成。我选择了一个片段，里面有大量生动的、对上帝不恭的语言。学生们分组进行翻译，并指派代表进行表演。在课堂中让学生们像特伦布莱剧作中的人物在舞台上那样表演显然是十分有趣的，但是练习本身也就引起了关于方言或非规范语言翻译的技术问题以及对翻译与民族身份之间的关系等理论问题的有趣讨论。基于此，把该剧的加拿大译本与近期的苏格兰译本进行比较是颇有收益的，因为后者是出于与魁北克原作同样的意识形态的考虑而翻译的(Woodsworth, 1996)。

除了从魁北克及法国文学中采用代表性的片段作翻译练习外，学生们还必须从事其他的练习。做这种练习是受到拉考西(Larkosh, 1996)在1995年埃尔西诺举行的第三届国际语言大会上发言的启发。克里斯托弗·拉考西的学生计划在多民族的加利福尼亚实施。美国语境中的这个计划可以很容易在加拿大语境中借用。因此我要求学生们去采访一位他们熟知的人，最好是一位年长的亲戚，然后把他们的往事回忆撰写成文。最理想的是受访人既不说英语也不说法语。这一任务的挑战性在于把某人在异质文化中的经历用英语表达出来。这是一种可以让学生领略各种形式的翻译中固有的跨文化转换机制的翻译。

在写下会谈经历的时候，学生们面临着很多技术性的困难，如：如何向一位加拿大读者传达某种异质文化的含义。有些情况下,他们会在文中使用外国术语,附加说明或加注解,或者把背景信息写进文中。也有一些人采用对话的方式使文章变得生动。这个练习给学生提供了用自己的语言而不是直接依赖别人的语言来表达思想的机会。译者,特别是还在接受翻译训练的译者往往亦步亦趋地对照着原文翻译,其结果往往是译文的艰涩、粗俗、或者缺乏英语意味。翻译较之直接用译入语写作要难得多。这种练习能够帮助学生提高这方面的能力,同时也培养了他们英文写作的技巧。

上述采访文章合编成一个小册子,取名为《穿越边界:跨文化交际练习》(*Crossing Borders: Exercises in Intercultural Communication*),分发给全班同学。这些生动的文章使学生对来自于异国他乡人们的生活有了一个大概的了解,他们来自众多的国家,如:保加利亚、乌克兰、奥地利、西班牙、意大利、德国、日本等等。这些文章反映了蒙特利尔人口的多元化构成,通过写作及翻译,学生们可以分享别人丰富的人生经历。

过去我也曾试着用传统的期末考试来考核学生,但现在我采用"家庭考试"("take-home" exam)的方法,我要求学生从当地法语杂志上任意选一篇完整的短篇小说。这种杂志刊登的都是新近发表的短篇小说,这样,他们就不会去找已经被人译成英语的小说。他们的目标就是他们译出值得发表在同等级文学杂志上的译文。除了翻译,他们还需写一篇短文,谈谈他们翻译上所遇到的语言、文体或文化上的问题。他们可以引用各种理论著作阐明自己的观点。作为考核者,我不仅评估他们的翻译技巧,同时也评价他们获得的批评能力。此外,在我评阅了这些文章,并由学生自己作了必要的修改以后,我要求他们把他们的译文向自己选定的某一本文学杂志投寄发表,并附寄一封给编辑的推荐信。通过这些,他们证明了自己有能力去实践他们在专职培训过程中学到的知识。

五、结 语

本文描述了课堂教学中理论与实践的作用,并说明了教师在现实生活中如何协调理论与实践的关系。这类课程围绕着实践,以历史与理论为背景,并由从事该职业的教师提供信息。这是学业训练与职业相结合的尝试,富有成效,应用于课堂教学,则让教学充满乐趣,也使学生受益无穷。

〔参考书目〕

Berman, Antoine, *The Experience of the Foreign*. S. Heyvaert (trans.). New York: State University of New York Press, 1992.

Delisle, Jean, "The Canadian Tradition", *Routledge Encyclopedia of Translation Studies*, ed. M. Baker. London and New York: Routledge, 1997, pp. 356 – 365.

Delisle, Jean and Judith Woodsworth, eds. "Translators and the Emergence of National Literatures" in *Translators through History*. Amsterdam: John Benjamins Publishing Company/UNESCO Publishing, 1995, pp. 67 – 98.

Flotow von, Luise, "Translating Women of the Eighties: Eroticism, Anger, Ethnicity" in Simon 1995, pp. 31 – 46.

Gaboriau, Linda, "The Cultures of Theatre" in Simon 1995, pp. 83 – 90.

Holmes, James S, "Rebuilding the Bridge at Bommel: Notes on the Limits of Translatability" in *Translated!* Amsterdam: Rodopi, 1988, pp. 45 – 52.

Homel, David, "Tin-Fluting It: On Translating Dany Laferrière" in Simon 1995, pp. 47 – 54.

Larkosh, Christopher, "Teaching — Translation — Theory: Communicative Horizons for Critical Practices". *Teaching Translation and Interpreting 3*. Ed. Cay Dollerup and Vibeke Appel. Amsterdam & Philadelphia: John Benjamins, 1996, pp. 47 – 53.

Roy, Gabrielle *The Tin Flute*, trans. Hannah Josephson. New York: Reynal & Hitchcock, 1947.

Roy, Gabrielle, *The Tin Flute*, trans. Alan Brown. Toronto: McClelland and Stewart, 1982.

Simon, Sherry, ed. *Culture in Transit. Translating the Literature of Quebec*. Montréal: Véhicule Press, 1995.

Venuti, Lawrence, *The Translator's Invisibility. A history of trans-lation*. London and New York: Routledge, 1995.

Woodsworth, Judith, "Aladdin in the Enchanted Vaults: the Translation of Poetry". *Textual Studies in Canada. The aux Canadas Issue: Reading, Writing, and Translation*, 1994, 5. pp. 105–115.

Woodsworth, Judith "Language, Translation and the Promotion of National Identity: Two Test Cases". *Target*, 1996, 8:2, pp. 211–238.

(奚念译)

第四节 翻译研究与文学史结合的诸种问题

[丹麦]维果·佩德森

尽管任何一个有意义的文学时期都少不了文学翻译,但研究某一文学时期的大多数课程都很少涉及翻译作品。教师好像也信从了文学史家,以为他们所研究的民族文学是在真空中发展起来的,与别的国家的文学没关系,即使有,也是微乎其微。这种观念近年来在我国已经根深蒂固——但不是绝无仅有,因为如今很多学生并不真正能够通晓一种以上外语。

不错,我们有一门传统的大学学科——比较文学,这门学科的目的就是比较不同的文学,研究它们之间的关系。但在我们这儿,传授给学英语、法语等语科学生的比较文学方面的知识极为有限。哥本哈根大学文学系的教师抱怨学生缺乏这种比较研究能力,因为要从事这种比较研究首先是要掌握至少三至四门工作语言。比如,你在讲述英国的浪漫主义时,也许会偶尔提及欧洲大陆的浪漫主义运动。但很多学生的印象是:浪漫主义起源于华滋华斯、科尔律治,发展于拜伦、济慈、雪莱,与别的国家的作家无关。

因此,本文将以哥本哈根大学儿童文学课——一门试图将英国和丹麦文学传统结合起来的课程——上的事例,来说明将文学研究与文学翻译研究结合起来的益处和困难。

这种教学方法的思路来源于苏姗·芭丝奈特的论著《比较文学

批评导论》(Susan Bassnett, *Comparative Literature — A Critical Introduction*, 1993)。该书提出,应将比较文学和翻译研究合并为一个学科。

一、儿童文学课程

如上所述,这个名称的课程其隐含的目的就是探讨十八九世纪英国和丹麦的儿童文学的内在联系。这门课程内容范围是从18世纪40年代一直到汉斯·安徒生。我们采用纽伯利出版社和其他出版社新版的英国儿童文学作品,有些作品已翻译成丹麦文。对汉斯·安徒生作品的讨论既用丹麦文原著也用英文译本,对露伊丝·卡洛尔(Lewis Carroll)作品的讨论既用英文原著也用丹麦文译本。卡洛尔的作品有三个丹麦文译本,而安徒生著名作品的英译本则多得数不胜数——我数到100个《丑小鸭》的译本后就不再数了。我确信《丑小鸭》目前的译本数目要超过1,000个,并且每天都有新译本问世。因此教学的材料确实充足。这门课程还没有结束,所以本文只是个阶段性报告。然而还是能够说明完成目前这类课题项目固有的困难,至少在丹麦大学体制内是如此。

学期刚开始时来上课的学生大约有15个,都是硕士生。过了几个星期,人数减至十个左右——他们不必每节课都来上。这里应提一下,丹麦的大学课程全都是选修的。学生的行为是通过考试而不是靠课程来规范的。学生只要在规定的时间内参加了一定次数的考试就可以了。然而学生必须在官方规定的一定时间内通过相当次数的考试,否则奖学金就有危险了。还有相当数量的硕士学位课程——为三四百学生开设了大约25门课程。有一些是逛商店的有趣的课程,还有一些是比较轻松的选修课程。很高兴,我的课一开始就有一定人数的学生感兴趣。但是,我担心要不了多久他们就会发现这并不是一门轻松的选修课。

英语在丹麦作为一门外语，一般在教学上都要让学生了解语言方面的问题，搞清楚英语与丹麦语语法和词汇上的差异。因此，研究译作对他们应该并不太困难。但是开始时，有三四个同学不懂丹麦语——我们与世界各国交换学生，特别是与欧洲国家和美国交换留学生。另外，很多理应语言能力强的丹麦学生，因为本课程不完全是文学，还要涉及语言问题而感到不安。英语学士学位的语言课程比重普遍比文学课程少。在硕士阶段，学生可以根据自己的喜好自由选择课程，因此，选修语言课程的学生微乎其微。

我所采取的解决办法就是不全是用英语来讲解所选的教学材料，同时向那些不能阅读丹麦文的同学推荐类似的文献资料作为替代。比如，我和我以前的同事用丹麦文合写的长篇调查文章(Hjørnager Pedersen and Shine, 1979)中有部分介绍本课程的文字。而哈维·达顿(Harvey Darton, 1932 ff.)和亨特(Hunt, 1995)著作中的开头几章中也有同样的内容。然而，这并不意味着所有的学生都能写出具有比较性质的论文。实际上，直到现在，有一些学生所选择的纯文学论文题是论英语作家，所征引的几乎都是英语资料。

这门课程安排了一次民间故事的讨论，以此导入对安徒生的研究。不用说，讨论民间故事不可能不提及佩鲁特(Perreault)和格林兄弟(the brothers Grimm)。他们分别是法语和德语作家。我们所采取的办法是读一些英译资料，而对别的故事的讨论就依赖于我们集体对孩提时代所读译本的回忆。这个多国籍学生组成的班级确实也有好处，比如班上有一位法国同学，他可以根据原著写一篇关于佩鲁特的课堂论文。

选修本课程的同学语言能力参差不齐，这就使得我们只能把重点放在作品的故事梗概上，而不是讨论作品的细节。但必要的时候，我们采取直译法将故事细节译成英语。安徒生的作品是这门课程的主要内容之一。我们读其英译本，然后由班上大部分懂原文的同学将译作与原作进行比较。不懂原文的同学对我们将原文某些段落字面意义翻译出来感到满意,因为在译本中,这些段落不是漏译了就是改译了。然而,读了相同故事的不同译本之后,大家都有这样一个印象:要想弄清楚安徒生作品某个特定段落究竟说了什么,又究竟是什么意思,这对非丹麦籍的读者来说,语言上的障碍太大了。

二、论　文

学期论文现在还没有交上来,但我希望能交上七篇左右论文,明年夏季再交上来一二篇。这些论文中,除了我们已泛泛提到的非英语文学外,可能只有三四篇有比较的内容。

有一些论文课题真正具有比较研究的性质。先说说其中最富有挑战性的论文。一个学生的硕士论文打算研究《玩具熊温尼》(*Winnie the Pooh*)的丹麦文翻译。他除了论及语言转换的困难,还要探讨两个文本在原语和目的语文化中的不同地位和意义。另一篇学期论文也几乎同样富有挑战性。这篇论文讨论《艾丽丝漫游奇境记》丹麦文译本中的双关语和习语。这需要对两种语言具有较高的水平,并且要很好地掌握翻译理论。

有两篇论文探讨成人文学作品改编成儿童文学作品的问题,可能涉及也可能不涉及翻译问题。他们都借鉴了我对《莫比·狄克》丹麦文译本和英国儿童文学版本的研究(Hjørnager Pedersen,1988)。有一篇论文讨论沃尔特·司各特《艾凡赫》的英文和丹麦文改编本问题。另一篇讨论《彼特·潘》(*Peter Pan*)意大利文译本,这篇文章中所有意大利文例子都要回译成英语。

其他论文涉及翻译方面的内容较少,或者根本就不涉及翻译。其中一篇论文研究十八九世纪英国和丹麦的儿童道德寓意故事。文章将比较这两种文学传统,但不大可能深入探讨翻译方面的问题。另一篇论文将考察受到笛福《鲁宾逊漂流记》直接或间接影响的作品。列入研究对象的作品包括坎普(Campe)的《年轻的鲁滨逊》(*Robinson der Jüngere*)。该书虽是德文,但做这篇论文的学生是瑞士人,因此在语言方面不会有障碍。一篇论安徒生《美人鱼》(*Little Mermaid*)的论文将更多地涉及翻译问题。这篇文章将把丹麦文原著与沃尔特·迪斯尼的电影改编作一比较——这使我们联想到一个现象:将作品"翻译"成电影吸引了越来越多的学英语的学生。

三、结　语

尽管我的材料有限,我想我的这篇文章对那些将操纵学派及其追随者们的观点形成具体论文的人所面临的困难作了饶有兴趣的揭示。我的学生与现代大学里的学生没什么多大差别,如果对这一点没有异议的话,在我看来,研究某一文学主题和某一时期的文学,如果只着眼语言问题,那么将译作与原著作细致的比较研究,对于很多研究生来说是极为困难的事情。另外,研究一个像汉斯·克里斯丁·安徒生这样作家的作品的译本是极其复杂的事情,因为有关的资料浩如烟海。

话又说回来,有能力从事这种研究的学生会发现这是一个非常有意义的方法。如果你乐意参与小组学习,总的看来,学习小组成员可以学到很多东西。小组里不是每个人什么文本都看得懂,但是小组里某一个学生的语言能力可以弥补他人的不足,并且还可以把要点回译成大家都通晓的语言(如英语),来把问题解释清楚。然而就我的教学经验,无论是研究原作还是译作,重点应多放在文学分析上而不是语言和语义方面的对比上。

〔参考书目〕

Bassnett, Susan. *Comparative Literature. A Critical Introduction*. Oxford, Blackwell, 1993.

Barton, F. -J. Harvey. *Children's Books in England*. Cambridge 1932. 3rd. ed. Cambridge University Press, 1982.

Hjørnager Pedersen, V. & Norman Shine. "Børnelitteratur i England og Danmark fra midten af det 18. århunderede til ca. 1830", I–II (Children's Literature in England and Denmark from the Middle of the 18th Century to about 1830), In: *Børn og Bøger, nr. 5*, pp. 222–230, og *nr. 6*, 270–283. Copenhagen, 1979.

Hjørnager Pedersen, V. "Translation as Summary. Moby Dick as a Danish Children's Book." In Hjørnager Pedersen, V. *Essays on Translation*. Copenhagen 1988. Nyt Nordisk Forlag.

Hunt, Peter (ed.). *Children's Literature: An Illustrated History*. Oxford: Oxford University Press, 1995.

(查明建译)

第五节 翻译教师的培训与教育

[瑞典]布里吉塔·迪米托罗娃

在过去20多年里,瑞典各所大学都专门开设了专业翻译的课程。斯德哥尔摩大学有一个专门培训笔译和口译译员的学院,它与本校和其他院校的语言系密切合作共同完成教学任务,不过通常只是以翻译学院的名义开展工作。在1986年刚刚成立时,学院主要从事口译译员的培训,而且几乎局限于社区口译的培养,涉及的语种是典型的"移民语言",其中有塞族—克罗地亚语、阿拉伯语和库尔德语(Kurdish)。因此,当时笔译译员的培训在学院工作中占有次要地位。然而这种情形已经改观,这很大程度上要归因于几年前瑞典加入了欧盟。现在学院大学层次的主要力量都放在为欧盟培养笔译和口译人才上。如今,以前没有的语种也随之进入了培训课程,比如所谓的"学校语言",英语、德语、法语和西班牙语等。同样,具有长期语言教学传统的院系最近也加入了笔译译员培训的行列。

瑞典的口译和笔译译员培训项目都是以学生掌握了原语和译语为前提的。因此课程本身不与普通的语言教育相结合,而只是作为更高级的本科专业课程存在。入学时进行专门的测试,确保学生在本族语为译入语的前提下掌握一种或多种原语语言,且具有一定的翻译能力。

一、翻译教师

既然培训项目都是在与语言院系密切合作的前提下开展的,

大多数译员培训课程的教师自然就是大学教师了。不过翻译研究学院也尽其所能地引进专业翻译人员充当教师，进行正规授课或是零星的客座讲座，以此确保教学中的专业性。可问题是不同教师的不同视角之间缺乏融合，因而常常引起学生的抱怨。大学教师有时候过于理论化，且不是都了解学生将来所要面临的行业状况；另一方面，专业翻译人员有时又过于实际，缺乏学生已经具备而同时期望教师具备的理论背景。

诚然，这两类教师在教育背景和专业经验方面难以统一，而个人差异则更大。不过我们还是可以概括描绘出他们的“典型”状况，请参见下表。

表一：瑞典译员培训课程两类教师的教育与专业背景状况

	大学教师	专业翻译人员
理论语言学知识	是	否
原语和／或译语语言理论知识	是	否／是
教学／教学法理论知识	是	否
翻译理论	否	否
作为语言教学方法的翻译	是	否
作为语言学习方法的翻译	是	是
作为交际／专业活动的翻译	否	是
教学经验	是	否

从上表可以看出，这两大类教师在教育背景、翻译经验和翻译观上都有很大的差别。大学教师通常都在语言学理论和专业语言（通常为培训课程的原语语言）方面具有坚实的基础；通常也掌握教学法方面的理论知识。而且还有丰厚的大学教学经验。他们在翻译方面的经验通常来自于“翻译课”甚至“语法与翻译课”的讲授，或在其他课程如“写作课”上利用过翻译练习。因此他们通常

自以为对翻译和应该怎样教翻译知之甚多。然而，正如目前普遍认同的，这种翻译与译员培训课程应该涉及的翻译大相径庭。也就是说，他们不具备学生将来从事专业的实际经验。而可能更糟的是，他们对翻译理论、翻译教学，以及翻译的经验研究方面的近期发展也了解得不多。

而另一方面，专业翻译人员的情况有所不同，他们有着丰富的实际翻译经验，翻译水平很高。通常，他们的翻译能力很大程度上是通过自己的不断努力，通过从事专业工作、与同事和客户讨论专业问题等逐渐培养起来的。他们可能获得过语言学位，也可能具有不同专业（如法律或工程学）的文凭，却很少有人具备教学经验或受过这方面的教育。

二、翻译的工作内容及其知识和能力要求

在专业活动中，一名译员将做哪些工作，而为此他应具备哪些知识和能力呢？译员培训课程又应为学生提供哪些知识，培养他们的哪些能力呢？哪些是应该留给学生自己，让他们以其他方式获得的呢？

现代社会中一名翻译人员应该胜任的工作，以及所应具备的能力可以用下面的尝试性模式来反映。（见图一）。

在该模式中，圆圈内的内容列举出一名翻译人员的专业活动，这是笔者与参与自己课程的几位专业翻译人员讨论的结果；在方框内列出了翻译人员所需的技能。当然，这些要素都容许继续讨论，而很可能一些工作和技能的地位要相对突出一些。总之这只是个尝试性模式。在讨论译员培训课程的具体安排时，尽管在课程设置上会有其他因素的影响，比如开设该课程的学院或系的教育传统、财政因素等，但是学生将来从事的工作范围必须至少成为其中的一个指导原则。

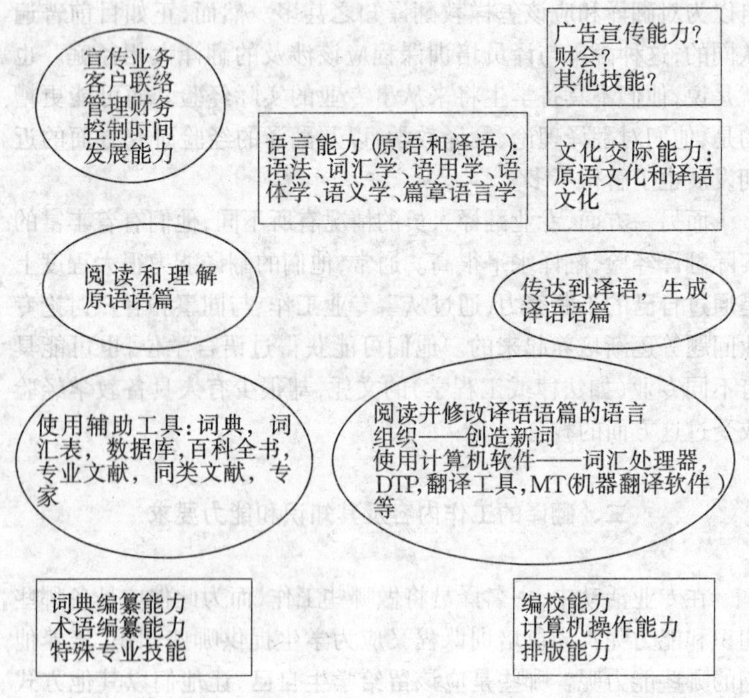

图①：翻译人员专业活动与技能要求的尝试性模式

阅读并理解原语语篇，然后将意义传递到译语，生成译语语篇，这些教学内容自然居于中心地位，在一定程度上也比其他内容具有更高的重要性等级。不过尽管如此，我认为有些时候，至少是在瑞典的某些语言院系，有一种过分强调翻译人员的语言能力，而低估或忽视其他方面的倾向。结果可能是，一些（当然是重要的）翻译教学活动不论是在理论方面还是在实践上都得到了深入开展，其中部分内容是模式图中称为语言能力的部分；而图中所列的其他技能却处理得较随便。

三、翻译教师的知识和技能

彼得·纽马克曾经暗示(自然是为了提出论点),“任何一堂翻译课的成功与否,其65%取决于教师的个性,20%取决于课程设计,而15%取决于课程材料”(纽马克 1988:20)。希望纽马克将“知识和经验”也包括进了“个性”的概念中。如果我们回到上面显示大学教师和专业翻译人员典型背景的表一,并将其与反映翻译人员工作内容和技能的图一作比较,显然,两组人的不同背景是互为补充的,而对于翻译教师来说都是同等重要的。不过,很少有人能够企及在所有这些方面都样样精通。

那么,翻译教师真的都需要通晓专业翻译活动中可能必须具备的不同领域的知识吗?难道一位语言教师不能只教,比如说对比语言学或者甚至一门外语吗?我的回答是:可以,不过最好是让这些教师对受训学员的未来工作具有更广泛的了解。理论视角与专业视角的有机结合是必须的,专门发展翻译技能的培训课程尤其如此。讲授翻译技能课的教师必须对一名翻译人员的专业活动具有广泛的了解。他们必须针对翻译工作可能面临的不同情况,对其在理论上和实践上作出分析。他们必须意识到,学生的作业不仅仅局限于译出几篇文章,而尤须作进一步的分析和说明;还应该让他们(取决于课程的目的),给出原语语篇和译语语篇(译文)的概要,根据在不同程度上存在差异的版面生成不同的译文,修改他人的译文,根据不同翻译目的生成不同的译文,等等。具备一定程度的专业视角的教师才能够清楚地认识到这种多样化作业的必要性。

四、翻译教师的培训和教育课程

以上我们论述了设置翻译教师培训与教育课程的背景。其目的用教师培训序言里的话说,就是要使学员“不仅了解现有的译员培训和翻译教学的理论与模式,而且了解与翻译相关的理论与问题”。这种专门的培训目前已在斯德哥尔摩翻译学院举办过两次,在格登堡大学举办过一次。

该培训的两类主要学员是:

(1) 对翻译教学感兴趣或有过同类经验的大学语言教师;

(2) 在译员培训项目中执教或想要执教的专业翻译人员。

目前已收学员的状况如下:

大学教师	24
笔译/口译专业人员	14
其他	24
学员总数	62

每位教师主持的讲座和讨论会在46—60课时(每课时按45分钟计算)之间不等,其余时间由学员在课堂上独立学习。[①] 该课程在一个学期完成,讲座集中于一周的某一天或每两周的某一天。

五、翻译理论课

该培训项目由两部分组成:翻译理论课和翻译教学法课。翻译理论课旨在使学员熟悉不同的翻译理论。务必使他们认识到,目前没有一个被普遍接受的理论,而是存在着好几种彼此对峙却又不乏共同特征的理论。还应该使他们认识到当今翻译领域中术

① 培训的总时长在瑞典大学计时制中占十个点,相当于十周全日学习时间(包括讲座、讨论会、独立阅读、考试准备等等)。一个全日制周应该相当于一个工作周,即40小时。

语的多样性;这样他们就不会在没有首先界定的情况下使用像“等值”(equivalence)或“翻译单位”(translation unit)这样的概念。课程的目的不是要学员记下不同理论的主要特征,而是使他们对不同的观点形成初步的认识,使其初步了解可能存在的参考资料来源,以便将来深入研究。该部分课程涉及很强的理论性文献的阅读及其课堂讨论。不过,这种讨论与其说是相应理论的纯理论方面的探讨,不如说是对这些理论与翻译实践和翻译教学之间关系的探讨。比如,等值的哪一种或几种概念对学员在直觉上更有吸引力呢?这些不同的概念是如何引导他们的实际应用的,比如,如何引导他们在翻译某篇文章时力求达到这种或那种等值,或如何以它们为衡量尺度对某个译文进行分析?而从教学方面来看这一点更为重要,比如,哪一种或几种概念能够在翻译分析(比如学生的译文分析)中发挥最大的作用?

翻译理论课实际上可以达到多重目的。对于参加课程的专业翻译人员来说,翻译理论著作通常是一种启示:即它们是对自己的专业活动及其背景进行系统化和展开分析的文献资料。当然,不是所有的理论文献都能得到这些专业翻译人员的认同,但总体上他们对翻译理论是感兴趣的。对于大学教师来说,翻译理论资料给他们提供了理论基础,确立翻译作为一种学术追求的地位。同时,这些资料还在一定程度上介绍了翻译作为交际和职业活动的状况。不过,对于职业翻译活动的最实质性的认识实际上是由参加课程的专业翻译人员在讨论理论文献时提供的。因此在参加课程的学员中至少存在几名专业翻译人员是绝对必需的。由于他们的在场,授课教师对专业翻译活动的一些特征只需抛砖引玉就可以。那些专业翻译人员会接下来展开话题,并能提供丰富的例证。

除课上的理论资料外,每位学员还要再阅读 100 至 200 页理论文章,可任其自由选择。这些文献资料将由学员在课堂上作口头评述,这样学员就可以熟悉更多的翻译理论文献。以这种方式讲述的专题有戏剧的翻译、儿童文学的翻译、《圣经》翻译，译者使用的计算机工具，将阿拉伯语翻译为西方语言时的问题，等等。一些学员还喜欢通读一部经典的翻译理论著作。每个述评都有充分的书面资料，以讲义形式分发到其他学员手中，上面不仅有讲评文献的主要观点，还附有详细的书目。因此，口头评述也为其他学员将来的学习提供了资料源泉。

六、翻译教学法课

培训项目的第二部分是翻译教学法课。课程材料、讲座与讨论会涉及的专题有很多，比如，作为语言教学法的翻译和译员培训课程中的翻译，专业知识和专门用途语言知识及其与译员培训课程的结合，翻译练习的不同开展方法，文章的编校，辅助工具和术语库的使用，以第二语言形式存在的译文，翻译理论在译员培训项目中的地位和作用，如何评估译作，译员培训项目的不同模式，等等。

在课程中，我们讨论在译员培训项目中涉及的不同类型的知识——陈述性知识和程序性知识，或换一种说法，理论知识与实践知识——分别应该和能够占据的相应比例。[①] 我们还将讨论教学应该是以翻译结果为中心的还是以翻译过程为中心的(参见 Gile 1994, Mauriello 1992)，两者能否结合以及如何结合的问题。

另一个经常探讨的问题是译员培训项目中教师间的合作问题。学员一致认为，这是必要的，且讲授不同课程内容的教师应该调整课程内容的时间安排，课堂材料的学习进度等，使学生具有全

---

① 这取决于许多因素，不仅有教师或院系的教学方针，还包括经济因素等：课程中理论内容的施教可能要比实践活动的开展花费少，因为后者需要教师的监督和反馈。然而，一个广泛接受的观点是，一名翻译人员的某些方面的能力需要很长时间才能培养起来，仅是译员培训课程的正规时间是不够的。

局感,取得最佳的学习效果。不过,虽然这在理论上容易达成共识,在实践中却并不尽如人意。原因一方面在于课程的不同部分在内容上存在着差异,另一方面在于不是所有的大学教师都习惯于或热衷于彼此之间的合作。

尽管目前已有多部专门论述译员培训的著作(比如近著有Gile, 1995, Kussmaul 1995, Wilss 1996),在课程中并不对其进行通读研究,而是选取这些作者的部分文章连同其他作者的文章一同进行阅读和讨论。原因之一是培训课的目的不是要宣扬某一种模式和排斥其他模式,而是让学员对现有的文献资料形成一种初步的认识。一个重要的参考资料来源自然是已出版的与历届翻译教学国际研讨会相关的论文集,当然也采用其他文献。

为了实现理论与某些方面的教学实践相结合,还要求学员按照自己的兴趣分成小组,并在课后开展活动。每个小组的工作是策划一个完整的培训项目,或是项目下的某个独立的课程,比如翻译实践课、专门用途语言和术语课、翻译理论课,等等。依据策划涉及的具体课程,小组需要分析和回答下列问题,诸如课程的具体目标是什么,课程时长为多少点,合多少学时,课程要经历多长的一个时间段,课程中使用哪些材料,安排进度的原则是什么,要阅读哪些文献,课程材料在课上如何使用等等。每个小组要将自己的策划结果作口头和书面评述,并加以讨论。

小组策划的目的是让学员有机会实践在课上通过阅读文献资料了解的观点。因为许多学员是正在执教的大学老师,他们会利用这个机会为将来的部分工作做好筹划。当然以上的论述只是对该培训项目的概述。

七、对培训项目的尝试性评价

目前参加培训的学员都倾向于对课程及其内容作出很高的评

价。然而,必须认识到,这些学员参加培训都是积极选择的结果,他们参加该培训正是由于他们对讨论的话题已经怀有浓厚的兴趣。

说起来好像矛盾,如今瑞典存在的一个问题正是对于翻译和翻译理论的浓厚兴趣。这就形成一种对冠有"翻译"这个名称的所有课程都非常热衷的局面。正因如此,不是所有参加培训的申请人员都对翻译教学本身感兴趣——有些人的目的只是为了更多的了解翻译,了解如何分析他们的译作等等。这种倾向是可以理解和值得赞扬的,但同时也可能引发课堂问题,尤其是在讨论中,一些学员可能更倾向于讨论一般的翻译问题,而轻视了教学和教学法的探讨。而另一方面,我们非常希望其参加培训的那些教师们,那些大部分时间忙于翻译教学的人,却由于教学工作太繁忙,无法参加这样的培训。他们之中的许多人感到一定会从培训中受益匪浅,但只是抽不出时间来。

在学员表中列为"其他"的一类中通常有学生,他们通常在几种语言上都有扎实的基础,并且希望将来走上专业翻译的道路。这部分学员通常是培训课程的宝贵财富,正是因为有了他们,探讨问题时才有了更显著的学生视角。

需要指出的一个更严肃的问题是,对于翻译教学的不同方法和翻译的实际学习方式几乎完全没有经验研究。虽然对于语言学习,不论是正式的学习(比如通过教学)或是非正式的(对其初步的了解,可参见 Lightbown & Spada 1993),已有了丰硕的研究成果,我们对于翻译技能的形成却只有初步的认识。我们还不知道哪一种教学方法最有效。对于作为语言学习的组成部分,或伴随产物的翻译能力与作为专业翻译资质的翻译能力之间的差别,我们了解得还不够。对于一名翻译人员已经或应该已经掌握的方面,我们在认识上可能存在着某种一致性,但是对于如何以最有效的方式达到这种水平,我们却不了解。因此课堂上对于教学问题的讨论很少能够产生很具体的建议，而只是起到开阔视野的作用，即在翻译教学中的问题不是单层面甚至双层面的，而是多层面的。

八、结　语

从我们对培训项目的描述可以清楚地看到，它着眼于广度而不是深度。它的目的在于使学员对我们认为对译员培训有意义的一些理论形成一个概念，并且对于现有的有关译员培训的翻译文献有一个初步的认识。它绝不是要提供明确的答案。当然参与培训的教师对于译员培训课程的组成要素可以持有自己的看法，但是仍要探讨其他的模式。培训的主要目的是要开讨论之先河，并且笔者也希望它有启人心智的作用。学员应该认识到，对于翻译问题存在着不同的观点，如译员培训的组成部分，理论所占的比例，应该引入何种理论，其用意如何，如何评估译作，以及许多其他问题，等等。笔者希望学员们会继续思考这些问题，并努力找出令自己满意的答案。

〔参考书目〕

Gile, Daniel. "The process-oriented approach in translation training." *Teaching Translation and Interpreting 2* (eds. C. Dollerup & A. Lindegaard), Amsterdam: Benjamins, 1994, 107 – 112.

Gile, D. *Basic Concepts and Models for Interpreter and Translator Training*. Amsterdam / Philadelphia: Benjamins, 1995.

Kussmaul, P. *Training the Translator*. Amsterdam / Philadelphia: Benjamins, 1995.

Lightbrown, P. & N. Spada. *How Languages are Learned*. Oxford: Oxford University Press, 1993.

Mauriello, Gabriella. "Teacher's tools in a translation class." 1: *Teaching Translation and Interpreting. Training, Talent and Experience*, (Eds. C. Dollerup & A. Loddegaard). Amsterdam: Benjamins, 1992, 63-68

Newmark, P. "Teaching Translation." *in Teaching Translation* G. Magnusson & S. Wahlén ((eds) = PU-rapport *1988:1*), Stockholm: Stockholm University, 1988, 18-31.

Wilss, W. *Übersetzungsunterricht. Eine Einführung*. Tübingen: Narr, 1996.

（谭业升译）

第六节　关于大学本科翻译教学的几点思考

上海外国语大学　吴刚　龚芬

在当今大学本科翻译教学中存在着一些不尽合理、完善的地方，具体表现在以下各个方面：

(1) 课时安排。就笔者所掌握的信息来看，当今的大学本科翻译教学的格局大致是这样的：一、二年级不设专门的翻译课，学生虽也做一定量的翻译练习，但主要是从属于精读教学的，由精读教材编写者根据当课的语法、词汇要点而设计的单句练习。偶尔也会有一些段落的翻译，但也是由当课的一些新教的词组和句型连缀而成，人为设计的痕迹很浓，不是从出版物中选来的"自然的"段落。在评估学生所做的这些翻译练习时，教师也不是从翻译的角度（如文体、语域等方面）出发的，而是主要看学生有没有掌握当课所教的语法与词汇内容。学生和老师头脑里的"标准答案"意识都很强，一些正确的、在现实中可行的说法由于没有使用当课的语法点或词汇而算错。因此，在一、二年级的教学中翻译没有其独立的地位，它是从属于精读教学的，连技能训练的层次都没有达到，因为这样翻译练习训练的其实是语法和词汇的技能，而非翻译的技能。进入了三、四年级之后，有了正式的、独立的翻译课，但作为必修课的时间大多只有一年。以本校英语专业为例，翻译最初是学年课，即三年级上英译汉，四年级上汉译英；现改为了学期课，即三年级上学期上英译汉，三年级下学期上汉译英；与此同时三年级另开设了口译课。四年级虽有“翻译实践”和“应用文翻译”，但都是选修课，而“应用文翻译”课更是由于放在四年级下学期，学生面临写论文和求职的双重压力，真正能保证的学时只有十周左右。所以，在整个大学本科学习期间，学生其实只有一年半左右的时间来接受翻译训练。这与学生对翻译课所表现出的兴趣和翻译在整个外语学习中的地位是不相称的。由于翻译需要较为均衡的中英文水平并牵涉到许多其他门类的知识，所以要想在如此有限的时间里对作为一门独立学科的翻译有一个全面的认识，并接受系统、正规的训练，在翻译能力上获得全面、有效的提高是不大现实的。

（2）教材。目前，由于各个学校都注意了自编教材的开发，所以实际上在全国范围内并不存在一本统一的教材，而是处于一个“群雄割据”的时代。这一现象的产生有其一定的必然性，因为实际上也确实没有哪一本教材有实力能够一统天下。今择其首要者观之，曾经独领风骚的《英汉翻译教程》（张培基、喻云根等编著，上海外语教育出版社出版）和《汉英翻译教程》（吕瑞昌、喻云根等编著，陕西人民出版社出版）至今还有一定的影响，《（英汉互译）实用翻译教程》（冯庆华编著，上海外语教育出版社出版）作为后起之秀影响正在日益扩大。我们对教材的考察主要以这三本为主，兼及一些没有以教材的面目出现，然而在翻译教师中流传甚广的翻译方面的参考书。前两本书分别初版于1980年和1983年，属于同一个时代，再加上有一位作者同时参与了两书的编著工作，所以它们在体例和模式上有着许多共同点，可以一并论述。这两本书的特点都是以技巧为主，在理论上没有过多涉及，谈到的一点也只是关于中国翻译史的概述。这对于编著者来说虽然是为时代和形势所限，但对于广大翻译学习者则不能不说是一种遗憾，其不能满足人们对国外翻译理论和翻译研究成果的了解的缺陷是十分明显的。从两书的编写体例来看，大致遵循的都是由词到句的语法书体例，都以长句为所论述的最高级语法单位而没有涉及到篇章。在具体章节的写作上，采取的是“知识点 + 例句 + 单句练习”的统一模式。这种写法是把翻译局限于一门学科之内的封闭式的写法，学生学到的是怎样从语法的层面上来理解译出语中句子的意思，以及怎样用正确、通顺的译入语将其表达出来。无可否认，在基本技巧（主要是理解和表达）的掌握和提高上，这种方法是行之有效的，然而它的缺点就是仅注重语法层面，导致内容过于狭窄、呆板，练习单调，而且由于在书后附有练习答案，造成教师无法将其布置为课外作业，从而只能自己另外寻找与之相应的练习，为教学增加了难度和负担。此外，由于作者是从自身的翻译实践或对翻译出版物进行搜集、积累和整理中获取材料编成教材的，所以对于没有相同知识背景和经历的教师来说很难有发挥的余地。事实上这两本教材在当今的教学实践中已经越来越少使用了，原因即在于教师们觉得与其照本宣科处处受其掣肘，不如另起炉灶，自己讲自己的一套。我校曾长期使用这两本教材，但到后来的实际情况就是开学领到书后教师和学生都把它放到一边，教材形同虚设，难以真正推广。应该承认，这两本教材是编者多年教研的心血结晶，也是一个时期里中国翻译教学成果的总结，具有一定的价值。但我们也应该看到，自 80 年代初期至今虽只有短短的十几年，但知识的更新却已经经历了好几代，国外的先进学术成果被介绍进来之后，使得我们在封闭时期的研究成果相形见绌，这是正常的，是符合知识发展的规律的。只有及时、定期地更新教材，随时将先进的知识吸纳进来，与国际的水平接轨才是我们应该采取的科学态度。一套教材如果用 20 年的话，无论如何也是太长了。

在更新知识结构、吸纳跨学科研究成果方面，1995 年出版的《实用翻译教程》充分体现了其在时间上的优势。该书从布局上就颇有新意，理论与实践各占了一半的篇幅，对理论予以足够的重视。在“理论篇”里，除“总论”一章与别的书大同小异，属题中应有之意外，其余的“语义翻译”、“词法翻译”、“句法翻译”、“成语与翻译”、“辞格与翻译”各章均让人感到新鲜。有些内容别的书中虽也有提及，但也不似此书来得系统、完整。而我本人以为此书最有价值之处当属实践篇中的“多种译本研究”一章，这应该成为今后翻译教学的一个方向。学生虽然由于受到学习时间和环境的限制，难以在中英文上同时具有较高造诣，在翻译实践上不可能达到很高的水平，但他们对不同译本的欣赏水平是远高于自身的翻译水平的。通过译本比较还可以观察到不同的时代和不同的文化背景对翻译的影响，可以大大拓宽学生的视野，而教师在学识水平上的优势也能得到最大限度的发挥，有利于教学双方扬长避短，提高教学积极性。此外，实践篇中的“译者的风格”、“比较文学与翻译”、“回译练习”、“文体翻译”等章也颇有价值，但缺陷是不够深入，有些章节只有例文而没有归纳总结性的论述，需要教师在具体讲授时做一定的补充，对教师的能力有一定的要求。再版时如能在章节末列出相应的理论书籍目录，供授课教师按图索骥、补充提高则更好。这本教材在体例安排、内容构架方面较以前的同类书籍有了很大的提高，如果能进一步充实理论、更新练习的话，可以成为一部值得推广的教材。

除了这几本教材之外，还有一些非教材类的但颇受教师们青睐的参考书也各具特色。如钱歌川的《翻译的技巧》以惯用法为着眼点；陈胥华的《英汉对译指导》完全依傍语法的框架；钟述孔的《英汉翻译手册》对实践的特别强调等。这些书凝聚了作者在某些方面的独到见解，可以对教学起到辅助和补充的作用，但就总体来看，与《汉英翻译教程》、《英汉翻译教程》相比在形式上未能有大的突破，普遍存在着对理论重视不够等不足之处，有的甚至带有更深的时代烙印。

(3) 教学法。现在较为盛行的其实还是比较经典的讲习班法：教师在课堂上通过例句向学生讲授某个翻译技巧，然后让学生在课堂里完成一组单句练习,下课时布置课外练习(通常是篇章的翻译),第二次上课时再予以讲评。以这种模式安排的教学其最大的缺点就是将学生置于一种被动的接受者的地位。做练习时,学生虽然也在课堂上发言,但其思考的范围仅限于轮到自己翻的某一句句子;而在讲评作业时更是教师一言堂,学生则在下面边听边记,根据教师所述或依据参考答案改正作业中的错误。在这种方法里面,翻译的目的语成了惟一的检验标准,教师或教师认可的答案成了惟一的权威,造成学生错误的思维过程被完全忽略了,一个原本是动态的过程被肢解成了一个只有起点和终点的静态对照。这种授课方法的另一个有害之处是教学效果与学生的参与基本无关,而极大地取决于教师个人的实践经验。有着较丰富翻译实践经验的老教师往往能结合翻译实例将课上得生动,而年轻教师则由于个人积累的相对缺乏造成课堂气氛沉闷。学生也会相应地对老教师有较多的认同感,而对年轻教师表现出不信任的态度。对于这种现象,年轻教师固然应该通过不断的进修和翻译实践活动来增加自己的经验,以取得更好的课堂效果,但如果一门课程对教师个人的具体经验如此依赖而无法通过统一、规范的培训成批地培养年轻教师的话,则这种现象无论如何是不正常的。长此以往,必然会导致翻译教师队伍的老化和观念的陈旧。在精读课的教学中,许多刚毕业的研究生经过短期的岗前培训就能胜任教学工作了,而在翻译教学中年轻教师数量则明显偏少,这与翻译教学法中过多偏重个人的感性经验有着直接的关系。一味地强调翻译课程的特殊性,而不在教材和教学法上作出改进不是一种科学的态度。这样做只能使翻译教学停留在落后的师傅带徒弟的模式上,培养出一代不如一代的平庸匠人。

(4) 练习的设置。练习中存在的问题主要是形式单一,体裁狭窄。当前的翻译练习主要有课堂上的单句口头练习和课后的篇章书面练习,而翻译的内容主要以文学中的小说和散文为主。这两种练习的方式都不利于了解学生在翻译中的思考过程,而只注重最终的结果。长期以来,有人片面地理解了“实践出真知”的道理,以为只要做大量的翻译练习,翻译能力就必然会有很大的提高,因此提倡在翻译中学翻译。但是他们忽视了这样一个事实,即翻译水平的提高是许多因素综合作用的结果,将工夫盲目地花在其中的一个环节而期待能够“一分耕耘,一分收获”是不现实的。在教学实践中我们发现学生的水平是参差不齐的,有的人在三年级开始做翻译练习时甚至不能用母语作通畅的书面表达。对于这样的同学如果也是一味加量,非但事倍功半,反而有可能使他们对翻译失去兴趣。针对这种情况,我们应该合理安排练习的坡度,帮助他们树立信心;指导他们进行一定量的课外阅读,以建立良好的语感;从欣赏和比较入手,通过考察别人的翻译过程与思路来领悟出翻译的普遍规律。这种方法对于程度高一点的学生也是适用的,只是阅读的书目可以有所不同,在表达欣赏和比较的感受方面也应该对他们有更高的要求,如要求他们表达得更直接、更准确、更深刻。

陆游曾说“工夫在诗外”,翻译亦是如此。一头扎在书面练习堆里只会带来“不识庐山真面目”的惶惑。应该对翻译的练习作更深更广的理解,读书、看电影、与人交谈,甚至留心身边人们的语言习惯,只要能够对我们的翻译水平有所裨益,又何尝不可以视之为练习呢?

许多学生往往抱怨说学校里教的东西踏上社会后用不到,而要用的东西学校里又没有教过。这就提醒我们在安排翻译练习时要注意文体的多样性,让学生在有限的时间里尽可能接触到多种多样的文体,为今后进入工作单位后所从事的具体的翻译工作打下扎实的基础。除了文学体裁外,还应该引入各种应用文体,如信函、讲演、新闻报道、商务文件、各种内容的介绍性文字如导游辞和企业介绍等;科技文体,如理论性、知识性、逻辑性较强的科学论述等。在文艺文体方面，也应该跳出小说和散文的狭窄范围，兼顾到戏剧、诗歌、寓言神话、文艺评论等多种形式。

此外，还应该通过练习的机会积极介绍其他学科的研究成果，培养学生跨学科研究问题的能力。以文学为例，虽然目前的练习中文学的内容占了很大的比重，但其实这些文字的风格从宏观上来看还是很相似的，即都是我们能看懂的、符合语法规范的、理性的美文。然而众所周知，近一个世纪以来，许多西方作家对文学进行了大量从内容到形式的探索，其中如意识流等都已经在文坛确立了其价值，这些探索与尝试开拓了我们的视野，为我们带来了很多有益的启迪 。现代主义文学或所谓的后现代主义文学的一个显著特征就是故事性的削弱和意义的消解。翻译作为一门与文学同步发展着的学科，为什么不能将文学的这股潮流反映出来呢？不必将翻译的对象限定在经典的美文上，对于现、当代文学的名家名作完全可以拿来做翻译练习。这种机会如果运用得好，相信可以起到沟通翻译与文学、达到相得益彰的效果，既通过翻译课加深了学生对文学的理解，也可以使学生将文学课上的所学用来指导翻译的风格，从更高的层次来理解翻译。翻译教师甚至可以与其他学科的教师合作，根据其进度安排相关的专题翻译练习，这样做可以让学生养成跨学科研究的思维方式，为将来的研究培养兴趣、打下基础。

以上，我们谈了存在于现行大学本科翻译教学各环节中的问题，造成这些问题的关键是教学大纲中将翻译课只看做是一门技能训练课的指导思想。正是这种指导思想上的局限，使得翻译在大学本科的教学中没有获得与其学术重要性相称的地位。进入20世纪以来，翻译的地位已今非昔比了。随着语言学、心理学等学科研究的迅猛发展，翻译的领域也不断地被拓宽。以往将翻译局限在一门学科之内，仅仅理解成两种语言相互转换的观点已经大大落后了。从语言学的角度来看，人们其实每时每刻都在进行着翻译。人的语内行为、语外行为，语言的能指与所指都需要我们的大脑时刻不停地进行分析与判断，这种分析与判断的过程其实就是翻译，翻译已经由书面、口头而进入了每个人的思维。此外，从翻译和文学的关系的角度来看，翻译也早已摆脱了单纯为文学服务的工具性、从属性地位，翻译文学在文化研究中的独特作用和重要地位正日益彰显。在学术研究呈现出跨学科、多文化的大趋势时，翻译无疑为我们提供着崭新的视角和独特的切入点。因此，在翻译课程的安排和设置上一定要体现出翻译地位的改变，不然势必会影响我国的翻译研究水平。

因此，我们在试图解决上述问题时，一定要坚持翻译作为一门独立学科而不是一种技能的立场，我们相信外语专业的学生理应对翻译要有比普通人更深的了解。基于这样的立场，我们提出如下的方法：

(1) 在目前课时不可能有额外增加的情况下，建议将作为技能的翻译课归并入精读课。适当增加精读课教学中的翻译练习量，让学生从进入大学校门起就开始接受翻译训练，为更高级的翻译学课程打好基础。要为学生设计脱离精读课文的翻译练习，难度可由浅入深，从为某一单独技巧设计的单句逐渐过渡到出版物中的包含多种技巧的复杂单句，再最终过渡到篇章练习。这样，等三年级开设翻译学教程时，教师就不必要花费大量时间对学生进行基本功的训练，从而可以腾出精力从事更高层次知识的讲授，让学生学到更多的东西。

(2) 在教材的编写上要大幅度拓宽原来的范围，加上对外国翻译史的概述，各种主要翻译理论流派的介绍，尤其要注意吸纳国外对翻译进行跨学科研究的成果。最近，香港科技大学校长吴家玮在'98 中国大学校长论坛上提出了这样的观点，即研究型的大学，其课程的专业化不要过早，要让学生有机会接触跨学科学识，养成独立科研的能力，增强学生的专业水平和自信。因此教材的编写对广度的追求应胜于深度，变原来“细而精”的模式为“粗而泛”，让学生接触尽可能多的方法，以增强他们今后从事研究或是解决工作中的实际问题的能力。在具体的编排上，一定要注意做到形式生动，内容多样。可以仿照精读教材的编写体例，以单元为单位组织材料。每个单元除了介绍一定量的理论知识外，可以确立一个核心，这个核心最好是以学科或是文体来分，而将翻译技巧作为工具融入到解决问题的具体过程中去，只在注解中提及，不单独列出。

(3) 在教学上一定要强调学生的参与，要鼓励学生的发散性思维，不要动辄以“标准答案”来限制学生的创造力。即使对于明显的错误，也要引导学生反省自己的思路，注意找出发生在翻译过程中的思维方式或思维习惯，从根本上发现问题、解决问题。要培养学生对比分析的能力，学会从不同的学科或文化中寻找出异同和可资借鉴的东西。教师可以尝试将自己的角色从讲授者转变为引导者和组织者，让学生自己通过欣赏、比较和讨论获得知识，从而对学习产生更大的兴趣。应该鼓励学生多进行课外阅读，丰富自己的知识，完善自己的知识结构，并时时留心生活，观察生活中活的语言，从而使自己的表达更生动、更富有生命力，以期日后能形成自己的风格。

(4) 在原有练习的基础上，增加译本分析、佳译欣赏和译本比较等内容。进行译本分析时，可以引入数据统计等语言学的研究方法，使分析既定性又定量；也可以用语域学或语义学的知识对译本进行文体分析。相信学生对于自己经过调查研究得来的知识要比直接从老师那里听讲留下更深的印象。佳译欣赏时，要让学生细心揣摩译者的用心，体味译者的境界，感受译者的风格，从而举一反三，使自己的翻译水平也能获得提高。在进行译本比较时，要引导学生注意通过译本本身反映出来的不同作者在年代、性别、年龄、国别及相关文化背景上的差异，注意差异产生的方式及形式，从而对翻译以及影响译本的各种因素有更深的理解。教师还可以安排一定量的错误分析,让学生进行改译或重译,培养学生对翻译过程的敏锐意识和动态把握,从中发现规律性的东西,以养成良好的思维习惯,减少错误的发生;安排回译练习,以使学生掌握好直译与意译之间的度;安排学生做合译练习,以掌握在与别人合作、协调时需要注意的问题。此外,还可以通过限时不限时、可用字典与不可用字典等手段来变换练习的方式,既可以使学生始终对练习保持新鲜感,也可以锻炼学生适应各种条件的能力。

翻译是一门充满魅力且大有前途的学科,我们有责任使我们的学生认识到这一点。

〔参考书目〕

张培基　喻云根　李宗杰　彭谟禹编:《英汉翻译教程》,上海外语教育出版社,1980年。

钱歌川编著:《翻译的技巧》,商务印书馆,1981年。

吕瑞昌　喻云根　张复星　李嘉祜　张燮泉编:《汉英翻译教程》,陕西人民出版社,1983年。

钟述孔著:《英汉翻译手册》,商务印书馆,1983年。

冯庆华编著:《实用翻译教程》,上海外语教育出版社,1997年。

陈胥华著:《英汉对译指导》,湖北教育出版社,1984年。

周方珠:"试析翻译课与其他课程的相互辐射作用",《中国翻译》1992年第5期。

穆　雷:"翻译学与翻译教学",《中国翻译》1993年第3期。

李运兴:"对英译汉教学的几点理论思考",《中国翻译》1994年第1期。

隋　然　赵华:"翻译教学,山重水复",《中国翻译》1994年第5期。

附 录

’98 上外翻译理论与翻译教学国际学术研讨会论文摘编

1. “口译在谈判中的作用”

Interpretation, a Bridge or a Barrier? — A Case Study of the Role of Interpretation in Negotiations

[美国]鲍川运(Chuanyun Bao)　蒙特利国际研究学院

口译在语言和文化交流中应起到桥梁的作用,人们常常对此深信不疑。然而,语言和文化的巨大差异对未受过专业训练的译者来说是显得困难重重。本文将在蒙特利国际研究学院举行的中美贸易谈判作为一个个案,来说明不准确、不恰当的翻译将给双语谈判带来的困难和问题。本文不只是提供了这个事例,还对这个个案作出了深入的分析。在此基础上,作者对译员培训,特别是对研究生层次的连续翻译译员的培训,提出了自己的见解和建议。

2. “词汇策略的语篇功能与翻译等值的概念”

Textual Functions of Lexical Strategies and the Notion of Translation Equivalence

[伊朗]比乌克·伯纳姆(Biook Behnam)　大不里士师范大学

翻译等值通常是以几种语言成分来确认其特征的。本文将把词汇作为语篇组织的主要要素,而且试图通过考察词汇策略对语篇衔接的作用来研究词汇策略的语篇功能。

在本文中,我们重点探讨两种主要的词汇策略,即“词汇衔接”(Halliday 和 Hassan, 1976)和“词汇指标”(Winter, 1977 和 1979)。通过详细分析这些策略以及它们的语篇和认知作用,我们试图提出一些对于翻译等值(TE)概念的认识。为此,我们对几篇英文篇章中词汇的语篇功能作了分析;并且从近似对等的角度出发,评估几篇文章的译者是否或如何在译语语言中保持了相同的词汇策略。

3. "特性与共性——论中国翻译学与翻译学的关系"

[中国]张南峰(Nam Fung Chang)　香港岭南大学

有学者认为,西方译论不适合中国,因此,呼吁在中国译学传统的基础上建立"中国翻译学"。但是,西方许多译论在我国还未有人验证。他们所说的翻译理论,大体上是应用理论而并非纯理论。纯理论对应用研究有指导作用,有普遍适用性。"中国翻译学"的提法,过分突出国别翻译学的地位,是民族偏见的产物。我国没有纯翻译理论,因此,必须向外国借鉴,作为研究我国翻译现象的框架,然后加以改良,从而参与世界翻译学的构建。

4. "从基督教传教士在香港的翻译活动(1842—1900)论翻译与权力的关系"

[中国]张佩瑶(Matha Pui-yiu Cheung)　香港浸会大学

本文从社会学角度以基督教传教士在香港的翻译活动(1842—1900)为个案,探讨译者如何通过翻译这项活动在特定的历史脉络中获得权利,从而揭示特定时期和特定文化区域翻译与权力、意识形态的关系。

5. "翻译教师的培训与教育"

Training and Educating the Trainers — A Key Issue in Translators' Training

[瑞典]布里吉塔·迪米托罗娃(Brigitta Englund Dimitrova)

斯德哥尔摩大学

大部分翻译人员的培训都是在大学层次的语言院系或专门的翻译学院举行的，结果造成翻译培训项目具有明显的学术气。尽管许多翻译培训项目试图通过聘用专业翻译人员担任教师的方法引入职业视点，但是有时由于在课程中缺乏统一的指导，不同类型的教师间出现了“隔阂”——代表专业领域的教师和代表学术领域的教师各自持有自己的视角，没有彼此间的结合。

在瑞典，我们已经在尝试发展一个专门的项目，以图改变这种局面。它针对的对象是已经和将要在大学翻译课上执教的教师。其目的在于通过结合职业和理论两种视角，给具有不同教育和职业背景的教师们提供一个沟通基础。这个沟通的界面是建立在学员的经验和知识、翻译理论、语言学和教学法等领域的最新研究基础之上的。本文将介绍该项目的结构，并试图就其目前取得的成果加以评论。

6. “实现南非的多语制：在自由省建立地方政府翻译机构”

Making Multilingualism Work in South Africa: The Establishment of Translation & Interpreting Services for Local Government in the Free State Province

[南非]梅贝尔·阿利塔·埃拉姆斯(Mabel Alctta Erasmus)

奥兰治自由大学

在南非新宪法中第一次确认了语言的权利，为语言促进工作创造了令人激动的契机。宪法特别规定，市政当局(与其他地方政府机构)必须考虑市民的语言使用和语言偏好。为了保证社区成员间的有效交流，有必要将翻译机构划归地方政府管辖。

语言促进计划委员会(LFP)在比利时佛兰德斯社区政府的协助下，最近已经在自由省的一个辖区内启动试行一项创建地方政府综合翻译机构的计划。为此，LFP将培训笔译和口译人员，并协助地方政府当局建立起翻译机构。鉴于南非地方政府财政负担的局限性,必须找到使这些翻译机构在经济上能够独立生存的方法。

该项目的另一个目的是设立有益于创建翻译行业的高标准。本文将对此项试行计划作一个概括性介绍。

7. “论译者的风格”

[中国]冯庆华 上海外国语大学

译者是不是可以有自己的风格,翻译理论界对此一直有着不同的意见。有的人认为,原文固然有自己的风格,但译者的任务是再现原文的风格,译文的风格应该完全同原文保持一致,译文所展现给读者的应该是原文作者的,而不应该是译者的。如果译者可以选择自己风格的话,那么也就允许译文的风格与原文的风格不一致。其实这是对译者风格的误解。探讨译者的风格不等于允许译文风格可以超然于原文风格之上。在忠于原文风格的前提下,不同的译者之间对同一原文常常会体现出彼此互不相同的翻译风格。造成译者彼此之间互不相同的翻译风格有着各种各样的原因,对不同的翻译风格也未必能分出个高低来,而且这也不是我们研究翻译风格的目的。我们研究一个或几个翻译家的翻译风格,是为了帮助大家找到最适合自己的翻译风格。本文将对著名翻译家杨宪益夫妇和大卫·霍克斯所翻译的两个《红楼梦》英译本进行译文风格上的比较研究,侧重点将放在译者对其中的习语的处理上。对著名翻译的风格研究,必将有利于我们树立起最适合于自己的翻译风格。

8. “会议口译教学中的文化和语用问题”

Cultural & Pragmatic Aspect in the Teaching of Conference Interpretation

[英国]米歇尔·弗兰西斯(Michael Francis) 北约翻译处

本文第一部分探讨会议口译教学,涉及翻译过程中的各种主要和次要的因素:教育、会议口译、文化和语用关系,重点在不同文化和语言的特殊思维方式。第二部分探讨会议口译遇到的行话翻译问题。

9. “语言哲学观照下的文学翻译和翻译文学”

[中国]葛中俊 上海铁道大学

本文首先从语言的异质出发,说明语言对文学翻译的制约;在此基础上,对可译性作出新的解释;进而,对文学翻译属性的结构层次作出划分,旨在对文学翻译的实质作出诠释。最后,文章阐述译作与翻译文学的关系,翻译文学与文学翻译、外国文学在概念上的分别,从而对翻译文学的内涵和归属作出解释和规定。

10. “非英语文化中的英语语言特征”

Anglicisms in Non-English-Speaking Cultures

[丹麦]亨利克·葛特利伯(Henrik Gottlieb) 哥本哈根大学

世界媒体语言大部分都译自英语。英语语言实际上影响了世界语言。那些非英语文化是否受到了这种英美概念和语言特征的侵扰呢?

本文考察了不同语言区域对影响越来越大的英语的反应。冰岛、挪威、法国试图避免英语化,而德国和丹麦却并不在意。本文对其原因、变化作出了分析。

本文特别介绍了丹麦哥本哈根大学英语专业研究生课程上的教学方法和手段。通过语词索引课程,学生稍加指导就能够分析和比较大量非英语文本(包括译自英语的译作)的语言素材。

11. “回顾与展望:中国翻译界十年大辩论(1987—1997)”

[中国]郭建中 浙江大学

论文总结了中国翻译界最近十年(1987—1997)围绕四个问题

所展开的大辩论，即继承与引进、理论与实践、科学与文艺、归化与异化之争。作者认为，两种看似对立的观点，通过辩论，一方面自我完善，一方面又互为补充。论文最后总结了应从辩论中汲取的教训，并提出了在新世纪开展翻译研究的建议。

12．“翻译的再现”

Translation's Representations

[英国]西奥·赫尔曼(Theo Hermans)　伦敦大学

本文对等值和透明的翻译思想提出了质疑，并从文化角度作出反思。重点探讨三个方面的问题：①译本“再现”其他文本的方法中存在的一些自相矛盾和疑难问题，重点谈翻译语言的混杂问题；②翻译能向我们翻译研究者再现什么的问题；③我们在翻译时出现的错综复杂的问题，尤其是其他一些翻译观念和实践问题。

翻译涉及的“先前文本”绝不是单纯的源文本。译者总是在一定的翻译概念和翻译期待的语境中进行翻译的，所以翻译总是特殊的翻译。译者从来就不会“公正翻译”(just translate)，译作不可能做到透明。翻译作为一种文化现象之所以引起人们的兴趣，正是因为翻译缺乏中立性和单纯性，同时还因为其不是透明的，添加了额外的东西。一种文化或文化的某个侧面会以“自我”和“他者”这些词来标明自己的身份。在这种语境下，翻译明显地提供了获得外来信息的手段，以便进行文化自我界定。翻译史上各阶段都留下许多二元文本、无数的复译本和超时代的现存译本的修订本，这给我们提供了一系列独特的、可理解的“他者”文化结构。因此，翻译史给我们提供了文化自我界定的作品的独特的第一手证据。一种文化觉得有必要或者看到能从其他语言引进文本的机会，并借助翻译达到目的。翻译告诉我们更多的是译者的情况而不是译本的情况。

13．“信息密度与中国古典诗词英译——析‘水调歌头’英译”

[中国]黄任 上海外国语大学

由于汉语的信息密度大于英语，因而汉语作品英译时，通常篇幅比原文长。中国古典诗歌以言简意赅为特色，译成现代汉语时，更难以相同篇幅表达原诗词的全部内容。为此，人们尝试两种做法：一是译成英语的散文；二是译成比较自由的韵律诗，或称做“意译韵律诗”（Paraphrasing Rhyme）。作者通过英译著名宋代诗人苏轼的“水调歌头”说明后一种做法的好处在于：既能比较充分地传递原诗的意思，又可适当保留原诗的韵味。

14．“根本不存在的伪译：《大云经》”

A Fake Translation That Never Was: the Mahavaipulya “Dayun” Sutra

[中国]孔慧怡(Eva Hung) 香港中文大学

历来都把武则天时代的《大云经》作为伪译的重要案例，但实际上这个伪译并不存在，武则天时代所颁布并广为传布的《大云经》其实是在昙无谶译本的基础上加了新疏，并不能说是伪译。本文分析了武则天命人为旧译加上新疏的隐秘用意以及《大云经》伪译说之所以流传至今的文化原因。

15．“文学翻译的审美过程：格式塔意象的再造”

[中国]姜秋霞 南京大学

本文旨在通过“格式塔意象的再造”这一视点对文学翻译过程中的审美方式进行一定层面的考察。

有关格式塔意象与文学翻译的关系，本文提出三个方面的认识：第一，格式塔意象有助于译文结构的自然与和谐；第二，格式塔意象的转换意味着审美体验的有效传达；第三，格式塔意象对译文词义的选择起着必不可少的作用。

16. "语言工业的全球信息需求:一个初步的估计"

Global Information Needs in the Language Industry: a Preliminary Assessment

[法国]安德鲁·乔斯林(**Andrew Joycelyne**)

既然翻译和本土化已是全球普遍现象并业已成为整体语言产业的一个组成部分,因此这个快速发展的产业的批评信息可靠而又快速的传播就显得尤为急迫。像别的商业行业一样,语言产业也已经发展了自己的专业培训结构、专业团体、市场和技术。现在,这些不同的成分被高度分化和大量地非结构化,在世界范围内呈现出不同的发展阶段。将这些广泛分布的行业最终形成一个整体的,不是靠某一个拥有至高无上权利的组织,而是靠有效的共同的信息基础。本文对创造和提高语言行业专有的信息空间中涉及的关键性问题进行了评估。

我们将通过对需求、解决手段以及市场信息、技术资源信息和专业基础结构信息这三种信息类型涉及到的问题进行细致分析,尽力探讨信息传布的特性。

17. "翻译学员译文中的词汇衔接"

Lexical Cohesion in Trainee's Translation

[匈牙利]金佳·克劳迪(Kinga Klaudy) Eötvös Lorand 大学

本文的目的在于利用郝埃(Hoey, 1991)与卡洛利(Karoly, 1997)对于重复进行分析的分类方法,分析词汇衔接对营造译文连贯性的作用。郝埃认为,在韩礼德和哈桑(Halliday And Hassan, 1976)关于衔接纽带的范畴中,较为显著的要数不同形式的重复了。我们将首先分析原语语篇中不同形式的重复(简单重复,复杂重复,简单措辞变换,复杂措辞变幻,替换纽带),然后将结果与专业翻译人员的译文和翻译学员的译文作对比。

在确认出重复纽带、重复环带和重复环带网(根据郝埃的说法,"词项形成纽带,具有三个以上共同纽带的句子形成环带。")以后,我们为原语语篇和目的语语篇创制出一个重复手段矩阵图。我们的初步假设如下:经过卡洛利分类法修正后的郝埃重复分析模式将能够说明专业翻译人员和翻译学员两者译文的差异。

18. "语言与文化特质之间的翻译"

Translation between any Language Pair and Cultural Specificity

[比利时]伊娃·科波丝娅(Eva Koberski)　蒙斯大学

翻译孤立的引文时,以目的语方式去理解原语的真实含义就成为一个问题。译者因此必须去找原文背后文化上的细微特性。这就意味着要理解原语的文化传统。如果译者是将原文翻译成母语,他对文化传统很熟悉。但是对于原语是否也是一样呢?相反,如果母语是原语,目的语会碰到同样的问题。

在研讨课上,如果学员来自不同的语言背景,就会有大量机会来探讨文化的特质——这是翻译上模糊而探讨不够的地方。文化特质在语言中如何体现?怎样揭示?对文化特质应持什么态度?本文将探讨这些问题。

19. "口译训练课程:协调、合作和现代技术的益处"

Interpretation Training Programs: the Benefits of Coordination, Cooperation and Modern Technology

[奥地利]英吉丽·科茨(Ingid Kurz)　维也纳大学

人们普遍认为,本科专业口译课程应该建立在学术性教育和语言水平之上,通过技能训练法进行教学。这种类型的教学应该以职业市场为导向。因此,这些课程应该对国际会议翻译的多样性和其技术难点给予充分的重视。另外,应该鼓励学生利用现代科技来提高自己的水平和技巧。

有经验的会议口译都知道,高度技术化的半天会议口译比内容不断重复的五天会议口译要难得多。语言工作小组成员的协调和不同语种小组之间的合作因此显得非常有必要。本文介绍了维也纳大学翻译学院的教学方法,并对翻译培训机构之间可能的合作领域提出建议。

20. "高级技术翻译"

Advanced Technical Translation

[美国]汉纳洛尔·利尔(Hannelore Lehr)　Rose Hulman 技术学院

学生在熟悉了翻译理论,掌握了基本的技术词汇之后,高级技术翻译面临的问题就是寻找合适的翻译材料来激起他们的兴趣。

学生喜欢翻译与他们专业相关的文本,这些文本还要具有挑战性。因为我的学生都是工科学生,我决定今年让他们试一试翻译别的材料。我的翻译材料主要来自德国工程报周刊 VDI Nachrichten。这本周刊上的文章不仅新,而且有些词汇在词典或计算机资料库里都查不到。这就要求学生自己寻找与上下文相符的词汇。学生对此作了积极评价,认为具有挑战性,获得了新的知识,希望再做这样的翻译练习。

21. "一种文化教学的方法以及翻译文化观举隅"

A Methodology for Teaching and Example of the Kinds of Cultural Recognition Needed for Translators & Interpreters

[中国]刘波(Paul Levine)　香港公开大学

以往的文化教学方法通常是让学生(笔译和口译人员)背诵一

系列的历史典故,或者设立一门完整的、与作为学习工具的翻译过程少有关联或无直接关联的西方文明课。本文的目的是要介绍一种将两种方法有机地结合进课程计划的教学法,同时我们还将提供在实际教学中试验成功的范例。

许多文化比较课程给翻译人员造成的基本印象是,译语文化可以作为一系列的概念和观点传授,或者该文化可以等同于其他日常行为和活动,比如,如何进行社会交际等。前一种方法的问题在于,概念式教学会使成年笔译或口译人员的观念"僵化";而后者潜在的问题是将文化学习简化为"第二语言学习",即外国"民风民俗"变成了预先安排好的对答句型。

因此我们需要更加精密的方法,不仅帮助成年翻译人员处理好明显具有文化内涵的词语,而且要帮他们处理好不断积累而成的更深层的文化寓意。

22. "面对21世纪的中国译界"

[中国]林戊荪　中国翻译工作者协会

进入21世纪,中国翻译界将面临哪些挑战和机遇?我们将如何面对?本文力图回顾过去20年的发展,特别是近年来出现的新的趋势,以及总结教训,提出改进翻译教学、提高翻译质量的几项措施。

23. "翻译过程分析及翻译教学问题"

Translation Process Analysis and Implications for Translation Teaching

[德国]沃弗冈·洛歇尔(Wolfgang Lörscher)　莱比锡大学

本文以口译作品集为基础,考察了译者的语言表现,目的在于重构翻译表现成因的翻译策略,分析翻译过程。

本文分为六个部分。第一部分介绍这个项目,本文的思考就是这个项目的成果。第二部分介绍了对翻译过程的分析方法。第三部分分析了翻译过程中的翻译策略。第四部分是定量分析,对翻译中翻译策略运用的频率和分布情况进行分析。第五部分将专业翻译过程和非专业翻译过程中的翻译策略在质和量上进行比较。第六部分总结翻译过程的分析,对翻译教学提出一些思考。

24. “从互文性看《红楼梦》书名的两种英译”

[中国]罗选民　清华大学

本文从互文性角度对杨宪益、戴乃迭与 Hawks、Minford 两种《红楼梦》书名的英译进行了探讨。杨译 A Dream of Red Mansions, Hawks 译为 The Story of the Stone,两种译本都考虑了互文性。前者是从语言角度,后者是从文化角度。前者从语言角度考虑互文性时,把作者放在第一位;后者从文化角度考虑互文性时,把读者摆在第一位。本文认为,在翻译中文化层面上的互文性应优先于语言层面上的互文性;作者和译者与读者相比,读者应摆在优先位置。

25. “技能以外的影响大会口译质量的因素”

Quality Considerations in Conference Interpreting: beyond Skills

[美国]雷吉·鲁卡利(Luigi Luccarelli)

在讨论口译的质量时,很少有人谈到个体译者语言能力和口译技巧以外的因素。而在培训课程中教师和学员也同样都是忙于技能的培养。因此质量评估仅仅限于即时输出的信息(当时被传译的话语、陈述和讨论等等),而口译的质量就仅仅等同于口译者的能力。

本文将以一名合格的口译人员为出发点,探讨影响短期和长期口译活动的其他因素。我们还将考察口译者不能控制的,对口译质量有直接影响的因素。从个体口译者出发,问题在于如何终生都能在这个颇具挑战性的领域内保持最高水平的口译质量。而从被服务者,雇用组织或口译公司来讲,问题在于如何改善口译环境,使受过良好训练的专业口译人员能够日复一日地发挥他最大的潜力。

26. 翻译中的"相异性"与"相似性"之辨

[中国]孟华　北京大学

在中国翻译史上,我们可以看到,译者都自觉不自觉地处在两个向度的张力之中,既要力求保持原有的文化传统,又要在此一文化传统所归约的社会、文化体系内引入相异性。译者都采取种种变通翻译策略,将文化的相异性转化为本土文化能相容纳的因素。因此,译作可以使我们看到相异性和认同性之间交互作用的具体运作过程。既然任何一种文化在植入相异性时都要对原作作相应的本土化改造,那么,被传递的因素就不可能是真正的"相异性"。核心的机制是找到既与原文对应,又能为本民族读者所理解和接受的词语来进行置换,因而用以"置换"的因素,实际上是一种近似"相异性"的因素(近似的程度会因译者的水平而不等,却永远不会等同于原作),也就是相似性。

27. "大众小说的翻译"

The Translation of Mass Fiction

[巴西]约翰·弥尔顿(John Milton)　圣保罗大学

大众文化的作品包括源语的大众文化作品和以改编形式存在的"经典"译作。大众小说翻译的研究是个鲜有人问津的研究领域。

本文概述了大众小说翻译的一些特征。"高雅"的文学翻译、"贵族式"翻译注重原文的形式,它们以受教育程度高的人为市场对象,翻译没有严格的交稿期限,译者的个性化特征明显。大众小说翻译与之形成对照。

大众小说翻译的重要形式是“工厂化”翻译。“工厂化”翻译与“高雅”、“贵族式”的翻译迥然不同:①语言和作品风格的同一模式化,在风格、叙述和篇幅上以是否符合时尚为标准;②译者的个性化特征不再存在。译者只是翻译团队的成员,不使用真实姓名。原创作品也可能被视为译作;③有大量删节;④一般都要限定翻译完成时间;⑤复译现象普遍;⑥这种译作进入不了信息网络和图书馆书目索引。

28.“中国翻译教学百年回顾与展望”

[中国]穆雷　海南大学

本文作者在对全国主要外语院系翻译课程的调查基础上,大致掌握了目前中国大陆和港台地区翻译教学的一般情况。本文回顾了从本世纪初以来中国翻译教学的发展趋势,可以预计,中国的翻译教学将在21世纪得到全面发展,走向成熟,在国际译学界独树一帜。

29.“A.E.霍斯曼的诗及其在中国的译介”

[中国]南治国　上海外国语大学

A·E霍斯曼是英国19世纪末20世纪初的知名诗人,其诗集《西罗普郡少年》为其在英美赢得了广大的读者群,并使他成为第一次世界大战后英国最受欢迎的诗人。霍斯曼诗歌的最大特点是语言简洁洗练,平实质白,受民间抒情歌谣的影响,音调优美,节奏感强,并能巧妙地将英国式的感伤与拉丁式的典雅结合起来,给人以极美的艺术享受。在中国,最早关注霍斯曼的是新格律派诗人。为其诗歌的整饬的形式和内在的优美韵律所吸引,闻一多、梁实秋等人成了译介霍斯曼诗歌的急先锋。稍后,周煦良、卞之琳等热衷于新格律诗的诗人亦加入其中。其中尤以周煦良用力最勤,于

1948 年译完《西罗普郡少年》。霍斯曼的诗歌给新格律诗派诗人提供了有益的借鉴,在一定的程度上影响了中国新诗的发展。

30. “香港法庭语言的变迁”

[中国]潘惠仪　香港公开大学

自从联合声明和基本法产生后,在香港中文便和英文看齐,也取得法律地位。自此,不但双语立法全速进展,政府更大力推行中文审讯。近年内地进港的新移民人数不断增加,我们可以预见的趋势是,所谓中文审讯并不局限以粤语为审讯的语言。要应付因政治环境的改变而引起的法庭语言的变迁,在翻译、传译教学译计、入职条件和在职培训方面更需要作出适当的调整。

31. “翻译研究与文学史结合的诸种问题”

Translation and Literary History: Problems of Integration

[丹麦]维果·佩德森(Viggo Hjørrnager Perdersen)

哥本哈根大学

尽管任何一个有意义的文学时期都少不了文学翻译,但大多数研究某一文学时期的课程都很少涉及翻译作品。因此,本文将以哥本哈根大学儿童文学课———一门试图将英国和丹麦文学传统结合起来的课程——上的事例,来说明将文学研究与文学翻译研究结合起来的益处和困难。

32. “影视翻译:对白字幕翻译和配音翻译中的经济、多元文化因素对教学法的挑战”

Translation Onscreen: the Economic, Multicultural and Pedagogical Challeges of Subtitling and Dubbing

[比利时]阿兰·皮艾特(Alain Piette)　比利时国际翻译学院

经济因素是媒体的对白字幕翻译和配音行业考虑的主要因

素。这是因为影视业和制片人常常要求成本低而收效大。他们希望对白字幕翻译或配音的质量能有助于赚钱,达到原片的商业效果。似乎只要译得好,原作赚钱的潜能就能够保证译制片也能够赚钱。而实际情况却常常相反。

本文分析媒体翻译的两种类型,并对其中的地区性、地理上和文化上的变异作了分析,对翻译教师的特殊工作提出了自己的思考,如翻译教师在设置他的课程目标时要不要考虑对白字幕翻译或配音经济方面的责任? 或者完全不考虑? 等等。

33. “法英广告中的文化再现”

Cultural Representations in French and English Advertising

[加拿大]吉尼维夫·奎亚德(Genevieve Quillard)

加拿大皇家军事学院

本文作者对收集的几百份广告进行研究。这些言语素材分为两类:一类是刊登在北美英语杂志上的广告以及为加拿大法语读者提供的译文;另一类是法国出版的类似性质的宣传品。本文目的就是弄清这些广告中是如何传达和再现社会习俗和文化的,在翻译中又有哪些改变。主要探讨:推销产品和服务的方式,不同性别和不同年龄的人之间的关系,相互交往的礼仪,有关的爱好(运动、音乐、文学、历史)以及对他种文化的看法。

34. “口译中的评估方法——口译学员和专业口译人员的不同评估方法和评估方案”

Evaluation Methods in Interpretation: Evaluation-Differences Between Interpretation-Students and Professional Interpreters and Evauation-Proposals

[意大利]亚利桑德拉·利卡迪(Alessandra Riccardi)

Trieste 大学

最近的误译分析或翻译质量评估的考察结果显示，口译评估时采用了很宽泛的标准，既有语言的，也有非语言的。本文将集中探讨误译分析所追求的不同目标，并试图解释在口译学习初期何种因素应该优先考虑，在学习过程中这些标准将怎样发展或变化。而目的只有一个，即在学习结束时达到可以与专业口译人员相比的标准。

根据与 SSLMIT 的口译教师进行商议和讨论的结果，我们将使用不同的评估表。每张表都要因口译形式（继发式，同声传译，主动或被动语言）和学习阶段的不同而稍有不同。此外，体现输出信息特征（口语或笔语，或两者混合；语域的种类）的输出结果评估表也将被采用。

35. "公共口译：一种正在争取承认的职业"

Community Intepreting—A Profession in Search of Its Identity

[加拿大]罗德·罗伯茨(Roda Roberts)　渥太华大学

目前，口译主要有三大类：会议口译、法庭口译和公共口译(Community Interpreting)。从广义上看，公共口译就是为生活在社区中的人提供口译。这样看来，只要讲不同语言的人需要交流，公共口译就会发生。尽管公共口译早已有之，但在三种口译之中，公共口译最不被重视。公共口译只是在过去十年才开始争取成为一种专门职业。因此，对它来说，如何定义自己，如何确立标准，如何赢得社会的认可，都将有一段艰苦的过程。本文将提出的就是公共口译在现阶段所面临的几个问题：①公共口译的名与实；②对公共性口译的标准的探讨；③公共性口译从业者的培训；④公共性口译：会是一种独立的职业吗？现在奢谈把会议口译、法庭口译和公共性口译合并为一种职业，把所有的从业者纳入同一职业组织恐怕为时尚早。但从长远来看，将来比这更多的口译类型的合并也是有可能的。现在要紧的是公共性口译的从业者应汲取会议口译和法庭口译的从业者在他们职业化进程中的经验和教训，找出自己与他们的共同之处，借鉴一切可借鉴的东西（如标准、测试、培训课程等），而不是盲目单干。只有这样，公共性口译才会在尽可能短的时间内进入口译者必需的职业化的阶段。

36．“我国翻译研究的现状及其发展趋势”

［中国］舒启全　成都大学

我国的翻译研究，有着与世界各国的翻译研究不同的鲜明个性，有着中华民族的语言文化、民族心理、思维方式、审美标准、哲学思想等方面的特征。因此，我国的翻译研究必须紧密地结合我国的翻译实际，从我们本民族的语言文化及其异质性出发，从始发语与目的语的对比研究的实际出发。

37．“翻译中的幻像与迷误”

Myths And Misconceptions In Translation

［中国］沈景炬（King-Kui Sin）　香港城市大学

本文探讨了一个目前在翻译研究中尚未得到关注的哲学问题，即我们在讨论翻译时所用语言的隐喻性。作者认为许多翻译中所谓的“永久性问题”只不过是由于未能对语言有一个清醒的认识而造成的误区。同时作者指出那些导致了翻译中的幻像与迷误、模糊了翻译理论家思维的隐喻。本文考察了申农和威弗的语码模式是如何被误用来解释翻译的过程的；为什么西塞罗（CICERO）的格言“译义而不是译词”激烈讨论了2,000多年后，如今仍旧是翻译理论中的核心问题；以及为什么许多翻译理论家相信对于大脑“黑匣子”的新发现会给我们带来对翻译特性的新认识。最后，作者鼓励学习翻译的人接受一些哲学，尤其是语言哲学方面的培训，这样才会掌握用以思考翻译问题的基本概念。

38. “文献资料的生产——九十年代的科技翻译”

Production of Documentation — Technical Translation in the 90's

[德国]彼特·斯坦博(Peter Stumpf) Star 软件有限公司(上海)

翻译已经成为一种产业(本土化产业),而科技翻译成为一种生产过程:利用工具(计算机、电子词典、翻译存储器)对原材料进行加工,再经过专家之手生产出最后产品(地方化材料)。该生产过程的时间安排很紧张。

去年,中国科技翻译人员的业务范围得到了进一步的扩大,并且时常对译员提出新的能力要求。像其他行业一样,翻译人员应该利用工具以足够快的速度进行工作。例如,对翻译工具书和翻译手册进行不断更新的要求就非常迫切。有了翻译储存系统,翻译人员就能够满足客户的需要,使翻译具有以下特点:

——质量高(比如,上下文术语一致)

——生产成本低(比如,重复利用已翻译的材料,而不用额外附加 DTP)

——守时。

39. “文学翻译的过程”

[中国]孙艺风 香港岭南大学

在文学翻译过程中,构码和再构码的任务远不是仅仅传递信息那么简单。Roger Bell 在一本关于翻译理论与实践的著作里,集中谈到信息的获取,并且用了一系列相当复杂的图表来展示这一过程。然而,真正复杂的问题,譬如怎样再构码,他却要么轻描淡写,要么干脆避而不谈。就是怎样解码,也没有详细交代。这是近年来在翻译研究中有一定的代表性的问题。在文学作品中,信息是怎样转达的,或者是怎样歪曲的,或者是怎样转达不够的,或者是怎样不转达的,都与构码与再构码有紧密的关系。这其中牵涉到阐释学,更包含效果传递的问题。本文旨在探讨一下文学翻译过程中这些不应被忽视的问题。

40. "谈新时期的翻译批评"

[中国]孙致礼　洛阳军事外国语学院

改革开放以来,我国的翻译批评虽然取得了一些成绩,但也存在不少问题,整个局面令人感到担忧,值得引起我们的重视。

摆在我们翻译界面前的一个重要课题,就是要大力开展积极的、严肃的、健康的批评和自我批评,惟有如此,才能把我国的翻译事业推向一个新的水平。

41. "中西翻译比较再探"

[中国]谭载喜　深圳大学

本文在对中西翻译传统的基本史实作概括性考察的基础上,对中西翻译传统相同和相异的几个主要方面进行了归纳和分析。

42. "课程设置的传统和革新:蒙特利国际研究学院本科口笔译学院的个案研究"

Tradition and Innovation in Curriculum Development: A Case Study of the Graduate School of Translation and Interpretation, Monterrey Institute of International Studies

[美国]黛安娜·德·特拉(Diane De Terra)

蒙特利国际研究学院

本文对蒙特利国际研究学院口笔译研究生学院(GSTI)的课程作了介绍、分析和评估。这个学院1968年成立,开设八种语言三个硕士学位的课程。

课程设置的变化与学术研究、市场趋势、科技进步、社会、经济、政治的变化、语言政策、规划、管理有关。本文探讨了 GSTI 的课程设置在提高学员分析技能、文化水平、行为和能力、职业道德，从而使他们成为高级专业口笔译译员所起的作用。

本文还探讨了 GSTI 国际口译资料中心（社区口译），职业发展中心（市场模式）以及硕士学位课程的 Logos 计划，并介绍了它的战略设想和未来发展计划。

43. “译者的身份”

[中国]田德蓓　安徽大学

任何一种翻译活动，都离不开在翻译主体中起决定作用的译者，都离不开译者对原作者所认识的事物的再认识与再表达，译者在翻译的过程中具有多重身份：①译者以读者的身份研读原著；②译者以作者的身份再现原著；③译者以创造者的身份传达原著；④译者以研究者的身份理解原著；⑤译者以阐释者的身份解读原著。译者的这些多重身份在翻译过程中不是彼此隔离、相互独立的，而是一个相互交融的、完美的统一体。

44. “通过网上邮件簿进入翻译行业领域”

Induction into the Translation Profession through Internet Mailing Lists for Translators

[澳大利亚]朱迪·若林（Judy Wakabayashi）　昆士兰大学

进行正规的翻译培训对于许多翻译人员来讲仍然是一种奢望。不过可喜的是，近几年来出现了一种获取必要知识的新途径——网上邮件簿。本文将考察一个名为“翻译”，针对从事日外互译的翻译人员的高容量翻译邮件簿，我们将考察其信息内容及其信息交流情况；同时，我们还将探讨此类邮件簿是如何与正式培训互为补充，互相作用的。

此类邮件簿的主要优点体现在其可及性，涉及专业范围广，回复的即时性,无需成员费,行业归属感等诸多方面。信息源多样化,潜在“教师”包括两种语言的本族语者,这就给参与者提供了课堂上不曾有过的多种视点。可以查询的档案是宝贵的信息库,而邮件簿也给教师们提供了重要的“现状核实”工具。

但是网上邮件簿也有不利的方面:答复的质量水平可能参差不齐;学习过程是权宜的,并未系统化;对于术语的偏重就意味着很少有关于翻译方法的讨论,对于完成的译作也没有反馈机制;而对于理论问题的探讨就更谈不上了。

45. “中国近代翻译的特殊形态及思考”

[中国]王建开　上海海运学院

中国近代翻译始于晚清,历史的因素决定了那次翻译运动带有浓重的政治色彩。这进而又决定了译介的方法。但在又一个世纪之交的关口,历史语境已经完全不同(文化的多元发展),翻译的观念却未施行转型,这的确令人深思。

46. “海德格尔翻译思想试论”

[中国]卫茂平　上海外国语大学

本文从比较能表现海德格尔翻译观的“阿那克西曼德之箴言”和“什么召唤思?”等文章入手,分析这位本体论大师对翻译问题的看法,管窥其翻译思想。本文重点评述他对翻译的基本看法,对“翻译”和“转渡”的区分,关于“跳跃”、“解释”和“倾听”的建议,以及他的翻译理论与其语言理论的关系。海德格尔倡导在翻译中以本意为先,审视词语源流,重视被遮蔽的思想。这对我们翻译研究具有较大启示意义。

47. “‘欧化’:‘五四’时期有关翻译语言的讨论”

“Europeanization”: Discussion on the Choice of Translation

Language during the May Forth Period

[中国]王宏志(Lawrence Wang)　香港中文大学

本文分析“五四”时期有关翻译的讨论,特别探讨了引入“欧化”成分时所引起的争议。从晚清开始的文学翻译,译作语言经历了文言、白话、“欧化”语言几个转变过程。这种变化并不纯粹是语言问题,而是与当时文化语境有密切关系。译者对译作的语言形式的择取不单纯是译者个体的审美倾向的反映,更折射出当时主流文化的特征。

48. “文学翻译教学:理论与实践的结合”

Teaching Literary Translation: Theory and Practice in the Classroom

[加拿大]朱迪思·伍兹沃丝(Judith Woodsworth)

蒙·圣·文森大学

本文介绍了作者在加拿大圣文森山大学开设“法译英高级文学翻译课程”的教学经验。作者在翻译教学中注意跨文化问题,并努力将翻译理论与实践相结合。在让学生进行翻译实践的同时,特别注重让学生了解翻译历史、学习文学翻译理论,挑选不同体裁的文学作品片段作为翻译练习材料,培养学生对文学作品的文体、风格的感悟能力。在加拿大,文学翻译与其他种类的翻译相比受重视的程度相对较低,译作的出版比较困难。出版商常常对译作提出各种要求。作者向学生介绍自己出版译作遇到的种种曲折,让他们了解在加拿大文化语境中文学翻译的复杂性和该职业的不利因素,以增强他们对文学翻译的认识和今后独立的工作能力。

49. “对于大学本科翻译教学的几点思考”

[中国]吴刚 龚芬　上海外国语大学

由于翻译是一个内涵极为广阔的概念,所以对于大学本科的翻译教学来说,教什么样的翻译就成了一个值得探讨的问题。指导思想如果不清楚的话,容易在教材编写和具体的教学中导致顾此失彼的现象。通过对一些传统的教材和授课方式的利弊分析,作者认为,大学本科的翻译教学应跳出"小而精"的模式,走向"大而杂"的路子,让翻译摆脱单纯的语言技能的角度,让学生意识到翻译在当今知识中所具有的重要地位,将各学科的新的研究成果糅合进去,使学生领略到翻译的庐山真面目。

50. "论影视翻译语言的一些特点"

[中国]夏平　上海外国语大学

影视翻译的语言具有明显的特点:它必须是明白晓畅的活的口语,但又吸收西方语句的成分以表现影视的异国风味,而如何掌握这个尺度值得研究。影视翻译的语言必须力求个性化。另外,它比其他的文体的翻译受到更多的限制:语句受语境、画面的影响极大。本文还讨论了影视翻译中直译和意译的问题,双关语之类文化色彩较浓的词语的翻译问题。

51. "作者本意和本文本意——解释学理论与翻译研究"

[中国]谢天振　上海外国语大学

翻译,无论是文学翻译还是非文学翻译,都离不开对原文的理解和解释。翻译的这种性质决定了解释学理论与翻译研究的极其密切的关系。

传统的解释学可以追溯到古希腊的解释学、中世纪的"释义学"和"文献学",直至德国的施莱尔马赫和狄尔泰的哲学解释学。进入20世纪以后,又出现了伽达默尔和赫施等人为代表的西方现代解释学理论。前者宣称作者的"本意"不存在,因此对作者"本意"的寻求也是徒劳的。后者则认为,惟一能决定本文含义的只有创造该本文的作者,"没有任何一个含义能离开它的创造者而存在。"

现代解释学理论家围绕作者的"本意"的争论为我们提供了一个审视传统翻译观念的崭新的视域。本文即拟从现代解释学理论两个观点迥异的代表性人物伽达默尔和赫施关于作者"本意"、文本的确定性和可复制性等问题的论述,探讨现代解释学对当代翻译研究,尤其是有关翻译的可译性和不可译性等问题的启示。

52. "从跨文化角度看希伯莱文《圣经》的汉译"

Notes on the Translation of the Hebrew Bible into Chinese: A Cross-Cultural View

[以色列]丽希·亚利夫-拉奥(Lihi Yariv-Laor)　耶路撒冷大学

翻译不是单纯的技术问题,《圣经》的汉译能够说明翻译中的诸多问题。

《圣经》汉译最早的全译本出现在19世纪的初叶,但是直到1875年才有希伯莱文《圣经》的古汉语译本。希伯莱文的表达方式与近代汉语有根本的不同。本文考察了汉语译文中转换希伯莱原文中的范畴和特征的策略和语言手段。作者通过对比汉语和希伯莱这两种语言系统来考察翻译中的阐释方式,从而探讨语用和跨文化问题。

53. "口译教学如何应承电视口译的需求"

[中国]杨承淑　台湾辅仁大学

电视口译的目的是报道新闻,依据报道形态可以分类为:①常态播出的"定时新闻口译";②深入报道的"专辑影片口译";③主题导向的"实况转播口译";④突发事件的"紧急新闻口译"。

由于电视口译在时间上的受限较多,所以必须采取口笔译员共同翻译、配合影像读稿以及同步口译的方式,以争取时效。

为了达到工作的目的,电视口译必须:①配合新闻的诉求;

②配合影片的剪接与话题或节奏的转换；③达到专业的播音水平。同时，在工作流程的管理上，为了配合分秒必争的作业方式，需要周密的事前规划与现场的协调管理。

口译教学为了因应上述要求，应从口译教材与口笔译技巧着手。在编选教材方面：①编选新闻词汇与时事要闻，制订双语词汇对照表；②编选影片教材，配合影片剪辑繁复的特点，训练口译技巧。在口笔技巧方面：①配合画面的剪接与说话方式的差异，准确提示话题的转换，讲者言谈立场的不同以及语言风格上的差异；②培养迅速、扼要、明确而适合口传的翻译协作技巧；③训练口笔译皆精的翻译员，以因应口笔译兼顾的工作需求。

54. “作为交往行为的翻译”

[中国]杨恒达　中国人民大学

针对翻译界出现了某种程度上不重视正确理解作者主体的倾向，本文以哈贝马斯的交往理论为基础，探讨翻译中译者如何对待原作作者的主体性问题。本文认为，翻译必须以作者主体的可认知性为前提，翻译就是译者否定自己，进入文本作者主体的过程。确立作者主体的可认知性就是以理解作者主体为根本目的，不仅要理解文本，还要全面掌握作者本人。在翻译中，必须深刻理解交往理论中的主体间性问题。译者在翻译中承担着将两个不同文化背景下的主体性融会贯通的任务。翻译的实践需要对主体间性问题的深刻把握，所以，翻译的实践将会在生活世界的实践中促进人们对主体间性问题有更深刻的把握。

55. “徐迟与美国文学翻译”

[中国]姚君伟　上海外国语大学

徐迟的名字通常是与诗人或作家而非翻译家联系在一起的。其实，他的文学生涯始于外国文学译介。他不仅是多产的名作家，而且是卓有成就的翻译家。在翻译的同时，他还介绍、研究外国文学思潮、作家和作品，他译介的作家作品涵盖的国别多，文类也多。但译界对作为翻译家的徐迟认识还不充分，鲜有专题研究。本文从徐迟的美国文学译介这一层面切入，介绍徐迟有关的翻译活动、他所译介的美国文学，分析他的美国文学研究成果，初步清理美国文学对他的文学创作所产生的影响，从而发现作为翻译家的徐迟留给后来者的诸多有益的启示。

56. "现代派文学在新时期译介的文化语境与译介策略"

[中国]查明建　上海外国语大学

本文通过考察现代派文学在建国后的文化命运，以及新时期外国现代派文学译介的种种思想和文学观念上的阻碍，分析新时期现代派文学的译介方式和策略。译介者为了不与主流意识形态和文学观念发生尖锐的冲突，在译介的择取对象和解说上，以有意无意误读的策略将现代派文学的译介合法化，在意识形态层面尽量突出译介作品对资本主义社会的批判价值，在文学观念层面强调现代派文学的现实主义因素，在艺术层面上突出现代派文学形式对现实主义创作方法的补充意义。现代派文学在新时期译介非常生动地展示了文化语境对文学翻译择取和译介方式的制约和影响。

57. "任务型翻译培训、质量评估与 WWW"

Task-Based Translator Training, Quality Assessment, and the WWW

[美国]苏珊娜·曾(Suzanne M. Zeng)　夏威夷大学

本文将介绍我们在翻译研究中引入任务型语言教学法和操作性测试法的跨学科研究。美国开展的任务性语言教学研究和操作性测试研究正在全国范围内改变外语教学的发展方向。这种教学模式对翻译培训有着重要的意义和启示。

本文将综合探讨翻译教学问题,并提出任务型翻译教学模式。该模式已在夏威夷大学 1998 年第三学期的英汉翻译课上试行。WWW 是该课程的有机组成部分,旨在使学员能够面对不断扩大的网上翻译市场。我们提出的模式可以应用于不同语言组合的翻译培训。

58. “翻译:理论、实践与教学”

[中国]朱纯深　香港城市大学

对“翻译理论是否有用”这个问题的回答应该首先考虑两个更深层的问题:①我们所说的到底是什么翻译理论?②我们又是如何在翻译实践和教学中应用自己所质疑的翻译理论的?本文结合西方主要翻译理论家对翻译理论的阐述并通过事例分析,说明“健全的方法论和科学的话语规范对翻译研究的必要性”。一个有效的翻译理论应该是客观的、分析性的、理性的,而不应是经验的、感性的、情感的。应用性纯翻译理论充当了翻译研究的开拓者,应该具有适当的地位。

后记

1998年12月2日至5日，上海外国语大学社会科学研究院与香港中文大学翻译研究中心合作，成功举办了一次翻译理论与翻译教学的国际研讨会。这次会议的国际性之强——有来自20几个国家与地区的40多位国外和海外的学者出席；学术水平之高，不仅得到与会代表的一致赞赏，也获得了国内外学界的高度评价。

会议的成功举行首先要归功于孔慧怡博士和她所领导的香港中文大学翻译研究中心的有关同事的辛勤而又富有成效的工作。早在会议之前一年，即1997年，孔慧怡博士即偕同丹麦哥本哈根大学的多勒鲁(Cay Dollerup)教授一起来上海仔细考察了上外的会场及会场周围的环境，并就会议的筹备工作进行了具体的分工。孔慧怡博士承担了与国外及海外学者的通讯联络工作，这就意味着她必须应付数以百计的电子邮件、传真和电话。同时，她还负责制定会议的日程安排表，这是一件极其耗心费力的事。为此，孔慧怡博士和她的同事们付出了大量而又艰辛的劳动。

其次，会议的成功举行要归功于上海外国语大学的领导的全力支持。戴炜栋校长从一开始就明确表态要全力支持开好这次国际会议，并一直关心会议筹备工作的进展情况。主管全校科研的副校长吴友富教授就会议的筹备工作两次召集有关处室负责人商讨，并就会议的筹备工作和会议期间的分工配合作了极其明确具体的指示。科研处长陈中耀教授、外事处正副处长陆楼法教授、潘志兴先生、总务处长倪正保先生、上外宾馆副总经理王炜先生等都亲自与会，主动承担有关任务，并对如何开好这次国际会议提出了许多有益的建议。上外校领导和有关处室负责人的大力支持和配合,为办好这次国际会议奠定了良好而扎实的基础。

再次,我所在的上外社会科学研究院的领导和同事对会议的筹备工作和接待工作的全心意的支持、参加和投入,更是这次国际会议能进行得有条不紊并赢得中外学者交口赞誉的一个重要因素。朱威烈院长、何寅副院长,以及姜如芳、张智园、李兰天、陆兰英、陈淑萍等,从第一个会议代表报到之日起,直到送走了最后一位代表,他们几乎把自己所有的时间和精力都化在会议的组织和接待工作上了。

这次会议总共收到 64 篇论文,70 多位与会的中外代表中共有 52 名专家学者在大会上或在各个专题小组上发了言。这些论文和发言,有对翻译实践和翻译教学的具体问题的探讨,也有对翻译理论的总的发展趋势的展望,内容几乎涉及到了翻译理论与翻译教学的各个领域,从一个侧面展示了当代翻译理论和教学的进展和学者们的最新探索和思考。为了把这次会议取得的学术成果更好地保留下来,我和我的青年同事查明建老师一起合作,对代表们提交的论文进行筛选,并根据特定主题进行编辑。这也是一项费时费心的工作,查明建老师为之倾注了大量的时间和精力,他不仅组织人员把国外代表提交的英文论文翻译成中文,还负责对所有的译稿进行校译。与此同时,他还对论文集的编辑方针提出了许多建设性的意见。

最后,在论文集的编辑出版过程中,我们还得到了上海外语教育出版社社长庄智象教授、总编辑王彤福教授的大力支持,慨然允诺出版本论文集。谨在此表示衷心的感谢!

谢天振

2000 年 9 月 1 日于上外